编 委 会

"百部好书"扶持项目
GUANGDONG PUBLISHING

国家出版基金项目
NATIONAL PUBLICATION FOUNDATION

本丛书入选:

2018年度国家出版基金资助项目

2017年广东省重点出版物暨"百部好书"扶持项目

2018年广东省原创精品出版项目

丛书总主编

蒋 述 卓

陈 剑 晖

贺 仲 明

文化自信与中国现当代文学丛书

载道传统与文学的使命意识

刘 勇 杨汤琛 谭 望 等著

广东高等教育出版社
Guangdong Higher Education Press

·广州·

图书在版编目（CIP）数据

载道传统与文学的使命意识/刘勇，杨汤琛，谭望等著. —广州：广东高等教育出版社，2018. 10

（文化自信与中国现当代文学丛书）

ISBN 978 - 7 - 5361 - 6315 - 7

Ⅰ. ①载… Ⅱ. ①刘… ②杨… ③谭… Ⅲ. ①中国文学 - 当代文学 - 文学研究 Ⅳ. ①I206.7

中国版本图书馆 CIP 数据核字（2018）第 237189 号

出 版 人：唐永亮
策划统筹：黄红丽
责任编辑：钟凌翊　蔡晓文
责任技编：肖宿华
责任校对：严　颖
装帧设计：国　梁

书　　名　载道传统与文学的使命意识
　　　　　ZAIDAO CHUANTONG YU WENXUE DE SHIMING YISHI
出版发行　广东高等教育出版社
　　　　　地址：广州市天河区林和西横路　电话：(020) 87554153
　　　　　http://www. gdgjs. com. cn
印　　刷　广东新华印刷有限公司
开　　本　890 毫米×1 240 毫米　32 开
印　　张　10
字　　数　270 千
版　　次　2018 年 10 月第 1 版　2018 年 10 月第 1 次印刷
定　　价　48. 00 元

总　序

　　党的十八大以来，以习近平同志为核心的党中央要求全党要坚定道路自信、理论自信、制度自信与文化自信。在这几个"自信"中，文化自信是更基本、更深沉、更厚重和更持久的力量，因它深植于中华优秀传统文化的沃土之中。而中华优秀传统文化既是中华民族独特的智慧结晶，也是全人类共享的精神财富，体现了"人类共同价值"。那么，当前应如何传承传统，实现中华优秀传统文化的创造性继承和创造性发展，从而提升中华民族的文化自信？这是近年来党和国家在思想文化建设领域关注的重点，也是当前学术界关注的热点。"文化自信与中国现当代文学丛书"正是立足于这一历史和现实语境，希望通过对传统文化的挖掘和再发现，将其有价值和有现实针对性的精神资源植入中国现当代文学，以此推进"文化自信"这一重大命题的理论与实践，为中国梦提供有益有效的精神支撑和文化滋养。

　　本丛书不是面面俱到地阐释传统文化，而是以专题为统领，针对中国现当代文学，尤其是当代文学存在的弊端，将优秀传统文化的基因与其对接并灌注其中，从而催生出一种符合新时代的新文学。比如，丛书的第一本《"文"的传统与现代中国文学》，针对中国现当代文学语言技巧越来越高，艺术形式越来越精致，但文学的路子却越走越窄，文学精神越来越稀缺的事实，提出中国现当代文学有必要到传统的源头去汲取营养，以丰富和强大自身。所谓"传统的源头"，就是"文"的传统或"杂文学"的传统。在"文"的传统中，文体既是体也是用，既是道也是器，文体的变革也是文学的变革。本书还从文章的体制、风格、文气以及叙事传统等方面，论述现当代文学应如何从传统文学中汲取营养，而不应矮化自己，"以西方的标准为标准，以西方的是非为是非"。

从文学所体现的实用价值和政治功能方面的内涵看，以"修身齐家治国平天下"的"家国情怀"，是文学忧患意识、使命感和责任感的集中体现。它主要从"入世""有用"的精神维度，确立了中国文学"文以载道"的传统。但中国当代文学自20世纪90年代以来，随着人的欲望的膨胀，人文理想的失落，多元价值观的出现，作家的写作立场也发生了重大改变：从20世纪80年代的"大叙事"变为个人的"小叙事"，从过去高扬理想主义和集体主义，转变为犬儒主义、物质主义和享乐主义，不少作家失去了介入时代和社会现实的激情和勇气，而忧患意识、责任感、使命感与他们也就渐行渐远。因此，要振兴当代文学，就必须要求作家"文以载道"，追求文学的"有用"功能，要求作家创作要有"家国情怀"，要修身齐家治国平天下，将"小家"和国家民族的"大家"统一起来，这样才有可能创造出无愧于新时代、无愧于当下的优秀作品。丛书的第二本《载道传统与文学的使命意识》通过对"文以载道"概念的梳理阐释，重申文学的伦理道德与使命意识。

我国的另一个优秀文化传统，就是"道法自然"。老子说："人法地，地法天，天法道，道法自然。"庄子说："天地与我并生，万物与我为一。"这都是强调人与物即自然的融合和转化。在"万物将自化"的理念中，物化既包含人的变化，也包含物的变化，同时也是物与人的互化。在中国的传统散文中，如《世说新语》《秋声赋》等，都达到一种"神与物游"的境界。而中国现当代文学已在很大程度上丢掉了中国传统文学这一优良的传统。中国现当代文学过于夸大人的地位、作用和力量，从而导致对天地自然的忽略乃至无知，也导致了社会和谐的失衡。所以，在倡扬文化自信和文化自觉的当下，当代作家要向古典文学学习遵循天地自然的法则，克服人类至上的立场，将人与自然同一化，从而将自己及其作品培育得臻于完美。丛书第三本《天人合一与当代生态文学》对此做出了回应。

中国文学一直有一个浪漫翱翔、瑰意琦行的传统，从庄子的"鹏之徙于南冥也，水击三千里"、屈原的《离骚》，到李白的诗歌、陶渊明的"桃花源"，这一浪漫传统的归潜与飞扬，一直是中国文学的骄傲。然而，新中国成立以来，这一浪漫主义的传统几近绝迹。尽管有过"现实主义与浪漫主义相结合"的倡导，但那不过是一个口号，并没有真正成功的文学创作实践。因此，中国当代文学要从重物质、轻精神，重欲望、轻理想的状态中解脱出来，就必须继承浪漫主义文学传统，为文学注进生命激情和梦想。唯其如此，理想的文学才有可能出现。丛书中的《中国新时期文学的浪漫与理想》既重拾这一文学传统，又恢复了中国文学应有的文化自信。

总体来说，丛书确立了三个维度：一是优秀传统文化的维度；二是中国现当代文学的维度；三是中西文化比较的维度。通过对三个维度的融会贯通，推进中国现当代文学的文化自觉与文化自信。为此，丛书共收录 13 本著作，有些侧重从传统文化的思想内涵方面挖掘有价值的精神资源，有些侧重从艺术方面探讨中国当代文学如何从传统文化中汲取营养。

丛书虽属主题性出版，但具有鲜明的个性特色和原创性。具体表现在以下几方面：

第一，强烈的问题意识与建设性和前瞻性。中国现当代文学面临的问题：一是写作技巧越来越高，越来越精致化，但同时却是越来越小气和匠气，创作的路子越走越窄。二是许多作家缺乏社会时代担当和家国情怀。三是缺乏理想的文化生命人格塑造，也缺乏诗性精神和浪漫情怀。四是审美缺失，文风粗鄙。五是当代作家大多言必称西方，一切"以西方的标准为标准，以西方的是非为是非"。丛书正是以问题意识为导向来设计主题，这样便既有现实针对性，也不会重复别人。与此同时，丛书又注重"大传统"与"小传统"的传承对接，尽量从现当代文学中挖掘"文化自信"的因素，并强调在"解构"中"建构"，力图使丛书既有建设性又有前瞻性。

第二，注重传统文化的传承与创新。中华传统文化虽历史悠久、博大精深，但也存在着不少糟粕，因此要立足于现实，用时代精神去凝练、去整合传统文化，并善于进行创造性的转化。丛书从传统文化中提炼出"文的传统""文以载道与家国情怀""道法自然与天地并作""超然浪漫与文学理想""诗性飞翔与审美之维""理想文化生命人格的重塑"等主题，正是在创造创新中彰显传统文化的时代价值，让中华优秀传统文化在当代文学创作中焕发出新的生命力。

第三，宏观研究与实证研究相结合。丛书虽有较宏大的构想和命题，但绝不同于那种假、大、空的理论。因为丛书要求每位分册作者，一定要把"文化自信"的理念落实到某个层面、某一个点，要有具体细致的个案分析。总之，命题要宏大，观点要创新，方法要实证，细节要丰满。

第四，强调学理性，又兼顾可读性。丛书作者均为国内知名，长期从事中国现当代文学研究，且有较好的古代文学素养的学者，这为将丛书打造成学术精品这一总体要求打下了坚实的基础。同时，为了让读者更好地了解传统文化，提高他们阅读的兴趣，丛书兼顾了学理性和可读性两方面，尽量回避过于"学院化"的表述，用鲜活优美、灵动诗性的文字来探讨传统文化与中国现当代文学问题。当下的中国已进入一个需要理论而且一定能够产生理论的时代，一个需要思想而且一定能够产生思想的时代。中华民族伟大复兴的生动实践为理论创新提供了丰厚土壤，构建"中国学派"可以说是恰逢其时。但是，过去中国的思想理论贡献与经济的高速发展，与中华民族的伟大复兴极不相称，这其中有西方话语霸权的原因，更主要的在于我们热衷于向"西天取经"，在为西方思想提供注脚方面花费了太多时间和精力，而忽略了从中华优秀传统文化汲取营养，这样自然便不够自信，便妄自菲薄，一切"以西方的标准为标准，以西方的是非为是非"，无法让世界知道"学术中的中国""理论中的中国"。"文化自信与中国现当代文学丛书"希望通过对中华优秀传统文化的挖掘与价值再发现，在构建"学术中的中国"方面有所作为，有所贡献。

文化是民族的灵魂和血脉，是人民的精神家园。习近平总书记一再指出：要加强对中华优秀传统文化的挖掘和阐发，为人类提供正确精神指引，要围绕我国和世界发展面临的重大问题，着力提出能够体现中国立场、中国智慧、中国价值的理念、主张、方案。是的，在有着5000多年文明发展历史中孕育出来的中华优秀传统文化，积淀着中华民族最深沉的精神追求，代表着中华民族独特的精神标识，是中华民族生生不息、发展壮大的丰厚滋养，是中国特色社会主义植根的文化沃土，是当代中国发展的突出优势。它将对延续和发展中华文明、促进人类文明进步，发挥重要作用。"文化自信与中国现当代文学丛书"由于有着深厚的文化情怀和自觉的文化担当，坚守中华文化立场，立足中国现当代文学现实，面向世界，面向现代化和中国文学的未来，用时代精神去凝练、整合中华优秀传统文化和中国现当代文学，以文学来阐述"文化自信"，以此推进"文化自信"这一重大命题的理论与实践。因此，丛书获得了评审专家和有关部门的充分肯定，先后获得"2018年度国家出版基金立项""2017年广东重点出版物暨'百部好书'资助"和"传承弘扬岭南优秀传统文化和原创精品立项"。相信随着丛书的出版，"文化自信与中国现当代文学"这一命题，会越来越广泛地引发中国现当代文学研究者和读者进一步探究的兴趣。

蒋述卓　陈剑晖　贺仲明
2018年9月4日

CONTENTS
目 录

绪　论

中国文学的主流不是纯文学

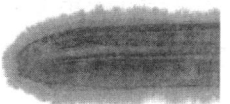

　　文学活动是人类精神的重要载体，记载着不同民族和文化领域的人们生命及精神的发展历程。回顾中国文学几千年的发展历程，不难发现，我们的文学似乎从来都不单纯就是对艺术、审美本身的痴迷和沉醉，作家、读者乃至整个社会都对它寄予了太多的"文学之外"的期待。从古至今，自我价值的寻觅、现实社会的批判、民族命运的思考，已经作为一种底色、一种根基、一种传统，影响着中国文学的发展和走向。特别是进入现代之后，这种传统并没有随着封建王朝的衰落而逐渐式微，而是更加集中、更加典型地集中在了五四一代人的身上，几乎新文学所有的作家都不约而同地将目光投放到民族存亡、社会矛盾上，苦苦地思索着中国的命运和出路，体现出一种强烈的使命意识。从载道传统到使命意识，这是把握中国文学几千年来文学本质的根本线索，也是我们当下文学发展的必然方向。

一、中国文学的主流精神建构

　　西方常常以文学的审美功能来区分文学与历史、哲学、政治等其他学科的差异，所以我们看到，康德强调"审美无利害论"，叔本华提倡文学的"静观"，克罗齐则把"艺术"和"非艺术"的区分标准定义为"直觉"。在西方的文学史上，浪漫主义传统、唯美主义传统、现代主义传统都发展得十分充分，并且结下了丰实的文学硕果。这一类文学强调文学艺术是没有功利目的的，为审美和为文学艺术的文学艺术，才是真正的文学艺术。

　　然而，如果拿这样一个标准来看中国的文学，我们会发现有很多难合之处。《史记》是"史家之绝唱"，也是"无韵之离骚"；《孙子兵法》是"兵学圣典"，又体现了强烈的哲学辩证法思想；《水经注》是地理名著，也是优秀的山水散文集；《陈情表》既是向帝王陈志的公文，也是抒情散文的典范。直到 20 世纪，章太炎在《国故论衡·文学总略》中给文学下定义时仍然说："文学者，以有文字著于竹帛，故谓之文。论其法式，谓之文学。"① 在中国文学的艺术宝库里，我们很少能找到哪一部典籍是"纯艺术"的，它们大多都是融历史、哲学、文学等于一体而综合存在的。

不仅在文学形态上如此，在文化取向上，中国文学也体现出一种强烈的社会参与意识和批判意识。中华文学之精神，历经数千年的发展，先后孕化出了先秦的沧桑、两汉的华丽、魏晋的叛逆、唐代的豪迈、宋代的睿智、明清的批判⋯⋯这种精神一直发展到五四新文学，影响到当下文学创作的走向和发展。

中国是一个诗歌王国，几千年诗歌的发展凝聚了古人智慧和鲜明的中国文化品格，从先秦的《诗经》、战国的《楚辞》、两汉的乐府民歌和文人诗，到后来蔚为大观的盛唐气象，奠定了中国文学强大的抒情传统。但是值得注意的是，中国诗歌所抒之情，不是纯粹的一种形而上的情绪，而是与客观现实息息相关的。《离骚》被视为中国诗歌抒情传统的奠基之作，但是屈原所抒之情，是他遭谗被害的苦闷之情，是一种与国家、与君主共存亡的爱国主义忧愤之情；在唐诗宋词中，这种现象更是常见。王昌龄笔下有"不破楼兰终不还"的乱世英雄，高适有"二十解书剑，西游长安城。举头望君门，屈指取公卿"的雄伟抱负。辛弃疾目睹国家山河飘摇，满怀把"栏杆拍遍"的心痛和激愤。令陆游多少年来心醉神迷的，竟然也是"当年万里觅封侯，匹马戍梁州"的军旅生涯。即使是浪迹四海、神游天外的"诗仙"李白，以及生活孤独、性情冷僻的"诗鬼"李贺，其实也时常在诗歌中抒发建功立业、实现人生价值的强烈愿望。

散文方面则更是如此，作为"载道"的直接载体，中国的散文体现出强烈的政论色彩和干预精神。诸子散文纵横捭阖的谋略，从

---

① 章太炎. 国故论衡［M］. 陈平原，导读. 上海：上海古籍出版社，2003：49.

一开始就紧紧地与政治联系在一起。"发愤之所为作"的《史记》虽然秉持的是"实录"精神，但司马迁的伟大之处就在于他没有停留在"述往事"，而是进一步地衍生到了"思来者"。唐朝浩浩荡荡的古文运动，韩愈和柳宗元高举"明道"和"贯道"两面大旗驰骋文坛。你方唱罢我登场，这场古文运动刚刚落幕，以欧阳修为代表的新古文运动又开始兴起，反对骈四俪六的浮靡时文，主张把文与道和生活中的"百事"联系起来，主张"道胜文至""事信言文"，给我们留下了《醉翁亭记》《卖油翁》《与高司谏书》《朋党论》等千古名篇。明清之际的黄宗羲以文写史、以史鉴文，他的《原道》敢言人之不敢言，气势恢宏，持之有故，自有一种狂飙卷地的力量。

即便是在中国古代并不盛行的小说，也体现着强烈的批判意识。《官场现形记》《二十年目睹之怪现状》《老残游记》《孽海花》之所以被称为"四大谴责小说"，就是因为它们都是以社会上的种种丑恶现象和弊端构成情节的主要矛盾，用嬉笑怒骂、冷嘲热讽的形式进行了犀利的批判。而《红楼梦》之所以伟大，也绝不在于它描绘的家庭琐事和闺阁闲情，它深刻的批判力量，来源于贵族家庭的兴衰际遇背后关于政治、经济、伦理以及封建礼法、奴婢制度等一系列问题的暴露。

二、载道传统的文化成因

近些年来，不难看到很多关于"将文学从政治的战车上解绑"的口号，这样的口号的提倡是很有意义的，它试图提醒我们注意不要过于将文学作为政治的附庸，要强调文学自身的审美独立性。但是，这样的提议实际上是很难做到的。文学是人学，而人是生活在社会里、生活在政治里的，离开了社会人也就失落了价值，审美也就无从谈起。没有无来由的喜怒哀乐，也没有无缘故的爱恨情仇。我们从事文学活动，从创作到研究，从理论到实践，从欣赏到批评，都不能将社会性排斥在外。

　　实际上，任何一部优秀的文学作品，无论它在审美层面上有多大的魅力，它的根本价值必定是在思想情感上给人以震撼和启发，必然对于人的精神世界有着深切的关怀。文学从根本上是对人性的叩问、对人生的探索和对民族命运的思考。单纯的、脱离了对于人类精神层面和心灵世界的观照，这样的文学艺术是不存在的。凡瞩目于世界的伟大作家，并非在于他们为后世留下了多少篇小说、多少首诗歌、多少部戏剧，而主要是因为他们在文学作品中熔铸的思想直到今天都还熠熠生辉，还能照耀人类前进的步伐。托尔斯泰真正的伟大之处，不在于对安娜卡列尼娜的心理描写多么细致，也不在于将《战争与和平》中的场景塑造得如何恢宏，而是在于他作品中所传达出的人道主义思想。巴尔扎克在《人间喜剧》里塑造了两千多个人物，但让这两千多个人物"活"起来的，是他对整个资本主义经济制度对人性侵蚀的深刻反思。福克纳因为意识流叙事在文坛独树一帜，但如果《喧哗与骚动》失去了对美国种族问题的关注，再绚烂的叙事手法也只能沦为一种技巧和陪衬。即便是川端康成，他看起来是一位偏重于塑造病态美的、颓废官能世界的作家，但如果没有对于生存哲学的终极思考，没有对日本民族特性的透彻体悟，他怎么会成为日本第一个获得诺贝尔文学奖的作家？

　　更重要的是，文学是有根的，我们不仅生活在时代中，更是生活在文化中，一个民族的地域风情、思考方式、生活习惯最终都会反映到文学上来，最终形成民族自身独特的文化风貌和品格。比如说我们读鲁迅和读川端康成，会发现有两种不同文化的巨大差异横在这两个人之间。鲁迅不可能像川端康成那样去理解苦难、拥抱苦难，他要做的是唤醒中国人走出苦难，这里固然有个人的选择，但更为重要的是两种大文化下的抉择。

　　那么中国文化和文学的根本精神是什么呢？不同于西方国家，中国人往往追寻的不是生命的终极信仰，也不相信人死后可以进入天堂。死既然无可避免，那么生则必须有其意义。我们往往把对生命短暂、光阴易逝的遗憾都化为对现世意义的追寻，由此形成了一种独特的价值观——生命不能虚度，要有实际意义。特别是在儒家文化的长期影响下，这种意义主要就体现为一种为家国天下、为苍生黎民的抱负和志向。在这种语境下形成的中国文学，注定不可能是纯文学。对现实人生的关注，从来都是中华民族文学文化传统的重要一环。在中国古代，几乎所有官吏都能诗善文，又或者说，几乎所有文人的抱负都志在天下。这在其他任何一个国家都是非常罕见的。中国历朝历代的文学，从来都和政治、社会、伦理，甚至经济的发展紧密相关。我们秉承的是仁义礼智信的伦理价值，信奉的是"修身齐家治国平天下"的理想信念，推崇的是"穷则独善其身，达则兼济天下"的人生哲学，还有"天人合一"的宇宙观等，这是一代又一代凝聚我们民族发展的根基，也是千百年来华夏民族文化认同的文脉。

三、新文学使命意识对载道传统的承接

五四新文学的发生是从反传统的大幕中拉开的，但是这并不意味着新文学真的与传统形成了断裂，相反，五四新文学得以发生的直接动力就是来自现实的召唤。因启蒙需要顺势而生的新文学，从一开始就饱含着中国传统文人"济世""救民"的精神和民族忧患意识，这与中国几千年形成的文化惯性在深层次上达到了统一。五四一代人四处奔走呼号，以思想界的先遣兵——文学为武器，拿起笔来救国救民于水火之中。因此我们看到，五四时期的文学论争虽然是由文学问题引发，最后往往超出了文学的范围，延伸到国家、社会、经济、民主等各个方面。"弃医从文"决不仅仅是鲁迅一个人的选择，五四新文学的文学家中很多人一开始都并非是学文学出身的，但最终为什么都走上了文学之路？正是因为他们身上那种中国古已有之的家国天下的使命感、"天下兴亡，匹夫有责"的高度

的责任意识，促使他们放下原来的专业，而走上文学之路。

鲁迅为什么被称为"民族魂"？为什么我们今天谈到很多问题总是无法绕过鲁迅？鲁迅一生的创作留给我们最大的价值是什么？其实我们可以从鲁迅为什么不写长篇小说来理解这个问题。各种原因被考证和解读：忙于政治活动、演讲、授课，加上母亲患病需要赴京探视，时间仓促、精力不足甚至是英年早逝等，但很明显，这些都不是最重要的原因。一个显在的事实是，比起长篇小说，鲁迅更愿意写杂文，从 1918 年 9 月在《新青年》发表第一篇《随感录》，到逝世前一个月写下的《死》，鲁迅的杂文创作历时 18 年，字数总共将近 80 万字。无论是字数还是创作时间和精力，鲁迅对杂文的投入足以写成好几部长篇小说。这说明鲁迅对于长篇小说是"能写"却"不写"。至于原因就像鲁迅自己说的："我深恶先前的称小说为'闲书'，而且将'为艺术的艺术'，看作不过是'消闲'的新式的别号。所以我的取材，多采自病态社会的不幸的人们中，意思是在揭出病苦，引起疗救的注意。所以我力避行文的唠叨，只要觉得够将意思传给别人了，就宁可什么陪衬拖带也没有。"① 没有什么"陪衬拖带"，直截了当地切入中国社会的问题和弊病才是鲁迅最为关心的。于是他用杂文作为投枪匕首介入社会现实、介入社会斗争，瞄准一个个中国现实存在的问题，从对传统与革新的理解到对农民问题、妇女问题的思考，从对国民性的批判到对民族命运的探索，等等。今天看来，鲁迅写不写长篇，丝毫不影响他今天的价值与地位。就像冯雪峰在《关于鲁迅在文学上的地位》中对鲁迅评价的那样："鲁迅的巨大的艺术天才，显然担得起世界上最著名最伟人的那些创作长篇巨制之作者；但社会和时代使他的艺术天才取另一形态发展……但他的十余本杂感集，对于中国社会与文

---

① 鲁迅. 南腔北调集·我怎么做起小说来［M］//鲁迅全集：第四卷. 北京：人民文学出版社，1981：456.

化，比十余卷的巨篇巨制也许更有价值，实际上是更为大众所
重视。"①

这里不得不特别提到茅盾，与鲁迅不写长篇小说相反，茅盾在
中国现代文学史上的地位，主要是由他的长篇小说奠定的。我们常
常说茅盾小说最大的价值是现实主义的创作技巧，是塑造出来的民
族资本家和时代女性形象系列等等，但实际上，笔者认为茅盾小说
最大的价值在于始终贯穿他多部作品的一个独异现象，就是他的小
说创作往往处于一种"未完成"的形态。"未完成"几乎成了茅盾
创作最大的一个特点，从《虹》到《霜叶红似二月花》《腐蚀》
《锻炼》等，茅盾笔下的长篇小说在情节上常常存在一种骤停的
"未完成"现象，给人一种这一部长篇还没写完又开始写下一部的
感觉。为何如此？作为一个小说家，茅盾难道不知道作品需要"完
成"？又或者是茅盾没有能力去完成一部长篇小说？显然都不是，
这个问题实际上已经远远超出了创作方式的范畴，这在根本上反映
的是茅盾作为一个知识分子的责任感——他写小说，不是为了艺术
的完整，而是为了反映时代的问题，追踪社会的动向，从《虹》到
《锻炼》，几乎一部一个主题，每一部都紧扣着当时中国社会的最新
动态。但是在风起云涌的时代变动面前，茅盾想用长篇的叙事结构
迅速地跟进时代变化，是很难做到的。所以我们现在看到茅盾的这
些长篇小说在线索上有一定程度上的缺失，这种缺失在艺术上或许
是一种缺憾，但是恰恰反映了茅盾作为一个文人知识分子对时事高
度的关注和追踪，这种责任感甚至超越了茅盾作为一个作家在艺术
完成度上的要求。

反过来看，中国现代文学史上的"浪漫主义"真的就那么
"浪漫"吗？即便是曾经推崇卢梭、歌德、拜伦、雪莱、海涅而在

---

① 冯雪峰. 关于鲁迅在文学上的地位 [M] //冯雪峰. 过来的时代：鲁迅论
及其他. 北京：新知书店，1946：29 – 30.

文坛上"异军突起"的创造社，也很难说他们就是浪漫主义流派。我们很容易找到它们与西方浪漫主义文学的"似"，也很容易发现它们之间的"不似"。"似"在于人物塑造的借鉴，在于结构设置的模仿，甚至在于主题思想的相似；"不似"在于创造社自我的情感、欲望、爆破力、扩张性，并非是为了表达自我而表达，而是对封建文化伦理纲常的另一种反抗方式，这就从根本上决定了创造社在后期的转变。郁达夫除了《沉沦》还有《广州事情》，郭沫若除了《女神》还有《请看今日之蒋介石》。从这个角度上来看，"纯文学"在中国几乎是没有的，这也是五四新文学继承中国文学传统的一个重要方面。五四之初的浅草社、沉钟社吸取西方"世纪末"的精髓，为自己的创作增添了一抹颓废、感伤的痕迹。李金发向法国象征主义诗歌的学步，20世纪30年代新感觉派小说、心理分析小说对日本、欧美现代派小说形式的借取等，都体现了中国作家努力体验"现代主义"的尝试。从某种程度上说，它们的确是一种"新声"，但它们不可能担起中国文学转型的重任，因此也不可能成为中国现代文学的主流。

　　基于此，本书旨在对载道传统进行梳理，并努力呈现出载道传统在现当代文学中的新面貌和新形态。主要以五四文学、左翼文学、抗战文学、十七年文学、新时期文学、新世纪文学等为时间节点，以作家、文学现象、文学论争、文学社团等话题串联起载道传统在现当代文学中的精神谱系。今天我们的文学发展，形式越来越多元，文学所传达出的价值观念也越来越多元。文学的蓬勃发展固然是好事，但是我们始终不能忘记文学创作的根本价值是什么，这也是今天我们再次提及载道传统的重要原因和目的。

第一章

载道：中国文学的核心命题

　　在中国文学的发展过程中，载道、言志、缘情是三个非常重要
的概念。载道强调文学需言之有物，言之有道；缘情则更加侧重文
学的主观情感表达；而言志，则是一个比较折中的概念，所言之
志，既可以是为天下苍生的"道"，也可以是自己的内心之"情"。
但值得注意的是，纵观中国文学史，我们很难去定义哪部作品就是
"言志"的，哪部作品就是"载道"的，哪部作品就是"缘情"而
发的。事实上，这三个命题常常以一种共生的状态综合性地影响着
中国文学发展的形态、脉络和走向。然而在这种共生的状态中，载
道始终处于一种核心的主流位置。当然，我们今天所说的载道指的
不是具体哪一个朝代、哪一种制度下的"道"，而是一种始终贯穿
于几千年中国文学历史的使命意识、责任意识和社会担当意识，支
撑起了中国文学的脊梁，铸就了中国文学最鲜明的文化品格。

第一节　言志与载道：同源还是异流

　　朱自清在他的文学论文《诗言志辨》的序中这样表述言志与载
道的关系："言志的本义原跟'载道'差不多，两者并不冲突；现
时却变得和'载道'对立起来。"① 那么，究竟什么是"志"，什
么是"道"呢？言志与载道又是一种什么样的关系呢？

一、"诗言志"的发生及演变

　　关于"诗言志"的起源，一般有两种说法。一说认为"诗言
志"最早见于《尚书·尧典》之中："夔，命汝典乐，教胄子。直
而温，宽而栗，刚而无虐，简而无傲。诗言志，歌永言，声依永，

---

① 朱自清. 诗言志辨·序［M］//朱自清全集：第6卷　学术论著编. 南
京：江苏教育出版社，1990：130.

律和声。八音克谐，无相夺伦，神人以和。"① 结合上下文我们可以得知，虽然这里的"诗"并不是指我们今天所认为的"诗歌"，而是指巫史占卜祭祀过程中的祷辞告语，但强调的是"诗"里需要表明自己的意志。

另一说则认为，"诗言志"最早见于《左传》，在《左传·襄公二十年》中写到郑国有一次宴请晋国的大臣赵孟，席间郑国的大臣纷纷赋诗恭维赵孟，只有伯有作的辞赋里用一句"人之无良，我以为君"来借机表达对郑国国君的怨恨。对此赵孟评价道："伯有将为戮矣！诗以言志，志诬其上，而公怨之，以为宾荣，其能久乎？"② 这里"诗以言志"的意思，联系到后面一句"志诬其上"，指的是一种诗词中传递的"意图""意思"。在这里，"诗言志"的基本意思已经确定，就是"言心中之志"，通俗地说，就是表达自己心中所想、心中所思的意思。

这两种说法虽然对于"诗言志"的最早出处有着不同的解释，但是二者都传达了一个共同的意思，那就是诗歌是一种表露自己心志的艺术形态。有学者认为，"诗言志"这个命题的提出，"是对诗歌本质的总结，而非对诗歌内容的某种规范"③。这便意味着，诗歌在此之后，从祭祀、风俗、占卜等艺术形态中分离出来，成为一个以"志"为核心的独立文学形态。"诗言志"这个影响了中国两千多年古典诗歌发展的重要命题，已经初步具备了基本的理论雏形。

这一理论到了战国时期发生了比较大的变化，特别是在荀子那

① 孙星衍. 尚书今古文注疏［M］. 陈抗，盛冬铃，点校. 北京：中华书局，1986：69.
② 左丘明. 中国史学要籍丛刊：左传 下［M］. 杜预，集解. 上海：上海古籍出版社，2015：639.
③ 陈顾. 同源异流两诗系：对"言志"、"缘情"的再思考［J］. 青海社会科学，1992（1）：56－63.

里，"诗言志"理论迎来了一个重要的转折。长期面临四分五裂割据状态的战国末期，急需一种强有力的思想来统一人民的思想。在荀子看来，文艺对国家的政权有着举足轻重的作用。这一主张深刻地影响到了他对"诗言志"的改造。在《儒效》中，荀子指出："圣人也者，道之管也。天下之道管是矣，百王之道一是矣；故《诗》《书》《礼》《乐》之道归是矣。《诗》言是，其志也；《书》言是，其事也；《礼》言是，其行也；《乐》言是，其和也；《春秋》言是，其微也。"① 在荀子看来，自古作诗著文，需要弘扬圣人之道。而这个"志"已经逐渐脱离了"性情之志"，更加偏向于"圣道之志"了。

在汉代"独尊儒术"思想政策的影响下，"诗言志"的内涵越来越偏向于儒道和儒德。《毛诗序》（也称《诗大序》）中说："诗者，志之所之也。在心为志，发言为诗。情动于中而形于言。"这似乎将"志"看作是心中的意念，但马上又接着说："发乎情，止乎礼义。"这说明，在《毛诗序》这里，"情"是必须要用封建政治伦理道德来约束的。《毛诗序》中的"志"同样也是经过礼乐教化的道德情志。另外，对于诗的功能，《毛诗序》明确提出："风，风也，教也。风以动之，教以化之。"诗歌不再为祭祀所用，也不再是民俗民风，而是具有了教化作用，这种作用不是强行灌入的，而是像"风"一样，在潜移默化中对人实现"动之"和"化之"。

到了汉末，社会动乱，民生凋敝，文学也迎来了它新的转变。越来越多的文人在乱世之中，感受到社会抱负的破灭，而越来越关注到个体生命的无助、命运的无奈与心理的痛苦。到了魏晋，这种风尚更加盛行，既有人生短暂、壮志难酬的悲凉，又有笔调朗清的宏大意境。经纶学说已经被现实所击破，诗文的创作成为英雄豪士

---

① 儒效篇 [M] //四部精华：中 子部. 宇林，等点校. 长沙：岳麓书社，1991：29.

一展胸臆的载体。一种崭新的文学理解方式，即陆机所言的"缘情"，大大地解放了诗歌的表现内容，有着个性解放与审美觉醒的意义。

从以上的梳理，我们看到"诗言志"最初作为一种文学理论，内涵是十分丰富的，它从根本上规定了文学的性质。随着文学自身的发展，从"诗言志"中又逐渐分化出"载道"和"缘情"两派文学观念。中国的文学就在这几种文学观念的牵引下开始了几千年的历史沉浮。

二、"志"与"道"的同源

上文提到，从《尚书·尧典》中的"诗言志"到《毛诗序》中的"诗者，志之所之也"，都把"志"的表达作为诗的根本。但"诗言志"的"志"并没有特定的所指，凡是表达出作者态度、意图、想法和情感等都属于"志"的范畴。但是，在儒学的强大传统影响下，文学从一开始就蕴含着强烈的社会效用。《论语·阳货篇》有这样的记载："子曰：小子何莫学夫《诗》？《诗》可以兴，可以观，可以群，可以怨。迩之事父，远之事君，多识于鸟兽草木之名。"①"兴""观""群""怨""事父""事君"，强调的都是"诗"的社会功用。也就是说，虽然诗言志的"志"包含了心情、心意、政治抱负、道德规范等多方面的含义，但是在儒学文化的主导影响下，诗言志的"志"，更多更集中地体现为一种人生志向和社会抱负，而表现"个体之志"的部分则相对被弱化了，又或者说，那些阐发"个体之志"的作品，在当时的主流文化环境中是不被推崇，甚至是不被认叮的。这与中国文化制度有很大的关系。不难发现，中国古代几乎所有官吏都善文，几乎所有文人的抱负都需要通过仕途来实现。用徐复观先生的话说就是："中国文化精神的

---

① 金良年. 论语译注［M］. 上海：上海古籍出版社，2004：211.

指向，主要是在成就道德而不在成就知识。因此，中国知识分子的成就，也是在行为而不在知识。换言之，中国人读书，不是为了知识；知识也不是衡量中国知识分子的尺度。"① "载道说"是由"言志说"脱胎而来，它们之间有一种不可分割的源流关系。

三、"志"与"道"的分化

鉴于"言志"与"载道"之间这种同源的关系，我们常常将这二者的意义混为一谈，比如朱自清就在他的《诗言志辨》中认为"言志"和"载道""二者没什么冲突"。但周作人却不同意这个看法，他在《中国新文学的源流》中表示，中国的文学是分为"载道""言志"两派，并且指出："这两种潮流的起伏，便造成了中国的文学史。"② 为什么这两位大家对"载道"与"言志"关系的认识会有如此大的差异呢？

如果说朱自清强调"言志""载道"之"同"，是为了强调"志"与"道"在抒发志向、抱负上的共同性，那么周作人强调这二者的"异"，则是关注到了文学在情感表达上的差异。在周作人的一些文论中，我们可以看到他对"诗言志"的理解："吾国昔称诗言志。（古时纯粹文章，殆惟诗歌，此外皆悬疑问耳。）夫志者，心之所希，根于至情，自然而流露，不可或遏，人间之天籁也。"③周作人将自己的批评论集命名为"自己的园地"，就是因为他觉得创作和批评都同属于"自己的园地"，要写什么或批评什么，都是作家、批评家自己的事，是他们"性灵"的流露，可以随性所为，自由自在，无所羁束。对于"载道"，周作人则认为是以儒家思想、

---

① 李维武. 中国人文精神之阐扬：徐复观新儒学论著辑要 ［M］. 北京：中国广播电视出版社，1996：176.

② 周作人. 中国新文学的源流 ［M］. 上海：华东师范大学出版社，1995：2.

③ 周作人. 论文章之意义暨其使命因及中国近时论文之失 ［M］//钟叔河. 周作人文类编·本色. 长沙：湖南文艺出版社，1998：5－6.

说教意识等内容作为主体，是"赋得的文学"和"遵命的文学"，对于"言志"和"载道"的区别，周作人一言以蔽之："言他人之志即是载道，载自己的道亦是言志。"①

那么，"载道"是否像周作人说的那样与"言志"对立起来呢？要回答这个问题，我们首先要对"载道"的概念做一番简单的了解。"文以载道"虽然是中国古代文论的重要学说之一，但在唐代以前没有形成明晰的理论观点。唐代古文运动中韩愈率先提出"修其辞以明其道"。在《原道篇》中韩愈将"道"的概念进一步具体到"孔孟之道"上来：

> "斯道也，何道也？"曰："斯吾所谓道也，非向所谓老与佛之道也。"尧以是传之舜，舜以是传之禹，禹以是传之汤，汤以是传之文、武、周公，文、武、周公传之孔子，孔子传之孟轲，轲之死，不得其传焉。②

柳宗元在此基础上概括成"文以明道"说："始吾幼且少，为文章以辞为工。及长，乃知文者以明道。"③ 但是值得注意的是，韩柳二人"明道"的文学主张是针对中唐文坛上的形式主义文风而发的，他们是在肯定文学特殊性的前提下，提倡文学应该于道有所得，主要强调了文学对社会政治生活的褒贬讽刺作用。所以我们今天去看韩愈、柳宗元的文章，仍然可以看到很强的文学性。苏轼评价韩愈说"文起八代之衰"，这并非过誉之辞。韩愈的《师说》恢宏大气，文辞汪洋恣肆又纵横开阔，字里行间充斥着一种无可辩驳

---

① 周作人. 中国新文学大系：散文一集 ［M］. 上海：上海良友图书公司，1935：11.

② 韩愈. 韩愈选集 ［M］. 孙昌武，选注. 上海：上海古籍出版社，2013：261.

③ 柳宗元. 答韦中立论师道书 ［M］//尚永亮，洪迎华. 柳宗元集. 南京：凤凰出版社，2014：308.

的逻辑力量，其中一句"师者，所以传道受业解惑也"直到今天也是为师者的至理名言；他的《祭十二郎文》用长短错落的句式，在生活琐事的叙述中传达出了对亡侄的无限哀痛之情，情感自肺腑流出，字字是血，字字是泪；《张中丞传后叙》中勾画出了一个个呼之欲出的鲜明形象，张巡、许远个个栩栩如生。

然而，好景不长，发展到宋代时，理学渐盛，北宋周敦颐提出"文以载道"说，程颢、程颐提出了"作文害道""作诗碍事"，朱熹提出"文从道出"，对"道"的重视已经远远超过了"文"，甚至认为文章的审美功能还会"害道""碍事"。在这种极端的情况下，崇"道"的必然结果就是迫压其他的自由思想，从而形成专制、权威，甚至迷信唯一而非普泛的信仰。载道派的文学只能是"代圣贤立言"。这种高度集中的文学形式发展到明清时期，诞生了一个具有代表性的产物——八股文。八股文章就"四书""五经"取题，内容必须用古人的语气，绝对不允许自由发挥，而句子的长短、字的繁简、声调高低等也都要相对成文，字数也有限制。发展到这一阶段，"载道"已经基本背离了"言志"的本义，而沦为一种文学的工具和束缚。

"载道"作为一种价值观，曾经深刻地影响了中国文学的发展，但我们也不得不正视，发展到明清时期，在中央集权的高度控制下，"道"也在一定程度上钳制了文学的自由发展。我们现在回过头去看周作人关于"载道"的批判，事实上也是有一定特定背景的，周作人对于中国文学做"言志派"与"载道派"的划分，宣称要去耕种"自己的园地"，是源于他对当时文艺发展的整体趋向所做的一个判断，并不是纯粹的个人趣味和价值趋向的问题，而是他针对当时文艺发展潮流中出现的某些过于"教条化"的倾向提出来的，是他敏感地感知到了当时文艺发展出现的某些问题而做出的一种反拨。事实上，作为新文化运动的闯将之一，周作人并没有真正摒弃过文学的"载道功能"。他在《自己的园地》中这样写道：

　　总之艺术是独立的，却又原来是人性的，所以既不必使他隔离人生，又不必使他服侍人生，只任他成为浑然的人生的艺术便好了。"为艺术"派以个人为艺术的工匠，"为人生"派以艺术为人生的仆役：现在却以个人为主人，表现情思而成艺术，即为其生活之一部，初不为福利他人而作，而他人接触这艺术，得到一种共鸣与感兴，使其精神生活充实而丰富，又即以为实生活的基本；这是人生的艺术的要点，有独立的艺术美与无形的功利。我所说的蔷薇地丁的种作，便是如此。①

　　从这段话中，我们可以看到周作人并没有否定文艺的功利性，只是强调这不是文艺本身的目的，而是文艺本身自然而然的结果。他反对"为人生的艺术"与"为艺术的艺术"，因为它们把艺术与人生分离。他认为艺术当然是人生的，因为这是我们感情生活的表现，怎么能与人生分离？

第二节　缘情与载道：对立还是互补

　　当"文以载道"说以主流之势汹涌于中国文学理论史的同时，另一性质的文论思想也并行其旁，与"载道说"相互激荡、相互呼应，时而分化，时而互补，构成了中国文学发展史中的重要一脉，这就是"缘情说"。

一、从"缘情说"到"性灵说"

　　"缘情说"最早出自陆机的《义赋》："诗缘情而绮靡，赋体物而浏亮。碑披文以相质，诔缠绵而凄怆。铭博约而温润，箴顿挫而清壮。颂优游以彬蔚，论精微而朗畅。奏平彻以闲雅，说炜晔而谲

---

① 张菊香. 周作人散文选集［M］. 天津：百花文艺出版社，2009：55 – 56.

诳。"可以看出,"缘情说"是陆机在区分诗、赋、碑、诔、铭等文体的时候提出来的,他强调了诗歌是缘于情感的波动而作。而经过缘情而作的诗歌在风格上会呈现出一种"绮靡"的特点。绮靡,据后来唐朝李善所注,指的是"精妙之言"。在《文赋》里,陆机用了将近一半的篇幅细致地论述了如何遣词造句,怎样主采调音。其实我们在看陆机自己所作之诗的时候,就能发现他是很注重词采声色、排偶对仗的。有学者统计,在陆机的所有诗歌中,仅是对偶就约有220对。在他的《君子行》中:"近火固宜热,履冰岂恶寒?掇蜂灭天道,拾尘惑孔颜。逐臣尚何有?弃友焉足叹!福钟恒有兆,祸集非无端。天损未易辞,人益犹可欢。"短短几行里面连用了五个对偶,每一对又有着不同的意思。虽然在陆机之前,不少诗人都谈及"情",然而这样明确而肯定地把情感归之为诗或文学的本质特征的,陆机是第一人。如果说两汉的"言志说"告诉诗人应该写什么,陆机的"缘情说"则告诉诗人应该怎么写。

晚明以后,封建社会走向没落,一批诗人文士要求摆脱儒道对诗歌的约束,要求自由地抒发诗人自身的真情实感。其先驱者,当推李贽:

盖声色之来,发于情性,由乎自然,是可以牵合矫强而致乎?故自然发于情性,则自然止乎礼义,非情性之外复有礼义可止也。①

李贽的"童心说"直接指向两汉"言志说"的核心。《毛诗序》中要求"发乎情,止乎礼义",李贽则强调"发于情性,由乎自然",这个情性和自然在李贽看来就是一种"童心"。所谓"童心"者,表达的就是个体的真实感受与真实愿望,是真心与真人得

① 张建业,张岱. 焚书注:上〔M〕. 北京:社会科学文献出版社,2013:365.

以成立的依据。李贽认为文学都必须真实坦率地表露作者内心的情感和人生的欲望。而如何做到这一点，首先必须割断与道学的联系，因为那些"道理闻见"会使人的言谈举止不再发自本心，从而形成一个"以假人言假言""事假事而文假文"的虚假世界。因此，李贽反对长期以来"文必秦汉，诗必盛唐"的理论，认为文学作品的优劣在于是否说真话、抒真情，并且在此基础上肯定传奇、杂剧的价值，把《西厢记》《水浒传》列为"古今之至文"。李贽以大无畏的叛逆精神向传统的诗歌理论挑战，在当时产生了很大的影响。

公安"三袁"（袁宗道、袁宏道、袁中道）进一步发展了李贽的"童心说"。袁宏道在《和者乐之所由生》中阐释了诗与礼的来由："诗者，因人情之所欲鸣，而自为抑扬，和之达于口者也"；"礼者，因人情之所安而自为升降，和之达于身者也"。袁宏道认为无论是诗还是礼都应该首先源自于人性、人情。到了清代，袁枚又继承了公安派的理论，认为写诗如果过于强调温柔敦厚，就势必会妨害文学真实性灵的表达。由此，袁枚还大胆地肯定了男女之间的爱情诗，认为"阴阳夫妇，艳诗之祖也"①。这在当时以程朱理学为主流的文化环境中，具有明显的反叛意义。袁枚曾经不止一次写信给沈德潜，对沈德潜《国朝诗别裁集》的编选原则"诗贵温柔，不可说尽，又必关系人伦日用"颇不以为然，认为："言不必圣人道，要以抒其所自见。"他甚至大胆提出"情所最先，莫如男女"。有人劝他删掉诗集中的缘情诗，他回敬道："使仆集中无缘情之作，尚思借编一二以自污，幸而半生小过，惰在于斯，何忍过时抹

---

① 袁枚. 再与沈大宗伯书［M］//顾易生. 清代文论选：上下. 北京：人民文学出版社，1999：512.

杀?"① 明清之际的重情理论带有浓郁的反正统，特别是反理学的色彩，这是难能可贵的。

从陆机到袁枚，"缘情说"在不同时代有着不同的侧重，但他们有一个共同的主张是轻视甚或蔑视儒道对诗歌的规范，形成了一个相对独立于载道传统的理论派系。

二、"情"与"道"的二重变奏：对立与互补

虽然中国的传统文学和文学理论都注意到了文学的表情特征，但儒家诗教却严格地限制"情"的抒发，故《毛诗序》说"诗发乎情，止乎礼义"，孔子把"乐而不淫，哀而不伤"作为儒家诗教的审美标准。因此在中国古典文学中，这两种思想并非势均力敌、平分秋色的。占据主流地位的，仍然是"文以载道"的思想，正如胡适所说，文人读书，都要论道，"都要妄想透过纸背去寻那'微言大义'，全无欣赏愉悦之心，故小说得不到文人士大夫者流的重视与支持，它的发展晚而慢，就是不难理解的了"②。言之无物的诗文，都被人视为雕虫小技而难登大雅之堂。

但是，当文学发展到一定阶段的时候，必然要求充分体现它作为艺术的价值与特征，要求摆脱外界的束缚，获得独立的地位。我们可以看到，不管是"缘情说"，还是"童心说"，抑或是"性灵说"，它们的出现都有着类似的社会文化背景。文学是社会心理的晴雨表，这一类倡导情感、提倡本心、弘扬性灵的文字理念之所以会出现，一个重要原因是当时的儒家之道、伦理之规对思想控制得过于严苛。物极则必反，在"缘情说"出现之前的两汉，在董仲舒"罢黜百家，独尊儒术"的政策影响下，儒道、儒德的思想控制达

---

① 袁枚. 答程蕺园论诗书 [M] //袁枚文选译. 袁启明，译注. 北京：人民文学出版社，1989.

② 黄新荣. 中国文化散论 [M]. 广州：华南理工大学出版社，2003：152.

到了高度的集中，特别是迎来了汉末的社会战乱，民生凋敝之后，文人自然而然地会转向于一种个人内心的书写和言说，在这样的情况下，"缘情说"顺势而生。"童心说"也是这样，在明代，封建统治者特别重视利用文艺以维护其统治，曾多次明令杂剧戏文只许演"神仙道扮、义夫节妇、孝子顺孙、劝人为善及欢乐太平者"，如若违令，则"一律拿送法司究治"。在这样的情况下，以道为准、以经为准、以圣为准就成了文学创作的最高原则，文学也成为宣传万世纲常之理的重要工具。"童心说"的出现就是针对这种社会风气，要求文学要摆脱这种孔孟之道，关注自我，书写自我。这些强调以情对伦理规范实现反叛的学说和文学形态，就是文学审美需求在政治对文学干预下的顽强反抗。

反过来，"载道说"提出的时候，往往也是处于"缘情"文学过于泛滥的时候。中唐以来，国家权威失坠，道德沦丧，异端之学渐起，思想秩序临近崩溃。更重要的是，当时的文章风气，受到六朝诗风的影响，重排偶用典而内容空洞，重辞章而言之无物。这样的文风无论是对文学自身的发展还是对强化皇权、巩固帝威都没有任何用处。所以韩愈和柳宗元才会高举"文以贯道"的大旗开展了古文运动。

事实上，任何事物都存在着内部矛盾，没有哪一种文学观能够涵盖文学的方方面面。"载道"固然好，但发展到一定程度也不免出现思想直露、重质轻文的偏离。那么这时候"缘情说"的出现正好可以进行反拨，突出情感的地位有可能使作品内容更具体、生动，使作品风格个性更加多元化。但是，过于推崇缘情，容易陷入个人的吟风咏月、流连哀思之中，在创作上也容易陷进追求文辞华丽而不顾内容的困境。这时候，"载道说"的提倡就是一支强有力的强心针。从某种意义上说，"载道"与"缘情"实际上是两股制衡、调节文学发展的力量，相互提醒、相互制约。"载道说"与"缘情说"实际上是一体两面，在不同的时代时而相互对立，时而不断补充、相互融入。它们共同记录了中国文化阶层在不同历史时期对文学的自觉与自信，显现出了中国文学本身的多层内涵和丰富精神。更何况，人本来就是生活在社会中的，特定的社会事件和社会现象会引发作家的创作之情，作者所抒之情也无不包含着他对社会的看法和理解。情感和内容本来就是相互依存才得以存在的两样东西，我们常说《离骚》是一首浪漫主义的伟大诗篇，作品中充满了真挚热烈的感情，但这种感情不是由诗人凭空想象出来的，而是由当时的社会现实引发的。屈原既抒发了与祖国同休戚、共存亡的爱国主义热情，也批判了楚国奸人当道的社会现实。柳宗元的《小石潭记》、欧阳修的《醉翁亭记》这类游记，表面上都在写湖光山水，写游赏宴饮，但力透纸背的，仍然是作者难言的苦衷，写山水之乐，是为了排遣谪居生活的苦闷。

三、"缘情"为何不能成为中国文学的主流

"缘情说"的意义和价值是重大的，但是为何这样的文学却难以成为中国文学的主流呢？

我们可以试想，古希腊有《荷马史诗》，法国有《罗兰之歌》，西班牙有《熙德之歌》，俄罗斯有《伊戈尔远征记》，就连一向以理性著称的德国也有《尼伯龙根之歌》这样的史诗。作为四大文明古国之一的中国为什么没有出现史诗？这是一个值得我们思考的问题。西方史诗都发源于神话，它是在远古人们以想象和艺术来解释自然界和自己的祖先与神灵的文学形态。中国是一个早熟的民族，过早地进入了农业文明，使得中国的神话时代还没有充分发展就已经成为过去。孔子说"不语怪力乱神"，说的就是人需要脚踏实地地过现实生活。为什么我们常常说中国没有真正的悲剧？中国当然有悲剧，我们有《赵氏孤儿》《精忠谱》这样的英雄悲剧，有《窦娥冤》这样的社会悲剧，也有《牡丹亭》《梁山伯与祝英台》这样的爱情悲剧。但是不难发现，中国的悲剧核心都是围绕社会压迫、

家庭伦理展开的，而不同于俄狄浦斯式的"命运的不可抗拒性"和"人性的不可捉摸"。它的创作者大多是仕途上不如意的知识分子，这些知识分子寒窗苦读几十载，始终是以从政为最终归宿的，即使隐居山林也是"位卑未敢忘忧国"的。而这种被弃用的下场也就成了他们最深刻的悲哀，反映到作品中就成了悲剧人物无法摆脱的被压迫的、无法自主的命运。

文学的发生或许是缘于情感的波动，但是文学的沉淀一定是由理性支撑的。"情"和"性"只有在与"理"打交道时才能显示出来。也就是说，像齐梁宫体诗那样描写一个女子的睡态，或者像郁达夫《沉沦》那样抒发自己的性苦闷，其实都不是文学的最终目的。如果一个作家不能通过这种描写，传达自己对所描写对象的理解，由此生发出特定的意味或意绪，那么他的创作同样不能说是成功的。"缘情说"倡导的意义，是在相对于遮蔽"本性"和"真情"的伦理"载道"中才能显现的。在中国的文化语境下，试图建立与政治和道德教化无关的"纯文学"，可能永远都是不切实际的。

第三节 文以载道：从反思到建构

一、中国文学本质观的历史追问

"文以载道"的提出有着较为深厚的文化渊源，家国理想是中国文人的普遍精神追求，兴寄怀抱则是一种个人情感的抒发，也是一个民族的共同理想追求。

费孝通先生曾在他的《乡土中国》中提出"中国社会是乡土性的"这样一个观点。而乡土性则表现为以下三个特点：一、泥土性；二、不流动性；三、熟人社会。事实上，这三个特点深深地影响了中国载道观的形成与发展。

首先，泥土，似乎是一个非常能代表传统中国的物象。中国自古以来就是一个农业大国，人与土地的关系是构成中国人生存的最基础的关系。体现在文学上，则表现为一种乡土和乡情的书写。《诗经·国风》里著名的长诗《七月》就描绘了一幅古代民众耕田劳作的生动图景：

七月流火，九月授衣。一之日觱发，二之日栗烈。无衣无褐，何以卒岁？三之日于耜，四之日举趾。同我妇子，馌彼南亩，田畯至喜。

七月流火，九月授衣。春日载阳，有鸣仓庚。女执懿筐，遵彼微行，爰求柔桑。春日迟迟，采蘩祁祁。女心伤悲，殆及公子同归。

七月流火，八月萑苇。蚕月条桑，取彼斧斨。以伐远扬，猗彼女桑。七月鸣鵙，八月载绩。载玄载黄，我朱孔阳，为公子裳。

四月秀葽，五月鸣蜩。八月其获，十月陨萚。一之日于貉，取彼狐狸，为公子裘。二之日其同，载缵武功。言私其豵，献豜于公。

从以上截取的片段来看，这首诗详细记述了当时人们根据时节，为穿衣饮食而劳作的情况：或是耕稼，或是蚕桑，或是纺织，或是田猎。

与乡土相连的，是对于国家的思念，《卫风·河广》里这位远在卫国的宋人这样表达着自己对故土的思念：

谁谓河广？一苇杭之。谁谓宋远？跂予望之。
谁谓河广？曾不容刀。谁谓宋远？曾不崇朝。

宋国不远，跂起脚就能看见；河也不宽，一叶苇筏就能航行。但就是那么短的距离，也无法回到故国，这种思念的感情也就更加炽热。对故乡的思念、对故国的感怀是中国诗文一个永恒的主题。各个朝代都有大量诗歌书写对国破山河的感慨和离家思乡的忧虑，成为中国文学的一个特点。

其次，稳定性。中国的社会结构、制度具有很强的稳定性，同样，中国的文化与文学也具有稳定性。中国几千年的发展证明，虽然朝代更改，政权更替，但在文化上中华文明从未断裂，一脉相承。即便是曾经五四新文化运动以强大的冲击力荡涤着中国的历史和现实，新文学新文化以不可阻挡之势，批判旧文学旧文化，摧枯拉朽，开天辟地。但今天我们平心静气地看看，中国文学的传统被打倒了吗？断裂了吗？不仅没有，国学反而以强大的凝聚力固守着传统文化的血脉。新文学阵营有《新青年》，有文学研究会、创造社、新月社、语丝社；所谓的旧文学阵营则有《国粹学报》《国故论衡》，还有"国学保存会""国学讲习会"等。甚至有不少原先的新文学先驱如胡适等人，刚刚忙完新文学，马上又钻入"故纸堆"，做起"旧学问"来。中国几千年来以何为本、以何为纲、以何为价值判断的精神和思想到今天还仍然以强大的生命力，影响着当下人们对人生、社会和世界的看法。

最后，"熟人社会"是中国社会一种非常特殊的结构。中华民族在一段很长的时间内都相当完整地保留了氏族的血缘关系的组织系统和生活方式，形成了大大小小的宗族血缘集团，在这种集团中，形成了人情传统和礼治传统。这便意味着社会的运行并不是靠国家法制来维护，而是靠"人情"和"礼"来约束。如何让这种"人情"和"礼"在潜移默化中影响到人的行为，靠的就是文学的教化作用。所以，在这样的情况下，文学就需要包含道德、伦理的内容。

以上这三点综合起来表现在我们民族的审美活动和艺术活动之中，就最为集中地表现为"文以载道"的文学观念。注重德性、注重事功、注重人生对于社会历史的价值功能，古代的文人尤其注重后世对自己的评价。"名"是自我价值获得社会认可的标志，也是衡量自我价值的尺度。于是，"名"几乎成了与生命等值的东西，甚至超越了生命的价值。于是我们看到一代代文人面对生死，发出了"人生自古谁无死，留取丹青照汗青""粉骨碎身浑不怕，要留清白在人间"的叹息，就连婉约派的女词人李清照都曾发出过"生当作人杰，死亦为鬼雄"的感叹。

因而，对"文以载道"，我们不能简单地套上"为统治阶级服务""为政治服务"的公式而一概否定。"道"是一种文化价值，是文人所倾心向往的"德治"的王道社会。

二、载道传统的当下建构

中国的现代化转型是在猛烈抨击传统文化中拉开大幕的。作为古典文学核心命题的"载道"自然成为新文化运动者攻击的靶子。胡适在其发难之作《文学改良刍议》中提出"言之有物"，并申明："吾所谓'物'，非古人所谓'文以载道'之说也。"[①] 较之胡适，陈独秀的思考更为深入，他认为"文学本非为载道而设"[②]，指出胡适所谓"言之有物"，"其流弊将毋同于'文以载道'之说？以文学为手段为器械，必附他物以生存。窃以为文学之作品，与应用文学作用不同。其美感与伎俩，所谓文学美术自身独立存在之价值，是否可以轻轻抹杀，岂无研究之余地？"[③]

但这是否意味着五四以来的新文学就不再是"载道"的文学了呢？恰恰相反，五四新文学反对的是旧文学里所载的封建伦理之道，而不是反对文学的载道功能。实际上，新文学不仅不反对"载

---

① 胡适. 文学改良刍议 [J]. 新青年，1917，2（5）.
② 陈独秀. 文学革命论 [M] //陈独秀. 独秀文存. 合肥：安徽人民出版社，1987：97.
③ 陈独秀. 答胡适之 [M] //陈独秀. 独秀文存. 合肥：安徽人民出版社，1987：636.

道"，而是充分利用起文学的载道功能，用来载"启蒙"之道，用文学唤醒民众的觉醒，拯救国家于水火之中。尤其是晚清以来的文学，要么是才子佳人的谈情说爱，要么就是市井闲徒的嬉笑怒骂，当时十分畅销的鸳鸯蝴蝶派杂志《礼拜六》在创刊号上就如此写道："晴曦照窗，花香入坐，一编在手，万虑都忘，劳瘁一周，安闲此日，不亦快哉！"① 文学成了用以"安闲"，用来忘却"万虑"的消遣之物。这类杂志由于迎合读者的阅读趣味，十分畅销，在一般文学杂志能卖出"一两千册"② 的情况下，《礼拜六》的最高销量为两万余册③。如果让此类家长里短、茶余饭后的消遣文学继续影响新一代青年，启蒙重任的实现更是遥遥无期。这种无用之用的消遣文学必须马上摒弃，一种全新的文学亟须马上建立。

　　五四文学革命将白话文学、写实文学、易卜生问题剧等这些理念投放到公众领域之后，现实主义以其强大的社会批判性和冲击力，冲破了古典文学的壁垒，成为新文学的主潮。现实人生成为文学表现的重点，一种"立诚的、新鲜的写实主义文学"风靡一时。这种以文化批判为指向的写实主义文学构成了 20 世纪中国文学的主流格调，并整整影响了之后一个世纪的文学发展。在"为人生"的文学大旗下，文学研究会把《新青年》提倡的这种写实主义理论变成了创作实践。茅盾、叶圣陶、许地山、郑振铎、冰心等人创作了大批的问题小说，这是新文学启蒙的直接结果。20 世纪 20 年代乡土文学作家们对农村中野蛮、愚昧的陈规陋习的批判，展开了一幅乡土中国的文学图景，也是现实主义文学的宝贵收获。40 年代以后，由于政治时局的不断变化，文学不再只是宽泛意义上社会生

---

① 《礼拜六》出版赘言［J］. 礼拜六，1914（1）.

② 熊月之. 上海通史：第 10 卷［M］. 上海：上海人民出版社，1999：71.

③ 参见《礼拜六》第 46 期，天生我虚刊首题词，曰："风行海内，每期达二万册以上，一般青年于休暇日，手此一编，如对良师。"

活的反映，而被集中到阶级斗争、民族斗争的实践上来，"左翼文学""抗战文学""社会主义现实主义文学"等偏重文学的战斗作用。

新时期的文学同样如此，接踵而来的"伤痕文学"—"反思文学"—"改革文学"—"寻根文学"，都是载道的传统美学观念枝蔓上的新果实。贾平凹的商洲系列、张承志的北方草原系列、郑义的黄河黄土系列、王安忆的南方村庄系列、郑万隆的小兴安岭系列、陆文夫的"小巷人物"系列，可以说都是由改革的巨大变化和改革文学的深化而引发出来的。

以上这些都构成了载道传统的现代谱系。还有一个例子很能说明问题，就是冰心的创作。人们常说，冰心这位世纪老人，她一生的创作可以用一个"爱"字来概括。其实，从五四起步的冰心，一生也没有放弃现实主义的批判精神。五四时期她写过封建家长干涉子女婚姻的悲剧作品，80 年代她又写过年轻的子女干涉父母一代人自由恋爱的悲剧，同样是婚姻恋爱的悲剧，但是人物角色发生了变化，而谁都能够看得清楚，这种变化只能说明悲剧的更加惨烈，只能说明封建思想意识在中国的根深蒂固！冰心的创作生动地表明了从五四直到今天，现实主义的批判精神在中国依然具有强大的生命力。从中国社会历史的发展来讲，这是我们至今仍然需要不断反思的沉重话题。

三、文学的自由与责任

纵观中国文学文化的发展史，我们不难发现，中国的文人似乎始终背负着一个包袱，这个包袱小则关系到个人的命运前途和理想抱负，大则牵涉到国家的兴亡和社会制度的更替。这个包袱已经成为中国文化的肌体与细胞，根深蒂固。诚然，在这漫长的几千年历史中，也不乏一些厌倦这个包袱、抵触这个包袱，甚至要扔掉这个包袱的文人。但对于一个包袱的远离，却未尝不是背上了另外一个包袱。隐遁作为一种人生理想固然很空灵超脱，但脱离了责任的自由，就真的自由吗？我们要反思的是，文学到底是什么？在人类的发展进程中，文学到底应该扮演一个什么样的角色？

文学是非常个人化的，文学作品中的灵魂，归根结底，应当是个体的灵魂，没有个性的作品，便不能算是文学作品。与灵魂的对话、对命运的叩问，这是属于个人的。只是叙述客观事物，只是描写社会现象，没有个体情感与外物的互动、个人情绪对外界的牵动，这并不能被称为文学，起码不能被称为好的文学。真正好的文学，它所涉及的客观对象，必定是先摄取在作家的灵魂之中，经过诗人感情的熔铸、酝酿，而构成他灵魂的一部分，然后再挟带着作家个人的语言风格表达出来。所以我们常说诗的字句都是诗人的生命，字句的节律也是生命的节律。

但文学同时又是具有社会性的。回首历史发展之路，无论是中国文学还是世界文学，文学的命运始终与社会变革紧密相连，特别在历史剧变之际，二者的融合激荡常常磁暴般地引发出无比绚丽的人文景观，往往铸造出壮美的文学与悲怆的政治。稳定的社会环境会催生文艺作品在数量上的繁荣，然而文学的高度却往往诞生在动荡的时局之中，社会的动荡、战争的残酷会最大限度地唤起知识分子的使命感和责任感。尤其是 20 世纪的中国文学，几乎所有作家都将目光投放到民族存亡和民众的启蒙上，鲁迅写的阿 Q，绝不仅仅是写一个农民，而是承载了鲁迅对于整个国民性的思考。更重要的是，这种国民性，不是哪一个时代、哪一个民族的国民性揭露，而是穿越了民族、国界，成为整个人类在人性上共存的某些特点。

但是，没有能从社会完全孤立出来的个人，也没有能够完全脱离个人的社会。文学要处理的，实际上就是实现这二者的内在平衡。也就是说，当文学与"道"的关系张力适当之时，这对于二者是一种相互的成就。但是，当"道"过于束缚，甚至是一种强加之时，文学就会不堪其负，从而产生畸变，变成从属于"道"的工具，丧失其本身的审美特征和本性。今天我们再次提起载道传统，绝不仅仅是哪一个朝代、哪一种制度下的伦理、道德，而是一个作家自己关于社会、国家、民族命运的思考和批判，是中国几千年以来文学和文化传递出关注现实、关怀天下的一种文化取向。它不但不是文学的枷锁，而且正是文学的一种自觉追求。什么是文学的自觉？文学的自觉首先需要来源于人的自觉、作家的自觉。而人的自觉，来源于时代的自觉。若无时代之自觉，断难有人之自觉；而若无作家之自觉，断难有文学作品之自觉；若无作品之自觉，断难有理论家先于作品而臆想出新时代的批评的自觉。此四者，环环相套，层层相生，一个环节也缺少不得。

闻一多曾说过："理性铸成的成见是艺术的致命伤；诗人应该能超脱这一点。"① 而作为一名诗人，闻一多本人就没有能够超脱这种"致命伤"，事实上，自古以来中国的文学就承载了太多太多文学之外的东西，比如政治，比如功名。中国的文学始终与国家危亡的命运一同沉浮，它是传统文人理想品格凝练的成果，又构筑起后世文人的生命价值系统，成为几千年来漫长岁月中一以贯之的人生追求。

反观今天，我们是否能说，文学启蒙的重任已经完成？国家的崛起、经济的飞速发展、生活的安稳让当下的中国已经和当时不可同日而语，但是一个成熟的民族，不仅要在危亡时刻能够肩负起救国救民的担当，在安稳的生活状态中能够居安思危，保持反思的意识甚至更加重要。我们审视当下，如今的中国人还有多少愿意从文学中思考人生、思考社会？当下的文学作品又有多少还因承载着思想启蒙而值得人们去品味和思考？这才是我们如今重新回望载道传统文学的价值，也是真正静下心来反思当下文学发展的意义所在。

----

① 闻一多. 文艺与爱国：纪念三月十八［M］//闻一多. 闻一多全集：第2卷. 武汉：湖北人民出版社，1993：134.

第二章

载道传统的文学渊源

周作人最早把文学领域里的各种思潮分为"载道"和"言志"两派，认为中国文学史是这两种潮流交替发展的过程。这种判断给人造成的印象是"言志"与"载道"是两种完全对立的文学观念。事实上，这两者只是文学使命意识在历史发展过程中的不同形态。换句话说，载道传统有一个漫长的形成过程，而先秦时代的"诗言志"是这一传统的起点，此后历经两汉时期对"情""志"关系的探讨，魏晋时期"原道论"的形成，唐宋两朝"文""道"命题的提出和观念的发展，最后在明清形成多样化的"文""道"关系。应该说，中国文学的使命意识正是在载道传统的形成、发展过程中不断得到印证和加强，对后来的文学形成巨大影响。

第一节　缘起：先秦的"诗言志"

在中国古代文学批评理论传统中，最初把文学使命与文人士大夫联系在一起的就是"诗言志"观念。"诗言志"观念的形成时间大致在先秦，其形成与"诗三百"作品有密切的关系。从"诗三百"中的作品来看，那个时代的诗歌，既是沟通人与神关系的媒介，也是论证周人统治合法性的力据；那个时代的诗歌，既是表达创作者个人情感的载体，也是弥合君臣关系的利器。

长期以来，人们认为"诗言志"出自舜帝之口。《今文尚书·尧典》中记载了舜的一段言论："帝曰：夔，命汝典乐，教胄子。直而温，宽而栗，刚而无虐，简而无傲。诗言志，歌永言，声依永，律和声。八音克谐，无相夺伦，神人以和。"司马迁的《史记·五帝本纪》、班固的《汉书·艺文志》和郑玄的《诗谱序》都引用了该段记载。刘勰在《文心雕龙·明诗》中也写道："大舜云：诗言志，歌永言。圣谟所析，义已明矣。"因此，在很长一个时期，人们达成了舜曰"诗言志"的共识。

但是，随着对先秦文献的不断发现与研究，人们发现，对于"诗言志"具体出现于什么时候、出自于什么人，其实已经无法明确考证。目前，可以确定的是，"诗言志"之说的诞生，伴随着诸子百家诸多学说的发生而日益丰富。

在先秦诸子中，最多谈到诗的是孔子。孔子精研"诗三百"，但没有证据显示孔子说过"诗言志"。不过他所说的诗"可以兴，可以观，可以群，可以怨"倒是众所周知。孔子把诗和文章都作为"言"，《左传·襄公二十五年》中说孔子有言："《志》有之：'言以足志，文以足言。'不言，谁知其志？言之无文，行而不远。"《孟子·万章》说："说诗者，不以文害辞，不以辞害志；以意逆志，是为得之。"荀子说："《诗》言是，其志也。"儒家之外，其他学派也非常重视这一观念的探究。例如，《庄子·天下》说："《诗》以道志，《书》以道事，《礼》以道行，《乐》以道和，《易》以道阴阳，《春秋》以道名分。"

由此可见，诸子中很多人对于"诗言志"虽然有不同的理解，但是都对诗与志的关系问题高度重视。首先，他们认为诗与志是有关系的，认为赋诗可以表达意见，即文学不仅承载着表达个人意愿与情感的责任，而且也是人际交往的手段、群体生活的渠道、传递政治观点的方式。而"诗"不仅仅代表着诗歌，更多地代表着所有的可以用文字记载的文本。

"诗言志"真正进入现代研究的视野，与朱自清的所谓中国诗学"开山的纲领"① 的相关论述有着重要关系。

在《诗言志辨》中，朱自清梳理了"作诗言志"的接受历程。从战国开始，中国诗歌经历了汉赋、东汉五言诗、六朝诗歌、唐代

---

① 朱自清. 诗言志辨·经典常谈 [M]. 北京：商务印书馆，2011：45.

诗歌，"'诗言志'的传统经两次引申、扩展以后，始终屹立着"①。
直至清代，"诗言志"的意义第三次引申。而到了新文学时期"更
有人以'言志'和'载道'两派论中国文学史的发展，说这两种
潮流是互为起伏的。所谓'言志'是'人人都得自由讲自己愿意
讲的话'；所谓'载道'是'以文学为工具，再借这工具将另外的
更重要的东西——道——表现出来'。这又将'言志'的意义扩展
了一步，不限于诗而包罗了整个儿中国文学……'文以载道'，
'诗以言志'，其原实一"②。在这种梳理中，我们可以发现，朱自
清研究的起点虽然是中国古典诗歌，但是他的研究指向是中国现代
诗歌乃至于中国诗歌的未来。他将"诗言志"作为中国诗歌发展的
重要思想，无论是古典诗歌，还是现代诗歌，都无法摆脱这一思想
的影响。而中国新诗无论是从创作实绩上，还是从文学探讨中看，
都笼罩在"诗言志"之下。这种探索，在朱自清的眼中，就是再一
次的引申与扩展，中国新诗无法也不可能不与传统发生关系而横空
出世。

朱自清撰写《诗言志辨》，并不仅仅出于个人的意愿，而是与
当时的学术研究与新文学的发生有着密切的联系。

1932 年 9 月，周作人出版了《中国新文学的源流》（北平人文
书店）一书。这是此前他应沈兼士之邀，在辅仁大学八次讲学后所
整理的讲稿。周作人在该书中把文学领域里的各种思潮分为"言
志"和"载道"两派，认为中国文学史正是由这两种潮流的起伏
而形成③。胡适认为白话文学既是以往文学发展的方向，也是唯一
的目的地，而正是中间有不少障碍才使白话文学到了五四时期才真

---

① 朱自清. 诗言志辨·经典常谈［M］. 北京：商务印书馆，2011：45.
② 朱自清. 诗言志辨·经典常谈［M］. 北京：商务印书馆，2011：48.
③ 周作人. 周作人自编集·儿童文学小论　中国新文学的源流［M］. 北京：
　北京十月文艺出版社，2011：20.

正发生。周作人并不认同胡适的看法，他指出："照我看来，中国文学始终是两种反对的力量起伏着，过去如此，将来也总如此。"①周作人甚至把五四新文学运动与以往的文学运动，尤其是明末的文学运动相比较，认为趋势、主张、作品都很相似甚至相同。因此，五四新文学的诞生应该放在中国文学发展的整个源流中去判定，它不是异军突起，而是中国文学发展的一个历史阶段。这一观点引发了学界的激烈争辩。一时之间，反对者、赞同者纷纷发声。

在众声纷纭中，朱自清是如何思考这一问题的呢？朱自清主要通过《诗言志辨》来阐发自己对这一问题的看法。顾名思义，《诗言志辨》一书的书名，即强调了把"诗言志"作为中心意念，所谓"辨"，是指考辨、争辩和剖析。

第一，朱自清应该赞同周作人的一个观点："要说明这次的新文学运动，必须先看看以前的文学是什么样"②。即使是从事古典文学研究的学者李少雍也发现朱自清"主张把研究旧文学的成果用于创造新文学"③。吴祖缃也曾经指出，朱自清在主持清华中文系时，为该系所定的方针就是"用新的观点研究旧时代文学，创造新时代文学"④。由此，我们可以发现，朱自清研究古典诗歌的重要原因之一，就是创造新文学。对于传统的欣赏与继承，不仅仅是为了研究传统，更重要的是为了探索与创新，这是他研究古典诗歌的重要原动力。

第二，在《诗言志辨》一书中，朱自清不赞同周作人把"言志"与"载道"看成对立潮流的观点。他认为，"言志"与"载道"的本义差不多并无冲突，把这两者当成中国文学的主流，并认

---

①②　周作人. 周作人自编集·儿童文学小论　中国新文学的源流［M］. 北京：北京十月文艺出版社，2011：21.

③　李少雍. 朱自清先生古典文学研究的贡献［J］. 文学遗产，1991（1）.

④　吴祖缃. 敬悼佩弦先生［J］. 文讯，1948，9（3）.

为是它们的起伏造成了中国文学史，这种观点不符合文学史实际①。朱自清分别从"献诗陈志""赋诗言志""教诗明志""作诗言志"四个层面重新梳理了中国古典诗歌的"诗言志"传统，认为"诗言志"不是如同周作人所阐述的抒发个人情感，而是和政治、教化相关。他举出大量诗歌与具体政事相联系的事例，强调中国古代诗歌如何重政教。"言志缘情"都要表现政治，尤其是"诗教"，以移风化俗为核心，恰恰是那些看似与实际政治无关的人伦日用，最具政治效应，政教的深层含义也更重。也正因为此，粗率地将中国文学史的发展潮流分为"言志"与"载道"两派，只是考察了这两个词的表面含义，而没有考量诗人所处的历史条件，他们的诗歌所言之志都是具体历史条件下的产物，是特定社会政治与生活的反映。

第三，朱自清更理性地看待文学的发展。他指出："复古也罢，求新也罢，'变'的总是新的；'变'能成体，这新的就是好的，即使未必是更好的。'变则通，通则久'，'变'是可喜的。明白了通变的道理，便不至于一味的隆古贱今，也不至于一味的竞今疏古，便能公平的看历代，各各还给它一副本来面目。"② 由此可以看出，朱自清肯定了新文学的改变，认为这是必然的；但是新文学的改变，应该辩证地去剖析，不是新的文学就一定会超越原有的，就一定是优秀的；如果新文学寻找到正确的发展道路，成为"体"，成为经典，才能成为好的文学。因此，唯有放在整个文学史的框架中去评判，才能真正让新文学找到应有的位置。

我们把朱自清的《古诗十九首释》和《诗言志辨》进行比照阅读可以发现：他认为"诗是精粹的语言。因为是'精粹的'，便比散文需要更多的思索，更多的吟味；许多人觉得诗难懂，便是为

---

① 朱自清. 诗言志辨·经典常谈 [M]. 北京：商务印书馆，2011：8.
② 朱自清. 诗言志辨·经典常谈 [M]. 北京：商务印书馆，2011：169.

此。但诗究竟是'语言'，并没有真的神秘；语言，包括说的和写
的，是可以分析的；诗也是可以分析的。……这些情形，不论文言
文、白话文、文言诗、白话诗，都是一样"①。因此，从文学批判、
文学欣赏的角度而言，新诗与古典诗歌的解读在方法论上是有相通
之处的。尤其是当他谈到典故的时候，与胡适的想法是不相同的。
胡适在《致陈独秀》的信里强调，文学革命必须从"八事"入手，
而"不用典"最为重要，因为大凡那些爱用典或陈词套语的人，都
是因为本身缺乏才力，不能"自铸新辞"，所以用前人套语，转个
弯子，糊弄过去，"其避难趋易，最可鄙薄"②。在《文学改良刍
议》《建设的文学革命论》等文章中，他都强调了"不用典"的观
点。而朱自清认为："典故其实是比喻的一类。这首诗那首诗可以
不用典故，但是整个儿的诗是离不开典故的。旧诗如此，新诗也如
此。"③ 这种纷争固然仁者见仁、智者见智，但是由此我们可以判
断，朱自清对于古典诗歌的研究，并非将新诗与古典诗歌对立，而
是强调其传承与延续。

　　总而言之，作为一种对中国文学极具影响力的学说，"诗言志"
不是认为文学只是用于表达作者个人情感，而是既承载着创作者的
情怀，也必然蕴含着中国文人融会在骨髓中的使命意识。

第二节　发展：两汉的"情志合一"

　　在对文学使命意识探索的进程中，中国古典文论长期存在着
"言志"和"缘情"两大派别。"诗言志"观念主要是儒家政教的
诗学观点，强调诗的社会教育功能，主张诗应该为实现儒家的政治

---

① 朱自清. 古诗十九首释 [M]. 南京：译林出版社，2015：3.
② 胡适. 文学改良刍议 [J]. 新青年，1917（2）.
③ 朱自清. 古诗十九首释 [M]. 南京：译林出版社，2015：5.

理想和统治者的意志服务。因此，有学者将《关雎》一诗解读为赞美后妃之德，又将其引申为治理天下之大德。而"诗缘情"出现得相对较晚，一般认为由陆机在《文赋》中提出，他认为诗的创作是源于作者情感的抒发，因而倡导自觉审美意识的诗学理论。有学者认为，两汉时期是将"言志"和"缘情"加以勾连、过渡的阶段，由此在这一时期，无论是文学创作，还是文学批评，都呈现出"情志合一"的独特风貌。

但是，追根溯源，可以发现，"情志合一"的观念并非在两汉时期横空出世，而是有其延承的脉络。

早在先秦时期，《淮南子》一书中，就有"歌哭，众人之所能也，一发声，入人耳、感人心，情之至者也"。什么是诗呢？歌哭就是诗。诗所以"感人心"，第一，需要发声，如果不发声，自然无人知晓。但是，发声仅仅能做到入耳。要想做到感人心，更重要的是因为"情"内存其中。因此，"愤于中而形于外"的文学作品由此诞生。这就是"情志"的由来。由此可以发现，"情志"与诗的关系密切。

魏晋时期，诸多文人在文学创作与文学理论的探索中，自觉地践行着"情志合一"。蔡邕在《释诲》中抒怀"情志泊兮心亭亭"①，将高洁的心性与品格和情志勾连。张衡在《〈思玄赋〉序》中主张"以宣寄情志"②，强调了文学的作用，就是寄托情志，寄托情怀。在《古诗十九首》中，我们可以发现"荡涤放情志，何为自结束"（《东城高且长》）③ 的文本，感受诗人的胸怀与气度。而范晔在《后汉书》中对诗句的点评——"彼非不能絜情志，违

---

① 严可均. 全上古三代秦汉三国六朝文 [M]. 北京：中华书局，1958：872.
② 严可均. 全上古三代秦汉三国六朝文 [M]. 北京：中华书局，1958：759.
③ 萧统. 文选 [M]. 李善，注. 北京：中华书局，1977：411.

埃雾也"①，"情志既动，篇辞为贵"②，更表明了"情志合一"观点的重要性。

或许这些仅仅是偶然的表述，但是到了六朝时期，"情""志"则紧紧联系在了一起，"情志"成为不可分割的专属词语。

我们在欧阳建《言尽意论》中的"言称物而情志畅"、挚虞《文章流别论》中的"夫诗虽以情志为本"、沈约《谢灵运传论》中的"情志愈广"等文本中，都可以发现"情志"的踪迹。特别是陆机的《文赋》，更是自觉地将"情志"融合在一起。陆机不仅认为"颐情志于典坟"，更指出"诗缘情而绮靡，赋体物而浏亮"，不仅指出诗歌要凭借感情的触发而书写，更强调文章需要华美的文采来呈现。范晔的《狱中与诸甥姪书》则更清晰地指出："常谓情志所托，故当以意为主，以文传意。以意为主，则其旨必见；以文传意，则其词不流。然后抽其芬芳，振其金石耳。"范晔认为，文章主要就是用来表情达意的，因此，一定要以"意"为主，通过"文"传达"意"。如果做到了以"意"为主，那么主旨必然显露；如果做到了通过"文"传达"意"，那么就不会出现词不达意的现象。这样的"文"，才能真正实现香气远播，振聋发聩。范晔指出，文章之意义，就在于创作者的情志所托，是创作者思想情感的外化，作文达意，首先要把"情志"放在首要之位。

真正提出"情志合一"这一主题的是汉代郑玄的《毛诗序》："诗者，志之所之也。在心为志，发言为诗。情动于中而形于言，言之不足故嗟叹之，嗟叹之不足故永歌之，永歌之不足，不知手之舞之足之蹈之也。"首先，郑玄继承了"诗言志"的传统观点。但是，在此基础上，他还延续了"情"。诗歌是思想情感、修养志趣的表现。在头脑中是思想情感、修养志趣，用语言表现出来就是诗

---

① 范晔. 后汉书［M］. 李贤，等注. 北京：中华书局，1965：2 171.
② 范晔. 后汉书［M］. 李贤，等注. 北京：中华书局，1965：2 658.

歌。内心思想情感激动、冲动从而表现为语言，语言不能够充分表达，所以又感慨、感叹；感慨、感叹不能够充分表达，所以又吟咏、歌唱；吟咏、歌唱不能够充分表达，于是不知不觉、情不自禁地手舞动起来，脚跳跃起来。由此可见，虽然这一命题没有完全摆脱"志"的束缚，但是已经将"情""志"相提并论了。

郭绍虞先生认为，"'诗者志之所之也'的志和'情动于中而形于言'的情，是二而一的东西"①。所谓二而一，也就说，情即是志，志也可以为情。从表面上看，名为二；从深层看，实为一。"情动于中"，此"中"指创作者之本心；而"在心为志"，"情"与"志"在这个层面合二为一，也就是充分地融合在一起。

不难发现，汉代的《毛诗序》中的"志"，应该是延续了"诗言志"的观念，体现了汉儒对于儒家传统的坚持与驻守，但是又远比先秦时期的儒家学者对于文学的认识更为深化。从先秦的"诗言志"说，到《毛诗序》的抒情言志，将情与志高度统一在一起，强调诗歌创作的抒情性与个体性，从而对"诗言志"说这一古老命题进行了深化与提升。

两汉"情志合一"的诗学观，从情感本体论出发，重新审视与解读了文学的使命意识，为"诗缘情"（第一个诗歌情感本体论）的提出奠定了理论基础。它一方面肯定了"志"的重要性；另一方面，强调了诗歌吟咏情性的本质，既有理性的基础，又有个人情感的宣泄。虽然理性的秩序感位居第一，但是从"情志合一"的词语构成可以发现，其对于情感的重视，这种源于内心的创作萌动，还放在了首位。

回顾文学史，很多文论家，诸如孔颖达、白居易、叶燮、王夫之等，都主张"情""志"并重。即使有人强调"诗言志"，但对于"志"内涵的解读，也不仅仅限于理性了，而是发生了外延的变

---

① 郭绍虞. 中国历代文论选：上册［M］. 北京：中华书局，1962：186.

化。例如，对于"志"的本义，闻一多先生在《神话与诗》中做了考证，认为"志的含义经历了三个阶段：一、记忆；二、记录；三、怀抱"①。这第三个阶段"怀抱"，已经包含了个人内心的私情。

有学者认为："由'言志'到情志合一的进步，是诗学理论的进步，或者说是诗学理论的自觉。它标志着传统诗学正由思想家的诗学转变为批评家或作家的诗学，这使中国诗学初步成熟。"②

情志凝聚，不仅是文学批评史上的进步，也极大地影响了中国古典文学的风貌与发展进程。创作个体的情和志，都通过作品呈现出来。通过"情"之抒发，导引出"我"的出现，极大地突破了以社会规范为最高秩序与终极目标——志的局限。

与文学理论的发展呼应，一方面，汉乐府创作实践中包含了许多抒情之作；另一方面，赋也呈现出"诗赋合一"的倾向，尤其是东汉抒情小赋的大量出现，更说明了赋在进一步向诗靠拢。这些创作，极大地印证了"情志合一"理论的积极影响。

第三节 深化：魏晋的"原道论"

先秦时期，以儒家为倡导，诸子关注"诗言志"，从不同角度强调了文学的教化功能。其中，儒家学者特别强调了文学的合法性为"圣"，将诗歌的合法性上升到了"经"。但是，这仅仅限于儒家文统的有限合法性，缺乏更广泛的接受性与普及性。

进入三国时期，曹丕在其著名的《典论·论文》中，提出了

---

① 闻一多. 闻一多全集：第1卷 [M]. 北京：生活·读书·新知三联书店，1982：184.
② 李正学. 情志合一：论汉代诗学的革命 [J]. 电影评介，2006（21）：86 – 87.

"经国之大业，不朽之盛世"的说法，强调文的重大作用。但是，曹丕的说法更多的是出于政治家的角度，体现了政治家的雄才大略。乱世风云中，慷慨悲歌成为主流的声音，文学的使命夹杂着建功立业的雄心，突破了仅仅从文学的使命角度进行阐述，更多地强调了文学的功利性，强调的是经世济国的结果，其对"文"本身的重视较为薄弱，更多地包含了对于文学目的性的强化，政治意味非常之重。其文论，与其文学创作体现的对于乱世风雨中人生的飘摇、对于自身命运的不可捉摸与茫然的慨叹，形成了有趣的对比。

齐梁之际，佛、道两派思想盛行，儒家学说更显衰弱。在这种纷繁复杂的思想形态中，在对于人生际遇具有多重性的思索中，在对于国家政治、文人责任的多向度探索中，魏晋南北朝刘勰的《文心雕龙》横空出世，成为中国文学史上具有里程碑意义的文学批评专著。全书共 50 篇，分为总论——文之枢纽、文体论——论文叙笔、创作论——剖情析采、文学评论——批评鉴赏四大部分。刘勰，作为一个儒生，身处其中，自然迫切希望扭转当时的形式主义文风。但是，他无法也不可能使文学的使命回归到儒家传统。简单来说，就是仅仅依靠"诗言志"的说法，已经无法承载一个复杂时代的文学使命。在此背景下，刘勰极具眼光地提出了对后来影响深远的"原道论"，将文学教化功能的神圣性上升到天人合一之"道"这一最高层次，从而进一步提升了文学最神圣的合法性。

刘勰在"总论"中提出，文学的本质在于"道"。虽然刘勰强调文学创作的特质，梳理了形文、声文、情文三种类型，但是他明确反对仅仅从形式上追求文学创作，而是强调要原道——"知道沿圣以垂文，圣因文而明道"①。他指出：如何知晓道理呢？方法就是通过阅读圣人的文章。圣人如何彰显道理呢？必须通过书写文章传达道理。在文中，刘勰提出了圣人、文、道三者的关系问题。首

---

① 周振甫. 文心雕龙今译 [M]. 北京：中华书局，2013：14.

先，他明确了圣人、文、道三者有关联。圣人的责任是让世人明白"道"，"道"需要通过圣人代言，才能让世人明了。而"文"，就是圣人传道的渠道。其次，刘勰强调了"文"的重要性，几乎没有其他的选择，"文"就是寻求"道"的唯一途径。因此，圣人重视"道"，世人也必须学"文"，继而学"道"。由此可以判定刘勰强调具有"道"的内容，才是真正的圣人之文，也以此区别于仅仅追求形式美的空洞之文。

刘勰的"原道论"，强调"道"与"文"的紧密结合。《原道》中一共出现了两次"道之文"的提法。

第一次，"文之为德也大也，与天地并生者何哉？夫玄黄色杂，方圆体分；日月叠璧，以垂丽天之象；山川焕绮，以铺理地之形：此盖道之文也"①。他指出：文章的属性是普遍存在的，如同天地一样。继而，他又指出：天与地，有颜色和形状的不同；日月辉映的是天的风采；山河展现了地的形象。日月山河就是自然之文，这就是最伟大的文章。这一段文字，刘勰指出了他认为的自然之文。

"道之文"的提法第二次出现，"辞之所以能鼓天下者，乃道之文也"②。他指出：人写出的文章，怎么才能鼓动天下，就是要书写出具有自然之道的文章来。也正是在这里，刘勰明确地提出了"文"与天下的关系，强调了文学的使命与国家社会之间密不可分的关系。而"鼓"字，不仅强调了"文"的力量性，同时也充分肯定了"文"的积极性。不可否认，刘勰认为"文"应该，也可以实现士人的政治理想。"文"是士人的政治工具，而做出可鼓动天下之"文"，也应该是文人的选择与责任。

那么什么是刘勰主张的"道"呢？历来众说纷纭。

其一，把刘勰主张的"道"看成是佛家之道，此说以马宏山为

---

① 周振甫. 文心雕龙今译［M］. 北京：中华书局，2013：9.
② 周振甫. 文心雕龙今译［M］. 北京：中华书局，2013：14.

代表。马宏山在其《文心雕龙散论》一书中，从《原道》"玄圣创典，素王述训"这一句，解读出"玄圣"二字应该是"佛"①，并由刘勰《灭惑论》"梵言菩提，汉语曰道"推论出《原道》之道为佛家之道②。

其二，把刘勰主张的"道"看成是道家之道，此说以张启成为代表。张启成指出，正如道家核心思想是对"自然"的强调，把"自然"看成是万物之起源，"自然"也被当作评价一切事物的标准。而道家以"自然"为核心的观点，反映在刘勰的《文心雕龙》中，就相应地形成了一套"文学起源于自然"的理论。不过，仅仅从"自然"一词就断定刘勰的"道"是道家理论，说服力不强。

其三，把刘勰主张的"道"看成是儒家之道，此说以范文澜为代表。范文澜在《文心雕龙注》中称："彦和所称之道，自指圣贤之大道而言，故篇后承以征圣宗经二篇，义旨甚明。"③ 他认为"圣"既然指的是孔子，"经"又是儒家经典，那么《原道》的"道"必然是儒家之道。长期以来，这一观点一直占据着主流地位。

但是目前，更多学者抛开了简单归结为一种学说的阐释，而更重视对于"自然之道"的综合剖析。

关于刘勰的"自然之道"，许多学者有自己的看法。郭绍虞认为，《文心雕龙》中的"道"在不同地方有不同的意义，《原道》篇中的"道"是自然之道，所以才会有"文之为德与天地并生"的说法。而《宗经》篇中的"道"则是儒家之道，所以才会说"经也者，恒久之至道，不刊之鸿教也"。④ 郭绍虞认为，虽然"原道论"中写了自然之道，但刘勰还是坚持儒家学者的态度，更多地

---

① 马宏山. 文心雕龙散论 [M]. 乌鲁木齐：新疆人民出版社，1982：10.

② 马宏山. 文心雕龙散论 [M]. 乌鲁木齐：新疆人民出版社，1982：34.

③ 范文澜. 文心雕龙注 [M]. 北京：人民文学出版社，1958：4.

④ 郭绍虞. 中国文学批评理论中"道"的问题 [J]. 文学研究，1957（1）.

倾向于儒学，所以在《文心雕龙》中，两种学说并立。陆侃如的态度更鲜明，认为《文心雕龙》中的"道"，就是指自然之道，而不是狭隘的儒家学说。所谓自然，就是客观事物，道则是原则或规律，那自然之道不就是客观事物的原则或规律吗？① 杨明照认为："刘勰所原之道，则为自然之'道'。"但是，他又指出此道"属于儒家之道"②。杨明照明确指出了自然之道，就是儒家学说。这三种观点，非常具有代表性。首先，这些学者具有一个统一的认识，就是刘勰《文心雕龙》的"原道论"的核心概念就是自然之道。其次，关于自然之道，不同学者有自己的看法。杨明照明确肯定了这是儒家之道，这和传统的认为《文心雕龙》是儒家学说，延续了"诗言志"的儒家传统，是比较一致的。而郭绍虞发现了《原道》《宗经》的不同，发现了其中"道"涵盖了自然之道与儒家之道两种不同的言说，也就是撬开了《文心雕龙》仅为儒家学说的"硬壳"，开启了"原道论"更广阔内涵的思索。陆侃如则更为具有开拓性，摒弃了儒家之道的说法，将其剖析为规律说，这是具有创见性的发现。

其实，《文心雕龙》中的"自然"，是天然、自然而然的意思，与后世的"自然界"是不同的概念，把"自然之道"的"自然"解作"客观事物"也是片面的。如果回归到刘勰生活的时代，还原他的文学现场，我们可以从文学角度探究他的思想。

针对六朝浮夸华丽的文风，刘勰的"文原于道"充分体现了他对于文学的思考。

第一，他强调以自然之道，抗击当时已经达到巅峰的形式主义的著文方式与风潮，重视雅正的创作原点，肯定发自内心、抒发真

---

① 陆侃如.《文心雕龙》论"道"[J]. 文史哲，1961（3）：58－62.
② 杨明照. 从《文心雕龙·原道·序志》两篇看刘勰的思想 [J]. 文学遗产，1962（a11）：1－10.

情才是让文章辞采真正华美的源泉，仅仅拥有华丽的辞藻，是无法真正创作出鼓动天下的大美之文的。因此，这种自然，应该是刘勰以天地日月作比，形象地呈现了文学应该是写文之人发自内心的自然流露，不歪曲、不扭曲而浑然天成的一种自然书写。这种辉映，不仅仅有华美的辞藻，更要有强大的对于天下的关切与担当，具有使命意义与责任，否则无法与天地日月为比。

第二，他认为，真正的佳文，要体现社会的演变。"文变染乎世情，兴废系乎时序，原始以要终，虽百世可知也。"（《文心雕龙·时序》）"染"字，再度强调了浑然天成，而不是做作或者强加上政治要素，面目可憎。"系"字，则与兴废连接在一起，弘扬了一种"大文"的气度与责任。而"百世"则把文学的影响力，强化了时间的维度，着重了文学的影响力。所以，刘勰所阐述的"道"，绝不可能仅仅限于个人情感，而是将文学创作与时代、社会紧密相连，将文学的使命与社会的责任、文人的使命与社会演进紧密相连，而不可能仅仅映射于作文者内心。这是刘勰"原道"的一个重点内容。

第三，如果从文学创作的角度去探究，刘勰说："心生而言立，言立而文明，自然之道也。"① 刘勰自己解读"自然之道"分为三个阶段：第一个阶段是心生，与人的情感密切相关。第二个阶段是言立，就是语言的生成。第三个阶段，则是文明，就是用文字书写，且传播。从"心"到"言"到"文"，"心"为源头，为激发；"言"为中间，是一种转换；"文"为结果，是显性呈现。但是，如果仔细研判，就会发现，"心"代表着内容，"文"意味着表达，也就是后人所说的文章的内容与形式，二者结合，就成了文章。而"心"必然是文章的缘起，也是引领了文章的所有元素，决定了文章的形成的进程。虽然"心"与"文"不可分，但是其主

---

① 周振甫. 文心雕龙今译 [M]. 北京：中华书局，2013：10.

次立显，必然是"心"在第一，"文"位列其后。由此可以发现，刘勰的"原道论"，同时涵盖了写作之道，故沈约评《文心雕龙》"深得文理"。

《文心雕龙》在《原道》中提出"文原于道"，又在《宗经》中强调从自然之中演化出的圣人经典，饱含了圣人对自然之道的领悟，而通过经典文章，让自然之道，天下皆知，后代知晓，代代相传。从而强化了文学不仅对于当时朝代具有重要意义，更于历史的演进中，具有不断延承、发展与催生的重要建构意义。

以刘勰的"原道论"为起点，唐代的韩愈《原道》强调了"道统"，开启了宋明理学之先河。后来，程颐提出"作文害道"，将这一观点推到了极端。

第四节 高潮：唐宋的"文以载道"

"文"与"道"的关系，一直是文学批评史上一个关注重点，一般而言，可以理解为文学的形式与思想内容的关系。

最早把"文"与"道"之关系作为一个命题来思考和探究的，是先秦时代的荀子。荀子首先认为，文章的根本价值和作用在于"明道"。他在《儒效》篇中指出："圣人也者，道之管也。天下之道管是矣，百王之道一是矣；故《诗》《书》《礼》《乐》之道归是矣。《诗》言是，其志也；《书》言是，其事也；《礼》言是，其行也；《乐》言是，其和也；《春秋》言是，其微也。故《风》之所以为不逐者，取是以节之也；《小雅》之所以为小雅者，取是而文之也；《大雅》之所以为大雅者，取是而光之也；《颂》之所以为至者，取是而通之也：天下之道毕是矣。"又在《正名》篇中说："辩说也者，心之象道也。心也者，道之工宰也。道也者，治之经理也。心合于道，说合于心，辞合于说，正名而期，质请而喻。"由此可以发现，荀子认为"道"是世界的规律，儒家的"圣人"是宣扬世界规律的伟人。"圣人"怎么传扬"道"呢？就是通过言辞、文章，也就是"文"。因此，"文"就是让世人认识、理解"道"的，这就是"明道"。

为了反对六朝绮靡之风，唐代的古文运动把"文以明道"作为其理论纲领。

作为古文运动的领袖，韩愈没有在文章中正式提出过"文以明道"的口号。他的文学思想主要包含在《送孟东野序》《答李翊书》《与冯宿论文书》《答刘正夫书》《送高闲上人序》《争臣论》《柳子厚墓志铭》《进学解》等文章中，他认为："愈之志在古道，又甚好其言辞"[①]，"愈之所志于古者，不惟其辞之好，好其道焉尔"[②]。其核心思想为"文以明道""不平则鸣""气盛言宜""言必己出""陈言之务去"[③]，强调了通过文，既要彰显儒家的政治思想，也要体现作者自己的精神人格。有学者将韩愈的主张概括为"文以贯道"。柳宗元的"文以明道"的思想，比韩愈晚。他在《答韦中立论师道书》中写道："始吾幼且少，为文章以辞为工。及长，乃知文者以明道，是固不苟为炳炳烺烺，务采色，夸声音而以为能也。"[④] 又说："圣人之言，期以明道，学者务求诸道而遗其辞。……道假辞而明，辞假书而传。"[⑤] 柳宗元认为，文章就是用

---

① 韩愈. 答陈生书［M］//韩愈. 韩昌黎文集校注. 马其昶，校注. 上海：上海古籍出版社，2014：197.

② 韩愈. 答李秀才书［M］//韩愈. 韩昌黎文集校注. 马其昶，校注. 上海：上海古籍出版社，2014：196.

③ 韩愈. 答李翊书［M］//韩愈. 韩昌黎文集校注. 马其昶，校注. 上海：上海古籍出版社，2014：190.

④ 柳宗元. 答韦中立论师道书［M］//柳宗元. 柳河东集. 上海：上海古籍出版社，2008：540.

⑤ 柳宗元. 报崔黯秀才论为文书［M］//柳宗元. 柳河东集. 上海：上海古籍出版社，2008：550.

来阐明事理的。虽然韩、柳二人都认为"文以明道",但是柳宗元更强调"道"主要指的是经世之道,更具有实用性质,而不像韩愈仅仅限于儒家传统之道。唐宋古文家,既要求文学宣扬儒家道德,并反映现实生活;同时,他们也充分重视"文"的价值与意义,反对言不及道,反对因道而废言。他们在创作上以大量的抒情名篇大大丰富和拓展了中国古代散文的内容与形式,以自己的创作实绩,充分证明了其文学理论的进步性。

第一个真正明确倡导"文以载道"的是北宋理学家周敦颐。他在《通书·文辞》中指出:"文所以载道也。"但仔细研辨我们可以发现,周敦颐所谓的"文以载道",与唐宋古文家的有所不同。周敦颐把"文"降格为承载"道"的工具,他在《通书·陋》中又说:"圣人之道,入乎耳,存乎心,蕴之为德行,行之为事业。彼以文辞而已者,陋矣。"更明确地点明了"道"的至高无上,而"文"仅仅如同容器一样。而此前的韩愈、柳宗元则把"文""道"并重,认为只有"文"质才能让"道"显性,无"文"则道不能存在,"文"与"道"必须并举。两者的观点有明显不同。

周敦颐之后,程颢、程颐继承其重道轻文的主张,甚至发展成为"作文害道",竟然完全把"文"和"道"对立起来。在《二程语录》中,程颐指出,古之学者"惟务养情性",其他则不予关注;而今之为文者,却"专务章句,悦人耳目",专以悦人为务,跟俳优有什么区别?程颐认为,文学是闲人无事用来消遣的玩物,太专注于文辞技巧,人的能力就会分散,从而妨害人道德的修炼与提升。同时指明了"文章之学"与"儒家之学"的区分,指出同时期学者的流弊之一就是"溺于文章之学",而忽视"儒家之学"。

南宋的朱熹和二程又有所不同,他把"文"看作是"道"的附庸,"道者,文之根本;文者,道之枝叶"。"这文皆是从道中流出,岂有文反能贯道之理?文是文,道是道,文只如吃饭时下饭耳。若以文贯道,却是把本为末。"(《朱子语类》)他既不同意韩愈的"文以贯道"、柳宗元的"文以明道",也不同意欧阳修的"文与道俱",而把"道"当成第一位的,认为没有"道",便没有"文"。朱熹把儒家的伦理道德与诗文艺术形式紧密结合在一起,认为二者的完美结合,才是佳作美文,也只有这样的"文",才能真正被读者喜爱、传诵、传播,并使读者从中受益,获得情感上的洗礼、思想上的提升,从而让"道"更为彰显。当然,朱熹认为,"道"是根本,是第一位的,如果没有"道德之实",再美丽的文辞,也没有价值与作用。

宋代文学由于文官政治的社会环境,从而让文人具有了充分的话语权。文人喜欢并拥有针对社会上各种事物发表议论,并交换彼此的看法的权利。因此,体现在宋文和宋诗中,就饱含了议论与文人的政治情趣。他们喜欢谈天论地、述说古今兴衰,热衷于道德性命、圣贤经传的辩论,辩论君子与小人、天理与人性,抨击"可怜夜半虚前席,不问苍生问鬼神"的际遇。因此,他们无论发言,或是属文,都在执着于"道"的探讨。

在传统儒家学说中,"道"指王道之道,即儒家的社会理想。韩愈在《原道》中指出,他所谓的道,不是别人所谓老庄与佛家之道,而是尧传之舜,舜传之禹,禹传之汤,汤传之文、武、周公,文、武、周公传之孔子,以及孔子传之孟轲,而孟轲死后而中断的"道"。而在两宋文人的观点中,"道"还包含了道德,即三纲五常的伦理规范,社会得以维持的具体行为准则。

当然,虽然两宋期间关于"文"和"道"的关系,存在着"文以载道""作文害道""诗文道流"等多种观点,但其中以"文以载道"的观念更为主流。就宋人关于"文以载道"而言,首要强调了"文"与"道"的必须结合,"文"离不开"道",因为"文"的存在就是为了宣扬"道";另外,"道"也离不开"文",既然"文"承载了"道",那失去了"文"的"道",则无迹可寻。至于"文"与"道"谁更重要呢?当然是"道"为主体,正如"道"是核心与目的，而"文"是第二位的，更倾向于工具的作用。

第五节　尾声：明清的"文道多样"

明代文学流派众多，文学形式多样，各种学说异彩纷呈，无论是文学理论或是文学批评都呈现出空前的多样性与繁荣化。

明初之际，开朝统治者为加强中央集权，控制思想言论，大力提倡程朱理学，将朱熹的《四书集注》作为科举考试的教科书。其实在北宋时期，王安石就曾主张在科举考试中罢去诗赋，"除去声病对偶之文，使学者得以专意经义"①。王安石的这一主张，是由于诗赋取士发展到宋代，诗赋向形式方向的极端发展，已背离了人才选拔的目的。这本来是个体行为，但到了明代，却成了文人的集体选择。明太祖初开科举，所重就在内容，明初徐一夔就曾说："上意欲去浮华之习，以收实效，是以廷议稍变前代之制……夫义必以经，则其言必务奥雅，以达性命道德之原。"②

由此，开启了"八股文"的时代。其中，"代圣贤立言"是八股文创作的目的，属于文章创作内容方面。"代圣贤立言"是八股文创作的目的，"代古人语气"是八股文创作的特点。这种特点的形成与发展，与明代的文学发展有着密切的关系，特别是明代的诗文创作和批评，在总体上倡导复古模拟的风气。八股文阐发圣贤之意、发明经传义理，这是符合统治者选拔适当人才的需求的，因此这是"八股文"倡导"代圣贤立言"的最主要原因。因为圣贤之意、经传义理的不易阐发和发明，容易将士子引向求圣贤之神、圣

---

① 王安石. 临川先生文集［M］. 北京：中华书局，1959：450.
② 徐一夔. 始丰稿［M］. 文渊阁四库全书景印本. 台北：台湾商务印书馆，1987：210.

贤之貌、圣贤语气等方面，有益于统治者对于群体意识的引导与掌控。与此同时，这种载道之文的盛行，也和明代诗文复古模拟的习惯一致。因此，以八股取士，通过"代古人语气"体会揣摩圣贤语气，达到"代圣贤立言"，成为明代文人创作文章的方法和技巧。周作人曾经说过："八股不但是集合古今骈散的菁华，凡是从汉字的特别性质演出的一切微妙的游艺也都包括在内，所以我们说它是中国文学的结晶。"① 周作人之所以把八股文看作中国文学、文化的结晶，是因为其不仅受到中国文学的各种体裁的影响，同时也对之后中国各种体裁文学的创作产生深刻的影响。

但是，明代在不同时期，文学呈现出了多变的特征。

明代自"弘治中兴"，伴随着政治的改良，思想文化也随之发生了巨大变革。首先是王阳明以"心学"突破了程朱理学对思想的统治。其一，针对程颐、程颢及朱熹的"理"本体论，王阳明提出"心"本体论。正如二程、朱熹把三纲五常、忠孝节义等封建伦理规范当成"天理"，当成是天地万物产生之前就存在的宇宙最高本体，其他天地万物都是"理"派生出来的，人心也是"理"的产物。而王阳明则认为，"心"才是整个宇宙的本体，天地万物都是由"心"而产生的，所谓"心即理""心外无理"。在《答季明德书》中，王阳明指出："人者，天地万物之心也；心者，天地万物之主也。心即天，言心则天地万物皆举之矣。"而在《传习录（下）》中，他又说："心之本体，无所不该。"其二，王阳明提出"致良知"。"良知"，就是存在于人心中的天理，"天理在人心，亘古亘今，无有始终，天理即是良知"[《传习录（下）》]。于是，李梦阳等人的复古运动扫荡了台阁体的靡弱文风。

正是在王阳明的影响下，李贽的"童心说"才有可能横空出

① 高瑞泉. 理性与人道：周作人文选［M］. 上海：上海远东出版社，1994：334.

世。李贽以心学为武器，其剑锋直指以程朱理学为代表的封建伦理。他在《童心说》中指出："夫童心者，绝假纯真，最初一念之本心也。"所谓本心，即是真心，也就是指没有被封建道学所熏染的真实情感。李贽又说："天下之至文，未有不出于童心焉者也。苟童心常存，则道理不行，闻见不立，无时不文，无人不文，无一样创制体格文字而非文者。"① 在李贽看来，"天下之至文"皆是"童心"的表现，而"童心"就是"真心"和"真情"。而建立在"真心""真情"基础上的文学，是与"假理"不能相容的。李贽还提出"以自然为美"，所谓美，就应该自然表现人的"情性"（即所谓人欲）。而且我们不需要担心表现"情性"会妨碍"礼义"（即所谓"天理"），因为只要是自然而然表现出来的"情性"，都必然是"止乎礼义"的。"礼义"并不高悬于"情性"之上。正是从"童心说"的创作论出发，李贽文学的评价标准是，大凡出于"童心"的文学创作，就有成为古今之至文、不朽之名著的可能。

于是，由徐渭、李贽等突破性创作，"公安三袁"携手并举，形成鼎盛之势，竟陵派另辟蹊径，形成了晚明小品独具特色的风采。明清之际，张岱融合诸家之长，异彩纷呈。晚明小品文，不仅仅对清代古文产生了深厚而直接的影响，而且也为五四白话散文的创作提供了弥足珍贵的借鉴。

不仅散文创作，就连戏剧创作也出现了巨大的突破。比如汤显祖，以礼教为对立面，强调"情"在戏剧创作中的重要作用。在汤显祖看来，文学产生的根源是一个"情"字："世总为情，情生诗歌。"（《耳伯麻姑游诗序》）同时，在戏剧创作中，人物形象魅力的根源也出自一个"情"字："如丽娘者，乃可谓有情人耳。情不知所起，一往而深，生者可以死，死可以生。生而不可与死，死而

---

① 李贽. 童心说［M］//张建业. 李贽文集：焚书. 北京：社会科学文献出版社，2000：92.

不可复生者，皆非情之至也。"（《牡丹亭记题词》）

在小说创作与理论的构建中，"情"也占据了重要位置，冯梦龙便是"情真说"的倡导者。他提出小说的创作是"人""情""事""理"有机统一的结合体。在冯梦龙看来，小说既不可能完全出于真人真事，但也不应该是凭空虚构，更不是简简单单地对所搜集的材料去伪存真。也就是说，小说既要结合现实，但又不能完全实录生活。那怎么办呢？要在"人""情""事""理"中做到协调统一。他尤其强调"情"与"理"的统一，所谓不虚伪矫饰的真情实感，与符合生活逻辑的自然之理，应该把这二者巧妙地互融互通。创造在生活真实基础上的艺术真实，一方面有源于生活的真实感，另一方面更具有情的感染力与打动人心的力量。

五四时期，林语堂非常注重"情真说"，他说："性灵派文学，主'真'字。发抒性灵，斯得其真。"① 在林语堂看来，无论是宇宙之大，还是苍蝇之小，皆可成文章之材，即便是歌妓、舞女，甚至酒菜的味道都可以表现。他公开提倡闲适小品，强调"情真"至上。

明末清初八股文"代古人语气"特征的愈加显著，导致了一部分士大夫的强烈反对，当清朝的统治稳定下来后，这种现象渐渐出现了变化，至乾隆时便有了最高统治者"代圣贤立言"的倡导。清朝作为满人入关后所建立的中央政权，是中国封建历史上最后一个君主官僚政体的王朝。于是，在大一统的政治高压下，从清初到乾嘉时期，出现了清代学术尚实的风气。

如果我们追踪中国历史上"道"与"文"的轨迹变化，可以大略发现：从六朝时期的"重文轻道"，到唐代的"文道并重"，再到两宋时期发展为"重道轻文"，甚至"重道弃文"。可以说，

---

① 林语堂. 论文［M］//纪秀荣. 林语堂散文选集. 天津：百花文艺出版社，2009：167.

总的历史趋势是"道"的分量递增，而"文"的分量递减。虽然中间不乏因王阳明的影响而出现的重"情"的倾向，但这种倾向很快又被政权更替、社会变化所打断。

清代文人，在科举考试制度的支配下，他们从小就习学儒家经典，成人之后无论入仕与否，儒家的文化观念都已经渗透到骨髓，支配着其思想和行为。这些文化观念，也就自觉或不自觉自然地表达出来，因此，在清朝对载道观的认同，比比皆是。我们所熟知的大思想家如黄宗羲、顾炎武等，也概莫能外。黄宗羲《陈葵献偶刻诗文序》云："文所以载道也。今人无道可载，徒欲激昂于篇章字句之间，组织纫缀以求胜，是空无一物而饰其舟车也。故虽大辂艅艎，终为虚器而已矣。"顾炎武《与人书》则云："君子之为学，以明道也，以救世也。徒以诗文而已，所谓'雕虫篆刻'，亦何益哉！"① "若夫怪力乱神之事，无稽之言，剿袭之说，谀佞之文，若此者，有损于己，无益于人，多一篇，多一篇之损矣。"② 在他们看来，文学如果不具备"载道"和"救世"的功能，就是"无益于人"的赘物，没有任何用处。

八股文的发展也是随政权的大一统而得到强化，尤其是到清代乾隆统治期间，便有了最高统治者"代圣贤立言"的倡导。支持八股文取士的人认为，因为虽然是"代圣贤立言"，但却是自言自己的所得，如章学诚、江东霖都持这种观点。章学诚在《与朱沧湄中翰论学书》中就明确支持在文章中"代圣贤立言"。他认为，科举所倡导的虽然是"代圣贤立言"，但我们依然可以在其中抒发个人见解，也能"从于学问"，而"以明道为指归"，这样的结果是

---

① 顾炎武. 顾亭林诗文集［M］. 华忱之，点校. 2 版. 北京：中华书局，1983：98.
② 顾炎武. 日知录集释［M］. 黄汝成，集释. 石家庄：花山文艺出版社，1990：841.

"本深而末愈茂，形大而声自宏"①。

而具体到文学创作的理论构建中，明末清初，出现了由以情戾理的思维取向转变为"情必依乎理"的认识——情理交至论。黄宗羲认为，"情者，可以贯金石，动鬼神"（《黄孚先诗序》），"凡情之至者，其文未有不至者也"（《明文案序》）。王夫之把"情"放在很高的位置，提出以理为主的"情理合一论"，提出"诗以道情"的主张："诗以道情，……诗之所至，情无不至。情之所至，诗以之至。"（《古诗评选》）在他看来，诗歌之所以能够发挥"兴、观、群、怨"的功能，最根本性的一个原因就在于其中"有一切真情在内"。叶燮提出了情依于理的"情理交至"论，翁方纲及宋诗派提出了"性情与学问合一论"，于是，这一时期，由情感至上转向了情理合一，深化了对于情理的认知。

清代的载道传统与文人的使命意识比较复杂，清初动荡时期，文人试图以学术道德挽回时局，重视以学术作为载道的利器；清代中叶以后，考据学形成的同时，公安派文学的创作实绩也延承了"情理交至论"的发生与深化；而嘉道之后，则文学经世的思想又成为主流。与此同时，承载于不同的文体，小说、诗歌、戏剧、散文则又出现了不同的侧重与特征，很难一言以蔽之地总结清代的文学风貌与特质。

---

① 章学诚. 章学诚遗书［M］. 北京：文物出版社，1985：84.

第三章

五四文学：一代人的使命与担当

　　五四时代是一个思想解放、文化多元、群星璀璨的时代。蔡元培的特殊经历和他的"兼容并包"主义，使得一批中国文化和思想界的有识之士来到了北京大学（以下简称"北大"）。陈独秀被聘为北大文科学长，《新青年》编辑部也随之迁往北大，有了更可靠的人力资源保证和自由开放的传播空间，同时，北大教授的思想、言论可以直接发送到社会和知识界，造成相比此前更为广泛的舆论影响。胡适成为北大教授，他的白话文的倡导和尝试，为五四的先进者提供了启蒙大众的最基本的语言载体。现代大学教育、现代报刊媒体和新的白话语言三者的有机结合，为五四文学革命的兴起和新文化运动的发展带来了难得的机遇和光环效应。不过，上述努力如果缺少了鲁迅对白话文学的具体实践，那无论是胡适对白话文的提倡，或是陈独秀对文学革命的呼吁，都将缺乏实质内涵，没有血肉和生命力。正如我们常说的，五四精神中所谓个性解放，所谓对民众的唤醒和国民性改造……最有效的传播方式还是作品，或者说优秀作品，我们只有经由鲁迅那些杰出的白话创作才能切身体会，而且异常清晰。是鲁迅真正为中国开启了现代文学之门，使新文学在发生期就迅速达到高峰。毫无疑问，鲁迅最能代表五四新文学的实绩。正如蔡元培在 1938 年版《鲁迅全集》序言中所说，鲁迅是"为新文学开山的"①。同时，也必须看到，《新青年》使百无聊赖以抄古碑度日的寂寞的鲁迅焕发了文学青春和生命力，没有《新青年》，很难想象有哪个渠道能容纳庞大的鲁迅系统。同样，马克思主义的最初传播也是李大钊等人借助于《新青年》来实现的，从而为此后的文学发展和政治革命埋下伏笔。是五四一代人的使命意识和担当精神，铸就了新文学的神采焕然；是五四一代人的韧性战斗和不遗余力，促成了几千年中国文学的新旧转型。

---

① 蔡元培. 鲁迅先生全集序［M］//蔡元培选集. 北京：中华书局，1959：326.

第一节　鲁迅及五四一代人的"弃医从文"

从公开的资料和信息看，鲁迅有不少关于梁启超的或直接或间接的负面评价，但梁启超和鲁迅之间并没有什么人际交往，也未见梁启超对此做过文字上的直接回应，以当时两人社会参与的广泛度和在各自领域的知名度而论，这一现象似乎令人费解。不过，这并不妨碍我们根据二人遗存的大量文字资料，来讨论他们在中国近现代史上所做出的卓越贡献，来探究他们在思想文化方面的某些显在的精神联系。在鲁迅对梁启超的负面评价中，最令读者耳熟能详的是这样一句话："诺贝尔赏金，梁启超自然不配，我也不配，要拿这钱，还欠努力。"这句话出自 1927 年 9 月 25 日鲁迅写给他的学生台静农的一封信。信中除了谈到对中国人获诺贝尔奖的看法，还提到了刘半农、陈焕章、郭沫若、戴季陶、蒋介石等几个名人，只有梁启超一人被鲁迅老实不客气地损了一番，对其他几位，最多止于嘲讽。① 透过这种特殊的单向的文字批评方式，我们至少可以有一个判断：虽然鲁迅不留情面地批了梁启超，但以鲁迅性情之认真和严谨，如果他没有读过梁启超的文章，不了解梁启超的业绩和思想，是不会轻易得出这么一个断然的结论的。换句话说，鲁迅一定读过梁启超的主要著作，对他的写作情况知根知底，才会说出如此带有诛心性质的话。

据此可以判断，鲁迅之所以这样看待梁启超，和他对梁启超的写作实际的了解、对文学作品性质的定位有很大关系。19 世纪末以来，梁启超的文章影响了一大批关注国家命运和前途的年轻人，宣传和鼓动性尤其强烈，但正如鲁迅谈革命文学时所说："一切文

① 鲁迅. 致台静农 ［M］//鲁迅书信集：上册. 北京：人民文学出版社，1976：162.

艺固是宣传，而一切宣传却并非全是文艺"①。他认为梁启超与诺贝尔文学奖的评审标准有一定距离，恐怕也跟他眼中梁启超的著作不是严格意义上的文学作品有关。这一点，我们可以周作人同一时期的看法作为佐证。周作人在听说丁文江在帮梁启超运作诺贝尔文学奖的消息后，公开撰文表示质疑，他承认梁启超著作的丰富和"笔锋常带情感"的影响力，但不承认他是一个文学家，"但吾人翻开《饮冰室全集》，虽处处可以碰到带情感的笔锋，却似乎总难发见一篇文学作品，约略可以与竺震旦之歌诗戏曲相比拟"。他说即便自己希望梁启超能够获得诺贝尔文学奖为国家民族争光，但因为不能解决梁氏是不是文学家的问题，所以还是抱悲观态度。② 周作人和鲁迅虽已失和，但在质疑梁启超能否称为"文学家"这一根本问题上，思路却是颇为相通的。此外可资佐证的是，1933 年鲁迅曾接受斯诺夫人海伦的书面采访，谈到他心目中当时中国最好的短篇小说家、剧作家和散文作家，其中梁启超的名字只在"最好的散文作家"行列出现了一次，并且位于周作人、林语堂、周树人和陈独秀之后，列第五名，这大约就是梁启超在鲁迅心目中的文学地位。

　　从鲁迅谈梁启超的一封信说起，旨在表明，虽然二人几乎没有交集，但鲁迅之熟知梁启超著述大约是可以肯定的。梁启超虽然只比鲁迅大八九岁，但还在鲁迅刚到日本留学时就已成名。鲁迅在1924 年完稿的《中国小说史略》曾提到"新会梁启超印行《新小说》于日本之横滨"③，在他的作品中也多次提到曾阅读梁启超主笔或创办的《时务报》《清议报》《新民丛报》《新小说》等报刊上的作品。以梁启超当时的维新派主将的声名，鲁迅受其影响也是

① 　鲁迅. 文艺与革命［J］语丝，1928，4（7）.
② 　山叔（周作人）. 闲话拾遗·四二　诺贝尔奖金［J］. 语丝，1927（136）.
③ 　鲁迅. 清末之谴责小说［M］//鲁迅. 中国小说史略. 南京：译林出版社，2014：249.

自然的，虽然没有留下阅读感受方面的文字记录，但我们还是可以从鲁迅的作品中找出些许端倪。例如，在小说《祝福》中，有鲁四老爷"大骂其新党"的描写，而康有为、梁启超正是"新党"的代表人物。在《朝花夕拾·琐记》中回忆自己于南京求学的经历时，也有这样一段描写："但第二年的总办是一个新党，他坐在马车上的时候大抵看着《时务报》，考汉文也自己出题目，和教员出的很不同。有一次是《华盛顿论》，汉文教员反而惴惴地来问我们道：'华盛顿是什么东西呀？'……"① 从这些零星文字可以看出，在梁启超所代表的维新派和封建守旧派之间，鲁迅是肯定前者即肯定维新派的，如果不和此后更为"革命"的自己的老师章太炎等人相比较的话。

梁启超对中国思想文化界影响最大的是"新民说"，联系到鲁迅早期文言论文中的"立人思想"，以及后来文学作品中贯穿的国民性批判思想，我们可以得出这样一个结论：不管鲁迅对梁启超的态度如何，是否明言受过梁启超的影响，鲁迅后来的一些基本思想，比如对于现代政治文明的基本认识，对于国民性的基本看法，对于文学与人生关系的强调等，都难以摆脱梁启超影响的干系。可以说，从梁启超的"新民"，到鲁迅的"改造国民性"，构成了现代中国一条最主要的思想启蒙线索，这是一个不争的事实。

先简要介绍"新民说"。1902—1906 年间，梁启超在《新民丛报》上发表了一系列文章，阐述现代国家和国民的理念，希图唤起国人从专制时代皇帝子民转化为现代国家国民的自觉，这些文章统称为"新民说"。新即革新，新民，就是要革新人的思想。先要有新思想，才有可能培养出追求自由、秉持个性、健全人格、珍惜权利、谨守义务的新国民。而这就要学习西方的先进思想、科技。传

---

① 鲁迅. 朝花夕拾·琐记［M］//鲁迅选集：上. 北京：人民文学出版社，1959：285.

播西方先进思想以冲破传统束缚，开启民智，救治国民灵魂，从根源上解决问题。简单来说，开民智和兴民权，既是"新民说"的核心内容，也是梁启超新民思想的宗旨。他在《新民丛报》的创刊号中曾如是表达办报宗旨："本报取《大学》新民之意，以为欲维新吾国，当先维新吾民。中国所以不振，由于国民公德缺乏，智慧不开。故本报专对此病而药治之。务采合中西道德以为德育之方针，广罗政学理论以为智育之本原。"① 在梁启超看来，其一亟须改造的是国人甘于忍受暴君和异族血腥统治的"奴隶性"；其二亟须改造的是国人逐私利、不团结、少公德的"一盘散沙"的性格；其三亟须改造的是遇事退缩、依赖成性、缺乏尚武精神和进取心理的国民精神。应该说，开民智、兴民权是新民的基础，而育民德则是新民的深化，是其核心和精髓。

梁启超的这些观点，我们确实可以在鲁迅的文学作品中找到许多共鸣。这里有一些旁证。

据鲁迅晚年弟子、日本学者增田涉回忆，鲁迅受梁启超的《论小说与群治之关系》影响很深，这篇文章"论及小说对国民性的影响"，使他"深深相信""文艺的启蒙意义"，鲁迅之所以形成"弃医就文改变国民精神的思想"，"'新小说'论等的影响"非常关键。② 有学者甚至认为，鲁迅改造国民性的整套话语：将国民性作为政治变革的前提、以文学作为改造国民性的武器以及对国民劣根性的概括，都是对梁启超理论的继承和发展。③ 这一推论有一定道理。我们可以将梁启超的论述和鲁迅作品中的片段做一简单比照。

---

① 梁启超. 新民说·论新民为今日中国第一急务［J］. 新民丛报，1902（1）.

② 增田涉. 鲁迅与日本［M］. 林焕平，译//刘献彪，林治广. 鲁迅与中日文化交流. 长沙：湖南人民出版社，1981：82.

③ 李春梅. 试论梁启超对鲁迅国民性思想形成的影响［J］. 内蒙古大学学报（人文社会科学版），2005（2）：80－84.

鲁迅在其作品中，对国人的奴隶心态、围观心态的形象刻画和深恶痛绝，以及改造国民性思想，在梁启超的《爱国论》《呵旁观者文》等文中可以找到较为相似或对应的关系。

第一，关于国人的围观心态，梁启超以"旁观者"命名，鲁迅以"看客"概括。

梁启超《呵旁观者文》："天下最可厌、可憎、可鄙之人，莫过于旁观者。旁观者，如立于东岸，观西岸之火灾，而望其红光以为乐；如立于此船，观彼船之沉溺，而睹其凫浴以为欢。……中国寻常人有熟语二句，曰：'各人自扫门前雪，不管他人瓦上霜。'此数语者实旁观派之经典也，口号也。而此种经典、口号，深入于全国人之脑中，拂之不去，涤之不净。质而言之，即'旁观'二字，代表吾全国人之性质也，是即'无血性'三字，为吾全国人所专有物也。呜呼！吾为此惧。"①

鲁迅《〈呐喊〉自序》："凡是愚弱的国民，即使体格如何健全，如何茁壮，也只能做毫无意义的示众的材料和看客，病死多少是不必以为不幸的。"② 在《娜拉走后怎样》中写道："群众，——尤其是中国的，——永远是戏剧的看客。牺牲上场，如果显得慷慨，他们就看了悲壮剧；如果显得觳觫，他们就看了滑稽剧。……对于这样的群众没有法，只好使他们无戏可看倒是疗救。"③

第二，关于死气沉沉、万马齐喑的中国社会和专制环境，梁启超用"暗室""幽室"等概念表述，鲁迅以更为形象而有表现力的"铁屋子"命名。

梁启超《中国积弱溯源论》："彼昔时之民贼，初不料其有今

① 梁启超. 呵旁观者文［M］//张品兴. 梁启超全集：第一册. 北京：北京出版社，1999：444.
② 鲁迅.《呐喊》自序［N］. 晨报·文学旬刊，1923－08－21.
③ 鲁迅. 坟·娜拉走后怎样［M］//鲁迅全集：第一卷. 北京：人民文学出版社，1981：163.

日之时局也……虑其子弟伙伴之盗其物也，于是一一梏桎之拘挛之，或闭之于暗室焉。……一旦有外盗焉，哄然坏其门，入其堂……虽欲救之，其奈梏桎拘挛而不能行，暗室仍闭而莫为启，则惟有瞠目结舌，听外盗之入此室处，或划然长啸以去而已。今日我中国之情形，有类于是。"①

鲁迅《〈呐喊〉自序》："假如一间铁屋子，是绝无窗户而万难破毁的，里面有许多熟睡的人们，不久都要闷死了，然而是从昏睡入死灭，并不感到就死的悲哀。"②

第三，关于专制制度下国人奴隶性的描写。

梁启超《论独立》："我中人以服从闻于天下也久矣。二千余年俯首蜷伏于专制政体之下，以服从为独一无二之天职……但得他人父我，则不惜怡色柔声而为之子；但得他人主我，则不惮奴颜婢膝而为之奴。一若无父主之怙恃，则孤儿逐仆，将伶仃孤苦，不能自立于天地，养成服从之习惯，深种奴隶之根性。"③

梁启超《中国积弱溯源论》："且天下惟能谄人者，为能骄人；亦惟能骄人者，为能谄人。州县之视百姓，则奴隶矣；及其对道府以上，则自居于奴隶也……盖其自居于奴隶时所受之耻辱苦孽，还以取偿于彼所奴隶视之人。"④

鲁迅《灯下漫笔》："中国人向来就没有争到过'人'的价格，至多不过是奴隶，到现在还如此，然而下于奴隶的时候，却是数见不鲜的。……（中国历史无非是）一，想做奴隶而不得的时代；

① 梁启超. 中国积弱溯源论［M］//张品兴. 梁启超全集：第一册. 北京：北京出版社，1999：423.
② 鲁迅.《呐喊》自序［N］. 晨报·文学旬刊，1923 - 08 - 21.
③ 梁启超. 论独立［M］//张品兴. 梁启超全集：第二册. 北京：北京出版社，1999：1 080.
④ 梁启超. 中国积弱溯源论［M］//张品兴. 梁启超全集：第一册. 北京：北京出版社，1999：415.

二，暂时做稳了奴隶的时代。"①

鲁迅《谚语》："专制者的反面就是奴才，有权时无所不为，失势时即奴性十足……做主子时以一切别人为奴才，则有了主子，一定以奴才自命：这是天经地义，无可动摇的。"②

第四，关于"新民"和"立人"。

梁启超《新民说》："天下之论政术者多矣，动曰某甲误国，某乙殃民；某之事件，政府之失机；某之制度，官吏之溺职。若是者，吾固不敢谓为非然也。虽然，政府何自成？官吏何自出？斯岂非来自民间者耶？某甲某乙者，非国民之一体耶？……以若是之民，得若是之政府官吏，正所谓种瓜得瓜，种豆得豆，其又奚尤？……然则苟有新民，何患无新制度，无新政府，无新国家？"③

鲁迅《文化偏至论》："国人之自觉至，个性张，沙聚之邦，由是转为人国。""其首在立人，人立而后凡事举；若其道术，乃必尊个性而张精神。"④

第五，关于"改造国民性"。

梁启超《五十年中国进化概论》："革命成功将近十年，所希望的件件都落空，渐渐有点废然思返。觉得社会文化是整套的，要拿旧心理运用新制度，决然不可能，渐渐要求全人格的觉悟。"⑤

鲁迅《两地书》："说起民元的事来，那时确是光明得多……

---

① 鲁迅. 灯下漫笔 [M] //鲁迅全集：第一卷. 北京：人民文学出版社，1958：315.

② 鲁迅. 谚语 [J]. 申报月刊，1933，2（7）.

③ 梁启超. 新民说·论新民为今日中国第一急务 [J]. 新民丛报，1902（1）.

④ 鲁迅. 坟·文化偏至论 [M] //鲁迅全集：第一卷. 北京：人民文学出版社，1981：49.

⑤ 梁启超. 五十年中国进化概论 [M] //张品兴. 梁启超全集：第七册. 北京：北京出版社，1999：4 030－4 031.

之后，即渐渐坏下去，坏而又坏……其实这也不是新添的坏，乃是涂饰的新漆剥落已尽，于是旧相又显了出来。使奴才主持家政，那里会有好样子。最初的革命是排满，容易做到的，其次的改革是要国民改革自身的坏根性，于是就不肯了。所以此后最要紧的是改革国民性，否则，无论是专制，是共和，是什么什么，招牌虽换，货色照旧，全不行的。"①

第六，关于"小说"的作用。

梁启超《论小说与群治之关系》："欲新一国之民，不可不先新一国之小说。……欲新宗教，必新小说；欲新政治，必新小说；欲新风俗，必新小说；欲新学艺，必新小说；乃至欲新人心，欲新人格，必新小说。何以故？小说有不可思议之力支配人道故。"②

鲁迅《〈呐喊〉自序》："所以我们的第一要着，是在改变他们的精神，而善于改变精神的是，我那时以为当然要推文艺，于是想提倡文艺运动了。"③

通过这一简单比对，旨在说明，从梁启超的"新民"到鲁迅的"国民性批判"，先驱者们对国民劣根性不遗余力的关注态度和批判精神，有其内在的韧性、一致性和承继性。爱之深，恨之切，伟大的批评者往往是伟大的爱国者。只不过他们的批判方式不尽一致。梁启超长于以犀利的政论之笔直击时弊，宣传和鼓动民众，故文章汪洋恣肆，笔锋常带感情，气势恢宏。鲁迅善于以形象塑绘深入人心，画出沉默的国民的魂灵，以引起疗救的注意，所以他的语言简练传神，含蓄深刻，耐人寻味。文体和文风不同，方法和路径各异，但新民和立人的宗旨则一，即改造国民性的使命意识和努力方向是非常清晰而持久的。

---

① 鲁迅. 两地书［M］. 北京：人民文学出版社，1959：24.

② 梁启超. 论小说与群治之关系［J］. 新小说，1902（1）.

③ 鲁迅.《呐喊》自序［N］. 晨报·文学旬刊，1923－08－21.

第二节　从"新民"到"国民性批判"

自从有了五四青年节，每年的 5 月 4 日，林林总总的纪念、形形色色的活动、大大小小的文章，照例会出现在各种媒体上。纪念的主题，一般会被定位为爱国，渐渐地，五四越来越成为"爱国运动"的代名词。然而当我们去回顾历史，会发现历史上的五四比我们想象的更丰富，也更立体。至少，以 1919 年 5 月 4 日当天爆发的五四学生爱国运动（政治五四）为依据命名的五四青年节而外，我们还可以从五四文学革命（文学五四）、五四新文化运动（文化五四）等不同维度来理解五四，理解五四一代人。比如：

五四文学革命。在五四学生爱国运动之前的 1917 年，北大教授胡适、陈独秀以《新青年》为阵地，发表《文学改良刍议》《文学革命论》，旗帜鲜明地反对文言文、提倡白话文，反对旧文学、提倡新文学，五四文学革命由此而勃兴。集中体现文学革命实绩的是鲁迅那振聋发聩的小说和杂文创作。

五四新文化运动。五四文学革命之后或者五四学生运动前后的差不多十年，则是五四时代。那是一个思想解放、文化共生的时代：以蔡元培为代表的北京大学，是中国现代教育文化的滥觞；以陈独秀为代表的《新青年》，开创了中国现代传媒文化的先例；以胡适为代表的"整理国故派"，无疑是中国现代学院派文化的肇始；以鲁迅为代表的面向社会、直指世道人心的启蒙文学创作，体现了中华民族新文化的方向；以李大钊为代表的中国现代革命文化，致力于在中国传播马克思主义；等等。这些文化因素，充分表明五四的概念不是狭隘的，它是一次广泛的具有多元文化构成的新文化运动。

与之紧密相关的，还可以衍生出历史五四、思想五四等维度。

这些不同维度的认知互相交叉，彼此印证，构成了五四话语的复杂性、多元化以及内在张力。如果加上五四的主要亲历者和参与者，即五四一代人个体的维度，那么这种关于五四的言说就更为丰富多彩了。但是，无论从哪个维度理解五四，也无论是谁理解五四，都难以将五四文学革命及其本质精神从这些政治的、文化的、历史的、思想的维度单独剥离开来。这不仅是因为五四文学革命开始最早，其发展贯穿整个五四时期，还因为文学革命的倡导者及主要参与者们，以各自的方式引导和影响了五四新文化运动。所以，不管谈论文学五四、文化五四，还是思想五四等，都离不开对五四文学革命及其倡导者和参与者，即五四一代人的评说。可以说，是五四一代人的精神状态、人生选择和使命意识，主导和决定了五四文学革命的文化走向和思想价值。五四的优长，五四的弊端，五四的种种，都和五四一代人脱不了干系。

五四文学革命的本质精神是它的具有时代特色的青春特质和启蒙思维。因为五四是一批青年人搞起来的。五四学生运动的主体无疑是青年学生，即使是那些学生运动的引领者，或文学革命的倡导者，其中年龄较大的，如陈独秀、鲁迅等，也没有超过40岁的，以现在的标准看，仍然是青年。他们的所作所为和所思所想，全和青年，和启蒙有关。陈独秀创办的《新青年》原名《青年杂志》，李大钊写的文章题目叫《青春》，鲁迅的进化论思想说的是"青年必胜于老年"……可见，五四一代人和青年，和启蒙，和文学，在人生阶段和时代要求上有着天然的联系。

这里仅就五四一代人和五四文学革命的关系做一点探讨。关于五四文学革命的成因及其演变轨迹，有学者曾经提出过一连串颇耐人寻味，也很有深度的问题："为什么五四文学的主流是为人生的文学？为什么一直秉承'进化论'的五四先驱，没有选择当时西方正在流行的'现代主义'，而是选择了已经'过时'的现实主义？

为什么文学革命最终会走向革命文学?"① 这一连串问题，正与五四一代人的精神状态、人生选择和使命意识相关。

文学革命之所以兴起，是因为倡导者们期望通过文学的力量达到智识启蒙的目的，最终是为了拯救深陷于内忧外患的民族危机。在政治、军事、经济等领域都进行了一系列改革仍然无济于事的情况下，五四的绝大多数知识分子都把文学看作唤醒民众、富国强民的利器，于是我们看见胡适在 1915 年 2 月 21 日的日记中这样写道："国无海军，不足耻也。国无大学、无公共藏书楼、无博物馆、无美术馆，乃可耻耳。我国人其洗此耻哉!"这导致了五四时期的一个突出的现象，就是许多有识之士对文学未必真的感兴趣，但改造社会、拯救民族的使命感，使大家汇聚到文学革命的大旗之下，他们相信文艺能够达成这样的愿望，至少是一种可以触动人心的精神力量。在这一方面，鲁迅很有代表性。

鲁迅最初的注意力主要在科学方面。除了译述《斯巴达之魂》外，他先后介绍了居里夫人新发现的镭，研究了中国的地质和矿产，翻译了灌输科学知识的小说。但鲁迅从事自然科学有一特点，就是不唯科学而科学，"立人"意识始终主导着他的思路。他相信自然科学拯救民族，因而 1904 年 9 月进入日本仙台医学专门学校，准备通过学医，卒业回国救治病人的疾苦，"战争时候便去当军医，一面又促进了国人对于维新的信仰"②。但是学医也不是那么美妙的事儿，因为藤野先生关心他，一些日本学生便认为鲁迅考试成绩较好是不正常的，就写信污蔑他、刺伤他。更为主要的是，在仙台学习的第二年，他蒙受了民族自尊心被亵渎的强烈刺激。有一次，教室里放映纪录日俄战争的幻灯片，其中有中国人被砍头的场面，

① 刘勇，张悦．"文学的五四"与"历史的五四" ［N］．文艺报，2016 - 04 - 18（3）．

② 鲁迅．《呐喊》自序 ［N］．晨报·文学旬刊，1923 - 08 - 21．

而观看的中国学生居然麻木不仁甚至喝彩。这使鲁迅认识到："医学并非一件紧要事，凡是愚弱的国民，即使体格如何健全，如何苗壮，也只能做毫无意义的示众的材料和看客，病死多少是不必以为不幸的。所以我们的第一要著，是在改变他们的精神，而善于改变精神的是，我那时以为当然要推文艺，于是想提倡文艺运动了。"①为了践行自己弃医从文的理想，鲁迅一面邀集同志办《新生》杂志，一面又在留学生办的《河南》杂志上，发表提倡反抗和独立精神的文艺论文，如《文化偏至论》《摩罗诗力说》等，还翻译出版了《域外小说集》，直至受钱玄同催促为《新青年》撰稿，走上了以文艺"改良这人生"的道路。

综观鲁迅五四呐喊期的小说和杂文，"揭出病苦，引起疗救的注意"②，"画出沉默的国民的魂灵"③，"改良这人生"④，是其创作的全部意图。这一意图是通过对"国民性"弱点的艺术解剖集中表现出来的，鲜明地体现了五四新文化运动和文学革命的启蒙要求，从总的倾向到具体描写，都和五四时代精神相一致。

事实上，五四文学革命勃兴伊始，类似"弃医从文"这样的人生选择，绝不只是鲁迅一人，而是一代人的共同选择，是一种引人注目的文化现象：胡适在美国康乃尔大学学的是农业果树专业，成仿吾在东京帝国大学学的是造兵工程专业，周作人在日本学的是土木工程学，郭沫若在九州帝国大学学的也是医科，郁达夫在日本东京帝国大学经济学部学习，田汉在日本先学海军、后学教育，洪深

---

① 鲁迅.《呐喊》自序［N］. 晨报·文学旬刊，1923 - 08 - 21.

② 鲁迅. 我怎么做起小说来［M］//鲁迅全集：第四卷. 北京：人民文学出版社，1981：512.

③ 鲁迅. 俄文译本《阿Q正传》序及著者自叙传略［M］//鲁迅先生纪念委员会. 鲁迅全集：第七卷. 北京：人民文学出版社，1973：446.

④ 鲁迅. 我怎么做起小说来［M］//鲁迅全集：第四卷. 北京：人民文学出版社，1981：512.

在美国学的是陶瓷，闻一多在美国学的是美术和雕塑，还有郑振铎学的是铁道管理，丁西林学的是物理，赵景深学的是纺织，夏衍学的是电工技术，阿英学的是土木工程，等等。那么多人放弃原先的专业或从不同的专业汇聚到文学上面来，这本身就是对文学力量的一个证明。

再以郭沫若为例。郭沫若当年和鲁迅一样学习医科。但是在日本读医期间，他利用业余时间阅读了大量的外国作家的作品，如泰戈尔、歌德、莎士比亚、惠特曼等。在获得医学学位后，郭沫若并没有再走这条路，而是从事文学创作和翻译，并取得巨大成功。他的弃医从文，固然有耳疾的因素，但主要还是他的文艺救国的使命意识。他曾对朋友说："医生至多不过是医治少数患者的肉体上的疾病。要使祖国早日觉醒，站起来斗争，无论如何，必须创立新文学。"① 这种思路与鲁迅如出一辙。

可以说，是时代的激荡、爱国的情怀，以及对文学的社会功能的厚望，促成了五四一代人的"集体转型"。怀抱着如鲁迅这样的使命意识而"弃医从文"的五四一代人，筚路蓝缕，以启山林，使得五四新文学最直接地指向了中国人的精神的现代转型，并且将这种精神的现代转型与整个民族国家的现代转型紧密地贴合在一起。正因为如此，文学也才能够与启蒙、政治、革命一起，深刻地参与到 20 世纪中国的现代化进程中，从而成为五四最耀眼的精神符号。可以说，在很大程度上五四的高度是通过新文学的高度体现出来的，新文学是五四在新的语言、新的思想、新的文化、新的道德等各个方面变革的集中体现。

在短短几年时间内，无论是小说、散文、诗歌、戏剧，还是文

① 郭沫若逃出日本，六十年朋友谈秘史 [J]. 日本文学情况与研究，1978 (1). 转引自：魏红珊. 郭沫若 [M]. 成都：四川人民出版社，2002：32.

学观念，五四文学的成功转型和重要变革，都树立起了一个新时代的文学标杆，开启了中国现代文学的黄金时代，开启了以现代中国人的语言（即白话文），反映现代中国人的生活、心理、思想和习俗等内容的文学审美范式。一时间，群星灿烂，巨星满天！鲁迅的小说虽然数量不多，但是无论在表现内容、结构布局还是叙述方式上，都万象纷呈，各自不同。1923年茅盾在《读〈呐喊〉》一文中说："在中国新文坛上，鲁迅君常常是创造'新形式'的先锋；《呐喊》里的十多篇小说几乎一篇有一篇新形式，而这些新形式又莫不给青年作者以极大的影响，必然有多数人跟上去试验。"① 胡适的新诗尽管尚未脱掉旧诗的痕迹，但其大胆尝试的勇气，以理入诗的手法以及对形象刻绘、情绪抒写的重视，对后期白话诗创作有着不可低估的影响和启迪。郭沫若的诗歌虽然一直以来饱受争议，但必须承认，正是有了《女神》那样"开一代风气"的"诗体大解放"，中国诗歌才终于能向现代转型，与旧诗针锋相对的新诗才终于能破土而出。五四一代人的散文也可圈可点，它们是作家现代意识的自觉，主体精神的张扬。五四一代人特别注重在散文中表现主体率真的个性、自由的心灵和人格的内涵，注重人、自然与社会的和谐统一和有机联系，这种表现是不假雕饰、自然而然地从作者的胸臆中流露出来的。正如郁达夫在《中国新文学大系·散文二集》的"导言"中所说："现代的散文之最大特征，是每一个作家的每一篇散文里所表现的个性，比从前的任何散文都来得强。……这作家的世系、性格、嗜好、思想、信仰，以及生活习惯等等，无不活泼泼地显现在我们的眼前。"② "从前的散文，写自然就专写自然，写个人便专写个人，一议论到天下国家，就只说古今治乱，国

---

① 茅盾. 读《呐喊》[N]. 时事新报·文学周刊，1923 – 10 – 08.

② 郁达夫.《中国新文学大系·散文二集》导言 [M] //郁达夫文集：第六卷 文论. 广州：花城出版社，1983：261.

计民生，散文里很少人性，及社会性与自然融合在一处的，最多也不过加上一句痛哭流涕长太息，以示作者的感愤而已；现代的散文就不同了，作者处处不忘自我，也处处不忘自然与社会。就是最纯粹的诗人的抒情散文里，写到了风花雪月，也总要点出人与人的关系，或人与社会的关系来，以抒怀抱；一粒沙里见世界，半瓣花上说人情，就是现代的散文的特征之一。从哲理的说来，这原是智与情的合致，但时代的潮流与社会的影响，却是使现代散文不得不趋向到此的两重客观的条件。这一种倾向，尤其是在五卅事件以后的中国散文上，表现得最为显著。"① 郁达夫的五四散文论，简言之，就是五四一代人以之为主体的自我启蒙，来融入社会、传递情怀和启蒙大众。五四时期的话剧创作是以小剧场运动和反封建的独幕喜剧为标志的，成绩虽然不如其他体裁，但其成长和发展与整个新文化运动密切相关。这一时期话剧创作最突出的主题是反封建，并呈现出开创一代文风的崭新气象，充满了破旧立新的五四时代精神。比如胡适 1919 年 3 月发表在《新青年》杂志上的独幕剧《终身大事》，将当时人们关注的社会问题用话剧的形式展示出来，发表自己的独立见解，启发读者思考，是一次有重要意义的大胆尝试。

第三节　胡适：新文学为何要"言之有物"

胡适是五四新文化运动中的一位重要的领袖人物，作为新文学历史上第一位倡导白话新诗、第一位尝试写作新诗的人，胡适被誉为我国现代新诗的"开山鼻祖"。他在国外读书的时候，受清末"诗界革命"主张的影响，对清末民初诗坛严重的拟古主义、形式主义的倾向非常不满："诗国革命何自始？要须作诗如作文。琢镂

① 郁达夫.《中国新文学大系·散文二集》导言［M］//郁达夫文集：第六卷　文论. 广州：花城出版社，1983：266-267.

粉饰丧元气，貌似未必诗之纯。"① 于 1916 年 7 月 22 日创作了千字白话诗《新大陆之笔墨官司》呼吁用白话写诗，创作活文学。"正要求今日的文学大家，把那些活泼泼的白话，拿来'锻炼'，拿来琢磨，拿来作文演说，作曲作歌：——出几个白话的嚣俄，和几个白话的东坡。那不是'活文学'是什么？那不是'活文学'是什么？"② 并由此开始了白话韵文的创作。不过，此时的胡适，尽管提出"作诗如作文"，要用"活泼泼的白话""作文演说，作曲作歌"，但主要还是针对过往的拟古主义、形式主义文风的反驳，也就是说，他的"活文学"的侧重点在破旧，在语言形式，还谈不上立新。因为他所作的白话韵文不是纯正的语体文，而且他心目中理想的"活文学"的样板——国外推重嚣俄，国内推重苏轼，仍然不脱古典的形态和痕迹，与真正的白话文学还有很大的距离。到了 1917 年 1 月 1 日，胡适在《新青年》2 卷 5 号上发表《文学改良刍议》倡导文学革命，并在此后尝试真正的白话诗创作时，他已经接受了达尔文的进化论和杜威的实验主义等西方学术思想和哲学思想的影响，他的白话文学的思路和观念相较"活文学"有了明显的发展。他认为文言文作为一种文学工具已经丧失了活力，中国文学要适应现代社会，就必须进行语体革新，废文言而倡白话，实行言文合一。所以他认为："文学者，随时代而变迁者也。一时代有一时代之文学。"③ 胡适认为中国文学一直是向着白话的路走的，正如"一时代有一时代之文学"乃"文明进化之公理"④，新诗代替旧诗是中国诗歌发展之自然趋势，白话的正统地位是可以实现的。1917 年 2 月，他在《新青年》率先发表了《白话诗八首》，1920 年 3

---

① 胡适. 依韵和叔永戏赠诗［M］//胡适. 胡适留学日记. 长沙：岳麓书社，2000：564.

② 胡适. 答梅觐庄：白话诗［M］//胡适. 胡适文集：第七册. 北京：人民文学出版社，1998：141.

③④ 胡适. 文学改良刍议［J］. 新青年，1917，2（5）.

月，上海亚东图书馆初版《尝试集》，成为新文学第一本白话新诗集。胡适虽然是一个但开风气不为师的人，但这种理论与创作并行的率先吃螃蟹的尝试，在新文学阵营产生了巨大反响。继起者纷纷响应，助成了早期白话新诗创作的一个引人注目的现象。

在《文学改良刍议》一文中，胡适首次提出改良文学的八要素："今日而言文学改良，须从八事入手。八事者何？一曰，须言之有物。二曰，不摹仿古人。三曰，须讲求文法。四曰，不作无病之呻吟。五曰，务去滥调套语。六曰，不用典。七曰，不讲对仗。八曰，不避俗字俗语。"①

文中开宗明义，第一条就是"须言之有物"。

一曰须言之有物

吾国近世文学之大病，在于言之无物。今人徒知"言之无文，行之不远"，而不知言之无物，又何用文为乎。吾所谓"物"，非古人所谓"文以载道"之说也。吾所谓"物"，约有二事。

（一）情感 《诗序》曰，"情动于中而形诸言。言之不足，故嗟叹之。嗟叹之不足，故咏歌之。咏歌之不足，不知手之舞之，足之蹈之也。"此吾所谓情感也。情感者，文学之灵魂。文学而无情感，如人之无魂，木偶而已，行尸走肉而已。（今人所谓"美感"者，亦情感之一也。）

（二）思想 吾所谓"思想"，盖兼见地、识力、理想三者而言之。思想不必皆赖文学而传，而文学以有思想而益贵。思想亦以有文学的价值而益资也。此庄周之文，渊明老杜之诗，稼轩之词，施耐庵之小说，所以夐绝于古也。思想之在文学，犹脑筋之在人身。人不能思想，则虽面目姣好，虽能笑啼感觉，亦何足取哉。文学亦犹是耳。

---

① 胡适. 文学改良刍议 [J]. 新青年，1917，2 (5).

　　文学无此二物，便如无灵魂无脑筋之美人，虽有秾丽富厚之外观，抑亦未矣。近世文人沾沾于声调字句之间，既无高远之思想，又无真挚之情感，文学之衰微，此其大因矣。此文胜之害，所谓言之无物者是也。欲救此弊，宜以质救之。质者何，情与思二者而已。①

　　显然，这种排列格局意在更多更着重地强调新文学的实质。胡适之所以强调新文学的第一要素是"须言之有物"，是因为"近世文人沾沾于声调字句之间，既无高远之思想，又无真挚之情感，文学之衰微，此其大因矣"。也就是说，近世文学的弊端在"沾沾于声调字句之间"，造成文胜于质，或者有文无质，甚至质木无文的恶果。要想改变这种形式主义、拟古主义的弊端，必须强调文章的质："欲救此弊，宜以质救之。"在胡适看来，"质者何，情与思二者而已"。也就是说，新文学的质是以"高远之思想"和"真挚之情感"为主要元素支撑起来的。有了"高远之思想"和"真挚之情感"，新文学才有"脑筋"，有"灵魂"，才称得上"言之有物"。历代优秀的文学作品，都是言之有物的方能传之后世、有益于世道人心。至于何为"高远之思想"和"真挚之情感"，胡适言之不详，但从其所举文学例证中多少可以窥见一点端倪："此庄周之文，渊明老杜之诗，稼轩之词，施耐庵之小说，所以复绝于古也。"从第二条"不摹仿古人"和第四条"不作无病之呻吟"所论也可以得到一点补充。从逻辑关系来看，第三条"须讲求文法"，似可与第四条"不作无病之呻吟"置换。这样，前三条主要谈内容（质），后五条主要谈形式和语言（文），"八事"层次分明，文质彬彬，也更清楚明白。因为一、二、四这三条触及的都是白话文学的内容问题。在"不摹仿古人"部分，胡适断言："而惟实写今日

---

① 胡适. 文学改良刍议［J］. 新青年，1917，2（5）.

社会之情状，故能成真正文学。其他学这个，学那个之诗古文家，皆无文学之价值也。"① 只有"实写今日社会之情状"，才能成为"真正文学"，这个理性判断比较清晰地提供了"言之有物"的物的内涵所指，虽然还不够具体入微，但已经难能可贵了。胡适在这里逼近了创作新文学的关键路径：实写；今日；社会之情状。实写或写实，即如实写出来或写出真情实感来，这是一枚硬币的两面，这是对作家主体的基本要求，是对新文学创作的现实主义方向和方法的精要提炼。今日，指向现实和时代，是白居易"文章合为时而著，歌诗合为事而作"② 的新文学表述，是胡适"文学者，随时代而变迁者也。一时代有一时代之文学"③ 的浓缩版。"社会之情状"，点明新文学描写和表现的客观对象，作家应该贴近人生，文学应该面对社会，观察和写出社会各个角落的人情物理，才可能有"高远之思想"和"真挚之情感"。如果不去"实写今日社会之情状"的话，作品肯定会堕入脱离现实无病呻吟的地步。在"不作无病之呻吟"部分，胡适罗列了"无病呻吟"的诸种现象："对落日而思暮年，对秋风而思零落，春来则惟恐其速去，花发又惟惧其早谢。"④ 简言之，就是风花雪月、矫情伪饰的文学。胡适认为这是"亡国之哀音也"。胡适同样没有给出克服无病呻吟的具体办法，但他指出在"病国危时"，那种无关痛痒的"牢骚之音，感唱之文"和"痛哭流涕"的文学，是难以收效的，真正的白话文学应该"奋发有为，服劳报国"。"吾惟愿今之文学家作费舒特，作玛志尼，而不愿其为贾生、王粲、屈原、谢皋羽也。其不能为贾生、王粲、屈原、谢皋羽，而徒为妇人醇酒丧气失意之诗文者，几卑卑不足道矣！"⑤ 胡适笔下的德国哲学家和作家费舒特、意大利哲学家和作家玛志

---

① ③ ④ ⑤ 胡适. 文学改良刍议 [J]. 新青年，1917，2 (5).
② 白居易. 与元九书 [M] // 严杰. 名家精注精评本：白居易集. 南京：凤凰出版社，2014：276.

尼，为本民族的自由和自强、独立和统一而写作，而勇猛精进，因此他们的文学承载着"奋发有为，服劳报国"的崇高使命；而中国古代的文学家如屈原、贾生等的文学，则属于"牢骚之音，感唱之文"和"痛哭流涕"的文学，徒增暮气而已，于国计民生无补。胡适对中国传统文化典籍和西方文学哲学经典都有深入的研究。文中梳理中国古今文学的利弊，又以欧洲诸国文学为榜样，以世界历史进化的眼光对中国文学的未来走向做出改革建议。他希望中国的文学和文学家不要凌空蹈虚，效仿那些风花雪月无病呻吟的矫情之作，要直面现实，书写社会之情状，像费舒特和玛志尼一样"奋发有为，服劳报国"。应该说，这是一个富有启蒙使命的五四前驱者的由衷之言和卓越见解。

胡适的《文学改良刍议》，以及他的提倡活文学和白话文学，主旨在不遗余力地确立白话作为"中国文学之正宗"的地位。为此，他尝试着从文学语言和形式的角度切入，对中国传统文学和思想进行现代化的转型和改造。所以文中谈及语言和形式的部分比重较大，而且具体详细。相比较而言，谈及文学内容的部分比重较小，也失之笼统。但即使如此，他关于"言之有物"的直面时弊、切中肯綮的论述，对新文学的生成和发展也颇有启迪思维、别开生面之意义，充分显示了一个启蒙知识分子的民族责任感。

在对"须言之有物"做了上述阐释之后，还应该特别注意到胡适为此所做的一句声明："吾所谓'物'，非古人所谓'文以载道'之说也。"这一句声明意在划清新文学的"言之有物"与旧文学的"文以载道"的界限，与胡适倡导白话和反对文言的新文学立场是一致的。因为"言之有物"与"文以载道"在通常意义上可以互训，但在文学的新旧意义或曰现代与传统的意义上则似是而非，甚至截然不同。"文以载道"语出宋代理学家周敦颐，承接先秦荀子的"文以明道"、唐代文学家韩愈的"文以贯道"。其意是推行文学的教化功能，"代圣贤立言"，而这个"教化"和"立言"，即道，特指古代中国占统治地位的儒家学说中的纲常礼教和伦理秩序。这与五四时期胡适那种平民化的新文学立场以及现代性的启蒙诉求所指向的人格平等、思想自由、个性解放等理念是格格不入的。这是胡适特意声明的重心所在。

胡适在理论上提出新文学首先"要言之有物"，在创作上也要身体力行。整部《尝试集》在内容上力求革故鼎新，反对封建遗风，歌颂个性解放，是其中心思想。《威权》是因 1919 年 6 月 11 日陈独秀被当局逮捕而作，表达的是反抗压迫的心声。《一颗遭劫的星》《乐观》揭露封建军阀对进步刊物的恐惧；《礼》嘲笑封建伦理的虚伪；《人力车夫》表现了作者的资产阶级民主平等的思想；《新婚杂诗》《我们的双生日》等反对封建婚姻，歌颂爱情自由。《老鸦》是一首咏物诗，作者通过描写老鸦的遭遇来表达自己的情感和志向。诗中的老鸦明确表态："我不能呢呢喃喃讨人家的欢喜！"① 显示了一种不愿妥协的斗士风格。这是五四时期知识分子不偏不倚、不同流俗的一种人格精神的写照。

毋庸置疑，胡适的文学改良主张对新文学的发展起到了很大作用。但对它的文学史评价不尽一致。比如郑振铎在《〈中国新文学大系·文学论争集〉导言》中认为，对于白话文，胡适主张"只是浅近平易的文字，只是'不避俗字俗语'的文字。但他'以施耐庵，曹雪芹，吴趼人为文学正宗'，且以为'以今世历史进化的眼光观之，则白话文学，为中国文学之正宗，又为将来文学必用之利器，可断言也。'不过他还持着商榷的态度，还不敢断然的主张着非写作白话文不可"②。因此，与陈独秀《文学革命论》中表现出来的"不动摇，不退缩，也不容别人的动摇与退缩的""鲜明确

---

① 胡适. 老鸦［J］. 新青年，1935（2）.
② 郑振铎.《中国新文学大系·文学论争集》导言［M］//郑振铎全集：第三册. 石家庄：花山文艺出版社，1998：519 - 520.

定得多"的立场相比，胡适的《文学改良刍议》"诚是一个'发难'的信号。可是也只是一种'改良主义'的主张而已"①。可见，在对胡适的白话文学主张的性质判断上，"导言"认为其主要关注的是形式，带有游移、动摇和妥协的改良色彩。这是一种带有左翼倾向的论点，含有革命总比改良好的意思。站在这一立场和视角看待《文学改良刍议》，故适的相对温和宽容的观点的确不如陈独秀那种激进的大刀阔斧的呼吁有气势，有冲击力。这是一个见仁见智的问题。

第四节　周作人的"志""道"之辨

周作人早年留学日本时，就与鲁迅在一起创办文学刊物《新生》。在五四文学革命时期，周作人以理论倡导和散文创作的实绩，给还在起步期的白话文学以有力支持，成为五四新文化运动和五四文学革命初期影响力很大的代表人物之一。他的《人的文学》《平民文学》等理论文章，更多也更深入地思考与探讨新文学的思想建设问题。与胡适侧重从语言和形式角度寻找文学革命突破口不同，周作人主要从内容入手，他的一个最突出的贡献，是以"人的文学"来概括新文学的内容，标示新文学区别于旧文学的本质特征。这使得"人的文学"成为五四时期文学的一个中心概念。周作人发表于 1921 年 6 月的《美文》将文学性散文放到了与小说、诗歌、戏剧并列的位置，从理论上确立了这一文体的地位。他以自己平和冲淡的独特散文风格，带动和影响了新文学中崇尚简单味和涩味、注重知识性与趣味性的学者式散文流派的长足发展。这样的文学经验，加上他自由阅读、博览群书的知识积累，以及对中国历史包括

---

① 郑振铎.《中国新文学大系·文学论争集》导言［M］//郑振铎全集：第三册. 石家庄：花山文艺出版社，1998：519.

文学史的熟稔和深厚造诣，使得他形成了较为独特的观察中国文学兴衰更替的视角。这就是，周作人把自先秦以降的中国文学分成"言志"与"载道"两派，并试图探讨新文学与传统文学的衔接会通，从传统文学中为五四新文学寻找合法性源流，从而引发"志""道"之辨。

对于新文学，周作人与胡适有着一样的使命意识，都在努力给新文学寻找变革的依据和路径，只是切入的角度不同。但他们有一点是共同的，就是对古人"文以载道"文学观的高度警惕。不过，对于传统的"文以载道"，胡适是划清界限，强调"吾所谓'物'，非古人所谓'文以载道'之说也"。以免被反对新文学者误会或曲解。而周作人对此想得更多更远，阐述得更系统更用心。具体表现在，周作人直接认定中国文学史上有互相对立的"载道派"和"言志派"，而五四新文学的源头和性质应该是"言志派"，他自己的立场则是推崇"言志派"，贬低"载道派"。集中体现周作人这一观点的是一本内容丰富的小册子——《中国新文学的源流》，以及之前之后所写的不少文章。

1932 年，应沈兼士之邀，周作人在辅仁大学做了五次讲演，由邓恭三（广铭）记录，讲演的内容后来以《中国新文学的源流》为名由北京人文书店公开印行。五次讲演，分别论述了"文学的基本问题""中国文学的变迁""清代八股文""桐城派的反动""五四新文学革命"五个问题。核心思路是，"诗以言志"和"文以载道"作为中国文学自古存在的两种相对立的潮流，两者一直存在此消彼长、不断循环的关系。

在《中国新文学的源流》第二讲即"中国文学的变迁"中，周作人开宗明义指出："上次讲到文学最先是混在宗教之内的，后来因为性质不同而分化了出来。分出之后，在文学的领域内马上又有了两种不同的潮流：（甲）诗言志——言志派（乙）　文以载道——载道派"①。"这两种潮流的起伏，便造成了中国的文学史。我们以这样的观点去看中国的新文学运动，自然也比较容易看得清楚。"②

周作人有一个很重要的观察："文学方面的兴衰，总和政治情形的好坏相反背着的"。他之所以用"言志""载道"来划分文学潮流，是基于"中国的文学，在过去所走并不是一条直线，而是像一条弯曲的河流，从甲处流到乙处，又从乙处流到甲处。遇到一次抵抗，其方向即起一次转变"③这一认知和判断的。在《〈杂拌儿〉题记（代跋）》中，周作人说过类似的意思："现代的散文好像是一条湮没在沙土下的河水，多少年后又在下流被掘了出来；这是一条古河，却又是新的。"④周作人在《〈燕知草〉跋》里虽然说过："中国新散文的源流我看是公安派与英国的小品文两者所合成，而现在中国情形又似乎正是明季的样子"⑤。但他更看重这样的事实是，现代散文不是舶来品，而是中国的土特产，它的"根"深深扎在丰厚的古代散文土壤中，并从中吸取了丰富的养料。所以他在重刊《〈陶庵梦忆〉序》里断言："现代的散文在新文学中受外国的影响最少，这与其说是文学革命的还不如说是文艺复兴的产物。"⑥他还说："我常常说现今散文小品并非五四以后的新出产品，实在是'古已有之'，不过现今重新发达起来罢了。由板桥冬心溯而上之这班明朝文人再上连东坡山谷等，似可编出一本文选，也即散文

---

①②③　周作人. 中国新文学的源流［M］//止庵. 周作人讲演集. 石家庄：河北人民出版社，2004：128.

④　周作人. 《杂拌儿》题记（代跋）［M］//周作人. 知堂书话：下卷. 海口：海南出版社，1997：922.

⑤　周作人. 《燕知草》跋［M］//鄢琨. 周作人散文全集：第5卷. 桂林：广西师范大学出版社，2009：519.

⑥　周作人. 《陶庵梦忆》序［J］. 语丝，1926（110）.

小品的源流材料……"① 很显然，周作人认为现代散文的宗和源主要是中国古代散文传统。由此，周作人认为"明末的文学，是现在这次文学运动的来源；而清朝的文学，则是这次文学运动的原因"②。这里我们可以看出，周作人认为新文学是明末公安派的延续，它的最大特点是"独抒性灵，不拘格套"和"信腕信口，皆成律度"。

由此，周作人在为沈启无编选的《近代散文抄》写的序言中，正式提出了"载道"和"言志"相对立的文学史发展规律：

> 集团的文以载道与个人的诗言志两种口号成了敌对，在文学进了后期以后，这新旧势力还永远相搏，酿了过去的许多五花八门的文学运动。在朝廷强盛，政教统一的时代，载道主义一定占势力，文学大盛，统是平伯所谓"大的高的正的"，可是又就"差不多总是一堆垃圾，读之昏昏欲睡"的东西，一到了颓废时代，皇帝祖师等等要人没有多大力量了，处士横议，百家争鸣，正统家大叹其人心不古，可是我们觉得许多新思想好文章都在这个时代发生，这自然因为我们是诗言志派的……不过在载道派看来这实在是左道旁门，殊堪痛恨……③

在这种扬"言志派"而抑"载道派"的立意下，周作人对晚周、魏晋六朝、五代、元、明末、民国的文学成就，特别是公安派、竟陵派文学评价甚高非常推崇，而对两汉、唐、两宋、明、清的文学创作，特别是桐城派以及八股文颇有微词甚至大加挞伐。他把前者定位成"载道派"，把后者看成"言志派"。周作人的看法

① 周作人. 现代散文导论：上［M］//蔡元培，等. 中国新文学大系导论集. 长沙：岳麓书社，2011：161.
② 周作人. 中国新文学的源流［M］//止庵. 周作人讲演集. 石家庄：河北人民出版社，2004：138.
③ 岂明（周作人）.《近代散文抄》序［J］. 骆驼草，1930（9）.

是，政治一稳定，社会上较统一，文学就走上了"载道"的路子；反之，就"言志"。因此，周作人推崇魏晋六朝时的《世说新语》《洛阳伽蓝记》《水经注》《六朝文絜》以及晚明公安三袁和张宗子的作品。而对唐宋八大家的文章予以贬斥："虽然韩愈号称文起八代之衰，六朝的骈文体也的确被他打倒了，但他的文章，即使是最有名的《盘谷序》，据我们看来，也实在作得不好。""苏东坡总算是宋朝的大作家，胡适之先生很称许他，明末的公安派对他也捧的特别厉害，但我觉得他不是文学运动方面的人物，他的有名，在当时只是因为他反对王安石，因为他在政治方面的反动。"① 这种主观性较强的判断，无疑反映了周作人自身的创作兴趣和对新文学性质的理解。

周作人把中国文学分为"志""道"对立的两派，是为了给五四新文学寻找源流，但也不完全是纯文学的考虑，与20世纪二三十年代新文学的整体格局有关，与以鲁迅为名义盟主的左联的文学取向有关。按照袁良骏的说法，周作人辅仁五讲的决定性动因，与"当时的文学现状、文艺动态，特别是'左翼文艺'（即'普罗文学'）的兴盛所带来的刺激"② 有关。袁良骏认为，周作人对鲁迅做左联盟主是很反感的，对鲁迅批评以他为代表的小品文是"小摆设"，和伟大的时代不相称，也是气恼的。所以周作人就将鲁迅和左翼文学贬斥为"大摆设"，为"祭器"，为新"载道派"，这个流派以韩愈为代表的唐宋八大家、清代的方苞为代表的桐城派为一脉和文宗。而周作人自己及其追随者则是新文学中的"言志派"，这个流派以公安三袁、竟陵派、张岱等为一脉和文宗。

从理论上来说，认为中国文学发展过程中"诗以言志"和

---

① 周作人. 中国新文学的源流 [M] //止庵. 周作人讲演集. 石家庄：河北人民出版社，2004：131.
② 袁良骏. 周作人论 [M]. 北京：中国社会科学出版社，2013：148.

"文以载道"两种潮流并存毋庸置疑，但要在现实中泾渭分明地区分这两种潮流，恐怕很难做到，在绝大多数情况下两者相互融合、难分彼此。同样，以"载道"和"言志"来描述文学发展的大趋势，并无多大错处。正如汉、唐、宋、明、清五个朝代在历史上存在时间较长，政局相对稳定，统治者力量强大，相应对文人的思想控制也更加严厉，因受限制太多，文人自然难有太多周作人所欣赏的所谓独抒性灵的好文章。王纲解纽的时代，如魏晋、晚明，世事纷乱，内忧外患，统治者有时自顾尚且不暇，对文艺和言论或多或少就会放松一点管制，就容易出现国家不幸诗家幸的现象。但如果将载道和言志绝对地对立起来，厚此薄彼，或扬此抑彼，都是过于极端化了。特别是这种绝对化、极端化和文学之外的情绪纠缠起来，就很难保证自己的观点公允持平。事实上，周作人的观点发表不久，就有学者进行质疑了。

首先提出质疑的，是当时只有 22 岁的清华学子钱锺书。在《评周作人的〈中国新文学的源流〉》（《新月》1932 年第 4 卷第 4 期）一文中，钱锺书指出，在传统的文学批评里，"诗以言志"和"文以载道"这个命题并不是如周作人等批评家所认为的格格不相容。因为我们传统批评中的"文学"不是来自西方的综合概念，我们有的是具体到"诗""文""词""曲"的零碎的门类。而在古人观念中，"文"的地位要高于"诗"，前者更偏于"载道"，后者更偏于"言志"。钱锺书的意思是："它们在传统的文学批评上，原是并行不悖的，无所谓两'派'。所以许多讲'载道'的文人，做起诗来，往往'抒写性灵'，与他们平时的'文境'绝然不同，就由于这个道理。"应该说，钱锺书的这番理解，相对要符合中国文学的实际一些，不那么简单化看问题。钱锺书也不赞成周作人对公安派创作理论的过分溢美，认为其论据"断无胡适先生那样的周密"。在钱锺书看来，周作人讲演的根本问题，在于犯了"文以载道"和"诗言志"概念不清、简单交替以及循环论证的毛病。甚至在几十年后，钱锺书又在《中国诗与中国画》一文①中调侃似的批评周作人的观点，认为"文以载道"和"诗言志"只规定了个别文体的功能，并没有在一个层面上概论文学。因为"文"是指散文或古文，以区别于"诗""词"。因此，这看似针锋相对的两句话，在钱锺书眼中，实则水米无干或羽翼相辅。文、诗、词是平行的文体，但不是对等的概念，"文"为最高。而且，钱锺书认为，随着西方文论的涌进并成为常识后，人们更不自觉地将"文"扩大为广义的文学，把"诗"等同于文学创作精华的代名词。我们承认传统文评中有自己的矛盾，但具体到"文以载道"和"诗言志"两句，却不能算矛盾的口号。

不仅钱锺书，当时的文学史家和批评家陈子展也不赞同周作人的论断。他直接以《不要再上知堂老人的当》为题，指出周作人是有意"抬出公安派，压落胡适之"，所谓"明末的新文学运动，只能是知堂老人的杜撰"②。

当代新文学史家黄修己在他的《中国新文学史编撰史》（北京大学出版社 1995 年版）中，肯定了周作人"从文学风格上寻找新文学与传统的关系"的思路，但认为可质疑处甚多，比如将新文学归为"言志派"，就不科学，不周严，虽然举出了胡适、冰心、俞平伯、废名的例子，但遗漏了最重要的鲁迅、郭沫若等，故不能准确反映新文学的实际。再有，周作人的历史循环论观点（20 世纪二三十年代中国与明季相似，散文几乎与晚明小品同质）也不能总括新文学的丰富性。

---

① 钱锺书. 旧文四篇 [M]. 上海：上海古籍出版社，1979：4.

② 陈子展. 不要再上知堂老人的当 [J]. 新语林，1934，3（2）.

第五节　"为人生"与"为艺术"之争

一、"为人生而艺术"的文学研究会

文学研究会是中国现代文学史上第一个专门的新文学团体。1921 年 1 月 4 日在北京中央公园（现中山公园）来今雨轩正式成立。由周作人、朱希祖、耿济之、郑振铎、瞿世英、王统照、沈雁冰（茅盾）、蒋百里、叶绍钧、郭绍虞、孙伏园、许地山等 12 人发起，以《小说月报》为会刊。

文学研究会的出现适应了新文学发展的需要，适应了广大作家和文学青年的要求。文学研究会几乎囊括了那一时期所有的新文学作家——徐志摩、李金发、戴望舒、瞿秋白、张闻天、陈毅、冯雪峰，以及语丝派的不少骨干，都是文学研究会的正式会员。鲁迅虽然没有加入文学研究会，但与文学研究会及其不少成员的关系十分密切。他的"改良这人生"的启蒙诉求与文学研究会的"为人生"的文学主张基本一致；《文学研究会宣言》发表之前，曾经征求过鲁迅的意见；鲁迅还是《小说月报》的审稿人和主要撰稿人之一，是文学研究会的热情而有力的支持者。

《文学研究会宣言》是由周作人起草的。该宣言强调："将文艺当作高兴时的游戏或失意时的消遣的时候，现在已经过去了。我们相信文学是一种工作，而且又是于人生很切要的一种工作；治文学的人也当以这事为他终身的事业，正同劳农一样。"① 改革后的《小说月报》以及它的姊妹刊物《文学旬刊》《文学周报》，集中反映了"为人生而艺术"的文学研究会的观念。特别是郑振铎、茅盾

---

① 文学研究会宣言［J］. 小说月报，1921，12（1）.

的理论主张和编辑思想，强调文学与社会、与时代的联系，强调文学表现人生、指导人生的社会功能，因而更具有指导性意义。

因此，文学研究会会刊《小说月报》之于现代中国文学，可以说是起到"推波助澜"的作用，影响巨大。茅盾、巴金、老舍、丁玲等著名作家的处女作，都首先刊登在《小说月报》上面。

二、"为艺术而艺术"的创造社

创造社是五四时期的另一个较有影响的文学团体，成立于1921年7月，由一些留学日本的文学青年——郭沫若、成仿吾、郁达夫、张资平、田汉、郑伯奇等人在东京发起成立。之后，其成员陆续回到国内，主要活动地点在上海。郑伯奇在《略谈创造社的文学活动》一文中写道："在中国新文学运动中，创造社是成立较早、影响较大的进步文学团体之一。但是，它和新文学运动的开山祖师《新青年》没有直接关系；和另一个最大的进步文学团体——'文学研究会'，无论在文艺思想上和创作方法上，都俨然形成对峙。一般认为文学研究会是人生派、是现实主义者，而创造社是浪漫主义者、是艺术派。这样说法虽然有一定根据，但是，若把它绝对化了，并由此而得出结论，以为创造社是和文学研究会对立的团体，甚至怀疑创造社和五四运动的主流思潮没有关系，那就完全不合乎历史事实了。"①

从成立到1923年11月为前期创造社。这一时期，除1922年5月出版《创造》（季刊）外，1923年5月又出版了《创造周报》，同年7月还办了一份《创造日》，附设在《中华新报》上。前期的创造社崇尚天才，主张自我表现和个性解放，强调文学应该忠实于自己"内心的要求"，表现出浪漫主义和唯美主义的倾向。前期创造社的作家们的文学创作，多侧重于主观内心世界的刻画，具有浓

---

① 郑伯奇. 略谈创造社的文学活动 [J]. 文艺报，1959（8）.

重的抒情色彩。郭沫若的诗集《女神》、郁达夫的小说《沉沦》及郭沫若翻译的歌德的《少年维特之烦恼》，是该社最有影响的作品，在当时的文学青年中激起强烈的共鸣。

三、双方文学主张之争

文学研究会和创造社相继成立之后，由于彼此的文学主张差异很大，也因为创造社一帮人急于在文坛上崭露头角，形成自己的影响，所以不可避免地与文学研究会成员有过一些文学观念甚至个人意气上的交锋。

创造社成立较晚，成员较少，开始时有点势单力孤。但他们是一些思想活跃、精力旺盛、敏感好斗、不甘人后的文学青年。1921年9月29日，他们在上海《时事新报》刊登了《纯文学季刊〈创造〉出版预告》，其中说：

自文化运动发生后，我国新文艺为一二偶像所垄断，以致艺术之新兴气运，渐灭将尽。创造社同人奋然兴起打破社会因袭，主张艺术独立，愿与天下之无名作家共兴起而造成中国未来之国民文学。

这段文字颇耐人寻味。虽然没有指明谁是那一两个"垄断"新文艺的"偶像"，但敌意却是显见的。在1922年5月出版的《创造》（季刊）第1期上，创造社重要成员郁达夫发表了《艺文私见》一文，将矛头直接指向了文学研究会。郁达夫出言颇为不逊，要"那些在新闻杂志上主持文艺的假批评家，都要到清水粪坑里去和蛆虫争食物去。那些被他们压卜的天才，都要从地狱里升到子午白羊宫里去呢"！这就不是一般意义上的文学论争了，而是明显的污言秽语了。对文学研究会作家的诗歌创作，创造社更是以轻蔑、不屑的态度进行嘲弄。创造社的重要理论家也是酷评家成仿吾在他的《诗之防御战》中说，康白情的《草儿》是把演说分行"便算作诗"①；俞平伯的《冬夜》中的《山居杂诗》"这真未免过于匆匆了，然则——不成其为诗罢"②；批评周作人《雪朝》（第二辑）中的《所见》"这不说是诗，只能说是所见"③；说徐玉诺的诗作《将来之花园》，"这样的文字在小说里面都要说是拙劣极了"④。创造社成员对五四时期的白话文运动，也持一种否定的态度。郭沫若在《创造周报》第 3 号发表的《我们的文学新运动》中就说："四五年前的白话文革命，在破了的絮袄上虽然打上了几个补绽，在污了的粉壁上虽然涂上了一层白垩，但是里面的内容依然还是败棉，依然还是粪土。Bourgeois 的根性，在那些提倡者与附和者之中是植根太深了，我们要把那根性和盘推翻，要把那败棉烧成灰烬，把那粪土消灭于无形。……光明之前有浑沌，创造之前有破坏。"⑤ 显然，"创造之前有破坏"应是他们当时开展文学批判运动的核心理念。

对于创造社的这种极其不友好的姿态，文学研究会成员当然不会容忍。郁达夫的《艺文私见》发表几天之后，损（茅盾）就写了《〈创造〉给我的印象》一文予以还击。茅盾当时虽然还比较年轻，但他的中外文学修养和驾驭文字的能力明显要出色一些。所以他反驳郁达夫的文字中，自有一种从容豁达的老辣之气。在引出了郁达夫那段不讲道理的骂人话后，针对创造社创作的近况，茅盾表

---

① 成仿吾. 诗之防御战［M］//《成仿吾文集》编辑委员会. 成仿吾文集. 济南：山东大学出版社，1985：78.

② 成仿吾. 诗之防御战［M］//《成仿吾文集》编辑委员会. 成仿吾文集. 济南：山东大学出版社，1985：79.

③ 成仿吾. 诗之防御战［M］//《成仿吾文集》编辑委员会. 成仿吾文集. 济南：山东大学出版社，1985：80.

④ 成仿吾. 诗之防御战［M］//《成仿吾文集》编辑委员会. 成仿吾文集. 济南：山东大学出版社，1985：81.

⑤ 郭沫若. 我们的文学新运动［J］. 创造周报，1923（3）.

面上不动声色，实则语气讥讽，直刺创造社的痛处："真如郁君达夫所说，大家说'介绍'说'创造'，本也有两三年了，成绩却很少，大概是人手缺少的缘故。治文艺的尤其少，更是实情。人手少而事情不能少，自然难免有粗制之嫌。……创造社诸君的著作恐怕也不能竟说可与世界不朽作品比肩罢。所以我觉得现在与其多批评别人，不如自己多努力，而想当然的猜想别人是'党同伐异的劣等精神，和卑陋的政客者流不相上下'，更可不必。真的艺术家的心胸，无有不广大的呀。我极表同情于《创造》社诸君，所以更望他们努力！更望把天才两字写出在纸上，不要挂在嘴上。"①

当时的创造社，的确如茅盾所说的那样，成绩很少，又有粗制之嫌。所以他们攻击文学研究会时，多回避文学理论和创作的实际问题，而是集中在文学研究会的人善于变幻笔名，翻译著作中出现了笔误等具体琐屑的问题上，这样，双方在学理上并没有再进行认真的争论。故而，成仿吾在《创造社与文学研究会》中声明："文学研究会的那一部分人，若出来多言，纵有千万个'损'先生来辱骂，我是只以免战牌对付的。"② 此时，创造社和文学研究会的争论有时虽然激烈，但双方都还保持着应有的节制。1922 年 8 月，当创造社举行《女神》出版一周年纪念活动的时候，包括茅盾、郑振铎在内的文学研究会作家，都应邀出席了招待会。1923 年 12 月胡适日记记载，在文学研究会重要成员郑振铎设宴招待文艺界人士的时候，"到郑振铎家中吃饭，同席的有梦旦、志摩、沫若等"③。胡适断言："这大概是文学研究会与创造社'埋斧'的筵席了。"④

尽管如此，也不必讳言前期创造社在论争中所表现出来的行帮意识和个人意气，因为这种行帮意识和个人意气，即使到了后期创

---

① 损（茅盾）.《创造》给我的印象［J］. 文学旬刊，1922（39）.

② 成仿吾. 创造社与文学研究会［J］. 创造（季刊），1922，1（4）.

③④ 胡适. 胡适全集：第 30 卷［M］. 合肥：安徽教育出版社，2003：74.

造社，也没有得到有效的纠正。指出这一点，是为总结现代文艺论争中的经验和教训，并不是秋后算账，也不影响对其整体文学成绩的客观评价。例如，《纯文学季刊〈创造〉出版预告》中有一句话"新文艺为一二偶像所垄断"①，以及郁达夫《艺文私见》中所批评的垄断文坛的人，究竟是不是指文学研究会？按郭沫若在《我的作诗的经过》中说的，就不是："达夫的'垄断文坛'那句话也被好些多心的人认为是讥讽文学研究会，其实是另外一回事。……不幸达夫是初回国，对于国内的情形不明，一句无存心的话便结下了创造社和文学研究会的不解的仇恨。"而郑伯奇在《忆创造社》中却明确地说："所谓'垄断文坛'，当然指的是文学研究会。"② 这两种看似互相矛盾的说法，其实并不影响事实判断。20 世纪 20 年代初的现代文坛，风生水起，也有实际创作成绩的文学社团，除了文学研究会，就是创造社了，虽然创造社的总体实绩稍逊。所以，按研究者通常的理解，郑伯奇的说法应该是更接近事实真相的。

这里，有必要介绍一下文学研究会的重要理论家茅盾和郑振铎的文学主张，因为他们的文学观集中代表了文学研究会"为人生"的现实主义文学主张。了解了他们坚实的文艺观点，就会了解前期创造社成员何以急不可耐地与文学研究会争锋，而最终不得不和解。

以五四时期的茅盾为例。茅盾很早就有了较为成系统的文艺观念，撰写了大量阐述文学研究会和自己的文学主张的理论文章。如《什么是文学》《大转变时期何时来呢》《自然主义与中国现代小说》《社会背景与创作》《新文学研究者的责任与努力》《文学与人生》；革命文学论争时期所写的《从牯岭到东京》《读〈倪焕之〉》等，也涉及此类内容。

---

① 郁达夫. 纯文学季刊《创造》出版预告［N］. 时事新报，1921 - 09 - 29.
② 郑伯奇. 忆创造社［J］. 文艺月报，1959（5）.

　　茅盾文艺观的核心是，文学要注重社会功利与价值倾向，要"表现人生，指导人生"①。茅盾发挥丹纳《艺术哲学》中"社会学的文学论"的观点并加以引申，认为文学除了与"人种、环境、时代"三因素都有关系，还与"作家的人格"密不可分，在后来的《读〈倪焕之〉》一文中，茅盾还借题发挥，以文学研究会作家叶圣陶的创作实绩（即茅盾喻之为"扛鼎之作"的《倪焕之》），证明文学研究会重视"文学的时代性和社会化"的"为人生"的文学主张的切实正确、切合时代和卓有成效，映衬创造社一般人"为艺术"的文学主张的飘忽善变、自相矛盾和唱高调。当然，茅盾的文风持重稳定，并不像创造社一般人那样走极端，他也对创造社具有唯美主义和感伤主义色调的"为艺术而艺术"的浪漫主义文艺主张的时代背景，做了合乎历史的说明。②

　　郑振铎的文艺观突出体现在他的《〈中国新文学大系·文学论争集〉导言》中。郑振铎把文学研究会与创造社的观念之争定位为"歧向"。在《〈中国新文学大系·文学论争集〉导言》中，他把第一个十年的文学论争大势分作两期："第一期是新文化运动和白话文运动。一方面对于旧的文化，传统的道德，反抗，破坏，否认，打倒，一方面树立起言文合一的大旗，要求以国语文为文学的正宗。就文学上说来，这初期运动者所要求的只是'文学'的形式上的改革。""第二个时期是新文学的建设时代，也便是文学研究会和创造社的时代。不完全是攻击旧的，而且也在建设新的。不完全是在反抗，破坏，打倒，而也在介绍，创作，整理。白话文的讨论已经是成了过去的问题，在这时候所讨论的乃是更进一层的如何建设新文学，或新文学向那里去的问题。于是便有写实主义和浪漫主义

①　沈雁冰. 新旧文学评议之评议 [J]. 小说月报，1920，11（1）.
②　李何林. 近二十年中国文艺思潮论：1917—1937 [M]. 西安：陕西人民出版社，1981：105.

的歧向。这便是一种明显的进步的现象。"① 笔者觉得，"歧向"一说，极有概括力和理论水准。歧是分歧，歧路；向是相向，倾向。也就是说，文学研究会和创造社的主张，并不是完全对立和不相容的。对于郑振铎的观点，文学史家李何林有一个比较新颖的解释。他认为："我们在创造社诸人'五卅'前的文章里，不但看见'为艺术而艺术'和'唯美主义'的思想，也看见他们'为人生'和'为社会'的思想。这两种'对立'的思想，且每每即发现在一篇文章中，因而我称之为'统一'。此外，即在与文学研究会的关系上讲，有一部分思想与之'对立'，也有一部分思想与文学研究会'统一'着。——这是时代社会使然，并没有什么稀奇！我们如仅看到创造社的'为艺术''唯美'的一面，而未看见它的另一面，就不但是不公平，即连他们以后的转变也无法解释了。"② 应该说，这段话是对郑振铎的"歧向说"的比较公允的阐发。实际情况也证明了李何林的这一解释。比如，成仿吾在他的《新文学之使命》一文中，一方面主张"唯美主义"，另一方面就强调新文学的"时代的使命"说。他认为："我觉得除去一切功利的打算，专求文学的全 Perfection 与美 Beauty 有值得我们终身从事的价值之可能性。而且一种美的文学，纵或它没有什么可以教我们，而它所给我们的美的快感与慰安，这些美的快感与慰安对于我们日常生活的更新的效果，我们是不能不承认的。"③ 这显然是"唯美主义"的"为艺术而艺术"的主张。但同在这篇文章中，他又写道："文学是时代的良心，文学家便应当是良心的战士。在我们这种良心病了的社会，文学家尤其是任重而道远。"⑤ "我们的时代是一个弱肉强食、有强

---

① 郑振铎.《中国新文学大系·文学论争集》导言 [M]//郑振铎全集：第三卷. 石家庄：花山文艺出版社，1998：540.
② 李何林. 近二十年中国文艺思潮论：1917—1937 [M]. 西安：陕西人民出版社，1981：106.
③④⑤ 陈仿吾. 新文学之使命 [J]. 创造周报，1923 (2).

权无公理的时代，一个良心枯萎、廉耻丧尽的时代，一个竞于物利、冷酷残忍的时代。我们的社会的组织，既与这样的时代相宜，我们的教育又是徒有其表，所以文学家在这一方面的使命，不仅是重大，而且是独任的。我们要在冰冷而麻痹了的良心，吹起烘烘的炎火，招起摇摇的激震。"①这里，文学的美感特性和文学的社会功利目的，在成仿吾的心目中达到了对立的统一，同样成为新文学的两大使命。又如，郭沫若在《文艺之社会的使命》一文中，先是说："文艺也如春日的花草，乃艺术家内心之智慧的表现。诗人写出一篇诗，音乐家谱出一个曲，画家绘成一幅画，都是他们天才的自然流露；如一阵春风吹过池面所生的微波，是没有所谓目的。"②但在这篇文章的最后一段，他又高扬了艺术的社会功利作用，主张用艺术来救中国："我们知道艺术有统一群众的感情使趋向于同一目标的能力，我们又知道艺术能提高我们的精神，使个人的内在的生活美化，那在我们现代，这样不统一，这样丑化了的国家之中，不正是应该竭力提倡的吗？我觉得要挽救我们中国，艺术的运动是决不可少的事情。"③李何林认为："这那是'为艺术而艺术'的话呢！正相反，他已很重视艺术'为社会'的作用，要拿它来救国了。这与文学研究会的精神也就相去不远。"④ 这一论断正中创造社文艺观的矛盾和要害，的确是洞若观火，鞭辟入里。

这里值得一提的是创造社的成仿吾对鲁迅小说创作的批评。鲁迅虽然没有加入文学研究会，但他支持和赞成文学研究会的"艺术为人生为社会"的主张，在文学创作倾向上也与之有很多共同点和交汇点，因此，就成为秉持所谓的纯艺术埋念的成仿吾批评和非难

① 陈仿吾. 新文学之使命［J］. 创造周报，1923（2）.
②③ 郭沫若. 文艺之社会的使命［J］. 民国日报（文学），1925（3）.
④ 李何林. 近二十年中国文艺思潮论：1917—1937［M］. 西安：陕西人民出版社，1981：110.

的靶子。在很大程度上，也可以视为"为人生"和"为艺术"之争的延伸和扩展。成仿吾1924年1月在《创造季刊》第2卷第2期上，发表了《〈呐喊〉的评论》一文，几乎否定了《呐喊》中的所有作品。比如他认为《呐喊》中的《狂人日记》《孔乙己》《阿Q正传》等，都是"自然主义"的、"浅薄"的、"庸俗"的、"拙劣"的作品，只有《不周山》（即《补天》），"虽然也还有不能令人满足的地方"，却是表示作者"要进而入纯文艺的宫廷"的"杰作"①。对于成仿吾的武断轻率的结论，茅盾在写于1927年的长篇论文《鲁迅论》中予以反驳和讽刺，对这种不从作家作品的实际出发，只从片断的印象、个人的好恶或门户之见出发的皮相之谈和主观主义的研究方法提出批评。鲁迅当时虽未直接回击，但后来并没有给这位创造社的批评家留情面。1935年12月26日，鲁迅在《故事新编·序言》中谈及《不周山》的创作时写道："这时我们的批评家成仿吾先生正在创造社门口的'灵魂的冒险'的旗子底下抡板斧。他以'庸俗'的罪名，几斧砍杀了《呐喊》，只推《不周山》为佳作，——自然也仍有不好的地方。"② 由此可见，鲁迅并不领情和认同。因此当《呐喊》印第二版时，鲁迅特意将《不周山》删除，"向这位'魂灵'回敬了当头一棒"③。鲁迅一向是憎恶这种不问青红皂白"抡板斧'排头砍去'的李逵"④ 作风的。他在《"题未定"草（五）》中描写成仿吾说："……批评家成仿吾先生手抡板斧，从《创造》的大旗下，一跃而出。"又在1928年撰写的《〈北欧文学的原理〉译者附记二》中指成仿吾说：这位"'革命文

---

① 陈仿吾.《呐喊》的评论［J］. 创造季刊，1924，2（2）.

② 鲁迅. 故事新编·序言［M］//鲁迅全集：第二卷. 北京：人民文学出版社，1981：341.

③ 鲁迅. 故事新编·序言［M］//鲁迅全集：第二卷. 北京：人民文学出版社，1981：342.

④ 鲁迅. 集外集［M］. 北京：人民文学出版社，1959：序言3.

学'的司令官"①曾几何时是"把守'艺术之宫'"②的"黑旋风"。
在《〈东京通信〉按语》中，鲁迅批评成仿吾企图"打发"《语
丝》，与国民党浙江省党务指导委员会"禁止"《语丝》的做法有
"异曲同工之妙"。对于成仿吾刚大叫到劳动大众间去安慰指导他们
却又跑到日本温泉浴场的言行不一的品格，鲁迅也曾予以批评。对
于成仿吾以三个"有闲"诬称鲁迅为有闲的资产阶级，鲁迅更是直
截了当地将自己的一本杂文集命名为《三闲集》，"以射仿吾也"。
创造社不仅毫不留情地否定文学研究会，否定鲁迅，也善于以今日
之我否定昨日之我。其标志是 1926 年 5 月郭沫若在《创造月刊》
第 1 卷第 3 期发表的《革命与文学》。郭沫若宣布："浪漫主义的文
学早已成为反革命的文学"，只有"在精神上是彻底表同情无产阶
级的社会主义的文艺，在形式上是彻底反对浪漫主义的写实主义的
文艺"，才是"最进步的革命文学"。这说明，前期创造社的使命
已告结束，后期创造社的时代开始来临。

---

①② 鲁迅.《北欧文学的原理》译者附记二［M］//鲁迅全集：第十卷. 北京：人民文学出版社，1981：287.

第四章

左翼文学：革命话语谱系的初步构建

1928 年，成仿吾发表《从文学革命到革命文学》一文，文中充分肯定了五四文学革命的发展过程与历史意义，并提出："我们今后的文学运动应该为进一步的前进，前进一步，从文学革命到革命文学！"① 从五四文学革命到"左翼"革命文学，是中国现代文学发展史上的重要节点，使得"文以载道"在新的革命时期有了新的表现形式、新的话语体系、新的思想内涵、新的审美风格。

五四是一个文学革命、文化革新的年代，是一个热血激荡、思想解放的年代，青春的呐喊、民主与科学的启蒙、马克思主义的引入，每每回想，都令人心潮澎湃。五四退潮后，国内的思想文化界进入了一个风雨忧患的彷徨期，然而，中国共产党领导的革命洪流滚滚向前，这种彷徨注定是短暂的，新的"革命文学""左翼文学"正在喷薄而出。

第一节　左翼文学运动：在论争中探索

郭沫若于 1926 年 5 月发表《革命与文学》一文，率先提出"革命文学"的概念，他在文中写道："凡是同情于无产阶级而且同时是反抗浪漫主义的便是革命文学……无产阶级的理想要望革命文学家点醒出来，无产阶级的苦闷要望革命文学家实写出来。要这样才是我们现在所要求的真正的革命文学。"② "真正的文学是只有革命文学的一种。所以真正的文学永远是革命的前驱"③。

接着，在 1928 年至 1929 年，文坛出现了关于"革命文学"的论争。

现代文学研究专家李何林先生对革命文学论争曾有这样的描述：

---

① 成仿吾. 从文学革命到革命文学 [J]. 创造月刊, 1928 (9).
②③ 郭沫若. 革命与文学 [J]. 创造月刊, 1926 (3).

这论争从一九二八年的春天起，足足的继续了有一年之久……在这个时期各方所发表的论战的文字，统计不下百余篇；其中《小说月报》和《新月》的文字只在表明自己的文艺态度或稍露其对于创造社的"革命文学"的不满而已。至于以鲁迅为中心的"语丝派"则和创造社一般人立于针锋相对的地位！——也就是它们两方作成了这一次论战的两个敌对阵营的主力。①

论争的双方在《创造月刊》《太阳月刊》《文学周报》《新月》《小说月报》《洪水》《文艺生活》《文化批判》《泰东月刊》《北新》等报纸杂志上撰文立说，回应质疑。其中，李初梨在《怎样地建设革命文学》一文中，强调了革命文学的斗争性和无产阶级意识；同样是革命文学的倡导者蒋光慈认为："革命文学应当是反个人主义的文学，它的主人翁应当是群众，而不是个人；它的倾向应当是集体主义，而不是个人主义。"②

但是，当时的革命文学倡导者受国内外"左"的思潮影响，对马克思主义文艺观的理解不够全面深入，普遍存在着重政治轻艺术的倾向。对此，鲁迅有着较清醒的认识，他肯定了革命文学的无产阶级立场，也赞同文学可以作为革命的工具；但是，他同时批判了革命文学家文艺技巧拙劣、内部相互吹嘘、躲在人后说冷话等问题，并建议文学创作"当先求内容的充实与技巧的上达，不必忙于挂招牌"。

这场论争进一步明确了革命文学的概念，扩大了革命文学的影响。1929 年下半年，随着斗争形势的发展，在中国共产党的协调下，参与论争的革命作家结束对立批判，逐步统一起来。

中国左翼作家联盟（简称"左联"）于 1930 年 3 月 2 日在上海成立，它是中国共产党领导创建的文艺组织。在成立大会上，沈端

① 李何林. 中国文艺论战［M］. 西安：陕西人民出版社，1984：10.
② 蒋光慈. 关于革命文学［J］. 太阳月刊，1928（2）.

先、冯乃超、钱杏邨、鲁迅、田汉、郑伯奇、洪灵菲被选举为常务委员，鲁迅做了题为《对于左翼作家联盟的意见》的重要演讲。"左联"领导左翼文学运动，对"民族主义文艺运动""第三种人""论语派"等进行了坚决的斗争，推动了文艺大众化运动，并创办发行了《萌芽月刊》《拓荒者》《前哨》《北斗》等刊物，产生了广泛的文学影响与革命影响。

"左联"的成立标志着革命文学运动进入了一个新阶段。

左翼文学运动是中国共产党领导的一场进步文化运动，是五四爱国进步精神的延续，是文学载道传统的延续。左翼文学是五四退潮后逐步发展起来的文学运动，是革命文学的基本组成部分，在20世纪20年代末以先锋姿态开始出现，它以"左联"为主要领导机构，但在"左联"成立之前和解体之后，左翼文学都存在并继续发展，因此不能将二者的存在时间画上等号。

左翼文学不是对"文学革命"的断裂与扬弃，而是五四时期引入的马克思主义在文学领域的新表现，是文学政治化、大众化、阶级化的新尝试。例如，五四时期的丁玲就曾说过："要创作，必须深入地知道人间苦，从这苦味生活中训练创作的力。文艺的花是带血的。"① 走上革命道路后的丁玲还进一步提出，文学"用大众做主人"，"是战斗的武器"。

同时，"'左翼'文学的出现，拨正了'五四'以来过于注重知识分子生活的题材限制，继承了20世纪20年代鲁迅开创的'乡土文学'关注底层民生的这一面，并把关注的底层从农民拓展到工人……这一时期，'左翼'作家不仅流派众多、名家迭出，而且直接参与政治运动，表现出一种为弱者呼吁不平、向强权挑战的道德

---

① 袁良骏. 丁玲研究资料［M］. 天津：天津人民出版社，1982：132.

崇高感与社会责任感"①。

"左联"作家是左翼作家的基本组成部分。此外，有些作家抨击现实，对革命抱有同情，尽管他们没有加入"左联"，但通常仍认为他们是左翼作家。左翼文学的代表作家有鲁迅、郭沫若、茅盾、蒋光慈、萧红、冯雪峰、丁玲、柔石、胡也频、冯乃超、阳翰笙、夏衍、郁达夫、郑伯奇、钱杏邨、田汉、洪灵菲、徐殷夫、朱镜我、周扬、冯铿、沙汀、洪深、艾芜、萧军、端木蕻良、舒群、张天翼、叶紫、聂绀弩等。

同时，无论是文学性更强的茅盾、萧红、丁玲、路翎、张天翼，还是革命性更强的蒋光慈、胡也频、沙汀、冯雪峰，都是深受五四精神熏染的一代人，人道主义和个性主义精神在其身上有着或隐或显的存在，并且这些作家很多都依靠独立的出版机构或教育机构而生存，而不是依赖于官方体制。这使得左翼文学常超出"左联"的意识形态范畴，呈现出一定的五四色彩。

总体来看，左翼文学同五四时期的文学相比，它更侧重于战斗性与革命性，与政治的联系、与工农大众的联系更加密切。战斗性与革命性既是政治性的表现，也是政治性的要求。

左翼文坛强调文学要介入政治、介入现实，以马克思主义为理论指导，紧密结合中国共产党领导的革命实践，以文学为武器，以宣传为号角，始终关注现实人生的苦难，以无私无畏的精神来烛照世间的黑暗现实，批判国民党反动派的黑暗统治，批判帝国主义和封建主义的重重压迫，呼唤社会公平与正义，呼唤人民自由与民族解放。

如果说五四文学的主题是启蒙，那么，随着革命形势的发展，随着民族危机的加深，左翼文学表现出了强烈的救亡与启蒙的双重

---

① 刘勇. 中国现代文学的多维阐释［M］. 合肥：安徽大学出版社，2013：318.

性质；同时，左翼文学的启蒙，不同于五四时期所强调的个人主义与人道主义，它是革命的启蒙，是政治的启蒙。如果说是五四文学推动了人的觉醒，那么左翼文学运动旨在用文学来发动群众、教育群众，实现人民的觉醒。

左翼文学的革命性、战斗性及政治性，对左翼作家提出了新的要求。瞿秋白提出，"文艺也永远是，到处是政治的留声机"。也就是说，作家在进行创作时，不仅要考虑到政治因素，更要用政治来指导创作。1931 年，左联执委会通过了《中国无产阶级革命文学的新任务》，进一步强调了左翼作家应有的纪律性，"中国左翼作家联盟，无疑地是中国无产阶级革命文学运动的干部，是有一定而且一致的政治观点的行动斗争的团体；而不是作家的自由组合"①。

为什么去战斗？为什么去革命？为了我们的阶级。

中国共产党是代表无产阶级的政党，是坚持共产主义理想和社会主义的政党。相应地，中国共产党所领导的"左联"、左翼文学也必须表现出鲜明的阶级立场。左翼文学强调，要始终站在普罗大众、工农群众的阶级立场上。

左翼文学出现前，曾出现过一场关于普罗文学的论争。"普罗"是"普罗列塔利亚"的简称，意为无产阶级。普罗文学由太阳社、后期创造社的一些作家率先提出，其简单倡导"一切的文学，都是为了宣传"，"政治价值对于艺术价值的统治权"，作品多为说教而缺少思想艺术价值，引发了鲁迅、茅盾等人的批评。左翼文学在一定程度上克服了普罗文学的口号化、宗派化倾向。

茅盾强调，左翼文学要踢开"从前那些幼稚的，没有正确的普罗列塔利亚意识而只是小资产阶级浪漫的革命情绪的作品。我们也要一脚踢开那些浅薄疏漏的分析，单调薄弱的题材，闭门造车的描

---

① 左联执委会. 中国无产阶级革命文学的新任务 [J]. 文学导报, 1931, 1
(8).

写……我们的作品一定不能仅仅是一枝吗啡针，给工农大众以一时的兴奋刺激；我们的作品一定要成为工农大众的教科书"①。

张闻天对文艺作品的阶级性有了更全面的理解："在有阶级的社会中间，文艺作品都有阶级性，但决不是每一文艺作品，都是这一阶级利益的宣传鼓动的作品。甚至许多文艺作品的价值，并不是因为他们是某一阶级利益的宣传鼓动品，而只是因为他们描写了某一时代的真实的社会现象。"② 在阶级性的基础上，左联执委会通过的《中国无产阶级革命文学的新任务》强调："只有通过大众化的路线，即实现了运动与组织的大众化，作品，批评以及其他一切的大众化，才能完成我们当前的反帝反国民党的苏维埃革命的任务，才能创造出真正的中国无产阶级革命文学。"③

关于左翼文学的时间界定，唐弢在《中国现代文学史》中认为，"左翼文学"时期是从 1927 年到 1937 年的第二次国内革命战争时期。方维保认为，左翼文学是一个广义的、不断延展的概念，"它包括左翼作家联盟成立前后的发生期，共产党人延安割据时期的发展期，20 世纪 50 年代到 60 年代的鼎盛期，文革时期的病态繁荣期，文革后的后发展时期"④。

笔者认为"左翼文学"应是一个特定的文学史概念，是中国现代文学"第二个十年"的重要组成部分。延安文学、十七年文学、

① 茅盾. 中国苏维埃革命与普罗文学之建设 ［M］//茅盾全集：第 19 卷. 北京：人民文学出版社，1991：308.

② 古明学，孙露茜. 二十年代"文艺自由论辩"资料 ［M］. 上海：上海文艺出版社，1990：328.

③ 转引自：张岱年，敏泽. 中国无产阶级革命文学的新任务 ［M］//刘福春，李广良. 回读百年：20 世纪中国社会人文论争：第 2 卷 下. 郑州：大象出版社，2009：446 - 447.

④ 方维保. 红色意义的生成：20 世纪中国左翼文学研究 ［M］. 合肥：安徽教育出版社，2004：13 - 14.

"文革"文学以及当下的底层写作虽继承了左翼传统，但并不能称之为"左翼文学"。

在这短短的十年内，左翼文坛与其他文学团体、文学流派、文学观点、文学评论家爆发了多场论战，主要有同"新月派"的论战、同"民族主义文艺运动"的论战、同"自由人"与"第三种人"的论战，以及同"论语派"的论战等，从而进一步明确了左翼文学的主张，传播了左翼文学的声音，生动地体现了左翼文学的战斗性与革命性。

一、同"新月派"的论战

"新月派"是 20 世纪 20 年代中国文坛上出现的一个重要流派，代表作家有闻一多、徐志摩、胡适、梁实秋、朱湘、卞之琳、方玮德等，他们大都有留学英美的背景，主张诗歌的"音乐美""绘画美"与"建筑美"。以 1927 年为界，"新月派"可分为前后两个时期，前期以北京《晨报副刊》为阵地，后期则以上海的新月书店、《新月》月刊为阵地，他们倡导文学的超功利性和纯粹性，注重"本质的醇正、技巧的周密和格律的严谨"，追求"个人的自由、权利以及反对外在权威约束"。

1928 年，后期"新月派"同左翼文学之间产生激烈论战。

"新月派"自命为"狮虎"，讽刺"左"派文人为"狐狗"。梁实秋曾说过："胡适之先生曾不止一次地述说：'狮子老虎永远是独来独往的，只有狐狸和狗才成群结队！'办《新月》杂志的一伙人，不屑于变狐变狗。'新月派'这一顶帽子是自命为左派的人所制造的，后来也就常被其他的人所使用。"①

"新月派"与左翼在文学观点上的分歧主要在于"阶级论"和"人性论"。

---

① 梁实秋. 雅舍忆旧 [M]. 北京：江苏人民出版社，2014：99.

梁实秋在《文学与革命》与《文学是有阶级性的吗?》等文章中指出，"不存在所谓的无产阶级文学"，"好作品永远是少数人的专利，大多数人永远是蠢的，永远和文学无缘"。对此，鲁迅以《"丧家的""资本家的乏走狗"》与《"硬译"与"文学的阶级性"》等文章进行反击，"文学不借人，也无以表示'性'，一用人，而且还在阶级社会里，即断不能免掉所属的阶级性"①，并称梁实秋为"丧家的资本家的乏走狗"②。

梁实秋受西方新人文主义，特别是白璧德主义的影响，认为文学是人性的产物，"伟大的文学基于固定的普遍人性，从人心深处流出来的情思才是好文学，文学难得的是——忠于人性"，其试图以人性论来对抗左翼的阶级论。对此，左翼作家说道，梁实秋的人性论是资产阶级人性论及抽象人性论，批评其为"国民党反动派清客和帮凶"③。

二、同"民族主义文艺运动"的论战

在风云激荡的 20 世纪 30 年代初，阶级问题和民族主义成为政治文化论争的关键问题，左翼文学与民族主义文学的冲突登上了历史舞台。

1930 年，为对抗左翼文学的迅猛发展，一批国民党文人和亲国民党文人组建了"前锋社"。"前锋社"以民族主义文学为旗帜，宣称"文艺的最高意义，就是民族主义"，妄图用所谓"民族性"来消解文学的阶级性、革命性和大众性。代表作家有潘公展、黄震遐、万国安、王平陵、朱应鹏等，代表刊物有《前锋周报》《前锋

---

① 鲁迅. "硬译"与"文学的阶级性"［M］//鲁迅. 鲁迅全集：第四卷. 北京：人民文学出版社，2005：218.

② 鲁迅. 鲁迅全集：第四卷［M］. 北京：人民文学出版社，2005：252.

③ 唐弢. 中国现代文学史：第 2 册［M］. 北京：人民文学出版社，1979：30 - 31.

月刊》，代表理论有《民族主义文艺运动宣言》，代表作品如《陇海线上》《黄人之血》《国门之战》等。

左翼作家和民族主义作家关于《黄人之血》的论争，是双方论战的一个典型例证。

发表于1931年《前锋月刊》第7号的《黄人之血》是民族主义作家黄震遐的作品，"黄人"就是指"黄种人"。这是一部诗剧，以历史上的蒙古征伐东欧（俄国）为描写对象，塑造了成吉思汗之孙、西征军指挥——拔都的英雄形象，极力表现了黄种人军队的勇敢和骄傲。但一些左翼作家批评这是一部法西斯作品，批评黄震遐是法西斯作家。

鲁迅在《"民族主义文学"的任务和运命》中对《黄人之血》及民族主义文学进行了批判。鲁迅从阶级立场出发，指责蒙古军队"将侵略矛头"对着"'斡罗斯'，就是现在无产者专政的第一个国度，以消灭无产阶级的模范——这是'民族主义文学'的目标"①。

茅盾在《〈黄人之血〉及其他》一文中也对《黄人之血》所表现出的大亚细亚主义、反苏意识、国民党文艺进行了批判。茅盾认为，黄震遐是国民党民族主义"温室"下培养出的"创作"家，是国民党文艺中"顶呱呱"的牌子。黄震遐在文中将"黄色"作为民族主义的面具，用种族主义刺激国民党倡导的"民族主义"，是典型的"党的文艺"。

三、同"自由人"与"第三种人"的论战

除了代表无产阶级意识形态的左翼文学运动和代表国民党意识形态的民族主义文艺运动，在20世纪30年代初文坛上还出现了倡导文艺创作自由的"自由人"和"死抱住文学不放"的"第三种

---

① 鲁迅. "民族主义文学"的任务和运命［M］//鲁迅. 鲁迅全集：第四卷. 北京：人民文学出版社，2005：325.

人"，"自由人"主要指胡秋原，"第三种人"主要指苏汶。他们主张超阶级的创作立场，对左翼文坛的文学政治化、"左而不作"（论争多而作品少）、"关门主义"（不许持中间立场）等倾向提出了批评。

胡秋原于1931年在其主持的《文化评论》上发表了《勿侵略文艺》《阿狗文艺论》等文，其中指出"我们是自由的知识阶级，完全站在客观的立场……无党无派"[①]，"文学与艺术，至死也是自由的，民主的"[②]，"将艺术堕落到一种政治的留声机，那是艺术的叛徒"[③]。苏汶也批评左翼文坛，"文学不再是文学了，变为连环图画之类；而作者也不再是作者了，变为煽动家之类"[④]。

针对上述批评，左翼文坛进行了猛烈的回击。

针对倡导文艺创作自由的"自由人"，冯雪峰以"洛扬"为笔名，发表了《致〈文艺新闻〉的一封信》，指出胡秋原的主义"是反对文学的阶级性的强调，是文学的阶级性的任务之取消"[⑤]。瞿秋白在《文艺的自由和文学家的不自由》中认为，胡秋原的艺术理论是"背向着群众"，其倡导"文学脱离无产阶级而自由，文学脱离广大群众而自由"，否定了艺术的阶级性和积极作用，是变相的艺术至上论，是虚伪的客观主义。文章同时批评苏汶，他并不是自我标榜的"第三种人"，因为"每一个文学家，不论他们有意的，无意的，不论他是在动笔，或者是沉默着，他始终是某一阶级的意识形态的代表"[⑥]。

针对"死抱住文学不放"的"第三种人"，鲁迅在《论"第三种人"》中批评道："生在有阶级的社会里而要做超阶级的作家，

---

① 胡秋原. 真理之檄 [J]. 文化评论，1931（1）.
②③ 胡秋原. 阿狗文艺论 [J]. 文化评论，1931（1）.
④ 苏汶. 关于《文新》与胡秋原的文艺论辩 [J]. 现代，1932，1（3）.
⑤ 冯雪峰. 致《文艺新闻》的一封信 [J]. 文艺新闻，1932（58）.
⑥ 瞿秋白. 瞿秋白论文学 [M]. 北京：人民文学出版社，1959：47.

生在战斗的时代而要离开战斗而独立……这样的人，实在也是一个心造的幻影，在现实世界上是没有的"①。同时，自我标榜的"第三种人"，一定超不出阶级，也一定离不开战斗，"苏汶先生就先以'第三种人'之名提出抗争了，虽然'抗争'之名又为作者所不愿受"②。

四、同"论语派"的论战

1932 年上海创刊的《论语》，标志着一个新的文学流派——"论语派"的诞生，代表人物有林语堂、周作人、潘光旦、邵洵美、李青崖、陶亢德等。"我们同人，时常聚首谈论……这是我们'论'字的来源。至于'语'字，即谈话，指我们的谈天"。"论语派"强调"以自我为中心，以闲适为笔调"，提倡"无所为的幽默小品文"，主张"文章乃个人性灵之表现"，刊物除了《论语》之外，还有《人间世》《宇宙风》等。

"论语派"的出现，引发了左翼、右翼文学的共同批评。陶亢德曾说："世人对于《论语》，愤怒诅咒者实在不少，无论左派右派，第三种人，对《论语》均曾挥其如椽之笔，大肆诛罚，好像《论语》不死大祸不止似的。左派说《论语》以笑麻醉大众的觉醒意识，右派说《论语》以笑消沉民族意识。"③

就左翼而言，"论语派"所提倡的幽默小品文，在鲁迅看来，就是一种无价值的小摆设。现在是斗争异常残酷的时代，"论语派"文人追求的闲适都是从血泊中寻出的，"将屠夫的凶残使大家化为一笑"。鲁迅认为："生存的小品文，必须是匕首，是投枪，能和读

---

① 鲁迅. 论"第三种人"［M］//鲁迅. 鲁迅全集：第四卷. 北京：人民文学出版社，2005：453.

② 鲁迅. 论"第三种人"［M］//鲁迅. 鲁迅全集：第四卷. 北京：人民文学出版社，2005：455.

③ 陶亢德. 答徐敬籽信［J］. 论语，1934（49）.

者一同杀出一条生存的血路的东西……它给人的愉快和休息是休养，是劳作和战斗之前的准备。"①

第二节　茅盾与他的"未完成"创作

茅盾一生追求"为人生的文学"，这是他文人使命意识的重要体现。

茅盾，原名沈德鸿，字雁冰，浙江桐乡人，中国现代著名文学家、评论家和社会活动家。他是新文化运动的代表人物，是文学研究会的重要创始人，同时也是革命文学、左翼文学的先驱，其代表作有小说《子夜》《幻灭》《动摇》《追求》《林家铺子》《霜叶红似二月花》《腐蚀》，戏剧《清明前后》，散文《白杨礼赞》《风景谈》等。他的作品始终坚持以现实为导向，题材宏大，体现出鲜明的"社会剖析"色彩。

在艺术架构上，由于茅盾的开拓和影响，"现代小说真正展示了大规模、多视角反映社会生活的全景性功能。多卷本、三部曲式的长篇小说在表现个人成长史、家族兴衰史以及社会发展史等题材方面发挥了独特的作用"②。

一、茅盾与《子夜》

《子夜》是中国现代文学史上长篇小说的典范，是茅盾最为重要的作品，创作于 1931 年至 1932 年间。它一经发表就引起了巨大的轰动，3 个月内被重版 4 次。

---

① 鲁迅. 小品文的危机 [J]. 现代，1933（6）.
② 刘勇. 中国现代文学研究的视域与形态 [M]. 北京：北京师范大学出版社，2008：337.

瞿秋白称赞："这是中国第一部写实主义的成功的长篇小说。"① 冯雪峰从文学发展的角度指出："《子夜》一方面是普罗革命文学里面的一部重要著作，另一方面就是'五四'后的先进的、社会的、现实主义的文学传统之产物与发展。"② 朱自清评论："这几年我们的长篇小说，渐渐多起来了；但真能表现时代的只有茅盾的《蚀》和《子夜》。"③ 吴宓认为，《子夜》"笔势具如火如荼之美，酣姿喷薄，不可控搏。而其细微处复能宛委多姿，殊为难能而可贵"④。

正如书名"子夜"所隐喻的，当时的中国正处在最暗的黑夜。

《子夜》以 1930 年的上海为背景，对半殖民地半封建社会的各阶级、各层面进行了深入的剖析。小说主人公吴荪甫是位民族资本家，围绕吴荪甫及其产业发展的艰难历程，小说描写了帝国主义的强横、买办阶级的圆滑、封建分子的腐朽、工人阶级的抗争、农民运动的兴起，刻画了上流社会的纸醉金迷和底层群众的贫穷困苦。吴荪甫及其所代表的民族工业，深受帝国主义的控制和欺压。

《子夜》主人公吴荪甫具有鲜明的两重性。一方面，他精明强干、雄心勃勃、敢于冒险，期望着自己的产业能"乘风破浪，驶过原野"；另一方面，他对底层人民，如裕华丝厂工人、双桥镇农民，剥削压榨，毫不留情。双桥镇发生农民运动后，吴荪甫愤恨地说："我正想去看看那红军是怎样的三头六臂的了不起！光景也不过是匪！"

吴荪甫说："只要政府像个政府，国家像个国家，中国工业就一定会有希望。"然而，20 世纪 30 年代初的中国，内有军阀混战，民不聊生，外有帝国主义的侵略，可谓国家不像国家、政府不像政

---

① 由国庆. 民国广告与民国名人［M］. 济南：山东画报出版社，2014：74.
② 王林发，卢玉珍. 时代的印记［M］. 南京：南京大学出版社，2009：182.
③ 朱自清. 朱自清散文经典［M］. 昆明：晨光出版社，2014：198.
④ 闫顺玲. 文学名著导读［M］. 兰州：甘肃民族出版社，2010：133.

府。当时的报刊上正在展开一场关于中国社会性质的论争，茅盾用《子夜》这部小说"回答了托派：中国并没有走向资本主义发展的道路，中国在帝国主义的压迫下，是更加殖民地化了"①。

买办阶级是帝国主义在华的代言人，《子夜》刻画了赵伯韬这一典型的买办形象。这是一位买办金融资本家，为人阴险狡诈、骄横凶残、作风败坏，凭借着美帝国主义在背后支持，把持着上海的金融市场，特别善于在公债市场上呼风唤雨、兴风作浪。吴荪甫在发展民族工业的过程中，饱受赵伯韬的算计和阻挠，陷入了赵伯韬的"多头"圈套，损失惨重。

《子夜》是革命现实主义文学的力作，展现了鲜明的社会剖析色彩。以《子夜》为重要标志，茅盾开创了中国现当代文学史上的社会剖析小说流派。社会剖析小说运用马克思主义立场、观点和方法，选取时代发展与革命斗争中的重大题材，塑造典型人物与典型环境，理性分析社会现象，从而揭示社会发展的方向和规律。它既是对古代"文以载道"传统的继承和发展，又是对晚清以来的谴责小说、问题小说、乡土小说等写实传统的继承和发展，逐步发展成为左翼文学创作的主流，产生了深远的影响。

二、茅盾的"未完成"创作

在世界文学中，存在着一种值得探究的"未完成"现象，即由于种种原因作品最终未能按原计划写作完成，其中"未完成"的著名作品有《红楼梦》《卡拉马佐夫兄弟》《人间喜剧》《死魂灵》《唐璜》等，它们为世界文坛增添了别样的遗憾美。

"未完成"现象在中国现代文学史上同样存在，茅盾就是其中的突出代表。他未完成的作品有《虹》《霜叶红似二月花》《锻炼》

① 茅盾.《子夜》是怎样写成的［M］//茅盾.子夜.北京：中国青年出版社，2013：483.

《第一阶段的故事》《走上岗位》等，他的回忆录《我走过的道路》也只完成了上卷、中卷，还没有写完下卷就去世了。

《虹》创作于 1929 年，是茅盾的第二部长篇小说，在谈到该作品的创作初衷时，茅盾说："欲为中国近十年之壮剧，留一印痕"。《虹》的主人公梅行素，被父亲许配给柳遇春，而她和韦玉两情相悦。后来，韦玉与别人成婚，伤心的梅行素还是嫁给了柳遇春，但婚后的生活并不幸福。由于接触了新的革命思想，梅行素从家庭生活中解脱出来，从封建束缚中解脱出来，最后投身于壮阔的革命事业。

《霜叶红似二月花》创作于抗战时期的桂林。小说以作者熟悉的江南小镇为背景，描写了五四前夕广阔的乡土社会矛盾，即新兴资产阶级和地主劣绅的矛盾、统治阶级与农民大众的矛盾，同时还刻画出了青年男女的爱恨情仇。题目中的霜叶指代反革命势力和假左派，"似"，非真也，这就是说，"他们（反革命）得势的时期不会太长，正如霜叶，不久还是要凋落"①。

《第一阶段的故事》是茅盾在抗战初期完成的一部中篇小说，他在 1945 年的初版后记中写道："我得坦白自承：写到一半时，我已经完全明白，我是写失败了。失败在内容，也在形式。"② 《锻炼》写于 1948 年，是茅盾最后一部长篇小说，以淞沪抗战为主要描写对象；茅盾曾计划将《锻炼》写成多卷本的、全面反映中国抗战的作品，但只写完第一卷，就因要参加第一届政协会议而搁笔。

茅盾曾向自己的子女解释这几部"未完成"作品：

《第一阶段的故事》不值得续写了，它原来就写得不成功。《虹》虽说还有下篇，但不续下篇也能独立成书。只有《霜叶红似二月花》，故事只展开了前一半，主要人物的命运也还没有交代。还有一部《锻炼》，是四八年在香港写的，只在报上连载过，还没

---

① 茅盾全集：第 6 卷 [M]. 北京：人民文学出版社，1984：250 – 251.
② 茅盾全集：第 4 卷 [M]. 北京：人民文学出版社，1984：475.

有出过单行本，你们恐怕都不知道还有这部小说。这也是只写了个头的长篇，原计划要写五部，才写完第一部全国就解放了，便再也没有时间续写，现在要续写恐怕工程太大了。那是一部试图反映抗战全过程的长篇。①

从研究视域看，茅盾的未完成现象，还可能存在以下缘由。

茅盾在写作过程中经历着内心的纠结、思想的转换。这种矛盾就蕴含在茅盾这个笔名里。此笔名取自1927年，发表小说《幻灭》时首次使用。最初投稿时用的是"矛盾"二字，叶圣陶从百家姓中的"谈宋茅庞"中选用了"茅"字，将其改为了"茅盾"。

茅盾曾经说，这个笔名并不是随手起的："'五四'以后，我接触的人和事一天一天多而复杂，同时也逐渐理解到那时渐成为流行语的'矛盾'一词的实际；一九二七年上半年我在武汉又经历了较前更深更广的生活，不但看到了更多的革命与反革命的矛盾，也看到了革命阵营内部的矛盾，尤其是清楚地认识到小资产阶级知识分子在这大变动时代的矛盾。"② 同时，他也感到自己在生活上、思想上存在的矛盾，遂以"茅盾"作为笔名。

由于工作繁忙、身体不好等客观原因，导致作品"未完成"。

新中国成立后，茅盾成为第一任文化部部长。茅盾曾尝试着写一部关于新中国成立后的长篇小说，然而到了1959年，他在给《中国青年报》编辑部的复信中写道："说起来非常惭愧，我的小说稿子还是去秋和你社一位同志说过的那种情况：搁在那里，未曾续写，也没有加以修改。原因是去年秋冬有些事，同时身体又不好了。这样就搁笔了。"1974年，茅盾也续写过《霜叶红似二月花》，

---

① 韦韬，陈小曼. 父亲茅盾的晚年［M］. 北京：北京艺术出版社，2008：120.

② 茅盾. 创作生涯的开始：回忆录（十）［J］. 新文学史料，1981（1）：7－16.

但因身体状况不好，始终没有完成。

茅盾对自己的作品要求极其严格，"不成熟的东西绝不拿出来"①。

新中国成立后，应公安部部长罗瑞卿的建议，茅盾曾创作了一个"镇压反革命"的电影剧本，但是，"茅公自己不满意这个电影剧本，干脆把原稿撕了……这个电影剧本一个字也没有留下来，十分可惜，是新文学和电影事业的一个重大损失，即使不拍电影，要是茅公改写小说，至少我们可以读到另一部《腐蚀》"②。茅盾的学生赵明也认为，茅盾对自己的作品要求严格，"不成熟的东西绝不拿出来。他和鲁迅一样，拿给读者的东西，一定是最好的"③。

从更深的层次看，"未完成"现象、"未完成"的作品蕴含了茅盾的文人使命意识。茅盾以文人身份参与到现代中国的巨大变革中，既承担着文学的使命，也承担着社会的使命、革命的使命、历史的使命。一些作品的"未完成"正反映了革命的未完成、历史的未完成，茅盾没有遮掩这种未完成性，体现了对当时中国社会的深刻认知，体现了文人最宝贵的良知和勇气。

第三节　萧红："生的坚强"与"死的挣扎"

萧红，生于 1911 年，病逝于 1942 年，卒年 31 岁。她是左翼作家的重要代表人物，也是"东北作家群"的代表人物，被誉为"30 年代文学洛神"。

萧红在其短暂的一生中创作了小说《弃儿》《生死场》《马伯乐》《小城三月》《呼兰河传》，散文《孤独的生活》《失眠之夜》

---

① ③　李广德. 茅盾学论稿［M］. 香港：香港正之出版有限公司，1991：41.
②　周而复. 在病危的时候［M］//钟桂松. 永远的茅盾. 杭州：浙江文艺出版社，1998：149.

《商市街》《火线外二章：窗边、小生命和战士》，长篇组诗《砂粒》，哑剧《民族魂鲁迅》等优秀作品。其中，《生死场》和《呼兰河传》被公认为她的代表作，体现了她在文学创作中的最高成就。

萧红的一生、萧红的笔触，显示了一位现代女性作家的使命意识、载道意识。她笔下的生与死，不仅反映了个人的命运，更承载了民族的血与泪、国家的根与魂。她批判着国民性，也审视着人性的普遍弱点。

一、生死苦海：萧红的一生

广阔肥沃又动荡不安的东北大地，既孕育了生命的坚强，也充满了死亡的挣扎。萧红的坎坷一生，就是"生的坚强"与"死的挣扎"的一生。

1911 年，萧红出生于黑龙江的一个小城——呼兰县；生长于一个小封建官僚家庭——张家大院。年仅 8 岁时，生母就因感染霍乱离世，父亲和继母对萧红很是冷漠，"父亲对我是没有好面孔的"。年幼的萧红便和祖父生活在一起，祖父成为她最亲切、最温暖的人。祖父的古诗功底，给了萧红最早的文学启蒙。1929 年，萧红的祖父去世，她悲痛地写道："我懂得的尽是些偏僻的人生，我想世间死了祖父，就没有再同情我的人了，世间死了祖父，剩下的尽是些凶残的人了。"①

祖父去世时，萧红正在哈尔滨市女一中读书；祖父去世后，她从家庭"出走"，开始了颠沛流离，也是黄金时代的一生。

1930 年，萧红初中毕业，不顾家庭反对来到北平读书，家庭随之断绝了对她的经济支持，萧红生活因此非常拮据，之后她又饱受包办婚姻和未婚夫王恩甲的困扰。1932 年，萧红在哈尔滨生下王恩甲的孩子，王恩甲却不见了踪影，她无力抚养只能送人，孩子不久后夭

---

① 萧红. 萧红自述［M］. 合肥：安徽文艺出版社，2014：21.

折。在这段痛苦的时期，她认识了作家萧军，两人开始共同生活。

九一八事变后，东北沦陷。一群生活在东北的青年作家，如萧红、萧军、端木蕻良、舒群、罗烽、骆宾基、白朗、穆木天等流亡到关内。这批形成于 20 世纪 30 年代中期的创作群体，被称为"东北作家群"。他们的作品反映了东北人民在日本铁蹄下的悲惨生活和觉醒抗争，反映了对山河沦丧的悲痛、对故乡生活的怀念和对收复国土的渴望，也反映了广袤黑土地上的民俗风情。"东北作家群"的创作是左翼文学的重要组成部分。

1934 年 6 月，萧红、萧军为躲避日伪迫害，在地下党组织的帮助下离开哈尔滨到了青岛。萧红在青岛完成了其重要代表作《生死场》的创作。同年 11 月，他们来到左翼文学的中心——上海。

在上海，萧红见到了"旷代的全智者"——她一直仰慕的鲁迅先生，并得到了鲁迅的帮助。鲁迅非常认可萧红的创作才华，介绍她与茅盾、叶紫、聂绀弩等左翼作家相识；并亲自为萧红创作的《生死场》作序，将其列入"奴隶丛书"出版。《生死场》出版后，在文坛引起了巨大轰动。除了精神上、文学上的指引外，萧红经常到鲁迅家中做客，得到了鲁迅、许广平在生活上的关心和照顾。

在上海生活一段时间后，萧红与萧军在感情上出现裂痕。1936 年，为了缓和矛盾，萧红只身前往日本。在日本的生活是孤独的，不久后她又回到上海。1938 年，萧红和另一位作家端木蕻良结婚。当年年底，她产下一子，可孩子出生几天后就因夜里抽风而夭折。

1940 年初，萧红和端木蕻良来到香港。恰逢鲁迅 60 周年诞辰，纪念会上演出了萧红创作的哑剧《民族魂鲁迅》。同年 9 月，她的另一部重要代表作《呼兰河传》开始在《星岛日报》副刊上连载。

萧红曾这样沉痛地解剖自己："我一生最大的痛苦和不幸，都是因为我是一个女人。"带着不甘，带着伤痛，1942 年 1 月，萧红在香港病逝。

萧红，一位令人唏嘘的才女、一朵艰难时世中的玫瑰，可谓一生坚强、一世挣扎。这种"生的坚强"与"死的挣扎"，深深地铭刻在萧红的作品中。

二、生生死死《生死场》

"人和动物一起，忙着生，忙着死……"①

这是萧红小说《生死场》中的一句话；这个场景，发生在哈尔滨近郊的一个乡村，生动地反映了东北地区的地域风貌、生存状态、民风民俗和中国农民的国民性。

《生死场》是一部现实主义作品。鲁迅为《生死场》所作的序言中，这样写道："这自然还不过是略图，叙事和写景，胜于人物的描写，然而北方人民的对于生的坚强，对于死的挣扎，却往往已力透纸背；女性作者的细致的观察和越轨的笔致，又增加了不少明丽和新鲜。"胡风在《〈生死场〉读后记》中说："蚁子似地生活着，糊糊涂涂地生殖，乱七八糟地死亡，用自己的血汗自己的生命肥沃了大地，种出食粮，养出畜类，勤勤苦苦地蠕动在自然的暴君和两只脚的暴君的威力下面。"

生生死死，离不开一个场所。《生死场》第一章叫作"麦场"，故事就首先发生在这个麦场上。以收麦子、压麦穗为切入点，罗圈腿、麻脸婆、二里半、赵三、平儿等人物纷纷出场，山羊、黄狗、小马和老马吃草的吃草、丢失的丢失、干活的干活。其中既可以看到田野风光，又可以看到农民的生活世界：麻脸婆和丈夫因为丢了羊而争吵，二里半踏碎了别人的白菜而被打，系住马勒带的孩子被大人骂……

"生"，既表现为生育。《生死场》将生育的日子称为"刑罚的日子"，这一天，五姑姑的姐姐要生产了：她号叫着，脸色灰白，然后转黄，仿佛全身被撕碎，可是她的丈夫却醉醺醺地骂她装死，

---

① 萧红. 生死场［M］. 沈阳：辽宁人民出版社，2014：52.

并用身边的长烟袋砸向她。这时窗外又传来了母猪下猪崽的声音。在《生死场》中，"生育并不是为了'广子孙'的天伦之乐……生育甚至不是为了种族延续——后代们可以被随意摔死"①。

"生"，更表现为生存。《生死场》向读者展示了混沌、苦难的生存状态，以及祖祖辈辈、代际传承的生存困境。"生存"作为一种集体无意识，渗透到村民生活的点点滴滴，但这种生存是低水平的、低层次的，如同动物一般，没有思想，只靠本能生活着。在男权中心的乡村结构里，金枝、月英等女性更是饱受磨难与痛苦，在生存的边缘挣扎着。

"死"，既表现为肉体上的死。死亡总是与疾病相连，《生死场》有一章题目就叫"传染病"，写村里的一场瘟疫，家家户户都笼罩着死亡的恐怖，很多人都在等死。官府派穿白大褂的西医，包括外国人一起来做救治工作，但村民对西医的治病方式不理解，抱着半死的孩子远远地躲开，村民们在这种瘟疫的折磨之下一个个接着死去。

"死"，又表现为精神上的死。村民们不仅经受着物质上的贫困，他们的精神世界更是荒凉的。封建思想给他们戴上了沉重的精神枷锁，将他们关进了无形的精神牢笼，缺乏健全的精神，看不到生命的价值与意义。而且，村民们一盘散沙，无论肉体上的死还是精神上的死多是个体意义的，个体的生死与国家、民族没有形成紧密的联系。

但是，死气沉沉的黑土地，也孕育着新的觉醒，孕育着生的希望。以日本入侵东三省为转折，《生死场》可以分为前后两部分。

村里闹日本了。

日本人的汽车耀武扬威地行驶着，飞机轰鸣地在天上掠过。日

① 孟悦，戴锦华. 浮出历史地表：现代妇女文学研究 [M]. 北京：中国人民大学出版社，2004：179.

本兵和伪满洲国的警察们凶神恶煞地搜查村子、掳掠妇女、处死抵抗者，麦田被炮火毁了，鸡犬也要死净，村民们的生存极限被打破了，亡国的悲愤在村子里蔓延。

终于，在一个繁星密布的夜晚，活跃分子李青山召集村民，不仅有青壮年，还有寡妇和亡了家的单身汉，大家你一言我一语，最后一致同意成立革命军。过了几天，30多人又一起杀羊盟誓，李青山激动地说："今天……我们去敢死……决定了……就是把我们的脑袋挂满了整个村子所有的树梢也情愿，是不是啊？""是呀！千刀万剐也愿意！"①

然后每人依次在一支装好子弹的枪口前跪下："若是心不诚，天杀我，枪杀我，枪子是有灵有圣有眼睛的啊！"②气氛悲壮感人。

然而，在日本人的围剿下，革命军很快就被打散了。之后，日本兵来村里扫荡报复，麻脸婆、罗圈腿被杀，村子陷入沮丧和失望之中。在李青山、老赵三等人的宣传下，村民们终于再次组织起来，参加革命军，老赵三劝说儿子参军："跟去混混，到最末就是杀死一个日本鬼子也上算，也出出气。"

最后，懦弱的、连羊都不敢杀的二里半也走上了抗日救亡的革命道路。

三、《呼兰河传》看生死

萧红在自传体小说《呼兰河传》中写道："逆来顺受，你说我的生命可惜，我自己却不在乎。你看着很危险，我却自以为得意。不得意又怎样？人生本来就是苦多乐少。"

呼兰河是一座并不怎么繁华的小城，当中的十字街口汇聚了全城精华，这里分布着首饰店、药店、油店、布店、诊所等；南北向的东二道街、西二道街上有粮栈、豆腐店、烧饼铺、火磨、染坊，

---

①② 萧红. 生死场 [M]. 沈阳：辽宁人民出版社，2014：81.

还有几座庙宇和学堂；"其余的东二道街上，还有几家扎彩铺。这是为死人而预备的"。

就是在这样一座小城里，上演着一幕幕生生死死、悲欢离合。

严冬是东北的风土特色。《呼兰河传》就从严冬写起，呼兰河的严寒把大地冻裂了，马路被冰雪盖住了，水缸和水井都被冻住了，凛冽的风吹在脸上就像小刀子一样。严酷的环境，造就了生民的勤劳与坚强。

关于"生老病死"，《呼兰河传》里的人们给出了这样的解释：

生了就任其自然的长去；长大就长大，长不大也就算了。

老，老了也没有什么关系，眼花了，就不看；耳聋了，就不听；牙掉了，就整吞；走不动了，就瘫着。这有什么办法，谁老谁活该。

病，人吃五谷杂粮，谁不生病呢？

死，这回可是悲哀的事情了，父亲死了儿子哭；儿子死了母亲哭；哥哥死了一家全哭；嫂子死了，她的娘家人来哭。

哭了一朝或是三日，就总得到城外去，挖一个坑把这人埋起来。

埋了之后，那活着的仍旧得回家照旧地过着日子。该吃饭，吃饭。该睡觉，睡觉。①

在染缸房里，两个年轻学徒为了争抢女人，一人把另一人按进染缸淹死了；在豆腐房里两个伙计打架，结果殃及无辜，打断了拉磨驴子的腿；在造纸房里，一个私生的孩子被活活饿死；东二道街上的大泥坑，还淹死过马和猪，闷死过猫和狗；卖豆芽菜的王寡妇，日子虽然清苦但也平静，直到有一天，她的独生子掉进河里淹死了。

---

① 萧红. 呼兰河传［M］. 武汉：长江文艺出版社，2014：19.

《呼兰河传》中，对小团圆媳妇命运的书写尤为震撼人心。赶大车的胡家喜欢跳大神，为终年生病的老太太驱鬼。秋天，小团圆媳妇进了门，可过了几天胡家就因她"不规范"而按照传统加以"管教"。大神说小团圆媳妇是胡仙，于是胡家扎谷草人替身，吃全毛鸡……但小团圆媳妇的病却越来越严重。最后，老胡家当众将她的衣服剥光，给她洗开水澡。城里的男女看客全部赶到胡家来看热闹。没几天，小团圆媳妇就被折磨死了。

生存环境的贫穷与闭塞，精神状态的麻木与愚昧，造成了这种落后的、"吃人"的国民性格和价值观念。萧红继承了五四以来的国民性批判传统，对鬼鬼神神、漠视女性、看客心理、封建习俗等进行了深入的揭露，但她对国民性的批判不似鲁迅犀利、激烈，作为一名女作家，她以女性特有的视角审视人性、思考人生，充满了悲情的意蕴、寂寞的色彩。

对《呼兰河传》里的生生死死，对很多的人、情、景、事，作者以童年视角、以回忆的方式娓娓道来。尽管人生残酷，但作者的笔触仍带有温情，描写仍不失明丽，不时表现出童趣与好奇。通过儿童的思维、儿童的口吻追忆似水年华，让她对呼兰河这片故土展现出更深沉的感情；通过童年体验来描摹风物、刻画人物，让她的书写更加真实，更有个性，更加引人入胜。

《呼兰河传》体现了诗化、散文化的创作倾向，表现出浓郁的抒情化的审美风格，让读者看到，原来生死、人生是可以这样写的。茅盾认为："要点不在《呼兰河传》不像是一部严格意义的小说，而在于它于这'不像'之外，还有些别的东西——一些比'像'一部小说更为'诱人'些的东西：它是一篇叙事诗，一幅多彩的风土画，一串凄婉的歌谣。"

第四节   "革命＋恋爱"还是"革命压倒恋爱"

在左翼文学运动中，"革命"与"恋爱"的纠缠、"革命的浪漫蒂克"是一个值得关注的创作模式。早在 1924 年，张闻天的《旅途》就表现出这种倾向。到了 20 世纪 20 年代末 30 年代初，这种倾向进一步扩大，并形成了"革命＋恋爱"的创作潮流，出现了蒋光慈的《野祭》《少年漂泊者》《咆哮了的土地》《冲出云围的月亮》，胡也频的《光明在我们前面》《到莫斯科去》，丁玲的《一九三零年春上海》《韦护》，洪灵菲的《流亡》《转变》《前线》，孟超的《爱的映照》《冲突》，阳翰笙的《地泉》三部曲（《深入》《转换》《复兴》），叶永蓁的《小小十年》，赵冷的《出路》等作品，引发了广泛的讨论。

从历史逻辑来看，革命与恋爱的文学结合有其一定的合理性。中国古代文学就有才子佳人的叙事传统。到五四时期，反对包办婚姻、呼吁恋爱自由成为思想解放的重要内容，反映到文学上，出现了数量众多、影响广泛的恋爱小说，"我是我自己的，他们谁也没有干涉我的权利""我所要求的就是爱情"是这类作品的重要宣言。五四时期描写恋爱，关注点是个体经验、是"小我"；恋爱是一种普遍的人性，随着革命形势轰轰烈烈地发展，人性与革命性相结合，出现了"革命＋恋爱"的创作模式，关注点从"小我"扩展到"大我"，比如赵冷的小说《出路》，主人公欧阳尼夫对着恋人所说的："卓群，我固然爱你，但同时我应该更爱人间；你虽则爱我，但你同时又当不要忘却群众。"

一、"革命＋恋爱"的创作模式

蒋光慈是"革命＋恋爱"创作模式的代表作家，"革命＋恋爱"公式又被称为"蒋光慈模式"。从创作理论上看，他在《十月革命与俄罗斯文学》中首先提出"革命的浪漫蒂克"的概念。从创作实践上看，他的《野祭》《少年漂泊者》《冲出云围的月亮》《咆哮了的土地》《菊芬》《鸭绿江上》等成为"革命＋恋爱"模式的代表作。

《野祭》是"革命＋恋爱"模式的典型文本。钱杏邨在评论《野祭》时说："现在，大家都要写革命与恋爱的小说了，但是在野祭之前似乎还没有。"①

《野祭》描写了革命作家陈季侠与革命女学生淑君的爱情悲剧。淑君仰慕充满文学才华和革命理想的陈季侠，这种仰慕进而发展为爱慕；但陈季侠却因淑君相貌平平而爱上了另一位美丽的女性玉弦，淑君在伤心之余继续投身革命事业，并最终为革命牺牲；而玉弦因为陈季侠从事危险工作，最后断绝了和他的往来。陈季侠满怀悔恨地怀念淑君，希望淑君的灵魂能拿去他的一颗心，同时他将带着淑君的革命理想，永远与黑暗为敌。

"漂泊"是蒋光慈小说的重要意象，也是笔下人物感受爱情、走向革命的重要方式。在书信体小说《少年漂泊者》中，通过主人公汪中十年间的漂泊经历，展现了底层人民的困苦和阶级矛盾的尖锐。汪中的父母都是贫苦农民，因欠租被逼死，他曾与玉梅相爱，然而玉梅父母却已替她同王姓子订婚，在痛苦相思中，玉梅不幸去世。汪中在旧势力的压迫下家破人亡，最终走上革命道路，希冀用革命的方式推翻万恶的旧社会。

"革命＋恋爱"作品，很多既充满了革命的想象，又充满了恋爱的想象，这种想象赋予了文本强烈的理想主义的色彩。从精神内涵上说，不管是革命，还是恋爱，都洋溢着一定的浪漫主义情绪，

---

① 钱杏邨. 短裤党·序言［M］//蒋光慈文集：第一卷. 上海：上海文艺出版社，1982：213.

它是创造力、战斗力的重要来源。蒋光慈曾这样回应批评："我自己便是浪漫派，凡是革命家也都是浪漫派，不浪漫谁个来革命呢？"①

但是，蒋光慈所倡导的"革命＋恋爱"和"革命的浪漫蒂克"被左翼作家认为是违背了"唯物辩证法创作方法"。1933年，文学理论家周扬发表了《关于"社会主义的现实主义与革命的浪漫主义"》一文，介绍了苏联的"社会主义的现实主义"创作方法，并强调左翼文学应当以"社会主义的现实主义"为指引，这对左翼文学的创作产生了深远影响。

在"革命＋恋爱"创作模式中，个人与集体的关系是个值得关注的重要问题。"革命"是一个宏大概念，是一种集体叙事；"恋爱"是私人化的表达，是一种个人叙事。丁玲小说《韦护》的主人公韦护，是一名年轻的共产党员，他向往自由，热爱文学艺术，由于分心于与丽嘉的相恋，影响了革命工作的进行，韦护陷入了深深的自责和矛盾中。最后，他放弃了爱情，全身心投入到集体革命中去。

在"革命＋恋爱"创作模式中，男性往往处于两性关系与革命斗争中的核心位置。例如，在胡也频的小说《到莫斯科去》中，男主人公洵白被女主人公素裳爱慕、崇拜、需要，她将洵白看作革命的引导者："她很需要他来的，需要他给她力量，至于他的一切都是她所需要的，而且，这一切又都成为她的希望了。"

"革命＋恋爱"创作模式受到当时读者的欢迎。在一年之内，《冲出云围的月亮》重版六次，"不只一个人说过，他们之参加革命是因为读了蒋光慈的小说"②。洪灵菲的《流亡》发表后，成为当时的畅销书，阳翰笙的《地泉》三部曲在出版的次年也被重版。

① 郭沫若. 学生时代［M］. 北京：人民文学出版社，1979：244.
② 张大明. 三十年代文学札记［M］. 天津：天津人民出版社，1986：23.

由于读者的欢迎，书商和出版商加大了对"革命＋恋爱"作品选题约稿的力度，进一步促成了"革命＋恋爱"创作模式的繁荣。

二、关于"革命压倒恋爱"的论争和思考

"恋爱和革命是冲突的呀！"这是孟超小说《冲突》里的感叹。

革命与恋爱是否冲突，革命与恋爱怎样表现，从两者的内在关系来看，主要表现为革命与恋爱相互促进、恋爱压倒革命、革命压倒恋爱等几种写法，其中，"左联"所倡导的"革命压倒恋爱"，引起了广泛的论争和思考。

在"革命＋恋爱"模式中，革命与恋爱是可以相互促进的。

在洪灵菲小说《前线》中，作者借主人公之口说："为革命而恋爱，不以恋爱牺牲革命！革命的意义在谋人类的解放，恋爱的意义在求两性的谐和，两者都一样有不死的真价。"蒋光慈也认为："倘若文学家的心灵不与革命混合起来，而且与革命处于相反的地位，这结果，他取不出来革命的创作力，干枯了自己的诗的源流，自然是要灭亡的。"①

在"革命＋恋爱"中，恋爱有时也能压倒革命。

夏衍在批评叶永蓁小说《小小十年》时指出："革命的描写，完全淹没在恋爱的大海里面。使我们读完这一部书的，只是男主人公恋爱的关系，而绝对不是主人公对于革命的关系。"对于蒋光慈的"革命＋恋爱"创作，学者夏季安曾批评："他硬把'爱情'放进关于革命的书里，其出发点在于满足自己的情感需要。他渴望的乃是大多数'小布尔乔亚'（恕我借用这个名词）家庭似乎享有而他似乎不能享有的那种挚爱和温暖。"②

当然，在"革命＋恋爱"中，更多的是革命压倒恋爱。

---

①　蒋光慈. 蒋光慈文集：第四卷［M］. 上海：上海文艺出版社，1988：62.

②　夏济安. 蒋光慈现象［J］. 现代中文学刊，2010（1）：76.

革命性是左翼文学的鲜明特点和内在要求。"左联"倡导的不仅是文学革命、文化革命，更以文学为武器介入现实，推动政治革命、社会革命。

茅盾曾经概括了"革命+恋爱"模式的三个阶段：为了革命牺牲恋爱、革命决定恋爱、革命产生恋爱。在这三个阶段中，革命始终是先导、是中心。"革命+恋爱"这个说法也表明，革命是第一位的，革命的重要性在恋爱之前。然而，在部分作家的实际创作中，却常常流露出对爱情的迷狂、对恋爱书写的陶醉，以至于产生了恋爱压倒革命的倾向。

对此，1931年，"左联"领导机构明确要求："必须将那些'身边琐事'的，小资产阶级知识分子式的'革命兴奋和幻灭'，'恋爱和革命的冲突'之类等等定型的观念的虚伪的题材抛去。"①

革命压倒恋爱，很多左翼作品都表现了这个主题。《一九三零年春上海》中，主人公美琳最终放弃了爱情选择了革命，"到大马路上去做运动去"；《灭亡》中，主人公杜大心爱上了一位资产阶级女性，但作为一名革命者，他告诉自己必须坚决抵抗这种内心的感情；《咆哮了的土地》中，主人公们在恋爱之时，也清醒地认识到："爱情不是最伟大的，也不是最重要的。最伟大、而且是最重要的，只有工作、工作、工作呵……"

随着对"革命+恋爱"中过分描写恋爱的批评、对革命思想的倡导，1932年出现了著名的"《地泉》五序言"。

1930年10月，以华汉为笔名，阳翰笙在上海平凡书局出版了包含《深入》《转换》《复兴》在内的《地泉》三部曲（又称"华汉三部曲"），表现了"农村革命的'深入'，小资产阶级知识分子的'转变'和工人运动的'复兴'"。

---

① 中国新文学大系：1927—1937［M］．上海：上海文艺出版社，1987：421．

1932 年，《地泉》三部曲由"左联"领导的上海湖风书局重新编辑出版，卷首增加了易嘉（瞿秋白）、郑伯奇、茅盾、钱杏邨等四人的序言和作者的自序，构成了著名的"《地泉》五序言"。这五篇序言将《地泉》作为"1928 年到 1930 年间所产生的'革命＋恋爱'小说和'革命文学'中的一个标本，通过对它的分析进而对当时同类的作品和作为一种'风气'的文学现象进行了有价值的探讨"①。

瞿秋白的序言题为《革命的浪漫谛克》，针对《地泉》存在的"革命＋恋爱"等问题提出了批评："连庸俗的现实主义都没能做到"。茅盾着重批判了作品中"方程式写作""脸谱主义"等问题。钱杏邨的序言更是尖锐地指出：

> 书坊老板会告诉你，顶好的作品，是写恋爱加上点革命，小说里必须有女人，有恋爱……至于那些因恋爱的失败而投身革命，照例的把四分之三的地位专写恋爱，最后的四分之一把革命硬插进去。②

这次对《地泉》的集体批评后，左翼文学中的"革命＋恋爱"创作模式逐渐退出历史舞台。

从更广阔的背景看，"革命＋恋爱"，是在左翼文学发端阶段出现的创作现象，由于没有先例可循，它只能在革命与恋爱的关系上不断摸索，在革命浪漫主义和革命现实主义之间不断摸索，尽管存在着粗糙化、模式化等问题，但我们看到了它追寻革命的方向。同时，左翼文学自身也具有承上启下的性质，它上接五四文学的余

---

① 刘勇. 中国现代文学研究的视域与形态［M］. 北京：北京师范大学出版社，2008：153.
② 钱杏邨. 地泉［M］. 上海：湖风书局，1932：23.

响，又与 20 世纪 40 年代的延安文学紧密相连，随着革命形势的深入发展，随着指导思想、组织形式的不断改进，随着文学观念、表现对象和创作手法的不断丰富，左翼文学不断走向成熟，最终发展为具有深远历史意义的延安文学。

第五章

抗战文学：烽火下的民族记忆

　　"载道"传统对中国现代作家使命意识的激发在不同阶段有不同表现。如果说在相对和平的年代，不少作家对文学太过反映现实仍有迟疑的话，那在民族危亡，尤其是抗战及内战的特殊阶段，作家应肩负起以文学救国的使命和责任则成为共识。从 20 世纪 30 年代初开始，随着中日矛盾的逐步激化，作家试图通过文学形式反映民族矛盾的欲望愈加强烈。体现在文学观念探讨上，文艺的大众化问题、作家战时身份的定位、阶级性与人性问题的深化成为关注的焦点；体现在作家创作上，孙犁对战争的另一种书写和赵树理方向的形成和发展成为亮点。

第一节　文艺为什么要大众化

　　文艺大众化自左翼力倡至抗战时期，成为覆盖几乎所有作家的书写方向。如有学者所言："从一定意义上讲，中国现代文学发展的历史，就是大众化这一文学思潮从酝酿到逐渐成熟，而发生了巨大影响，推动中国文学进入一个新的发展阶段的过程。"① 那么，文艺大众化究竟因何而成为中国现代文学史上的主流思潮？显然，文艺大众化的发生不仅跟晚清以来中国救亡图存的现实境遇分不开，而且有赖于现代启蒙思想的持续运动。随着特殊的抗战政治场域的到来，文艺大众化更成为一种必要的现实策略，成为中国作家不约而同遵照的书写法则。可以说，文艺大众化的源头可以追溯至晚清梁启超对新小说的提倡，并一直贯穿于中国近现代文学的书写方向，其样态也发生了从"化"大众到被大众所"化"的变形。

　　晚清以降，从洋务运动的器物救国到维新志士的制度革新，均告以失败，国民性改造由此被视为挽救国运的根本。文艺被纳入

---

① 李葆琰. 试论解放区文学大众化 [J]. 中国现代文学研究丛刊，1982 (3)：274.

"鼓民力，开民智，新民德"① 的现实诉求下，成为可堪担任挽救世运的重器。因为既然要革新中国，当然要从革新国民开始。晚清以降的严复、梁启超等人无不持此共识，而梁启超也由此大力提倡以往被称为不登大雅之堂的小道末技的小说。在《论小说与群治之关系》一文中，他一开头便直奔主题："欲新一国之民，不可不先新一国之小说。故欲新道德，必新小说；欲新宗教，必新小说；欲新政治，必新小说；欲新风俗，必新小说；欲新学艺，必新小说；乃至欲新人心，欲新人格，必新小说。何以故？小说有不可思议之力支配人道故。"② 梁启超提倡新小说，显然相中了小说能够迎合引车卖浆之流的大众性，有以文艺"化"民众的强烈期许。提倡贴近民众的文艺来新民乃至新国成为晚清以来知识分子所乞灵的拯救中国于沉沦的一条重要通道，这一思路也潜在地影响到了五四新文化运动。陈独秀发起文学革命，继胡适《文学改良刍议》后提倡文学的"三大主义"：其一为"推倒雕琢的阿谀的贵族文学，建设平易的抒情的国民文学"；其二为"推倒陈腐的铺张的古典文学，建设新鲜的立诚的写实文学"；其三为"推倒迂晦的艰涩的山林文学，建设明了的通俗的社会文学"。③ 所谓"国民文学""写实文学""社会文学"，着力强调的是文学应该平易化、诚意化和通俗化，也就是提倡适应民众口味的文学。这与梁启超提倡新小说的理路大同小异，都强调作家要直面普通民众，更改贵族的、雕琢的、艰涩的书写方式，走下精英的神坛，将文学自觉纳入为民众所喜闻乐见的范式，由此完成以启蒙者的身份来教化愚昧之民众的新民目的。

　　上述可谓文艺大众化理路发生的缘起，而至"左联"成立，由于马克思主义在中国知识界的传播，更由于工农运动的蓬勃开展，

---

① 严复. 原强 [N]. 直报，1895 - 03 - 04.
② 梁启超. 论小说与群治之关系 [J]. 新小说报，1902 (1).
③ 陈独秀. 文学革命论 [J]. 新青年，1917，2 (6).

文艺与大众的问题得到了高度重视。"左联"积极推动文艺大众化运动，更是将这一脉相承的书写思路给予明确化、理论化、政治化。1930 年，"左联"在上海成立时，其执委会认为："只有通过大众化的路线，即实现了运动与组织的大众化，作品、批评以及其他一切的大众化，才能完成我们当前的反帝反国民党的苏维埃革命的任务，才能创造出真正的中国无产阶级革命文学。"① 与此同时，"左联"刊物《北斗》《文艺新闻》等发表了大量讨论大众化问题的文章，并将之付诸实践，如培养工农兵通讯员，号召作家用方言写作，等等。"左联"所提倡的文艺大众化融合了马克思无产阶级的文艺思想，使之更为系统，并逐渐成为一种宣传政治的有效工具。值得注意的是，"左联"所提倡的文艺大众化，不仅对"大众"有所限定，而且其提倡的背景与缘由也与以前有所不同。首先，"左联"所言的"大众"与梁启超、陈独秀所指的民众不同，其大众有着特指的含义，即无产阶级工农兵，而游散的市民及其他民众则被排除在外。其次，"左联"所倡文艺大众化，有着政治斗争的诉求与无产阶级属性的自我确认。瞿秋白曾明白地表示："普洛大众文艺的斗争任务，是要在思想上武装群众，意识上无产阶级化，要开始一个极广大的反对青天白日主义的斗争。"②

随着 1937 年 7 月 7 日卢沟桥事变的爆发，民族危亡系于一线。在特殊的抗战背景下，文学与战争、民族救亡进一步发生紧密关联。特殊的民族、政治场域促发了特殊时期的审美要求。尤其是面临空前的民族战争，全民抗战成为必然，人民群众更是抗战的主角。如何去鼓动民众、激励民众、宣传抗战等成为文艺的首要之务，文艺大众化成为压倒一切的主流策略。1938 年 3 月 27 日，中华全国文艺界抗敌协会（以下简称"文协"）在武汉成立。在抗战

---

① 胡秋原. 中国无产阶级革命文学的新任务 ［J］. 文学导报, 1931, 1（8）.
② 瞿秋白. 普洛大众文艺的现实问题 ［J］. 文学, 1932, 1（1）.

的大旗帜下，国共两党作家实现第一次也是唯一一次大联合，其中囊括了诸种流派的重要作家。文协成立伊始便提出"文章下乡，文章入伍"的口号，鼓励作家深入到战争的现实生活之中，深入参加战地群众工作。文艺创作活动与广大民众空前地结合到一起，文学必须反映战争、为民众服务成为共识。不同流派的作家们也纷纷进行了自我转变，大多采用通俗浅显的文字，创造战地通讯、报告文学、街头剧、鼓词唱本等作品向民众、士兵宣传抗战。到这一时期，文艺大众化才真正实现了从高高在上的启蒙式的"化"大众开始走向为大众服务的被大众之所"化"，作家、作品必须主动"下乡""入伍"。孜孜追求主动性融入的作者与需要被鼓动、被服务的大众之间发生了位置的对调，作家作品应被大众所"化"的理论渐已成形。

　　20世纪三四十年代，解放区的文艺大众化运动更是配合各路政治需要得以轰轰烈烈地展开。从20年代的土地革命时期开始，中国共产党领导的苏区文艺运动也已形成了革命化、大众化的传统。特别是1942年毛泽东在《在延安文艺座谈会上的讲话》中把文艺与群众的关系作为根本问题，进行充分论述，并把文艺为人民大众特别是为工农兵服务，规定为无产阶级文艺的根本任务。在这一讲话中，人民大众获得了空前的主体性，成为政治文化格局中的主导性力量。同时，人民大众拥有了清晰的内涵，即"工农兵"。而与之相对，并不隶属于工农兵的知识分子则要向以工农兵为代表的人民大众靠拢、同化，因为工农兵因其天然的阶级属性被视为是最革命、最干净的阶层。毛泽东生动地指出，尽管工人农民的手是黑的，脚上也许还有牛屎，但与未曾改造的知识分子相比，他们还是比资产阶级和小资产阶级知识分子都干净。"这就叫做感情起了变化，由一个阶级变到另一个阶级。我们知识分子出身的文艺工作者，要使自己的作品为群众所欢迎，就得把自己的思想感情来一个变化，来一番改造。"① 在毛泽东看来，如果知识分子身上没有这个变化，不愿进行改造，那什么事情都很难做好，与周边的生活也会格格不入。正是在讲话中，知识分子与工农兵大众的关系发生了文化权力场域的位置更换，人民大众在政治文化秩序中成为知识分子亟待模仿、服务的对象，文艺自然成为服务、模仿工农兵生活的重要工具。

1949 年 9 月中华全国文学艺术工作者第一次代表大会（即第一届"文代会"）上，周扬在其报告《新的人民的文艺》里，对"中国人民文艺丛书"所收的包括歌剧、话剧、小说、报告、叙事诗等在内的 177 篇解放区作品进行了题材分类：

写抗日战争、人民解放战争（包括群众的各种形式的对敌斗争）与人民军队（军队作风、军民关系等）的，101 篇；

写农村土地斗争及其他各种反封建斗争（包括减租、复仇清算、土地改革，以及反对封建迷信、文盲、不卫生、婚姻不自由等）的，41 篇；

写工业农业生产的，16 篇；

写历史题材（主要是陕北土地革命时期故事）的，7 篇；

其他（如写干部作风等），12 篇。②

可见，在解放区的文艺大众化运动中，解放区作家充分贯彻了大众化的路线，使得文艺成为服务人民、服务革命的有效工具。当然，时隔几十年后，对于解放区的大众化运动，不少学者对其做了相对客观的评价。温儒敏就认为，因为解放区文学运动过于强调作家到农民中接受改造，农民和农民身上所积淀的某些传统文化道德

---

① 毛泽东. 在延安文艺座谈会上的讲话［N］. 解放日报，1943 – 10 – 19.

② 李葆琰. 试论解放区文学大众化［J］. 中国现代文学研究丛刊，1982（3）：292.

中的封建因素（包括狭隘的小生产意识）不可避免地影响到作家们。而这种影响反映在文学观念上，自然会形成文学发展的片面性。他用了四个"强调"来重新审视这种因政治的直接推动而产生的单向突进式发展的文学运动：

> 强调了配合和服务于政治，相对忽视了文学自身的艺术规律；强调了工农兵方向，却又出现了轻视知识分子的倾向；强调了对农民的传统艺术形式的继承，却放松了对艺术形式手法现代化的要求；强调了作品通俗易懂，却忽视了文艺发展格局中也应有高雅优美的部分。①

应该说，这种剖析是非常准确的。

第二节　作家身份的战时定位

1937 年 7 月 7 日，卢沟桥事变爆发，全面抗日战争正式开始。面对烽烟弥漫、国家生死存亡的现实形势，1938 年 3 月，"文协"在武汉正式宣告成立，并及时向作家们发出了如下号召："漫天轰炸，遍地烽烟，焦毁的城市，血染的山河，在日本强盗帝国主义的横暴侵略中，中华民国正燃起了争取生存与解放的神圣炮火。……我们应该把分散的各个战友的力量，团结起来，像前线将士用他们的枪一样，用我们的笔，来发动民众，捍卫祖国，粉碎寇敌，争取胜利。民族的命运，也将是文艺的命运，使我们的文艺战士能发挥最大的力量"②。文学作为武器的功用被提上了日程，文学成为战

---

① 钱理群，温儒敏，吴福辉. 中国现代文学三十年 [M]. 修订本. 北京：北京大学出版社，1998：390.

② 老舍，茅盾，等. 中华全国文艺界抗敌协会发起旨趣 [J]. 文艺月刊（战时特刊），1938（9）.

斗的号角被纳入战争组织机体，文学成为鼓舞士气、宣传革命、有助于解决战争现实的重要工具。作为文艺战士的作家，首先要一切服从抗战、一切服从救亡的集体力量。在外部要求与内在愿望的双重促使下，战争情境下的中国作家必然发生自觉的书写转向，开始了作家身份的重新定位。对个性的自觉放弃、对个人审美风格的自觉修正成为战争时期作家的普遍选择。诗人田间在其《拟一个诗人的志愿书》中表示：要"永远为人民而歌"，"在神圣的战争里，我必须让我的诗成为它的一个肖子；在侵略的战争里，我必须让我的诗成为它的一个叛徒。——无论如何，我决不逃避战争"，并且"宁肯牺牲自己，不牺牲人民与诗歌"①。连诗这种极具个人性的文学体裁都可以牺牲文学性的代表为民族战争鼓与呼，遑论其他。田间的选择也是抗战时期中国作家的共同选择，如老舍、巴金、郭沫若、茅盾、戴望舒、丁玲等作家纷纷将小我融入抗战救国、为战争呐喊助威的时代大潮中。

　　老舍抗战前无党无派，一直游离于政治圈之外。作为土生土长的北京作家，他的《骆驼祥子》等小说以善写北京市井生活、直刺国民劣根性而蜚声文坛。在抗战之前，老舍始终坚持的是文学的审美性诉求与非功利的书写态度。他对文学的功用说保持审慎的态度，认为无论是中国文学传统中的"文以载道"论，还是苏俄所倡导的普罗文学，实质上都是把文艺当作宣传工具，其结果必然是使文艺遭受损失，因为"以文学为工具，文艺便成为奴性的"②。但在大时代风雨中，面临国土沦陷的国恨家仇，老舍迅速更新了以往的文学观念，积极投入到抗战的时代风潮之中。1938 年 3 月 27 日，

---

① 田间. 拟一个诗人的志愿书［M］//田间诗文集：第一卷. 石家庄：花山文艺出版社，1989：450 – 452.

② 老舍. 中国历代文说：下［M］//老舍. 老舍全集：第十六卷. 北京：人民文学出版社，1999：37.

"文协"在汉口成立，当时为齐鲁大学教授的老舍为国家危亡所触动，一反旧日不介入政治生活的旁观姿态，积极参与到"文协"的相关工作之中。从"文协"成立到抗战胜利，老舍一直是它的积极组织者和实际负责人，为坚持抗日宣传、巩固文艺界抗日统一战线做了大量工作。老舍已然将文学创作和革命、民族的生死存亡联系在一起，甘愿以文学为武器为抗战服务。他曾如此阐释自身文艺观的嬗变："在抗战期间已无个人可言，个人写作的荣誉应当改作服从——服从时代与社会的紧急命令——与服务——供给目前所需——的荣誉，证明我们是千万战士中的一员，而不是单单的给自己找什么利益。"① 在此期间，老舍不但力倡创作有益于抗战的通俗文学，而且亲自实践，写作了许多宣传抗日的鼓词、相声、坠子等小型作品。从 1938 年 3 月至 6 月这四个月时间里，他以每月一出戏的神速，写出了《新刺虎》、《忠烈图》、《烈妇殉国》（又名《薛二娘》）、《王家镇》等四个抗战剧。写作这些即时性、宣传性的小作品，老舍并不觉得委屈，反而乐在其中。正如他所认为的，在战争中，大炮、刺刀当然非常有用，但戏剧小说、鼓词小曲同样有用，"我的笔须是炮，也须是刺刀"②。他说自己不管什么是大手笔还是小手笔，只要对抗战的宣传有实际效果和功用的，都肯去学习和试作。在全民抗战中，作家不仅应当是个作者，并且也应当是个最关心战争的国民，"我是个国民，我就该尽力于抗战；我不会放枪，好，让我用笔代替枪吧"③。既然已经愿意以笔来代枪，那就写什么都可以，只要是为了抗战，他不会因写了鼓词与小曲而觉得失去了自己的身份。

---

① 老舍. 写家们联合起来［M］∥老舍. 老舍全集：第十四卷. 北京：人民文学出版社，1999：96.

②③ 老舍. 八方风雨［M］∥老舍文集：第十四卷. 北京：人民文学出版社，1989：287.

老舍自觉将手中之笔转变为炮与刺刀，进行快速有效的抗战进攻。同时，在面临波澜壮阔的民族战争之际，老舍仍不忘将其纳入史诗类的长篇创作之中，其反映北平人抗战生涯的鸿篇巨制《四世同堂》可谓抗战文学的精品。这部近百万字的巨作以家族为原点，展现了北平沦陷后百姓屈辱的生活画卷，揭示了战争特殊情境下国人的心路历程。在揭露日本侵略者暴行的同时，也以深沉的情感抒写了北平人的觉醒与反抗，并从文化的角度对战争进行了深度反思。这部巨作成为抗战文学的一个重要里程碑，美国一位作家称赞它"不只是第二次世界大战以来中国出版的最好的小说之一，也是在美国同一时期所出版的最优秀的小说之一"①。

丁玲作为五四之后蜚声文坛的第二代女性作家，在《梦珂》《莎菲女士的日记》等早期一系列作品中，塑造了苦闷而叛逆的小资产阶级知识女性的典型，折射了历史阴影下的一代年轻人的内心世界。有学者指出："一定意义上可以说丁玲的《莎菲女士的日记》是郁达夫所开创的描写知识分子时代病的自我伤感小说的总结与结束。"② 然而，随着丁玲加入"左联"，其创作思想发生了一定的变化。创作于1931年的《水》大胆摆脱了个体的、知识分子的束缚，以大众的集体的行动展开作为主题形式，记叙了一场大水之后农民抗争的兴起，成为普罗文学的重大突破。抗战爆发以后，丁玲更是怀着巨大的热情投身于抗战的宣传工作中。1937年8月初，中共中央率先在延安敌后抗日根据地酝酿成立主要由文艺工作者组成的"西北战地服务团"（以下简称"西战团"）。成立该组织的宗旨就是鼓励文化和艺术工作者"到前线去，可以接近部队，接近群

---

① 舒乙. 我的父亲老舍［M］. 沈阳：辽宁人民出版社，2011：95 - 96.

② 钱理群，温儒敏，吴福辉. 中国现代文学三十年［M］. 修订本. 北京：北京大学出版社，1998：258.

众，宣传党的政策，扩大党的影响"①。8 月中旬，在中央宣传部的领导下，"西战团"宣布正式成立，由丁玲出任第一阶段主任。在此期间，在丁玲的带领下，"西战团"编选了"西北战地服务团丛书"九种，编印了《西北文艺》。丁玲自己在随团工作期间，也出版了速写集《一年》。该书共分"出发前后""在山西之点滴""西安杂写""河内一郎代后记"四个部分，以 20 余篇随笔真实地记录了一年来的抗战生活，存留了这段战争时期宝贵的历史材料。《压碎的心》则是丁玲在 1937 年 8 月发表的反映抗战的宣传性小说，它以一名男孩的视角呈现了战争给国人带来的巨大苦难，谴责了日寇野蛮的侵略行为。与老舍一样，面临国族趋于沦亡的命运，丁玲不仅积极转换书写方向，而且以笔为旗，加入到抗战的洪流之中。1937 年 8 月 15 日延安各界举行欢送"西战团"奔赴前线晚会，会上丁玲代表"西战团"致答谢词，明确表达了文章入伍、以笔抗战的决心："作家战地服务团的组织虽然小，但是她好像小河流水一样慢慢地流入大河，聚汇着若干河的水，变成一个洪流，把日寇完全覆灭在我们的洪水中。"②

同样，茅盾、巴金等作家也纷纷适应抗战时期的特殊要求，自觉响应以笔抗战的时代号召。茅盾不仅是小说名家，也是文学批评的健将，早在 20 世纪 30 年代初，他就已创作出《子夜》这样的现实主义巨著，对自身所处的时代进行了全方位的扫描。但这样一位精益求精、在小说创作上不断进行理论反思的作家，抗日战争全面爆发后，却急就章创作了《第一阶段的故事》《走上岗位》等抗战题材的小说，以现实主义大师的笔致广阔地反映了抗日战争时期中

---

① 陈明. 西北战地服务团第一年纪实 [J]. 新文学史料，1982（2）：65 - 73.

② 丁玲. 在延安各界欢送西北战地服务团出发前线晚会上的答谢词 [N]. 新中华报，1937 - 08 - 19.

国各阶层人民的生活变化与思想动向，将作品化为即时性武器加入
保家卫国的抗日洪流。巴金作为五四之后青春文学的代表者，他单
纯、热情的书写风格曾在一代年轻人中风靡，其"激流"三部曲、
"爱情"三部曲可视为青春的赞歌。但抗战的现实生活很快使巴金
由热情奔放的青春咏叹转向深刻冷静的战争揭露与世相刻画，写出
了反映抗战生活的"火"三部曲、《第四病室》、《寒夜》等作品。

美国学者安敏成认为："在召唤大众小说及社会主义现实主义
的声浪之中，中国作家采取了一种新的措施：他们开始擦抹'我'
与'他们'——自我与社会之间的——作为批判现实主义实践明确
基础的划分，将两者都融入集体性的'我们'之中。"[1] 而面临抗
战特殊情境，救亡的迫在眉睫、向敌的同仇敌忾，更是召唤着中国
作家融入集体的"我们"之中，成为全民抗战的一分子。由上所
述，我们不难看到，中国现代作家普遍在抗战时期重新定位了作家
身份，更愿意将自我融入抗战大潮中，将手中之笔化为抗敌的有效
武器。

第三节 文艺与抗战：有关还是无关

现代文学史上鲁迅与梁实秋的论战持续时间之长、影响之广可
谓一个重要的文化事件。以 1930 年为中心，双方相互辩驳前后长
达 8 年，产生了 100 多篇文章，内容涉及人性与阶级性、翻译理
念、文艺政策等诸多命题。而双方论战过程中固然不乏人身攻击，
但在尖锐的短兵相接中，反映了双方不同的观念与立场。

1927 年，从美国回来之后不久，梁实秋在北京《晨报副刊》
上发表了一篇文章《卢梭论女子教育》，他承继其哈佛大学的老师、

---

① 安敏成. 现实主义的限制：革命时代的中国小说 [M]. 姜涛，译. 南京：
江苏人民出版社，2001：207.

新人文主义理论家白璧德的观念，对法国启蒙思想家卢梭大肆嘲讽、攻击。因不满梁实秋的观点，鲁迅写下《卢梭与胃口》一文发表在第二年的《语丝》上，从而揭开了鲁、梁论争的序幕。随后，双方又就不同的论点进行了激烈辩驳，其论争的核心逐渐从对卢梭的不同观点扩展到人性论等问题。

基于白璧德式新人文主义观与现代雅士的文学理想，梁实秋崇尚的是反映普遍人性的文艺思想。在《文学是有阶级性的吗?》一文中，梁实秋指出资本家和工人尽管身份、生活上自有不同之处，但在人性上并无二致，"他们的人性并没有什么两样，他们都感到生老病死的无常，他们都有爱的要求，他们都有伦常的观念，他们都企求身心的愉快，文学就是表现这最基本的人性的艺术"[①]。由此，梁实秋认为人性具有普遍性，而文学就应该反映普遍人性不应该受阶级的拘束，这一观点无疑与左翼文学的阶级论产生了抵牾。

对于梁实秋所宣扬的人性论，鲁迅不以为然，写下了著名的《文学和出汗》一文，以辛辣而富于逻辑的笔调予以反驳。鲁迅基于进化论的理论，认为既然生物会进化，既然有"类人猿、类猿人、原人、古人、今人、未来的人"[②]的进化链条，人性怎么可能永久不变？"不说类猿人，就是原人的脾气，我们大约就很难猜得着的，则我们的脾气，恐怕未来的人也未必会明白。要写永久不变的人性，实在难哪。"[③]鲁迅以"出汗"作比，即便如出汗这种生理性的特征，虽然于古有，于今有，貌似永久不变，但人与人的出汗还是有差异的，正如"弱不禁风"的小姐出的是香汗，而"蠢笨如牛"的工人出的是臭汗。"不知道倘要做长留世上的文字，要充长留世上的文学家，是描写香汗好呢，还是描写臭汗好？这问题倘

---

①　梁实秋. 文学是有阶级性的吗? [J]. 新月，1929，2（6/7）.

②③　鲁迅. 文学和出汗 [J]. 语丝，1928，4（5）.

不先行解决，则在将来文学史上的位置，委实是'岌岌乎殆哉'。"①

通过《文学与出汗》一文，鲁迅表达了他对于人性的观点：基于进化论的人性变化论以及人性的阶级性。可以说鲁迅毕生都在思考有关"人"的问题：怎样才是最理想的人性？国民性最缺乏的是什么？它的病根何在？正是源于鲁迅对于人性的不倦探究与敏锐的观察，他在人性的可变性、人性的阶级性方面比梁实秋思考得更深入也更全面，富于逻辑性地对梁实秋的论调进行了有力反驳。

在人性论硝烟之中，双方还就天才论进行了辩驳。从简单抽象的"人性"基点出发，梁实秋提倡天才论，声称"人的聪明才能不平等，人的生活当然是不能平等的，平等是个很美的幻梦，但是不能实现的"②。因此，"文学不是大多数人的"③。并且他理所当然地认为作家应当处于时代、作家、大众的关系之核心位置，这俨然是一种高高在上的贵族心态。对此，鲁迅在《"硬译"与"文学的阶级性"》一文进行了嬉笑怒骂的嘲讽，指出梁实秋的观点不过"则是中国有钱的老太爷高兴时候，教导穷工人的古训"④。

鲁迅杂文《"丧家的""资本家的乏走狗"》的发表，把这场论战推向高潮，这也意味着双方观点、理论的争锋上升到了人身攻击的层面。事情起因于冯乃超对梁实秋的一篇驳论。除了鲁迅对梁实秋的人性论不满，革命文学阵营也群起反驳。创造社的冯乃超发文将梁实秋称为"资本家的走狗"⑤，他从政治立场出发，认为梁实秋的观点看似在讨论文学，其实是站在资本家的立场说话，所谓劝无产阶级进行"正当的生活斗争手段"，所谓"一个无产者假如他

---

① 鲁迅. 文学和出汗［J］. 语丝，1928，4（5）.

②③ 梁实秋. 文学是有阶级性的吗？［J］. 新月，1929，2（6/7）.

④ 鲁迅. "硬译"与"文学的阶级性"［M］//鲁迅全集：第四卷. 北京：人民文学出版社，1981：202.

⑤ 冯乃超. 阶级社会的艺术［J］. 拓荒者，1929（2）.

是有出息的，只消辛辛苦苦诚诚实实的工作一生，多少必定可以得到相当的资产"①，不过是企图以此来使资本家能够更加安稳地加紧其榨取，于是天下便太平。"对于这样的说教人，我们要送'资本家的走狗'这样的称号的。"②老辣的梁实秋马上给予回敬，既然你说我是"资本家的走狗"，那请具体指出我是服务哪一个资本家，还是服务所有的资本家？"我还不知道我的主子是谁，我若知道，我一定要带着几份杂志去到主子面前表功，或者还许得到几个金镑或卢布的赏赉呢。"③并且在文章中特别提到"鲁迅先生"，并暗指左翼作家拿了苏联的卢布，还以冷嘲热讽的口吻要对方告诉自己如何"到××党去领卢布"④。梁实秋这貌似论战的口吻，让鲁迅嗅到了这其中不乏政治告密的可能，所以才写下多少带点极端的《"丧家的""资本家的乏走狗"》一文予以反击。在这篇纵横恣肆的文章中，鲁迅充分调动各种手法，以形象的、逻辑推理的方式，不仅将梁实秋论证为资本家的走狗，还进一步推断为丧家的乏走狗。鲁迅的逻辑是，我为什么要确定你是哪一个资本家的走狗，走狗虽然只是为一个资本家所豢养，说到底还是属于所有的资本家的，其本质是"遇见所有的阔人都驯良，遇见所有的穷人都狂吠"⑤。另一方面，不知道自己主子是谁并不能证明自己不是资本家的走狗，而是因为"丧家"了。而针对梁实秋在原本正当的文艺批评中夹带政治告密的做法，鲁迅认为这正是其文艺批评手段之穷的表现，所以又在走狗前面加了个"乏"字。

　　双方的激烈论辩乃至攻击，固然因言语偏激而不乏人身攻击，以致梁实秋的形象长期受制于"资本家的乏走狗"这一标签，乃至

---

①②　冯乃超. 阶级社会的艺术［J］. 拓荒者，1929（2）.

③④　梁实秋."资本家的走狗"［J］. 新月，1929，2（9）.

⑤　鲁迅."丧家的""资本家的乏走狗"［M］//鲁迅文集：第四卷. 哈尔滨：黑龙江人民出版社，1995：204.

引发了后来者对鲁迅的非议。但究其根本，还在于双方思想、立场的分歧以及论战的策略性需要。钱理群曾为鲁迅辩护道："鲁迅的《'丧家的''资本家的乏走狗'》这篇文章这些年来一直受到尖锐的批评，并被很多人拿来作为鲁迅'局限性'（'偏激'呀，'粗暴'呀，'不宽容'呀，等等）的'有力'证据；其实，只要看看十数年文坛的风风雨雨，有那么一些人总要想借助政治权力来打倒自己的论敌，便可知道，鲁迅对这类社会（思想）典型的概括仍然具有生命力，是绝非一句'局限性'就能抹杀的。"①

在现代文学论争史上，鲁迅和梁实秋的论战旷日持久并高潮迭起。他们之间的论争放在历史进程中来看，除去当事人之间的恩怨是非，其中不少论题引发了中国现代思想史、文学史上的诸多问题，成为我们探讨现代思想与文学场域的重要基点。

第四节　孙犁：诗意化的抗战书写

抗日战争关系到中华民族的生死存亡，其不仅以席卷的方式将中国大部分现代作家挟裹其中，而且在中国现代文学内部打下了深刻的烙印。以抗战为叙述核心的书写成为时代的文学风景线，从战场风云、敌后抗战到军民关系，各种角度的战争书写展开了现代文学广袤而深邃的文学空间。其中，孙犁的战争小说有如一帧清淡而诗意的风景画，以别具一格的咏叹方式加入到了抗战的大合唱之中。

自 1945 年在延安的《解放日报》副刊发表了《荷花淀》《麦收》《村落战》《芦花荡》等作品开始，孙犁就形成了他独特的对于战争的另类书写方式。他的作品常常与主流战争文学的主旋律有

①　李富根，刘洪. 恩怨录：鲁迅和他的论敌文选：上卷［M］. 北京：今日中国出版社，1996：序三.

所偏离，主流战争文学多力图再现战争的暴力与鲜血，凸显战争中工农兵的英雄形象，热衷于力量的展示、敌我双方冲突的渲染，追求宏大的政治效应，如《一颗未出膛的枪弹》《新儿女英雄传》《吕梁英雄传》等。而孙犁的小说虽然以抗战为书写背景与创作题材，但文中少有纷飞炮火、激烈的敌我斗争，而是惯于在冲突之外展现战争背景下所呈现的人性、人情，展示超越了个体阶级属性的更为基本、普遍的人性之美。阅读孙犁小说，不难发现，战争小说中很少有像孙犁这样浓墨重彩地书写战争中女性之美的作品，《荷花淀》《嘱咐》中的水生嫂，《钟》里的尼姑慧秀，《山地回忆》中的妞儿，《芦花荡》中的两个小女孩，《吴召儿》中的吴召儿等，这些战争中的女性虽然并未金戈铁马在战场搏杀，但她们身上所呈现的纯真、热情、刚毅，却充分体现了人情、人性之美。如《荷花淀》中以水生嫂为代表的农村女性，她们勤劳、善良、体贴，得知丈夫参军抗战，虽然内心有着剧烈的震动与不舍，但又克制住这份依恋，全力支持丈夫抗战。孙犁通过水生嫂被苇眉子划破手这个小细节凸显了农村女性温柔、识大体的人性美，而在写水生嫂等农村妇女们摇着小船如蜻蜓一样穿梭于芦苇荡来扰乱敌人视线、助夫杀敌的情节时，孙犁则通过富于情感强度的个人体验式手法展示了新一代农村女性的刚毅精神与革命激情。同样，《吴召儿》中的吴召儿热情、乐观、勇敢，充满力量的人性之美，仿佛战争阴霾中的一道阳光。孙犁曾对战争中的农村青年女性给予了由衷的赞叹："她们在抗日战争年代，所表现的识大体、乐观主义以及献身精神，使我衷心敬佩到五体投地的程度。"① 仿佛战争只是孙犁加以礼赞的人性之美的一个背景。正是在战火中，青年女性的人性、人情之美焕发出了格外耀眼的光芒，并超越了战争这一特定的拘囿，带有一

① 孙犁. 关于《荷花淀》的写作［M］∥孙犁. 孙犁文集：第四卷. 天津：百花文艺出版社，1982：612.

种普遍性与整体性。

正如有学者看到了孙犁在小说中所展示和歌颂的并不只限于所谓的工农兵的阶级性或者革命性，而是更深层次地挖掘了这些工农兵作为个体身上具有的人类普遍的优秀精神品质。这些诸如善良、正义、坚强、忠贞、纯洁等品质从涵盖面来说比阶级属性更宽泛也更高。杨联芬曾说："他对革命、阶级斗争的表现，其意义并不在首肯革命、斗争本身，而着眼于革命、斗争的神圣目标——人类的平等、安宁、幸福——以及在这个神圣目标下人所具有的美好的情绪与高尚的情怀。"① 战争成为人性书写的一个背景，战争不是孙犁书写的目的，人性才是他书写的根本与目的。

与同期战争小说不同的是，孙犁小说在对政治正确性的追求上有着对于美的自觉追求。他自己就坦承，如果强调政治，他的作品可能就没那么好，也可能会招致别人的批评，"有时强调第二标准，情况就好一点"②。而所谓第二标准便是文学的、审美的标准。在短文《勤学苦练》中，孙犁道出了他的艺术宣言："我很喜欢普希金、梅里美、果戈理和高尔基的短篇小说，读的也比较多，我喜欢他们作品里那股浪漫气息，诗一样的调子，和对美的追求。"③ 在粗粝的时代背景下，孙犁的小说不仅如上所言专注于对人性之美的挖掘，而且文本充满诗情画意，散发着水般明媚、柔软的气息。可以说，善于营造诗情画意的意境美是孙犁小说的一大特色。他努力于发掘生活的诗意内核，在选材上着意择取含有美的元素的生活原料。他的小说固然大多取材于抗日战争和解放战争时期的冀中平

---

① 杨联芬. 孙犁：革命文学中的"多余人"［J］. 中国现代文学研究丛刊，1998（4）：3.

② 孙犁. 文学和生活的路［M］∥孙犁文论集. 北京：人民文学出版社，1983：149.

③ 孙犁. 勤学苦练［M］∥孙犁. 曲终集. 天津：百花文艺出版社，1995：78.

原、太行山区，但自然风光、时代战争被提升到审美的高度，日常的农村风物被诗化为风景。如《荷花淀》的开头，书写的是战争时期等待丈夫归来的农村女性的劳动场景，但通过诗意语言的渲染、意境的刻意营造，战火背景下的劳动场景转化为一帧诗意风景：

> 月亮升起来，院子里凉爽得很，干净得很，白天破好的苇眉子潮润润的，正好编席。女人坐在小院当中，手指上缠绞着柔滑修长的苇眉子。苇眉子又薄又细，在她怀里跳跃着。……这女人编着席。不久在她的身子下面，就编成了一大片。她像坐在一片洁白的雪地上，也像坐在一片洁白的云彩上。她有时望望淀里，淀里也是一片银白世界。水面笼起一层薄薄透明的雾，风吹过来，带着新鲜的荷叶荷花香。①

孙犁用优美的笔调塑造了一个似乎与战争无关的美的场景，平常的劳动被赋予了诗意的情调。孙犁不仅刻意从平常风景中提炼诗意，而且在叙写暴力冲突的革命斗争时，也多以优美的风景、诗意的笔触消解战争的硝烟与暴力，将之转化为一幅诗意的风景画。例如《芦花荡》这一节：

> 老头子把船一撑来到他们的身边，举起篙来砸着鬼子们的脑袋，像敲打顽固的老玉米一样。他狠狠地敲打，向着苇塘望了一眼。在那里，鲜嫩的芦花，一片展开的紫色的丝绒，正在迎风飘撒。在那苇塘的边缘，芦花下面，有一个女孩子，她用密密的苇叶遮掩着身子，看着这场英雄的行为。②

显然，孙犁避免了正面的、血腥场面的描写，而是宕开一笔，

---

① 孙犁. 荷花淀［M］//孙犁. 孙犁全集：第一卷. 北京：人民文学出版社，2004：31.

② 孙犁. 芦花荡［M］//孙犁. 孙犁全集：第一卷. 北京：人民文学出版社，2004：143.

将视点转向了芦苇塘的风景，并通过小女孩的观看，再次将血腥的暴力厮杀转变为女孩眼中的英雄风景。正是在刻意提纯与有意消解中，孙犁将战争年代的炮火硝烟转变为富于美感的别样风景，形成了他独具特色的战争书写。

对诗意之美的自觉追求决定了孙犁情节书写与形象塑造的独特方式。与赵树理等解放区作家注重情节编排不同，孙犁的小说并不以曲折的情节取胜，他的小说多为散文化的片段的勾连，以横截面的方式凸显小说主题，形成单纯中蕴含丰富风致的风格。较之情节的曲折，孙犁更重视情节之中细节的刻画与场面的再现，以致让读者流连忘返于优美的细节与诗意的场景之中。如《荷花淀》所营造的优美的劳动场景、《芦花荡》激烈的战斗书写中穿插了让人迷恋的芦苇塘的风物之美，这类情节的书写方式看似散漫，却张弛有度，仿佛移步换景的山水游览。虽然并不连贯，但在令人应接不暇的风景观看中，整个山水的美景自成一体。在形象塑造上，孙犁并不追求现实主义式的对典型人物的典型性格的全面刻画，而是多抓住人物的某些场景，以印象主义的方式凸显人物特质。《荷花淀》中对水生嫂的塑造，便是通过其与丈夫之间隐忍而体贴的对话、其在荷花淀勇敢又机智的行动来呈现她坚韧、刚毅的性格，它们以吉光片羽的方式闪现人物的鲜明特质。同样，《吴召儿》中对吴召儿的书写，也是通过几个让人惊鸿一瞥的瞬间来塑造人物。孙犁写了吴召儿爬山途中穿了红棉袄毫无畏惧的姿态，以仿佛乱石中一片红云的强烈视觉冲击凸显吴召儿的勇敢、乐观，又强调了吴召儿在敌人包围中换上白棉袄、仿佛一头小白山羊的瞬间，以印象主义的方式进一步凸显了吴召儿的勇敢特质。

孙犁的独特性不仅体现在其另辟蹊径地对战争背景下人性之美的书写、对文学审美性的自觉追求，同时也体现于抒情化的小说结构之中。在以民族战争与阶级斗争为主线的 20 世纪三四十年代，显然并不是一个适合文学抒情的时代，然而，阅读孙犁的小说，会强烈地感受到作家的情感如水般流淌于字里行间。他不仅在描写上常用情景交融的艺术手法，而且在情节书写上形成了散文式的抒情结构。他常常于小说中使用便于抒情的第一人称，叙事过程始终流淌着主体情感，从而将客观叙事与主观情感进行有机融合，打破了主观与客观之间的界限，形成了以情感、情绪流动为线索的小说叙事。有学者敏锐地发现，孙犁的小说书写的对象是工农兵大众，实则表现的情绪还是知识分子的。正如他作品中常常会存在一个抒情主人公，这个抒情主人公也许是作品中的一个人物，也许只是隐匿在故事之外的叙述的实施者，但其中所散发的情绪都是鲜明可感的。孙犁作品底色所呈现的"是一个真挚多情、带着浓厚理想气质的、又是带着几分贾宝玉式女性崇拜的充满朴素人性关怀知识分子"[1]。

正因如此，论者把孙犁称作革命文学中的"多余人"，认为无论是就本人的精神方式而言，还是考察其对主流文化的评价与态度，我们都能够明确地感受到，貌似与主流文化处于一体关系中的孙犁，实际上存在种种不协调与不愉快。而针对为什么孙犁在几十年来的主流文学中的地位一直具有某种边缘性，其原因"一方面是因为他本人在主流文化中极少随声附和、一生基本固守独立的个性，因而并不怎么'紧跟'；另一方面也因为他的作品所热衷表现的温情，总是更接近主流政治一贯排斥的'小资产阶级情调'，因而并未受到主流文化意识形态方面的真正推崇"[2]。的确，孙犁的边缘性与其固守独立的创作个性有关。经历过五四新文化洗礼的孙犁就算身处文艺大众化轰轰烈烈的解放区，他的写作也没有一味地

---

[1]　杨联芬. 孙犁：革命文学中的"多余人" [J]. 中国现代文学研究丛刊，1998（4）：4.

[2]　杨联芬. 孙犁：革命文学中的"多余人" [J]. 中国现代文学研究丛刊，1998（4）：1.

趋时变形，而是坚持五四以来的人道主义理想，并有效将政治书写与文学的审美追求进行了深度的融合，创造了独树一帜的战争书写方式。

第五节　"赵树理方向"与赵树理

1943 年，赵树理短篇小说《小二黑结婚》完成，小说一出版就受到太行山读者的热烈响应；同年 10 月，他又创作了被誉为"解放区文艺代表之作"的《李有才板话》；1945 年，长篇小说《李家庄的变迁》创作完成。在 1946 年 8 月 26 日的《解放日报》上，时任北方局宣传部部长的周扬发表了《论赵树理的创作》一文，把赵树理上述三篇小说看作是延安文艺座谈会的胜利成果，他认为，延安文艺座谈会以后，各个艺术部门在讲话精神的指引下，都有了重要收获，开创了新的局面，"赵树理同志的作品，是文学创作上的一个重要收获，是毛泽东文艺思想在创作实践上的一个胜利"[①]。1947 年 7 月，晋冀鲁豫边区文联召开会议，公开号召文艺创作向赵树理方向前进。陈荒煤于 1947 年 8 月的《人民日报》（晋冀鲁豫版）上发表了《向赵树理方向迈进》一文，其中写道："应该把赵树理同志方向提出来，作为我们的旗帜，号召边区文艺工作者向他学习，看齐！……为了更好的反映现实斗争，我们就必须更好地学习赵树理同志！大家向赵树理的方向大踏步前进吧！"[②] 赵树理成为解放区最具代表性的作家。在中共历史上，赵树理之前，只有鲁迅被视为文学发展的方向。鲁迅之后，赵树理享此殊荣，成为延安最具号召力与符号性的作家典范。

赵树理方向的提出迅速为解放区作者指定了一条如何与大众结

---

① 周扬. 论赵树理的创作［N］. 解放日报，1946 – 08 – 26.
② 陈荒煤. 向赵树理方向迈进［N］. 人民日报，1947 – 08 – 10.

合、为工农兵服务的书写方向，以典范的方式强有力地解决了现代文学一直悬而未决的重要问题，即文学如何进行大众化的有效变形。可以说，新文化运动兴起以来，文学如何走进十字街头，如何走进市井百姓以期新民、新国的诉求一直是现代作家的创作焦点。为此，20世纪30年代发生了三次轰轰烈烈的文艺大众化讨论，提出了各种大众化的解决方案。但是，理论的狂欢并不能带来实践的丰收，创作实践中真正为老百姓所喜闻乐见的大众化文艺并不多见。对于文艺大众化问题，毛泽东一直加以强调，1938年提出要创造"新鲜活泼的、为中国老百姓所喜闻乐见的中国作风和中国气派"①。1940年，他又指出新文化"应为全民族百分之九十以上的工农劳苦民众服务，并逐渐成为他们的文化"②。1942年，毛泽东在《在延安文艺座谈会上的讲话》中更加明确地阐述了文艺"为什么人服务"和"如何去服务"的问题。可以说，毛泽东反复强调的是为中国老百姓特别是工农兵所服务的大众化文艺。而作为立志成为"文摊"作家，以农民生活为创作之源的赵树理而言，他的创作实践与毛泽东的文艺思想不谋而合，"实际是一个具体实践毛泽东同志提出的为工农兵服务方向的标兵"③。

可以说，赵树理从内容到形式真正解决了文艺如何大众化的问题。如孙犁所言，赵树理"以其故事的通俗性，人物性格的鲜明，特别是语言的地方色彩，引起了各个抗日根据地军民的注意……我当即感到，他的小说，突破了前此一直很难解决的，文学大众化的难关"④。在创作之初，赵树理对于潜在读者就有一个明确的认知，

① 毛泽东. 中国共产党在民族战争中的地位［M］//毛泽东选集：第四卷. 北京：人民出版社，1991：534.
② 毛泽东. 新民主主义论［N］. 人民日报，1964 - 03 - 22.
③ 周扬. 论赵树理的创作［N］. 解放日报，1946 - 08 - 26.
④ 孙犁. 谈赵树理［M］//孙犁文论集. 北京：人民文学出版社，1983：288.

即他的创作是写给农村人的，是为了满足农民的审美文化需求。赵树理清醒地意识到当时诸多新小说和普通民众之间的隔膜，他把五四新文学称为"文坛文学"，这种"文坛文学"的产生与消费进程中，普通百姓特别是农民是被摈弃在外的。正因如此，赵树理虽然文学修养颇高，但他要从高高的文坛上走下来，成为"文摊"作家。赵树理曾言："写作品的人在动手写每一个作品之前，就先得想到写给哪些人读，然后再确定写法。我写的东西，大部分是想写给农村中的识字人读，并且想通过他们介绍给不识字人听的，所以在写法上对传统的那一套照顾得多一些。"① 因此，赵树理总是以农村读者为隐含的阅读对象，在小说情节、人物刻画、叙述结构、叙述语言方面展开其大众化的创作。为了迎合农村百姓喜听评书、故事的传统，赵树理的小说多以情节为小说中心，故事情节往往平中见奇、峰回路转，给观者以阅读的快感。《小二黑结婚》中小二黑和小芹争取自由婚恋，其中遭受了一波三折的阻挠，不仅有双方家长的百般离间，甚至有小二黑被兴旺捆至区上的情节。赵树理先是渲染了二诸葛对儿子小二黑的担忧与惊惧，但最终虚惊一场，甚至以反转的方式，安排了以兴旺兄弟被捆的结局造成了情节的兀然突转，使得小说跌宕起伏，充满意料之外的趣味。这些精巧机趣的情节美学追求洋溢着传统小说的叙事魅力，富于传奇色彩。

正因这一面向传统艺术的自觉追求，赵树理的小说多以曲折的情节为小说展开的主要线索，而人物性格、思想都依附于情节展开之上。为了叙述的方便，赵树理小说人物多为福斯特所言的扁平式形象，白描乃至夸张的书写手法使其具有面谱化、易为辨识的特质。如《小二黑结婚》对二诸葛与三仙姑的塑造便颇具漫画的夸张手法，"二诸葛原来叫刘修德，当年作过生意，抬脚动手都要论一

---

① 赵树理.《三里湾》写作前后［M］//赵树理. 赵树理文集：第四卷. 北京：人民文学出版社，2005：117.

论阴阳八卦，看一看黄道黑道。三仙姑是后庄于福的老婆，每月初一十五都要顶着红布摇摇摆摆装扮天神"①。为了达到简化人物、凸显特质的目的，赵树理还多用"外号"来突出人物的性格特征，如"二诸葛""三仙姑""常有理""小腿疼""吃不饱"等。这一方法类似于传统戏曲中让观众一望而知的人物脸谱，白脸等同奸臣，红脸等同忠臣，外号便具有与脸谱相类似的作用，以简化夸大的手法集中凸显人物的性格特征。因此，赵树理小说中的人物形象多是随情节而衍生的元素，他们有着强烈而简洁的性格特质，人物内部的丰富暧昧则被有力地覆盖了，这一塑造方式自然与隐含读者（农民）的欣赏习惯相契合。

印之于语言，赵树理也有着大众化语言的自觉追求。在《语言小谈》中，他说："那么学语言究竟应该从哪里学呢？应该从广大的劳动人民群众中学。见的人多就听的话多。广大群众就是话海，其中有很多的天才和专业家（即以说话为业务的人），他们每天每时都说着能为我们所欣赏的话。我们只要每天在这些人群中生活，那些好的话和那些好的说话风度、气魄就会填满我们的记忆。"②在赵树理这里，民众的语言成为作家仿效的范本，语言要从大众中来，更要迎合大众口味。因此，赵树理的小说语言也有着强烈的读者意识，"不给他们换成顺当的字眼儿，他们就不愿意看。字眼儿如此，句子也是同样的道理——句子长了人家听起来捏不到一块儿，何妨简短些多说几句"③。以《小二黑结婚》为例，一万来字的中短篇小说，超过 20 个字的长句不到 10 个，多以口语性的短句为主，并且尽量避免修饰性词语，为了顺当，一些长句也被有意拆

---

① 赵树理. 小二黑结婚［M］. 广州：花城出版社，2010：1.
② 赵树理. 语言小谈［M］//赵树理. 赵树理文集：第四卷. 北京：人民文学出版社，2005：219.
③ 赵树理. 也算经验［M］//赵树理. 赵树理文集：第四卷. 北京：人民文学出版社，2005：125.

解为朗朗上口的短句,如:"小芹去洗衣服,马上青年们也都去洗,小芹上树采野菜,马上青年们也都去采。"① 不过,赵树理的语言虽然刻意大众化、口语化,但并不粗陋无文,反而经过作家的个人熔铸,具有了他人难以模仿的语言风致。如有的学者所言:"赵树理的写作,是杰出的美学意义上的才华与明确的非美学目的的结合。这是一种奇妙的结合。而赵树理式的文体,就是这种结合的产物。能用最省俭的语言,把事情说得清清楚楚,不留一点暧昧,不存半分模糊,这种本领决非轻易能够练就,更不是每个作家都能练就。由于赵树理是以巨大的美学意义上的才华去追求'老妪能解',其叙述语言也就仍然有着一种赵树理式的神韵。"② 的确,赵树理明快、利落、清晰的语言形成了他独特的文体风格,《李家庄的变迁》中有一段便以干脆、利落的笔调写出了铁锁复杂的窘境:"铁锁当了一个月勤务,没有领过一个钱,小喜走了,参谋长不管,只落了一身单军服,穿不敢穿,卖不敢卖,只好脱下包起来。"其中,原因也点了,现状也说清了,人物的纠结与困苦也在极其俭省的语言中淋漓尽致地勾勒出来了,这短短一段话道尽不平与无奈,显示了赵树理高超的语言技巧。

赵树理对大众化的自觉追求与创作实践事实证明是成功的。《小二黑结婚》出版后的受欢迎程度出乎所有人的意料,包括支持者和反对者,甚至是作者自己。应该说,五四文学革命以来,在新文学领域还不曾有过一本小说能在农村引起如此的轰动。赵树理的传记作者这样描述该书的盛行:"它在穷乡僻壤不胫而走,被农夫村妇交相传阅,在地头、炕头、饭场上,到处可以看到阅读《小二黑结婚》的热烈场面。过去,新华书店出版的文艺书籍以两千册为极限,可是这本其貌不扬、封面特意标上'通俗故事'字样的小

---

① 赵树理. 小二黑结婚 [M]. 广州:花城出版社,2010:4.
② 王彬彬. 赵树理语言追求之得失 [J]. 文学评论,2011(4).

书，却连续印了两万册还是供不应求。"①

　　赵树理的创作不仅呈现了文艺大众化的有效典范，而且在政治上始终保有高度革命功利主义，有着鲜明的政治主旨。作为口号来提倡的"赵树理方向"，其根本内涵如赵树理自己所言："农民喜欢看，政治上起作用"②。赵树理之所以成为赵树理方向的旗帜，离不开赵树理小说与《在延安文艺座谈会上的讲话》之间的证明关系。不少学者均认为是因为赵树理的小说忠实地实践了"讲话"的文艺方针，有效实施了其政治意图的缘故。譬如，《李有才板话》配合当时的政策需要，描写了抗战时期农村的减租减息运动中农民与地主之间的尖锐斗争，其中主人公李有才是一个以板话为武器与地主做斗争，最终机智夺取了胜利的新农民形象。《小二黑结婚》则歌颂了解放区民主政权的力量，反映了新一代农民的精神成长。可以说，毛泽东《在延安文艺座谈会上的讲话》的文艺观念在赵树理小说中道成肉身，抽象的革命理论、枯燥的政策宣传被转化为让民众喜闻乐见的文艺形式。

　　然而，赵树理的辉煌至新中国成立后不久便开始黯淡，他负责主持的大众文艺研究会与《说说唱唱》所发表的作品不断受到批评。20世纪60年代初，又因为"中间人物论"饱受质疑，在"文化大革命"中则被迫害致死。赵树理的实际创作与被确立的"赵树理方向"并非同一，它们之间的龃龉、分裂事实上早就存在。而这一现象的出现与赵树理执着的现实立场与批判现实主义的创作态度有关。他曾把自己的小说称为问题小说。与五四新文学中的"问题小说"不同，赵树理的创作都是他自己在乡间工作时所遇到的问题，因为觉得这个或那个问题的存在会影响到工作的进展，所以通过小说的方式提出来。他举了《李有才板话》的例子，当时他发现

---

① 戴光中. 赵树理评传［M］. 南京：南京大学出版社，2013：158.
② 陈荒煤. 向赵树理方向迈进［N］. 人民日报，1947 - 08 - 10.

自己的工作有些地方做得不够深入，尤其是在狡猾地主的发现上不够敏锐，"章工作员式的人多，老杨式的人少，应该提倡老杨式的做法"①，所以才有了写《李有才板话》的冲动。而《三里湾》的创作，则是源于他觉得有一个亟待解决的问题，就是应不应该扩大农业社？而要扩大农业社，又该如何批评那些仍有资本主义思想的人或者对扩大农业社有抵触情绪的人？正是针对上述这些情况，赵树理才创作出了《三里湾》。又如小说《锻炼锻炼》，是因为他发现一些中农当了领导干部以后，存在是非不明的思想问题，典型表现就是庇护有落后思想的人，压制新生力量。他想借小说来批评上述中农干部中所存在的和事佬思想的问题。赵树理曾说过："这是一个人民内部矛盾问题，王聚海式的，小腿疼式的人，狠狠整他们一顿，犯不着，他们没有犯了什么法。可是他们思想、观点不明确，又无是生非，确实影响了工作进展。对于他们这一类型的人，我觉得最好的办法是把事实摆出来，让他们看看，使他们思想提高一步。"②

　　在这些问题小说中，赵树理本着批判现实主义精神，对农民身上的落后、愚昧、狭隘进行了入木三分的揭示。例如，《小二黑结婚》不仅以正邪斗争、邪不胜正的方式抒写了农村新一代农民的成长与胜利，而且还以让读者喜闻乐见的笔法栩栩如生地塑造了两个性格丰富的落后分子形象。一个是小二黑的父亲二诸葛，他是一名富于戏剧性的农村人物，因为他抬脚动手都要论一论阴阳八卦，看一看黄道黑道，他封建迷信又善良、淳朴，为了维护传统包办婚姻习俗，强烈反对小二黑与小芹的婚姻，身上又呈现农民的狭隘、懦

---

① 赵树理. 当前创作中的几个问题［M］∥赵树理. 赵树理文集：第四卷. 北京：人民文学出版社，2005：24.
② 赵树理. 当前创作中的几个问题［M］∥赵树理. 赵树理文集：第四卷. 北京：人民文学出版社，2005：25.

弱与自私的一面。另一个则是小芹的母亲三仙姑，她好逸恶劳、装神弄鬼，渴望通过女儿婚嫁的途径来获取钱财。赵树理书写的这些农村小人物，凸显了农民身上陈腐、落后、可笑的一面，也隐晦道出了国民性变革的艰难。在赵树理笔下，农民并非铁板一块的纯洁分子，其中也隐藏细菌，包含劣根性。赵树理对这类农村小人物的揭示，使得农民形象更为丰富、具体，也逸出了单一的阶级斗争的二元思维架构。最具典型的是反映农村土改运动的《邪不压正》，这篇小说的书写方式与流行的二元对立式的政治图解式书写不同，赵树理尖锐地指出了土改斗争所犯的"左"倾错误，对当时一批掌权后以权谋私的党员干部和农民积极分子进行了批评揭露。这一现实主义的处理方式与外在的政治规训之间自然出现了难以同步的游离。特别在 1949 年以后，在需要进一步塑造无产阶级新人的时代大要求下，赵树理仍执着于现实农村描写乃至农村中间人物的书写方式自然与时代大潮发生了背离。

总之，赵树理创作与赵树理方向并不是同一的。赵树理在 20 世纪 40 年代被树为方向是因为赵树理高度功利主义的、为农民书写的、具有强烈民间色彩的创作契合了当时意识形态的话语需求，成为彼时的文艺典范；但是，赵树理的创作是自发的，是作者长期浸润于民间社会而聚集的生命经验与文化认同的呈现，而赵树理方向则是被阐释的，是意识形态所赋予的一种话语模式。

第六章

十七年文学：为新中国正名

新中国成立后的十七年文学时期，是中国文学史上一个十分特殊的文学时期。新中国刚刚成立，如何用文学来书写新社会、新时代和新生活，展现中华民族除旧布新的、以工农兵为主体的社会变革风貌，表现社会主义的时代精神，是十七年文学要表达的重要主题。其中，关于战争叙事、农村叙事、知识分子叙事以及青春叙事是特别值得我们注意的。

第一节　在"新社会"里写"旧战争"

新中国成立后，中国内地基本上结束了大规模的战争状态，进入一个新社会。在这一时期，中国内地出现了一批在中国当代文学史上影响深远的革命历史题材的文学作品。

革命历史题材文学的概念有广泛意义上的，也有相对意义上的。在过去很长一段时间里，学界在使用这个名词时并无绝对的统一性，因此导致在这一命名之下概念的内涵和外延的不统一。如茅盾在 1960 年的中国作家协会理事会上的讲话就扩大了革命历史题材概念的外延，将以辛亥革命为主要内容的文学，如《大波》《六十年的变迁》等作品也收入这一范畴之内。"文化大革命"结束后，随着对十七年文学研究的进一步深入，学界对革命历史题材文学逐步形成了共识，即革命历史小说专指 20 世纪五六十年代中国内地的一批以革命历史为题材的文学作品。这些作品绝大多数是"在既定的意识形态规限内讲述既定的历史题材，以达成既定的意识形态目的"①。这里的"革命"主要指的是中国共产党领导的革命斗争，"历史"主要是指中国共产党领导革命斗争的历史。本节革命历史题材主要侧重于介绍中国共产党领导下表现战争的文学作

---

① 黄子平. "灰阑"中的叙述 [M]. 上海：上海文艺出版社，2011：前言 2.

品。在这一范畴中，革命历史题材的小说主要包括《保卫延安》（1954）、《红日》（1957）、《红岩》（1961）、《野火春风斗古城》（1958）、《铁道游击队》（1954）、《林海雪原》（1957）、《烈火金刚》（1958）、《敌后武工队》（1958）、《苦菜花》（1958）等以在中国共产党领导下的革命战争历史为主要叙述内容的小说。

需要注意的是，这些小说绝大多数是在新中国成立后创作的，换言之，小说家们是在和平的新社会里书写过去的"旧战争"。这就摆出了一系列重要的问题：为什么新社会需要对过去的"旧战争"的书写？小说家们又是如何书写"旧战争"的？"旧战争"的书写与新社会的意识形态的关系如何？

1942年，毛泽东在《在延安文艺座谈会上的讲话》中就明确了文艺为政治服务的大方向。新中国成立后，人民政权也延续了这一对文学的要求。周扬在1949年的第一次全国文学艺术工作者代表大会上就直接要求文学艺术家为新政权进行创作。他指出："假如说，在全国战争正在剧烈进行的时候，有资格记录这个伟大战争场面的作者，今天也许还在火线上战斗，他还顾不上写，那末，现在正是时候了，全中国人民迫切地希望看到描写这个战争的第一部、第二部以至许多部的伟大作品！它们将要不但写出指战员的勇敢，而且要写出他们的智慧，他们的战术思想，要写出毛主席的军事思想如何在人民军队中贯彻，这将成为中国人民解放斗争历史的最有价值的艺术的记载。"① 周扬作为当时党的文艺政策实际的掌舵人，他的讲话基本上体现了当时党的文艺政策及党对新社会的文学创作的要求。

一个新生的政权要获得全体民众的拥护，必然要求其证明自身存在的合理性和必然性。但鉴于新政权建立时间还比较短暂，它无法提供政绩让民众看到其能带领民族走向伟大的复兴。此时，唯有

---

① 周扬. 周扬文集：第一卷 [M]. 北京：人民文学出版社，1984：529.

党在过去的革命历史能够证明新政权必将带领全国人民从失败走向胜利，从胜利走向更大的胜利。因此，新中国成立前，党领导下的革命战争胜利的历史就成了新政权用来表现其能够继续领导全国人民前进最为有力的实践证明。邵荃麟就说，通过对党领导的革命斗争历史的书写，能够"使我们人民能够历史地去认识革命过程和当前现实的联系，从那些可歌可泣的斗争感召中获得对社会主义建设的更大信心和热情"①。周扬和邵荃麟都是文艺理论家，他们的叙事带有浓郁的政治色彩。不过，在他们政治化的叙述中，我们仍能发现党需要文学叙事"旧战争"的真实意图。这种真实的意图被很好地包裹在表层的政治化的叙述之中。洪子诚说得更为直接，他认为，革命历史题材中对战争的叙事是"以对'本质'的规范化叙述，为新的社会真理性作出证明，以具象的方式，推动对历史既定叙述的合法化，也为处于社会转型中的民众，提供生活准则和思想依据"②。需要注意的是，在政治规约了文学创作的同时，文学也借助于政治的力量，展现出其超出文学正常状态下存有的力量。这使得文学能够在刚建立的新政权物质还比较贫乏的状态下有大发展。这种发展正是基于文学凭借于反映社会主义社会新政权建立之前的革命斗争历史的叙事，以及对新社会如火如荼的建设讴歌赞颂的优势。在这种政治和文学的双向互动中，它们各取所需：新政权依靠文学对革命历史的叙事，"要求作家们用中国共产党的历史观来反映中国现代战争史，并通过艺术形象向读者宣传、普及有关新政权从形成到建立的历史知识"③。这种对历史"本质"的把握，展现了中国共产党领导的革命战争的合理性和必然性，证明了中国选择社会主义道路是符合历史发展的本质规律的，从而证明了新生

---

①　邵荃麟. 文学十年［M］. 北京：作家出版社，1960：37.

②　洪子诚. 中国当代文学史［M］. 北京：北京大学出版社，1999：107.

③　陈思和. 中国当代文学史教程［M］. 上海：复旦大学出版社，1999：55.

政权存在的合法性。如《保卫延安》《红日》等对党领导下的革命战争历史的叙事，就充分说明了"新中国是怎样建立起来的，中国革命怎样通过党的领导，在曲折艰难中走向胜利的，中国人民如何参与了这样的历史进程，他们身上发生了怎样深刻的历史变化"①。更为重要的是，"关于这些问题的文学表达，不仅联系着那些亲历了历史转折的作家们的自我缅怀，同时，也是一种证明和标示：中国走社会主义道路具有无可争议的历史必然性"②。

这种时代对文学创作的要求产生了深刻的影响，它不仅确立了全国同质化的文学的价值功能的政治导向，还使得中国内地的作家首先在政治上接受新政权；其次是在思想上要认同作为新政权指导思想的马克思主义意识形态；再次就是在创作中，需要自觉地运用马克思主义的世界观和方法论来指导自己的文学创作。姚雪垠就说，新政权"给我提供了学习马克思列宁主义和毛泽东思想的方便条件，使我获得了新的艺术生命"③。更为重要的是，新成立的政权改变了新中国成立前文学生产、传播和接受的机制，将所有的作家都纳入新政权的体制之内，由国家财政统一供养，并将所有文学刊物都收归国有。新生政权可以运用其宏观统筹的能力，充分调动文化机构、教育机构、新闻出版机构和对阅读群体的引导，进行多文本媒介互动，将发行量巨大的文学文本同时转化为电影、话剧、舞台剧、连环画，甚至编入中小学教程。如此一来，关于革命历史叙述就深入到大众的日常生活之中，并让大众在日常的生活认知中将文学虚构的革命历史认同为真实的历史，从而"构建国人在这革命所建立的新秩序中的主体意识"④。

①② 朱栋霖. 中国现代文学史：卜［M］. 北京：高等教育出版社，2014：21.

③ 姚雪垠.《李自成》创作余墨［M］//路德庆. 作家谈创作：上下册. 广州：花城出版社，1982：616.

④ 黄子平."灰阑"中的叙述［M］. 上海：上海文艺出版社，2011：11.

　　同时，这种文学的体制化在实际上排除了作家自由创作的可能性，被纳入体制的作家要么接受新政权的要求，要么放弃文学创作的权利。这就造成了 20 世纪五六十年代作家队伍的分化与重组，一批作家被迫离开文坛。来自于解放区的作家成为十七年文学创作的中坚力量，但他们自身的文化素质制约了他们的文学作品的艺术性。这种政治化的文学表达与作家自身的文学素质的双重因素，使得这一时期对文学的战争叙事带有强烈的政治意图而整体缺乏艺术创新性。

　　这一时期的革命战争文学在思维上对革命战争进行了集中化、典型化的处理，歌颂战争，同时赞美中国共产党领导的革命战争。但战争是非常复杂的体系对抗，它不仅仅是战争前线血肉横飞的战斗，而且涉及敌我双方的战略部署、战术运用、战役争夺，更为重要的是，敌我双方的后勤保障、武器装备、情报获取等非正面战场的重要因素也对战争的胜负产生了重要影响。但是十七年时期的革命战争小说大多试图将复杂的战争典型化处理，在歌颂中国共产党领导的革命战争、普及现代革命战争历史知识的创作意图的指导下，作家以自己的创作证明中国革命在中国共产党的领导下必然走向胜利，并且是从胜利走向更大的胜利。

　　这一时期的文学作品为歌颂党的正确领导，将战争的胜利图解为广大指战员努力贯彻党中央毛主席的战略意图而取得胜利，如《保卫延安》《红日》等。这种作家对最高领导人的思想接受有两种可能性：一是他们主观上的自觉意识，二是他们在现实生活中已经认识到。在文本叙述中，他们将战争简单区分为正义战争和非正义战争，共产党领导的革命战争是正义的，是必然会取得胜利的，这就排除了影响战争结果的很多偶然因素。因此，在具体的文本叙事中，作家们都将我方的战役失利看作是为了夺取战略上的主动。《保卫延安》在对胡宗南占领延安的战争叙事中，按照主流意识形态要求，将其叙述为我军为了战略上的胜利而主动放弃延安，实施战略大转移，夺取更大的胜利。正是在这样的创作意图的指导之下，革命战争题材的小说并不是将所有有关党领导下的革命战争都纳入到写作的视野中，而是根据意识形态的要求，选择文学叙事的题材。党领导革命取得成功的内容可以写，暂时性失败但最后胜利了的可以写。正是文学创作在题材上的选择性叙事，保证了其对革命历史叙事在贯彻党的文艺政策中实现了对新政权合法性的意义的赋予，从而在大众的日常生活中建构起一个合乎历史本质规律的历史现实，并让大众在这种新的现实中构建起自己的主体性，消除了他们对未来的巨大的恐惧，建立起对共产党领导的新政权的信心。

正是这革命战争叙事的典型化处理，使得这一时期的革命战争小说结构上大多数采用二元对立的模式。这种二元对立的情节模式的设置都是为了指向新政权，反映的是"从旧秩序的崩溃到新秩序的建立"① 的过程。这些小说大多有一个灾难的、失败的叙述开端，如《红旗谱》从朱老巩抗争失败开始叙述；《红岩》从党内出现叛徒导致地下斗争失败开始叙述；《林海雪原》从敌人残暴杀害乡亲开始叙述⋯⋯这种文学文本叙述的开始更应该被视为文学叙述党领导的革命的起源。这种失败与灾难是旧社会、旧制度、旧的社会秩序所造成的，是剥削阶级造成的，是反革命势力强加于人民的苦难。通过这种情节设置，革命战争文学叙述革命的起源就具有了合法性，并为后来党发动的革命斗争赋予了正确的符合历史规律的真理性。正是在这一逻辑推理之下，革命必将从失败走向胜利，从胜利走向更大的胜利。因此，革命战争的文学文本最后都将党领导的革命胜利作为最后的叙事终点。

在具体的文本叙事中，这些革命历史文学很巧妙地采用转义、隐喻、借用的修辞，将明显的政治叙事隐蔽地转化为道德伦理叙事。如《林海雪原》一开始就叙述敌人残酷杀害了普通的老百姓，

---

① 黄子平．"灰阑"中的叙述［M］．上海：上海文艺出版社，2011：27．

其中就有少剑波的姐姐、身为共产党员的女县长。因此，党的剿匪战斗就与普通人的复仇融为一体，并借助于这种"私仇"作为文学文本叙事的起点。将政治任务转化为普通人的道德要求，使得党领导的革命借用了传统道德的力量。正是这一转化，使得十七年文学开始将政治道德化，并让这种转化合理化。"将政治的使命转化为一个道德的命题，既是时代对文学的要求，同时亦可视为传统文学为革命文学提供的不可替代的资源。"① 传统政治侧重于教化，通过将道德政治化，赋予道德伦理以政治能量，使之符合政治力求建立的秩序和规范，并将这种政治化的道德伦理变成一种民族文化心理，使之代代承传。但吊诡之处在于，革命战争文学在反传统文化之中，又有策略性地借用传统文化的基因，将无产阶级政治任务寓于传统文化的道德伦理行为中，并借助于传统道德伦理的力量来实现自身的意识形态诉求。这是一种典型的政治道德化的叙事模式。但需要注意的是，这里的政治是无产阶级的意识形态及其外在任务，而道德却是传统伦理道德。革命历史文学采用策略性的叙述，并不是真的要承认传统道德的合理性。文学家采用这种手段的最终目的还是要改造大众的日常生活伦理道德，建立新社会所需要的新的文化伦理道德。但他们又认识到，这个过程并不会快速实现，因为传统文化经过长期的沉淀已成为整个民族的文化心理图式。这种文化心理图式具有很稳定的结构模式，难以在短期内完成改造。因此，十七年文学的首要目的就是通过借用这种稳定的心理图式来构造无产阶级意识形态的主体地位。为了实现这一意图，文学家们不惜采用曲线迂回的方式，先在表层承认大众的传统伦理道德的合理性，并借用这一形式来实现他们改造的最终目的。

　　道德伦理在传统文化中最为险要的就是性的问题。这种由情欲

---

① 李杨. 50—70 年代中国文学经典再解读 [M]. 济南：山东教育出版社，2006：12.

引发的问题带有很大的不稳定性，容易冲击现存秩序，并危及社会的稳定性，故传统道德对情欲的控制尤为严厉。"万恶淫为首"，情欲被贴上了原罪的标签，因此，在传统道德伦理叙事中，凡是与性沉溺有关的人物，都是悲剧性的结局。革命战争文学充分借用了这一传统的叙事手法，将情欲道德化，而这种道德又与政治问题形成一种同构关系。在十七年文学的叙述中，革命者之间的感情都是纯洁、高尚的感情，如《林海雪原》中的少剑波与白茹，《红日》中的梁波与华静，《敌后武工队》中的魏强与汪霞，《保卫延安》中的王老虎与冬梅……他们之间的感情毫无世俗情欲气息，呈现出纯洁高尚的美感；而在叙事敌对人物时，尽量在道德上矮化和丑化，这些反面人物不仅血腥残暴，而且道德败坏，放纵情欲。如在《林海雪原》中，蝴蝶迷不仅外形丑陋，而且极为淫乱。这种两相对照的道德叙述，敌人道德败坏，我方道德纯洁高尚，呈现出一种精神性的光辉。

文学要通过对革命历史的叙事为新生的政权提供合法性，赋予革命历史的意义，因此，首先要保证文学反映的历史是真实性的历史。但文学毕竟是一种虚构的艺术形式，它叙述的事实与客观的历史毕竟有所区别，是一种虚构的历史真实。为了获得文学叙述的革命历史的真实性与客观革命历史的真实性的同一性，这一时期的文学家在文学理论上论证了两者之间的同质性，认为文学反映的真实是总体性的对历史发展规律的把握，而不是具体客观事件的线性重现。这就从逻辑源头上保证了革命历史文学叙述的合理性。在具体的文本叙事中，因这些文学家大多亲身经历了革命战争生活，对党领导下的革命战争生活有切身的生命情感体验，对战争的理解和对具体战斗生活比较熟悉。他们将这种情感体验和生活经验通过文学文本的形式外化出来，这使得革命历史文学具有浓郁的亲历性（真实性）。这种作者与革命的零距离的书写使得文学文本更容易获得普通读者的认同，也深化了作者和普通读者对于革命历史的认知，更为重要的是，在这种增长的认同中，保证了包裹在文学文本中的理念和意图在读者的阅读视野中被顺利接受，从而在读者的无意识中实现作者的文学叙事意图。

梁斌是小说《红岩》的作者，他的这部小说是根据他在重庆监狱中的生活经历而写成的。小说的雏形是作家的演讲报告底本，后经过不断的加工修改，才成为小说文本。《保卫延安》的作者杜鹏程曾经在革命战争前线担任战地记者多年。他有将自己的亲身经历记录成笔记的习惯，据他自己说，笔记材料共有十几斤重。他最初根据这些材料写作出百万余字的报告文学，后来在四年中九易其稿，改成了长篇小说。"把百万字的报告文学，改为六十多万字的长篇小说，又把六十多万字变成十七万字；又把十七万字变成四十万字，再把四十万字变为三十多万字……"① 甚至还有像巴金这样的作家，因缺乏战争生活经验而有意识地深入朝鲜战争前线去体验战争，来增强文学作品的真实性。正是因为这些革命历史小说的作者大多具有参加革命斗争的亲身经历，他们将在战争中的个人经验，用回忆的方式加以呈现，在这个过程中，这些文学作品中所叙述和描写的故事、场景以及塑造的人物也就更真实了。

在十七年时期的文学评论家笔下，他们在评论革命战争长篇小说时运用了一个词——史诗性。所谓史诗性就是文学意图在总体上把握社会历史的变化全过程，并在这个过程中来把握时代的精神，揭示历史发展的本质规律。也就是茅盾所说的"大规模地描写中国社会现象"，"反映出这个时期中国革命的整个面貌"。在这一时期，史诗性是衡量一部文学作品价值的重要标准之一，如当时多数评论家认为《红日》的文学价值要高于《保卫延安》，其中的一个重要原因就在于，《红日》在更大时空上反映了社会变化的过程，

---

① 杜鹏程.《保卫延安》重印后记［M］//陈纾，余水清. 杜鹏程研究专集. 福州：福建人民出版社，1983：53.

深刻把握了时代精神。叙述革命战争的长篇小说在题材上往往选择那些重大的革命历史事实作为写作的背景，运用文学虚构的方法，从总体上把握现实，从宏观上关照历史，因此在结构上选择时间的纵向流变和全景式的空间描述，特别是在人物塑造上，尤其注意对高大全的英雄人物的塑造，作品展示出革命乐观主义的浪漫情调。《保卫延安》被陈思和称为"第一次在较大规模上全景地描写了整个战争的全过程"①。这部小说先后描写了青化砭、蟠龙镇、长城线、沙家店等解放战争时期陕北战场上的著名战役，力图将战争的全局做一个整体性的观照。在这一目标指引下，小说将具体战斗中的人及其活动纳入到反映历史变化的大进程中，并在这种宏大的历史叙事中进行文学文本的人物塑造。作者在重点叙述陕北战场的同时，又将其放到整个中国解放战争由战略防御向战略反攻转变的大背景中去叙述，这使得小说在总体上展现出一种宏大的史诗性的品格。而《红日》这部长篇小说具有更为宏大的战争叙事视野，对战争生活的展示具有全景式的再现，不仅塑造了西北野战军军、师、团等中高级指挥员的形象，而且运用大量具体的笔墨对基层官兵的战斗生活进行了详细书写。这在纵向维度上展现了解放军从高层指挥员彭德怀到基层官兵王老虎等各种类型的英雄形象，反映了解放军及其主导的革命战争的总体特征。小说还在横向维度上拓展了革命战争题材文学所表现的空间，将战争前线和后方都纳入到文本中加以叙述。因此，军队的纵向维度表现和前线、后方的横向拓展，极大地扩展了文学表现战争的时空，在整体上反映了革命战争，把握了当时的社会生活的总体发展。

---

① 陈思和. 中国当代文学史教程［M］. 上海：复旦大学出版社，1999：58.

第二节 农民叙事的转向和价值

十七年时期革命战争题材的文学是为了解决中国共产党领导的革命和新政权起源的合法性问题，也就是"我们从哪里来"的问题，因而对革命的现实问题和新政权现存的合法性问题关注不够。正是在这一现实的语境中，新生的政权需要文学为其赋予存在的现实的合法性。文学在政治的要求下，力图解决新生的政权的现实合法性，"通过主体本质的建构来确立现实意义秩序"。从而"建构和证明现实秩序的合法性"①。在这个过程中，文学为新政权的发展构建一个全民认同的理想蓝图，将新社会指向一个理想、光明的未来。这一任务主要落到了十七年时期的农村题材的文学身上，并带来了自20世纪20年代以来乡土文学叙事的转变。

20年代由鲁迅先生开启的乡土文学写实叙事模式和由废名、沈从文等人开启的乡土文学浪漫叙事在中国现代文学史上具有重要的地位。在鲁迅等人的眼中，中国是乡土社会，具有全民族的国民心理的乡土精神，这种农民性格具有浓郁的劣根性。乡土文学作家们用人道主义的情感去抚摸，用理性精神去批判，企图重新塑造一种现代性的国民精神。他们的乡土小说具有民族的普遍性意义。废名和沈从文的浪漫乡土叙事是作者在现代城市受挫后的一种精神的还乡。他们通过对中国乡村的诗化来构建一个独特的迥异于现代城市的世外桃源，并将其作为我们现代人的精神故乡。这种叙事彰显了在现代性的背景下乡土文明的抗争。

新中国成立后，乡土文学叙事发生了重要的转变，开始延续40年代延安解放区的农村叙事模式，并将其纳入新政权实施社会主义

---

① 萨支山. 试论五十至七十年代"农村题材"长篇小说：以《三里湾》、《山乡巨变》、《创业史》为中心 [J]. 文学评论, 2001 (3)：117 – 124.

改造的大政治中来。但我们要注意到，十七年时期的农村题材小说并不完全是解放区小说的延续，这可以从赵树理在解放区和新中国成立后的地位变化看出其中的端倪。在解放区文学时期，赵树理的农村叙事多次受到周扬的推崇，"没有站在斗争之外，而是站在斗争之中，站在斗争的一方面，农民的方面，他是他们中的一个。他们没有以旁观者的态度，或高高在上的态度来观察描写农民"①，并被陈荒煤标举为"赵树理方向"②。赵树理的农村文学叙事模式成为符合党的文艺政策的写作模式，他也成为解放区作家的标杆。但是，新中国成立后，尽管赵树理创作出了《三里湾》这样关于新中国农村题材的具有规约性的文学作品，但他的农村问题小说总体上与新生政权的要求有一定的距离，因而受到了批判。孙犁就说，赵树理的小说在新中国成立之后"多少失去了当年青春泼辣的力量"③。这种转变很大一部分原因是赵树理对"新的形势、新的农村政策的理解和把握，对于文学写作的规范性日趋严密的认识"④的落伍。在文学与新政权要求的认识方面，周立波、柳青、浩然等人显然要高于赵树理，因此他们的创作更符合于新政权对文学的要求。

乡土文学叙事在十七年时期的转变导致农民叙事的转向。现代时期乡土文学主要表达的乡土日常生活、社会风俗、人情人性开始退出乡村题材文学的叙事，导致这一时期乡村文学叙事在题材上的转变，那些与党的政治任务密切相关的重要题材，如农村的阶级斗争、土地改革、合作社、人民公社、农村的两条道路的斗争等成为这一时期文学叙事的主要内容。农民叙事通过对这些重要题材的选

①　周扬. 论赵树理的创作［N］. 解放日报，1946 – 08 – 26.

②　陈荒煤. 向赵树理方向迈进［N］. 人民日报，1947 – 08 – 10.

③　孙犁. 谈赵树理［N］. 天津日报，1979 – 01 – 04.

④　丁帆. 中国乡土小说史［M］. 北京：北京大学出版社，2007：227 – 228.

择性叙事，展现了新农民翻身成为新社会主人的喜悦和自豪。他们在政治上和经济上翻身后自觉投身到新社会的农村改造中去，并努力支援国家的社会主义工业建设。这种题材的转变又导致农民叙事视角的转变，由现代文学时期知识分子对农民的俯视视角转变成仰视视角，农民也从知识分子用现代性的理性观照下的劣根性的农民，变成知识分子应该学习的新农民的形象。

农民叙事的这种转变根本性的前提条件就是农民在革命战争中确立的革命主体的身份。共产党是中国工人阶级的先锋队，这在马克思、恩格斯的经典著作中可以找到依据："只有现代大工业所造成的、摆脱了一切历来的枷锁、也摆脱了将其束缚在土地上的枷锁并且一起赶进大城市的无产阶级，才能实现消灭一切阶级剥削和一切阶级统治的伟大社会变革。"[1] 马克思经典著作认定革命的主体——以工人阶级为代表的无产阶级是"真正革命的阶级"[2]。他们的这一论述是基于西方现代城市工业社会。但中国当时的社会结构不同于西方，其基本社会结构是以农业、农村、农民为主体的社会。[3] 外来的马克思主义和中国的革命具体实践的结合中的关键人物就是毛泽东。他成功地将外来的先进革命理论转化为中国自己独特的革命理论，运用到革命实践中，并取得中国革命的最后胜利。毛泽东在中国革命战争的早期通过社会调研的实践认识到这一重大问题，认识到中国革命不同于西方社会革命的本质在于中国社会的乡土性，因此，在他看来，中国革命的任务、对象、主体都不同于

---

① 马克思，恩格斯. 论住宅问题［M］//中共中央马克思恩格斯列宁斯大林著作编译局. 马克思恩格斯选集：第三卷. 北京：人民出版社，1995：149－150.

② 马克思，恩格斯. 共产党宣言［M］//中共中央马克思恩格斯列宁斯大林著作编译局. 马克思恩格斯选集：第一卷. 北京：人民出版社，1995：282.

③ 参见：费孝通. 乡土中国［M］. 北京：北京大学出版社，2012.

马恩经典著作中的论述，他说："乃是广大的农民群众起来完成他们的历史使命，乃是乡村的民主势力起来打翻乡村的封建势力。宗法封建性的土豪劣绅，不法地主阶级，是几千年专制政治的基础，帝国主义、军阀、贪官污吏的墙脚。打翻这个封建势力，乃是国民革命的真正目标。"① 毛泽东基于对中国革命经验的总结和对这个社会性质的清醒认识，他看到了中国革命的本质问题，即农民问题。正是在这个正确的分析基础上，毛泽东得出了农民是"中国革命的主力军"② 的重要认知，进而提出"谁赢得农民，谁就赢得中国"③ 的重要论断。

在特殊的战争年代，为了取得革命战争的胜利，一切都被纳入战争的体系之中，文学也不例外。因此，解放区的农民叙事，一切都是围绕调动农民参加革命、支援前线战争的积极性而展开。文学的农民叙事就是要让农民认识到，这场革命是关系到农民切身利益的革命，中国共产党领导的这场革命就是要让贫困的农民从政治上和经济上翻身，成为社会的主人。正是在这样的政治意图下，解放区的文学创作就围绕着塑造新农民的形象而展开，也就是让农民成为文学叙事的主体。农民革命主体地位的确立，使得作家在创作的时候，主动以农民的立场、眼光、感受和价值判断来书写在这一革命进程中的农民。周扬在 20 世纪 40 年代评价赵树理的创作时就说："因为农民是主体，所以描写人物，叙述事件的时候，是以农民直接的感受、印象和判断为基础的。"④ 文学中农民主体身份的构建主要通过两个阶段来进行：一是将农民放在土改运动中进行叙

① 毛泽东. 湖南农民运动考察报告［M］//毛泽东选集：第一卷. 北京：人民出版社，1991：15.
② 毛泽东. 中国革命和中国共产党［M］//毛泽东选集：第二卷. 北京：人民出版社，1991：634.
③ 斯诺. 斯诺文集［M］. 北京：新华出版社，1984：208.
④ 周扬. 论赵树理的创作［N］. 解放日报，1946 - 08 - 26.

事，构建起农民是中国土地革命的主体；二是在新政权成立后，将农民放在农村的社会主义改造运动中，构建农民是中国社会主义现代化建设的主体。

土地革命是近现代中国一场具有划时代意义的革命，这场革命彻底改变了传统农村的社会结构模式，广大贫苦农民从被剥削、压迫的状态下解放出来，成为社会的主人，确立了自己的主体性。文学通过对土地改革的叙事，再现了现实中农民对地主阶级斗争的胜利，从而让农民在政治上和经济上翻了身，农民从此掌握了自己的命运。《暴风骤雨》的开头是这样描写的："七月里的一个清早，太阳刚出来。地里，苞米和高粱的确青的叶子上，抹上了金子的颜色。豆叶和西蔓谷上的露水，好像无数银珠似的晃眼睛。道旁屯落里，做早饭的淡青色的柴烟，正从土黄屋顶上高高地飘起。一群群牛马，从屯子里出来，往草甸子走去。"这是一个静态的传统农村状态，是一种自然状态下的农村图景。但随着农村革命的推进，这种平静即将被外来的革命势力打破："从县城那面，来了一挂四轱辘大车。"唐小兵就认为："大马车的驶入及工作队的到来隐喻了新'象征秩序'的强行插入。表达这一新'象征秩序'的行为，正好是对田园景色所传达的和睦平静的否定。"① 这种经由中国共产党发动农民开展的土地改革运动真真切切受到了农民的欢迎，农民获得土地极大地增强了他们的主人翁意识。《太阳照在桑干河上》的结尾："欢腾的人声便夹在这锣鼓声中响起。啊！什么地方都是一样的啊！什么地方都是在这一月来中换了一个天地！世界由百姓来管，那还有什么不能克服的困难呢？"这是土地改革工作队在完成暖水屯的工作后向新的工作岗位转移的路程中的所见所闻，这种翻身农民的喜悦之情溢于言表，农民从自己的直觉经验感知到这场革

---

① 唐小兵. 暴力的辩证法：重读《暴风骤雨》［M］//唐小兵. 英雄与凡人的时代：解读20世纪. 上海：上海文艺出版社，2001：115-116.

命的意义，他们充分认识到他们的命运已经改变，成了世界的主人。这种典型化的处理使得我们可以看到小说中所叙述的暖水屯是整个解放区的缩影，它们"为新社会里的生活模式提供了形象的草图"①。

从某种程度上来说，土地改革是中国共产党为实现革命的胜利所采用的一个临时性的策略，其重要目的是发动农民参加革命。但革命的目的不仅仅是让农民翻身做主人获得解放，其终极目的是要建立一个社会主义工业强国。为了实现这一目标，新政权就需要对农村进行社会主义改造，使之能为建设现代工业强国提供各种资源支持。正是基于这一政治理念，共产党在土地改革运动中将土地分给农民后，又开始在农村发动走合作化道路，将土地收归集体所有，建设社会主义新农村。这在某种程度上来说，是为了实现国家的工业化。所以新中国成立后，周立波的《山乡巨变》、柳青的《创业史》、李准的《李双双小传》等小说就开始在更高层面上接受党对文学的要求，让文学承担起赋予农村社会主义改造的意义。梁生宝、李双双等新农民形象已经完全不同于土地改革小说中获得土地翻身的农民，在这些新农民身上"既继承了老一辈农民忠诚厚道、勤劳俭朴、坚韧不拔的传统美德，又增添了目光远大、朝气蓬勃、聪明能干、克己奉公、富于自我牺牲精神，带领广大农民摆脱贫困，走社会主义道路的时代色彩"②。他们在走集体道路过程中体现出的高尚品格，表明他们已经在更高层面和党对新农村建设的要求保持了一致。

中国的农民具有天然的革命性，这是他们能够成为中国革命主体的前提。但如何让中国的革命摆脱传统农民革命模式，走向新的

① 陈建华.　"革命"的现代性：中国革命话语考论［M］.上海：上海古籍出版社，2000：276.
② 汪名凡.　中国当代小说史［M］.南宁：广西人民出版社，1991：143.

革命，从而使得中国不再陷入历史改朝换代的循环？其中根本性的地方在于，这一场革命是由掌握了先进理论的共产党领导的革命，与传统的农民革命具有根本性的区别。因此，在革命战争年代，中国共产党就要将传统农民革命的自发性的个体性反抗转变成整个农民阶级与地主阶级的斗争，换而言之，就是将分散的个体农民用马克思主义的意识形态组织起来，让他们构建起他们作为一个阶级的整体意识。正如周立波所说，农民只有觉悟了、掌握了革命的理论才会为革命事业献身，他说："正和其他的劳动人民一样，农民的社会知识和生产知识是很丰富、很新鲜的。他们的幻想也和他们的知识一样地丰富而新鲜。……他们的基本的东西，是勤劳勇敢，他们用他们的手和脑创造了世界，养活了人群，而他们一旦觉悟，认识了共产主义的真理，成为了共产党员，就会坚决地为无产阶级的事业斗争到底，必要的时候，就会毫不犹豫地献出自己的生命。"①这一时期的作家们充分认识到了农民这种阶级意识形成对于革命的重要性，因此，他们通过文学作品用形象而真实的叙述来展现农民的这种觉悟的形成过程，从而为中国农村革命胜利寻找到合乎历史本质规律的叙述方式。

十七年时期农民叙事的源头很可能来自于解放战争时期的土地改革运动期间的相关作品。共产党发动农民开展的土地运动，让农民意识到自己作为革命主体的身份；并在这个过程中，通过残酷的斗争让他们充分意识到革命果实的来之不易，让农民认识到地主阶级的凶残，从而强化了他们的阶级意识。《太阳照在桑干河上》《暴风骤雨》等文学作品运用党的阶级斗争理论为指导，对土地改革中的农民叙事确立了新中国成立后农民叙事的一个新的模式，具有重要的示范意义。这也是这两部作品能够在新中国成立后不久就获得斯大林文学奖的一个重要原因，正如丁帆指出的那样："这两

---

① 周立波. 谈思想感情的变化 [J]. 文艺报，1952（11/12）.

部小说不仅成为当时解放区文学的代表作品，而且写作者所致力的用政党意识形态来观察分析一切的方法，将意识形态至高无上的实践，让小说显示了一种'典范意义'，并对此后近三十年间大陆小说的创作提供了样本。"① 正是在这一典范的叙事模式的指导下，十七年时期的文学将农民叙事进一步与意识形态相关联，一方面要叙述农民革命的合法性（其中就涉及运用暴力手段开展的土地革命的合法性问题），同时通过文学的叙事来构建翻身农民的新的生产方式；在另一方面，文学又要叙述中国传统农民的狭隘性以及改造的必要性。

　　在前一方面，文学通过特定的叙事策略将传统农民转化为革命的农民，构建他们的阶级意识。农民的阶级意识的形成过程在文学中主要采用农民的成长模式来表现。单打独斗式地反抗的老一代农民，在失败后成长为掌握了先进的阶级斗争理论的农民，充分认识到农民要作为一个阶级才能打败强大、顽固的地主阶级，因此，文学采用农民成长的模式，主要是用来构建农民的阶级意识，这一模式典型地反映在以《红旗谱》为代表的一批文学作品中。这些文学作品成功地将农民的"家族仇恨"转变为"阶级仇恨"，从而保证了革命的最后胜利。《红旗谱》开篇就写老一代农民朱老巩带领农民抗争地主企图吞并村里的公地，阻止冯老兰砸钟。最后朱老巩抗争失败吐血身亡，女儿自杀，儿子朱老忠被迫远走他乡。朱老忠在外流浪多年后，带着仇恨回到故乡复仇。但多年的流浪经验让他深刻地意识到农民单枪匹马难以获得复仇的胜利。在经过共产党人贾湘农的思想启蒙和年轻一代的江涛、运涛革命行动的启发后，朱老忠终于意识到，只有在中国共产党的领导下，中国农民才能打败地主阶级，获得最终的解放，他进而将个体的仇恨上升到整个农民阶级对地主阶级的阶级仇恨。在这一认识转变的过程中，以朱老忠为

---

① 丁帆. 中国乡土小说史［M］. 北京：北京大学出版社，2007：217.

代表的中国老一代农民在思想上就构建起一个整体的阶级意识。正是在这种意识指导下，他们勇敢地投身于革命斗争的伟大事业，而且不惧牺牲。

我们可以看到，从解放区文学到十七年文学，乡土叙事中所塑造的农民形象已经完全不同于 20 世纪二三十年代乡土文学作家笔下的农民。这些具有阶级意识的农民在政治和经济上翻身后，总体上呈现出快乐、开放、进取的精神面貌。《小二黑结婚》等作品表现的解放区新农民敢于为争取自己的婚姻自由而与传统观念习惯做斗争，展现出一种对光明的未来坚定的信心。这种意识所隐含的是，农民有中国共产党的领导，有新政权的支持。正是这种支持让农民认识到，共产党新政权是农民的靠山，从而确定自己的主体意识和阶级意识。这种农民的主体意识和阶级意识已经不再是个别的农民所具有，而是农民从整体上具有了这种心理意识，是他们在具体的社会生活中对自己所处位置的一种正确的心理感知。"阶级意识不是个别无产阶级的心理意识，或他们全体的群体心理意识，而是变成为意识的对阶级历史地位的感觉。"[1] 农民在共产党的启蒙下实现了从过去的个人式的农民成长为具有阶级意识的农民的转变，而这种转变是中国革命取得成功的重要保障。

文学有关农民主体意识和阶级意识的叙事主要通过强化"我们"的对立面，建构"他们"这一与帝国主义有关联的反动势力来实现。之所以将国内的大资产阶级、地主等与帝国主义关联起来叙事，是基于 1840 年以来中国所遭受的民族危机和国家危亡。帝国主义在现代化进程中对中国的侵略行径，使得其成为中国实现现代化的一个对立物，而国内与之勾连的一切势力都因之而成为中国

---

[1]　李祖德. "农民"叙事与革命、国家和历史主体性建构："十七年"文学的"农民"叙事话语及其意义 ［J］. 中国现代文学研究丛刊, 2011 (1): 197－208.

实现现代化的阻碍势力，是必须被打倒的对象。在这一逻辑推理下，"我们"是一个社群，这个社群进而可以成为一个阶级、一个民族、一个国家，因此，"我们"身份的确立最终指向的必然是一个现代的国家。因此，十七年文学"叙事的目的就在于把一个社群中的每个具体的个人故事组织起来，让每个具体的人和存在都具有这个社群的意义"①。农民叙事成功地将农民这个群体与现代国家的建构统一起来，并将其纳入现代国家建构的宏伟蓝图之中，并在这个过程中，通过文学叙事，来引导农民形成一种关于光明未来蓝图的共同想象，将农民的阶级意识向前提升到对现代国家建构的认同。

但需要注意的是，虽然毛泽东将农民认定为革命的主体，但他也深刻地认识到中国革命并不是农民革命，而是借助于农民的力量建立现代国家的革命。早在1936年的《中国革命战争的战略问题》中，毛泽东就指出，农民"是革命的主力军，然而他们的小生产者的特点，使他们的政治眼光受到限制，所以他们不能成为战争的正确领导者"。因为他早就认识到，传统农民由于对土地的依赖很难突破自身的小农经济思想以及由此形成的自私的品格。农民的这种小生产者的特征与现代国家的建构存在着根本性的冲突，所以毛泽东在1949年的《论人民民主专政》中就特别强调："严重的问题是教育农民。"② 在土地革命中，占人口绝大多数的农民平均分得了被地主阶级占有的土地，在这个层面上说，革命还未走出传统农民革命的"均田地"的旧革命的阶段。但土地改革运动彻底改变了中国农村的结构模式，消除了几千年延续下来的地主经济。从这个方

① 李杨. 抗争宿命之路："社会主义现实主义"（1942—1976）研究［M］. 长春：时代文艺出版社，1993：9.
② 毛泽东. 论人民民主专政［M］//毛泽东选集：第四卷. 北京：人民出版社，1991：1477.

面来说，土地革命是中国共产党领导的革命的真正起点。《暴风骤雨》"就以这样形象的画面，展露了国家力量整合全体国民，共同走向社会主义的当代历史进程"①。

新中国成立之后，新政权就开始在农村开展社会主义改造运动，将旧的生产资料所有制改造成为社会主义集体经济所有制，这就需要将土地改革运动中分给农民的土地收归国家所有。农民是私有制度的拥护者，而这在根本上与共产党所要建立的现代国家的目标相违背。因此，农民交出土地又有多少是出于自愿呢？这一时期文学的农民叙事的主要任务就是要从构建农民的现代国家共同体的想象中来进行历史的重构。这一历史的叙事就涉及农民的自我改造问题。农民依恋土地，而现代国家却需要农民让渡土地，支援现代国家建设。在农民让渡土地的同时，农民顺带将自身拥有的生产资料一并交给集体，成为真正的"无产者"。《不能走那条路》《创业史》《李双双小传》《金光大道》等作品都是从这一目标出发，通过对新社会里的新农民的塑造来构建一个农民群体对国家的想象与认同。"能产生意义的只能是将个体纳入到一定的群体之中并通过指向未来的二元冲突来达到，由此我们才能想象并建构历史和现实。"② 这些作品通过对宋老定、梁三老汉等走传统农民发家之路的批判，对东山、梁生宝、李双双等新农民的歌颂，重新对农民进行叙事，并在这个过程中重构一个现代国家的建立发展的历史。

文学中关于农民的自我革命就是通过对互助合作化道路运动来叙述农业、农村和农民的新生。以合作化为叙事主体的《创业史》，对民族国家建设方面具有高度自觉认同。柳青在谈到这部小说的创作意图时就说："这部小说要向读者回答的是：中国农村为什么会

---

① 丁帆. 中国乡土小说史［M］. 北京：北京大学出版社，2007：219.
② 萨支山. 试论五十至七十年代"农村题材"长篇小说：以《三里湾》、《山乡巨变》、《创业史》为中心［J］. 文学评论，2001（3）：117-124.

发生社会主义革命和这次革命是怎样进行的。回答要通过一个村庄的各阶级人物在合作化运动中的行为、思想和心理的变化过程表现出来。这个主题思想和这个题材范围的统一，构成了这部小说的具体内容。"①

这之前的《三里湾》《山乡巨变》等作品都是通过以对新中国成立初期国家对农村的社会主义改造为主要书写对象，来展现农民对于民族国家的认同，并在这个过程中重新构建历史。文学的历史叙事赋予农村社会主义改造宏大的意义，并通过典型化的方式对社会生活进行抽象化处理。典型化的过程就是创造者对题材的选择过程，那些与主题不切合的内容就被有意识地过滤掉了。正是在这种叙事意图的指导下，作家们认为："典型化程度越高，艺术价值就越大。"② 另一方面，《红旗谱》等作品通过对农民的成长的叙述来讲述国家的成长，并在这种叙事中构建一个有关于现代国家建构的历史进程。"农民形象的成长历程也寓示着一个阶级和民族国家、政权的成长，同样也寓示着整个现代（革命）历史的成长。对于农民（阶级）的斗争生活的叙述，隐含着关于现代中国革命思想的总体历史观，那就是从半殖民半封建到社会主义，再到共产主义的历史进程及其历史的必然性。"③

第三节　知识分子的"改造"和"成长"

中国自近代以来，从林则徐、魏源等近代第一批开眼看世界的

---

① 柳青. 提出几个问题来讨论 ［J］. 延河（西安），1963（8）.

② 周立波. 现在想到的几点 ［M］∥李华盛，胡光凡. 周立波研究资料. 长沙：湖南人民出版社，1983：287.

③ 李祖德. "农民"叙事与革命、国家和历史主体性建构："十七年"文学的"农民"叙事话语及其意义 ［J］. 中国现代文学研究丛刊，2011（1）：197 - 208.

知识精英到康有为、梁启超等维新知识分子，再到胡适、陈独秀、鲁迅等五四知识分子，知识分子作为国家的精英阶层最先感受到民族的危机，并为之奔走呼号。特别是五四一代知识分子主导的新文化运动开启了一个全新的时代，中国革命从此进入新民主主义革命阶段。但知识分子因自身的缺点导致其与社会底层大众的隔膜与疏离，这不利于党获取革命胜利的目标。特别是 20 世纪 40 年代初延安解放区处于特别困难时期，党需要团结、集中一切力量争取抗日战争的胜利，因此，对知识分子的教育和改造问题被适时提出。

1942 年，毛泽东在《在延安文艺座谈会上的讲话》中就指出："农民和城市小资产阶级都有落后的思想。"① 这种落后思想不利于革命斗争，不利于团结广大人民群众，因此必须要改造。根据毛泽东的论述，城市小资产阶级应包含知识分子，"我们党也吸收了一部分知识分子……这一百万知识分子，说他们代表帝国主义不好讲，代表地主阶级不好讲，代表官僚资产阶级不好讲，代表民族资产阶级也不好讲，归到小资产阶级范畴比较适合"②。知识分子具有城市小资产阶级的缺点，特别是在延安解放区以工农兵为革命主体的背景下，知识分子的这种缺点不利于革命，需要改造。毛泽东说："拿未改造的知识分子和工人农民比较，就觉得知识分子不干净，最干净的还是工人农民。"因而，"就得把自己的思想情感来一个变化，来一番改造"③。因此，延安解放区的文学艺术也应该反映知识分子在革命斗争实践中的自我改造及其过程，"他们在斗争中已经改造或正在改造自己，我们的文艺应该描写他们的这个改造

① 毛泽东. 在延安文艺座谈会上的讲话 ［M］// 毛泽东选集：第三卷. 北京：人民出版社，1991：856.

② 毛泽东. 增强党的团结，继承党的传统 ［M］// 毛泽东选集：第五卷. 北京：人民出版社，1991：302.

③④ 毛泽东. 在延安文艺座谈会上的讲话 ［M］// 毛泽东选集：第三卷. 北京：人民出版社，1991：859.

过程"④。

1949 年新政权成立后，中国内地的革命战争大体上结束，新中国进入以现代化建设为主的阶段，特别是 1956 年随着社会主义三大改造的完成，国家进入社会主义阶段。朝建设社会主义工业化国家迈进，需要大量的掌握现代科学文化知识的人才，知识分子的重要性逐步凸显。"社会主义建设事业迫切的发展，迫切需要调动知识分子的积极性。"① 为了更好地调动知识分子服务于国家现代化建设的积极性，新政权在 1956 年 1 月 14 日至 20 日召开了专门的知识分子工作会议。周恩来在大会报告中指出："在一部分知识分子同我们党之间，还存在着某种隔膜。"② 这不利于社会主义现代化建设，须消除这种隔膜，因此，需要对知识分子进行进一步的改造，他说："不但应该改造落后分子，而且对于中间分子也应该尽可能地教育他们脱离中间状态，变为进步分子；对于进步分子，也必须帮助他们继续进步，帮助他们努力学习马克思列宁主义，扫除他们思想上的资本主义、个人主义和唯心主义的影响。我们应该在高级知识分子中间培养出大批的坚决为社会主义奋斗的红色专家。"③ 通过这种改造，知识分子基本上在思想上接受了马克思主义的世界观，并将自己的行动统一到社会主义国家建设之中，从而获得新生。

但我们必须认真思考另外一个重要的问题，即知识分子为什么愿意接受新政权的这种改造？现代知识分子是由传统的士大夫转化而来的，因此中国传统读书人精神中的家国天下的情怀被现代知识分子所继承。更为重要的是，近代以来民族所遭受的屈辱和苦难促使知识分子积极探寻解救的良方，并愿意为之献身。他们在向西看

---

① 中国共产党中央委员会关于建国以来党的若干历史问题的决议［M］. 北京：人民出版社，2009：241.
②③ 周恩来. 关于知识分子问题的报告［N］. 人民日报，1956 - 01 - 30.

的过程中共同构建起一种关于现代民族国家共同体的想象，并为建设这样一个富强的现代国家而孜孜以求。知识分子的这种国家共同体的想象与共产党的奋斗目标在这一时期是同一的。正是基于这种同一性，知识分子愿意接受党的领导和改造。

对于这一时期的作家来说，他们也自愿接受这种思想的改造，自觉接受马克思主义世界观，因为他们通过自我的实践经验发现，只有共产党才能带领人民在中国建设一个富强的现代化国家。正是看到了这一点，他们都愿意放弃自己曾经接受的五四叙事话语，转变到运用工农大众的叙事话语。赵树理、孙犁、丁玲、周立波等在初入文坛时都是采用五四文学的叙事话语，但他们到达延安后，经过自我的改造，最后都自觉接受了马克思主义，转变了自己的叙事立场。作家们的这种转变在很大限度上是基于他们相信中国共产党能够带领人民建立一个富强的新中国。他们进而通过自己的文学创作将自己的这种体认呈现出来。文学文本构建的知识分子的思想转变之路与这个国家的前途密切相关，尤为重要的是，在这个过程中为共产党的革命和新政权赋予了合法性。"知识分子的成长要体现出合乎历史的规律，就必须有党的教育和领导，这是知识分子自我改造走向革命与成熟的关键所在。"① 因为党领导的革命是符合历史本质规律的，有益于国家民族的发展。

在这一时期的文学叙事中，知识分子的思想转变大多有一个大的时空背景，即抗日战争的爆发，国家、民族到了生死存亡的关头。在这一特殊的环境中，知识分子所具有的那种个人主义思想必须让位于有利于抗日战争胜利的集体主义思想，服务于国家利益。也正是在这个前提下，知识分子的自我改造和思想转变具有了必然性和合法性。就像巴赫金指出的那样："人的成长与历史的形成不

---

① 王金双.“十七年”文学中知识分子形象的塑造［D］. 天津：南开大学，2012.

可分割地联系在一起。人的成长是在真实的历史时间中实现的，与历史时间的必然性、圆满性、它的未来、它的深刻的时空体性质紧紧结合在一起。"①《青春之歌》在叙述林道静思想的转变时设置了一个重要的前提——日寇的入侵，民族到了生死存亡的危急关头，所以有良知和爱国精神的年轻人都行动起来，投入到这场伟大的救国运动中。正是在这种叙述起点中，五四时期的知识分子代表余永泽就成了时代的落伍者，而与其具有亲密关系的林道静只有两种选择：一是和余永泽一样继续沉浸在个我的小家庭中；二是离开这个家庭，走上救国救亡的道路。林道静身上的家国情怀（我们从林道静在杨庄小学被卢嘉川救国言行所吸引的细节就可以看出这种潜藏的意识）与共产党人卢嘉川的思想启蒙发生碰撞时，林道静就必然走上后一种道路。林道静的选择是符合历史本质规律的选择，这也是知识分子的必然选择。《青春之歌》等一批文学作品的这种个人的成长与历史规律的合拍的叙事，寓意着中国知识分子必然归宿的宏大政治叙事。

既然党和新政权为了取得革命的胜利和顺利推进社会主义建设，必然要充分利用知识分子、改造知识分子，而知识分子自身又愿意接受这种改造，这就在某种程度上形成了知识分子改造的同一性。但是，思想的改造特别难，要在短期内让知识分子接受党的思想改造，并将新的思想意识应用于实践尤为难。知识分子虽然主观上有接受改造的意愿，但与党在具体改造中采用的政策方法一定会产生某种程度上的冲突。这就涉及党采用什么样的方式方法来改造知识分子的问题。延安时期，党的知识分子改造以"攻心"为主，辅之以必要的低限度的惩戒措施，也就是毛泽东所说的"惩前毖后，治病救人"。党从两个方面来改造知识分子：一是加强对知识

---

① 钱中文. 巴赫金全集：第三卷 小说理论［M］. 白春仁，晓河，译. 石家庄：河北教育出版社，1998：232.

分子的思想意识改造；二是通过外在强制性的规约。

我们再回到 1942 年开始的延安整风运动，这场运动在本质上就是一场思想改造运动，通过学习的形式来改造全党的思想。李陀就指出："整风根本上还是一个学习运动，更少有人注意这个'学习'主要是指话语的习得。"① 毛泽东这一时期的几个重要报告，如《改造我们的学习》《整顿党的作风》《反对党八股》都是强调学习的报告。毛泽东强调的学习是加强马列主义毛泽东思想的学习，意在通过加强知识分子对新的话语学习来改造知识分子，使之为革命斗争服务。但是我们要注意到，这种新的话语方式能够很快取得"霸权"地位，成为延安解放区唯一的话语，其原因是非常复杂的，"这是由许多具体的历史条件所决定的，是多种社会实践和话语实践在互相冲突又互相制约中最终形成的结果"②。这一时期丁玲可以作为党的知识分子改造的一个重要的标志性人物。

丁玲这样一位在五四时期写出了《莎菲女士的日记》的叛逆女性，在经历延安整风运动后成为毛泽东思想的坚定信奉者，后写出《太阳照在桑干河上》这样政治意识形态浓郁的文学作品。这种转变就很能说明党对知识分子改造的成功。但我们需要注意到，这种改造并不是简单的，而是充满着复杂性。像丁玲等人这样一批充满个性却又十分倔强的知识分子，他们坐过国民党的牢房，不怕牺牲。党对他们的改造注定是艰难的。就是在整风运动最为关键的时期，丁玲等人还在延安提倡写杂文，她的《三八节有感》等杂文对延安存在的问题进行了批评，又写出《在医院中》和《我在霞村的时候》等小说暴露延安的落后面。特别是王实味的《野百合花》在延安引起党的高层极大的震动，贺龙等将军表示不满。这激发了党和知识分子的矛盾。毛泽东运用政治的策略区分了丁玲及大多数

---

①② 李陀. 丁玲不简单：毛体制下知识分子在话语生产中的复杂角色 [J].
   今天，1993（3）.

知识分子和王实味的不同。对丁玲及大多数知识分子进行批评教育使之认识到错误加以挽救，但对王实味等知识分子则加以严厉的处罚。同时，根据阶级斗争学说，知识分子大多出身于资产阶级，而资产阶级又属于剥削阶级，血液里流淌着原始的罪恶。毛泽东说："许多所谓知识分子，其实是比较地最无知识的，工农分子的知识有时倒比他们多一点。"① 毛泽东这种批评是基于政治的考虑，这也是对知识分子的话语和工农大众话语的评判，让知识分子丧失话语的优越感。丁玲在整风运动中的转向，标志着知识分子彻底放弃了知识分子话语，接受了毛泽东建立的新的话语体系。延安整风运动后，知识分子大体上接受了这种改造，接受了全新的话语方式并成为这种新的话语的生产者。

新中国成立后，党的工作重心开始从农村转移到城市，而知识分子与城市的关系更为密切。知识分子重新回到自己曾经熟悉的城市，城市的日常生活的记忆重新复活，知识分子与工农之间的差异在这种时空背景中开始凸显。《我们夫妇之间》《在悬崖上》等文学作品的主旨就是知识分子进城后，在城市的日常生活中依照自身的话语来关照自己革命时期的农民工人伴侣，发现她们身上的缺陷。萧也牧的《我们夫妇之间》叙述了一个知识分子和贫农出身的妻子之间的日常生活关系。在革命战争年代，"我"和妻子之间关系很融洽，但进城市后，"我"和妻子之间的关系却越来越紧张。虽然作者在主观创作意图上是想做出自我批判，但是在文学文本中却涉及主观意图和文本的内在情感的冲突，并在这种情感的冲突中隐晦地流露出作者的知识分子话语形态。虽然这部作品受到了广泛的赞扬，但是党的批评家很快就意识到这部作品与现存的话语之间存在根本性的冲突。陈涌就指出，萧也牧"依据小资产阶级的观

① 毛泽东. 整顿党的作风［M］//毛泽东选集：第三卷. 北京：人民出版社，1991：815.

念，趣味来观察生活，表现生活"，有"不健康倾向"①。陈涌的批评拉开了批判《我们夫妇之间》的序幕。很快，冯雪峰化名李定中对其进行严厉的批判，他认为：

> 作者对于女主人公——女工人干部张同志——的态度，是怎样的一种态度！从头到尾都是在玩弄她！……作者萧也牧同志对待小资产阶级分子，还能够坚定地站稳小资产阶级立场表示他的爱，而工农分子，却甚至赢不到他一点小资产阶级之类的热情！②

冯雪峰作为党的资深文艺理论家，敏锐地意识到包裹在文学文本中的资产阶级话语，而这种话语在文本的内核中得到了作者的肯定。因此，对于这样一种文学创作倾向必须加以纠正，对作家的这种阶级立场和思想情感必须加以批判。为了从根本上解决这个问题，党不惜采用特别的措施，发动萧也牧的亲密的朋友发起对萧也牧的批判。在一系列的规约措施下，萧也牧不得不承认自己的错误："我的作品所以犯错误，归根结底一句话：是我的小资产阶级立场、观点、思想未得切实改造的结果。……我是有决心一切从头来过，脱胎换骨地改造自己，取得真正的无产阶级的立场的。"③如果说萧也牧是在外在规约下不得不低头认错，那舒芜后来的自我解剖就具有自我反省、自我批判的意识。舒芜深入分析了知识分子这种思想改造不彻底的原因："解放以前，我们都曾经过一番奋斗，而倾向于革命。这是事实。但是，在旧中国那样的半殖民地半封建社会，小资产阶级作为一个阶级来说，其参加革命的原始动机，就是为了保存将失去的、或挽回已失去的私有财产。因此，小资产阶级知识分子之倾向革命，思想上反映着他们的阶级本质，基本上就

---

① 陈涌. 萧也牧创作的一些倾向［N］. 人民日报，1951 - 06 - 10（5）.

② 李定中. 反对玩弄人民的态度，反对新的低级趣味［J］. 文艺报，1951，4（5）.

③ 萧也牧. 我一定要切实地改正错误［J］. 文艺报，1951，5（1）.

是由于不能忍受封建买办法西斯主义的窒息，想借革命来发展其个人主义。他们在理论上，就是说，在口头上，是容易接受马列主义。但在实际上，他们是自然而然地把马列主义变成适合于个人主义的东西。所以，一个小资产阶级出身的知识分子，参加革命营垒多年，满口马列主义，而实际上还是一个个人主义者，这在中国是很常见的。这也是思想改造问题为什么具有那样迫切性的缘故。"①文艺在新中国成立后就不再是个人化的叙事，而需要服从和服务于国家在特定时期的革命任务。作家不仅要为工农兵创作，而且要自我改造成工农兵一员，才能站在工农兵的立场以他们的需要进行创作。因此，知识分子必须转变立场，从小资产阶级的立场转变到工农大众的立场。"必须站在无产阶级的立场上，而不能站在小资产阶级的立场上。"② 这种转变不仅要在阶级立场上转变，而且要在灵魂深处得到改造，把思想和情感完全改造到工农大众的立场，成长为社会主义的新人。

　　随着中国知识分子的阶级意识、集体意识的成长，一种为国家和民族献身的神圣意识在知识分子的思想中也愈加强烈，他们也随之从启蒙的个人主义转变到集体的一分子。这在文学叙事中表现为知识分子对自我欲望的约束，这种欲望既包括他们的精神性个体欲望，也包括物质享受的欲望。在前一方面，作者具体通过知识分子的爱情叙事来展现知识分子为了光辉的事业获得这一转变过程。如在《青春之歌》这部小说中，林道静从最初的少女成长为最后坚定的女共产党员，就是通过她与三个不同男人的情爱叙事来展现这一转变的。余永泽是林道静在向正确道路上成长的一个障碍，他将林道静引领到个人主义的道路上去，而个人主义道路在半殖民地半封

---

① 舒芜. 致路翎的公开信 [J]. 文艺报，1952（18）.

② 毛泽东. 在延安文艺座谈会上的讲话 [M] // 毛泽东选集：第三卷. 北京：人民出版社，1991：856.

建社会注定是走不通的，所以，林道静在迷茫中遇到了掌握着先进革命理论的卢嘉川。正是在卢嘉川的精神引领下，林道静才从错误的道路转到正确的道路上来，获得了政治的启蒙，这是林道静人生最为重要的一次成长。但根据马克思主义的观点，一个人需要在实践中成长，只有经过了革命实践的检验才能成为一个合格的共产党员，因此，小说又设置了林道静到农村参加革命的实践活动的故事情节。需要注意的是革命者江华工人的身份，这寓意着知识分子只有在工人阶级的领导下才能获得最后的成长。通过情爱叙事来展现知识分子的转变和成长在《红豆》中也特别明显。江玫和齐虹两个人在新中国成立前夕刻骨铭心的爱情在面对两种道路、两种人生选择时，展示了知识分子应该为崇高的民族和国家的利益而献身的精神。但这部小说的魅力在于，小说的内在情感和理性选择之间背离的张力而呈现出的美。小说通过江玫几年后重返校园，找到当年和恋人之间的爱情信物——两颗鲜红的红豆，被埋在记忆深处的那段美丽的爱情也随之浮起，对那段爱情的细致的叙事中浸淫着浓郁的感伤情绪，正是这种感情使得小说呈现出一种悲剧性的美，而这种美带有浓郁的个人主义意识。这也是小说在后来受到批判的一个重要因素。更有甚者，像《在悬崖上》这样的小说将知识分子个人的爱情追求比喻为走在人生的悬崖上。正是这种通过知识分子对个体情爱的自我约束和社会规约叙事，文学构建起一套知识分子在精神上的成长道路的话语。在后一方面，《我们夫妇之间》这样的小说又通过对知识分子物质性享受的批判，引领知识分子朝着为建设社会主义国家而献身的方向奋进。

从解放战争时期开始的知识分子改造运动到新中国知识分子的进一步改造，这使得知识分子逐步丧失了主体性。正如李陀在分析延安整风运动中知识分子的思想改造问题时指出的："一场运动过后，知识分子不仅放弃了对毛文体的抵抗，从此成为毛文体的热情、积极的宣传者、生产者和捍卫者，而且终生不渝。"① 但是我们要看到这种转变的内在逻辑关系及其时代意义，"自鸦片战争以来中国的历史环境给中国知识分子带来的种种复杂的压力，考虑到他们不得不在反帝、反列强的前提下追求'现代化'，则在中国生产出这样一种具有双重性的、适应中国情况的现代性话语，并且用它来推动改造中国的社会实践，这实在是合情合理的。反过来说，一旦这样的话语被生产出来，知识分子们为它所吸引，并且积极地参与这种话语的生产，也是毫不奇怪的"②。正是基于这一认识，我们不能完全否定这一时期的知识分子改造，正确的评价要回到历史的语境，在具体的时代中去评价其功过。因此，对于这一时期知识分子的文学叙事我们也不能一并否认其价值。

第四节　十七年文学的青春叙事

　　十七年时期，中国内地的作家在进行文学书写时，出现了将视点聚焦于青年的倾向，创作出了《青春万岁》《青春之歌》《大学春秋》《红路》《勇往直前》《创业史》《红豆》《组织部来了个年轻人》，以及影片《战火中的青春》等一批有关于青春叙事的文学作品。这些有关于青春叙事的文学作品相继涌现，不仅具有理论资源的支撑，而且与现代民族国家的想象有着紧密的关联性。在这种关联性的支配下，这种青春叙事的文学形成了一种具体的叙事模式。而更为重要的是，这种有关于青春叙事的文学又参与到新的话语体现的生产与建构中。

　　近代进化论的引进让早期资产阶级知识分子认识到人类社会的发展是物竞天择的竞争进化。因此，他们认识到了，要改变中国当

---

① ②　李陀. 丁玲不简单：毛体制下知识分子在话语生产中的复杂角色 [J].
　今天，1993（3）.

时的困境，必须找到新的力量。他们发现，中国现代变革的新生力量就是青年，于是，梁启超就写下《少年中国说》，用饱满的政治激情指出中国的新生必须依靠青年，青年是中国的希望和未来。正是中国旧民主主义者为挽救国家的危亡和争取民族的独立，肯定青年与中国新生的关联，从而把希望寄托在青年身上。这为后来的青春叙事奠定了与构建现代民族国家一致的理论基础。在这一理论的启示下，一批接受了现代教育的知识青年，开始逐步构建一个有关现代民族国家共同体的想象，同时将这种想象付诸社会实践，并在实践中创作出如《革命书》《警世钟》《与妻书》等把青年的命运与民族国家命运关联起来的文学叙事，为后来的五四新文化运动奠定了基础。

辛亥革命的失败让五四新文化运动的先驱认识到封建传统文化的强大。中国不仅要反对帝国主义，而且还要反对封建主义。他们在思想文化启蒙运动中发现青年是中国变革的主导力量。因此，他们将重点放在思想文化启蒙上，用现代文明的火光照亮被束缚在封建文化黑暗中的青年。青年主体意识一旦觉醒，他们的反抗性就会彰显出来，就会承担起反帝反封建的重任。陈独秀在《新青年》杂志创刊号中指出："国事陵夷，道衰学弊。后来责任，端在青年。"① 陈独秀在这里强调，青年不仅仅是拯救中国的力量，同时这也是青年必须自觉承担的责任。因为，除了青年，没有别的力量再能承担起这种重任，所以李大钊也指出："凡以冲决历史之桎梏，固莫不惟其青年是望矣。"② 由此，新文化运动的主要启蒙对象是青年。在这一思想的指导之下，《家》等一批有关青年叙事的作品极大地影响了当时的进步青年，让他们勇敢地反抗传统文化，冲破封建旧家庭的束缚，投身到火热的反帝反封斗争中去。

---

① 陈独秀. 社告 [J]. 新青年，1915，1 (1).
② 李大钊. 青春 [J]. 新青年，1916，2 (1).

　　俄国十月革命之后，马克思主义被引进中国，经典的马克思主义青年观也影响到中国的左翼知识分子。马克思主义认为，青年是社会进步的重要力量，具有时代性、阶级性和革命性。青年也是社会现代变革的重要力量。恩格斯在《最近发生的莱比锡大屠杀——德国工人运动》中预言："实现这一变革的将是德国的青年。"① 他进一步指出，青年社会实践的总体性目标是推翻资本主义剥削，实现无产阶级社会革命。正是看到了青年在社会变革中的重要价值，他们要求在具体的社会革命斗争和社会主义建设中，将青年组织起来。列宁就指出："必须更广泛和更大胆地，更大胆和更广泛地，再更广泛和更大胆地把青年组织起来。"② 经典马克思主义对青年的论述，影响到五四以后左翼知识分子有关青年的文学叙事，从而使得中国现代文学从文学革命向革命文学转变。蒋光慈等左翼作家创作出了大量的有关于革命加恋爱的青春叙事的文学作品。

　　更为重要的是，中国共产党的领导人对青年问题的阐释，成为十七年时期青春叙事的重要指导性思想。毛泽东在 1939 年为安庆青训班的题词中就指出："带着新鲜血液与朝气加入革命队伍的青年们，无论他们是共产党员或非党员，都是可贵的，没有他们，革命队伍就不能发展，革命就不能胜利。"毛泽东还进一步指出："青年是整个社会力量的一部分最积极最有生气的力量。他们最肯学习，最少保守思想，在社会建设时期尤为这样。"③ 毛泽东等党的领导人对青年的重视，使得十七年时期有关革命战争题材、农业题材及知识分子题材的文学叙事大多突出了青年主题。《青春之歌》《红旗谱》等一批书写新中国成立前党领导的革命战争作品，突出

---

① 中共中央马克思恩格斯列宁斯大林著作编译局. 马克思恩格斯全集：第一卷［M］. 北京：人民出版社，2002：143.

② 中共中央马克思恩格斯列宁斯大林著作编译局. 列宁全集：第 8 卷［M］. 北京：人民出版社，1995：123.

③ 毛泽东选集：第 5 卷［M］. 北京：人民出版社，1977：247.

了青年在革命中的重要地位；更有《青春万岁》等以新中国成立后的青年为主题的青春叙事作品，甚至像《创业史》这样的农村题材的作品也是突出了梁生宝这样的新社会里的青年农民。

正如安德森指出："尽管历史学家、外交家、政客和社会科学家对'民族利益'的理念颇为安然自在，但对大多数来自任何一个阶级的一般人而言，民族这个东西的整个重点正是在于它是不带有利害关系的。正因为这个理由，民族可以要求（成员的）牺牲。"①因此，在文学叙事中，总是将国家称为祖国，比喻成母亲，这就将国家比喻成传统文化中的家庭，而在传统文化中，家庭是可以要求其成员为家庭牺牲的。这种牺牲带有一种道德上的崇高性。为革命而死之所以被视为崇高的行为，也是因为人们感受到那是某种本质上非常纯粹的事物。《青春万岁》就叙述了一代人对于未来现代国家的一种理想化的想象，作者意图通过小说文本来构建一种现代民族国家的乌托邦。王蒙在 19 岁创作的这部作品通过一群青年在新中国成立初期的集体生活的讲述，展现了这一代人从旧社会到新社会转变的命运，从而为新的社会提供一种合理性证明。正是这种对未来民族国家的想象，导致民族要求自己的成员为国家、民族的独立和富强而奉献、牺牲。这部小说里的郑波是一位出身于工人阶级家庭的女性，她的父亲被美帝国主义的汽车撞死。她怀着阶级的仇恨和对帝国主义的仇恨，全身心投入到新社会的建设中，热情似火地工作。甚至，她看到原来的战友走进婚姻的殿堂，表示相当的不理解，因为她觉得为祖国的富强和民族的独立奉献才是最幸福的事业。这种自我的献身精神在以马克思主义为指导的十七年时期得到极大的赞扬，并被叙述为一种高尚无私的精神价值。"马克思主义对历史的诠释被感受（而不是被理性思考）成是对无法逃避的必然

---

① 安德森. 想象的共同体：民族主义的起源与散布 [M]. 吴叡人，译. 上海：上海人民出版社，2005：139.

性的表现，这些历史诠释也产生了一种纯粹与无私的气息。"① 而正是这种青年的无私奉献精神是被压迫民族独立和新独立国家建设的最为重要的精神力量。这也是这一时期青春叙事与现代民族国家的想象和建构最为密切的所在。

在青春叙事中，青年的牺牲精神大多通过对青年恋爱的描写来表现，因为恋爱是个人主义的精神追求，但民族、国家却是更为宏大，涉及面也更为广阔的集体。因此，当民族国家出现问题的时候，它就有权力要求青年人牺牲自己的爱情，从追求个人主义的幸福转变到为集体利益奉献牺牲。在《红豆》中，这两者之间的冲突表现得尤其明显，江玫和齐红这一对深爱对方的情侣，在面对国家利益的时候，产生了巨大的分歧。对于江玫来说，是与自己挚爱的情人远走美国，过锦衣玉食的生活，还是忍着巨大的感情创伤，留在北京为新中国的建设奉献自己就成为一种两难的选择。正是这种集中于一个青年的两种情感选择的两难使得这个小说文本充满了张力。小说文本的最后，江玫最终做出了留在祖国的决定。但我们分明又能从她的内心看到了她对那段感情的深深眷恋。正是看到了这一点，我们就能明白一个青年为国家和民族的牺牲和奉献何其可贵。

但我们需要注意的是，十七年时期的小说在叙述这种青年的奉献和牺牲所隐含的深层次意义。在某种程度上来说，这一时期的文学叙事或多或少都潜藏着一种青年同一性的建构，这种同一性是青年从童年向成年阶段转变的过程中形成的一种心理。在青年心理的这种转变过程中，作家们力图通过文学文本的叙事来构建他们对于新的政权的和未来民族的想象的同一性。小说文本的这种青年的爱情叙事与青年人的同一性建构具有密切的关联性。正如埃里克森指

---

① 安德森. 想象的共同体：民族主义的起源与散布［M］. 吴叡人，译. 上海：上海人民出版社，2005：139.

出的："在很大程度上，青年恋爱不过是企图明确自己的同一性，把一个人分散的自我意象投射到另一个人身上，再看得到什么反应，而后逐步地予以澄清。"① 正是因为青年人在年龄上的年轻，"并且对他们的年轻赋予某种复杂的政治意义"②。没有形成一个稳固的世界观和价值观，就更需要赋予他们以一种信仰，并依靠着这种对民族国家的信仰，青年人就能够激发自己的潜能，形成一种自我牺牲精神和对革命的坚定意志，"无论是在欧洲或是殖民地，'年轻的'（young）和'青年'（youth）这样的字眼都意味着活力、进步、自我牺牲的理想主义和革命意志"③。

　　青年的奉献和牺牲是基于国家民族的利益高于个人的幸福，特别是在外敌入侵、民族危亡的危急关头，这个时候，个人幸福需要完全服务于民族的利益。与此同时，个人也只有在集体中才能获得真正的自由和幸福。在集体中，每个青年人都为着一个共同的有关于民族的想象而努力，将个人的欲望降到最低限度，这就在集体生活中形成一种去世俗纯洁的关系。因此，我们就可以在《青春万岁》等作品中看到革命者献身集体，在革命的集体事业中享受着这种奉献的幸福。这也是《钢铁是怎样炼成的》书中保尔·柯察金在海滨墓园那段经典的独白所展现出的一代年轻人为国家民族献身的伟大精神。因此，十七年文学的青春叙事大多以校园为背景，这个背景虽然不是很强烈，但其价值意义却很重要，因为它在促成有关中国民族主义的想象中具有重要的价值。安德森就说："殖民地的学校体系在促成殖民地民族主义兴起中扮演了独特的角色。"④ 十

---

① ② 　埃里克森. 同一性：青少年与危机 [M]. 北京：中央编译出版社，2015：94.

③ 　安德森. 想象的共同体：民族主义的起源与散布 [M]. 吴叡人，译. 上海：上海人民出版社，2005：114.

④ 　安德森. 想象的共同体：民族主义的起源与散布 [M]. 吴叡人，译. 上海：上海人民出版社，2005：115.

七年青春叙事的学校背景很大程度上是基于五四时期北京大学的青年学生在反帝反封运动中的重要示范性意义，因此，我们就可以从《青春之歌》等一批十七年时期的文学叙述中发现北京大学的影子。这种大学不仅为青春叙事提供了场景，而且具有强烈的暗示性意义，它寓意着青年只有投身于集体生活，并在集体中成长进步，才能寻找到人生的价值和意义。

青年在身体和心理上是处于童年向成年转变的过渡时期。这一时期的身体和心理特点就决定了他们的不成熟，这也是他们成长的基础性因素。同时，青年又乐于接受新鲜事物，充满了活力和激情，具有一种超越世俗的理想主义精神。这些都是青年能够成长的重要因素。但更为重要的是，青年人如何成长的问题，也就是他们人生成长的方向这个至关重要的问题。在革命战争年代，各种政治力量都在争取青年人才加入，以壮大自己的政治力量，培养后备人才。各种政治力量对青年人才的争夺，形成各种思想观念的激烈交锋，左翼的马克思主义、右翼的保守主义及中间的自由主义等思想观念都在争夺着青年，从而造成青年心理成长的困惑。因为，青年选择不同的思想也就意味着选择了不同的人生道路，这就导致青年群体的分化。但基于当时的具体现实，中国最迫切的任务是实现民族的独立和国家的富强。因此，青年的成长只有与民族国家的命运关联起来才是有价值、有意义的成长。正是基于此，十七年的文学有关青春叙事的一个重要的方面就是通过对青年的成长来叙事其与民族国家的关联，并在这个过程中赋予青年成长以政治意义。《红旗谱》是一部重要的以成长为主题的小说，虽然其主要叙述农民朱老忠的成长，但我们也不能忽视农民二代江涛、运涛、严萍等青年人在急剧的革命洪流中的成长。他们如何从一个个普通的青年学生一步步成长为坚定而富有斗争经验的共产党人的故事，就是那个年代的青年应该成长的方向和遵循的路径。这种成长的路径概括起来就是：首先，在时代中获得个人意识的觉醒；其次，在优秀共产党员的启蒙后形成阶级意识；再次，将阶级意识上升为民族意识并投身到集体生活中去，为构建一个独立富强的国家而奉献牺牲。

如果说《红旗谱》展现了一个个青年人的成长，那《青春之歌》就是这类有关于青年成长叙事的最为经典的作品。小说通过叙述林道静这样一个知识女青年从最初的自发地反抗家庭包办婚姻，到在共产党人卢嘉诚、江华等的启蒙和指导下成长为坚定的共产党干部，寓意着那个年代青年知识分子应像林道静一样，将自己的命运和国家的前途紧密联系在一起，怀着青年人的激情和理想，为实现民族的独立和国家的强大献身。小说这种有关于成长的叙事模式成为十七年小说有关于青年叙事的重要模式。这个模式就是，青年人最初的初步觉醒，开始反抗，反抗后走上歧途，但在共产党人的启蒙下回到正路，最后汇入为民族独立、国家富强而奋斗的正途。在《青春之歌》中，林道静最开始对母亲包办婚姻的反抗是自发的，没有经过仔细认真的筹划就离家出走，导致落入坏人之手，被逼着跳海。被余永泽救起后，在其影响下林道静又走上了自由主义的个人主义歧路。但在同为北京大学学生、共产党员卢嘉川的启蒙下，林道静的思想发生了改变，真正理解到个人和民族国家的关联性，从而获得真正的思想启蒙。但青年人的成长不会止于思想的成长，还需要在社会实践中去锻炼，培养革命斗争的能力，积累经验，这就需要富有革命实践经验的优秀共产党员的指导，因此，革命斗争经验丰富的江华就成为林道静在农村革命斗争锻炼中的指导者。林道静在河北定县的农村抢秋收的对地主斗争中得到锻炼，提高了能力，获得更高层次的成长。经过这两个阶段的成长，林道静不仅掌握了先进的马列主义毛泽东思想，而且还具有了丰富的革命斗争的实践经验，她已经具备了一个优秀共产党员的资质，但这还不够。优秀的共产党员还需要经受血与火的洗礼，所以，小说又叙述了林道静在反动派的监狱里面经受敌人的严刑拷打坚贞不屈，还参与监狱中的反抗斗争。经过这样的百炼成钢锻造，林道静终于加入了中国共产党，成为一名共产党员，并领导北京大学的学生运动。

我们需要注意的是，这种青年成长叙事的空间问题，特别是在有关革命战争题材的青年成长叙事中，将青年的成长置身于一个特别艰险的场景，使之经受肉体和精神的考验，从而产生坚定不移忠实于共产主义的信仰。像监狱、军队这样的极端残酷的成长空间，比学校的空间更为恶劣。青年的成长正是需要这种极端的空间，只有在这样的空间中，经受种种肉体的严刑拷打，经受精神的洗礼后形成的信念才是最坚定不移的。

十七年时期的有关青春叙事的成长模式具有重要的价值和意义。因为在同一时期关于人物的塑造大多数是静态的人物，缺少变化发展的性格，呈现出扁平的人物形象特征，如《创业史》中的梁生宝这个青年形象就是一个稳定性格的扁平人物。当然，这种扁平的人物性格有利于突出人物性格的某一方面，有利于典型人物形象的塑造。但是，这种缺乏变化的人物性格的塑造导致人物单调乏味，人物性格不够丰满立体。像《青春之歌》这样采用成长的模式来塑造人物形象，就使得人物的性格呈现出一个动态的变化发展的特色。抓住这个性格的变化发展，就使得人物形象更为真实可信，也更为立体丰满且具有艺术的感染力。

第七章

新时期文学：在反思中铭记历史

20 世纪 70 年代末注定是一个不平凡的时期：1976 年 9 月，中国共产党领袖毛泽东同志逝世。同年 10 月，"四人帮"倒台，"文化大革命"就此终结。1977 年 8 月，中国共产党第十一次全国代表大会宣布中国社会主义革命和建设进入"新时期"。1978 年 12 月，十一届三中全会召开，以邓小平为核心的第二代中央领导班子做出了改革开放的重大决策，中国开始进入新的转型时期。

在这社会发展的重要时期，文学也主动地投身到改革的进程中。1979 年 11 月 1 日周扬在中国文学艺术工作者第四次代表大会上做报告并指出：

> 我们要鼓励作家、艺术家投身到沸腾的生活洪流中去，吸取最丰富的艺术原料，在我们的作品中反映社会主义现代化建设的艰巨斗争过程，提出并回答时代和人民所迫切关心的新问题，塑造出站在时代前列的当代人物的艺术形象，反映新长征的壮丽图景。①

新时期文学由于处在历史转型的关键节点，毛泽东时代的结束和改革开放时期的到来引发社会各界广泛的关注和参与。加上"文化大革命"的终结，布满伤痕的一代人在悲痛中反思过去，文学呈现出大反思的特质。这种反思持久而深入，触及中国社会的各个领域，其涉及面之广、影响力之大在中国历史中并不多见。新时期文学体现出浓厚的使命意识和载道意识，将社会大反思不断引导并加以提升，让反思超越"文化大革命"，进入社会，涉及文化、哲学领域，成为大反思时代中最为深刻而又持久的文字记录。

---

① 周扬. 继往开来，繁荣社会主义新时期的文艺：在中国文学艺术工作者第四次代表大会上的报告 [N]. 人民日报，1997－11－20.

第一节　社会反思：一代人的伤痕书写

小说《班主任》被誉为"新时期小说创作的第一株报春的新笋，是新时期文学潮流当之无愧的发轫点"①。作者刘心武也因此被誉为"伤痕文学之父"。

刘心武曾在北京辅仁中学（现北京市第十三中学）任教，有着十多年的从教经验，他回忆说："写《班主任》时，我只是觉得骨鲠在喉，必须一吐为快；我凭着一种真挚的责任心，一股遏制不住的激情，提笔勾勒着我所熟悉的人物，呼唤人们警觉起来，'救救被"四人帮"坑害了的孩子！'"②

小说主要描写了初三班主任张俊石眼中两个迥然不同的学生。其中宋宝琦是个十足的"坏学生"，他不仅成绩很差，更是一个沾染了很多不良习气的"小流氓"，甚至干过偷盗、抢劫这类严重违法的事情。随着故事的展开，张俊石意识到，宋宝琦的堕落正是被"四人帮"推行的极左路线所毒害。

相比于宋宝琦，谢惠敏的形象无疑更为令人深思。谢惠敏是班里的优等生，是班里的团支部书记，一心想成为"好的革命者"；但实际上却是一个思想僵化、失去自我判断的盲从者。甚至有人穿短袖衬衫她都认为应该被批斗。谢惠敏无疑是按照"文化大革命"教育模式培养出来的"精英"产品。但事实上她的固执和可笑让人瞠目结舌，"文化大革命"恰恰毁灭了下一代——革命的接班人。

小说选择优生和差生两个极端作为例子，这使我们有理由相信班上所有学生均受到"文化大革命"的毒害，从而致使小说具有普

---

① 滕云. 新时期小说百篇评析［M］. 天津：南开大学出版社，1985：1.
② 刘心武.《班主任》后记［M］//刘心武文集：第8卷. 北京：华艺出版社，1993：567.

遍意味。这是被伤害的一代人，也是被愚弄的一代人。正如舒婷在《一代人的呼声》中所表达的：

> 我绝不申诉
>
> 我个人的不幸
>
> 错过的青春
>
> 变形的灵魂
>
> 无数失眠之夜
>
> 留下来痛苦的记忆
>
> 我推翻了一道道定义
>
> 我打碎了一层层枷锁
>
> 心中只剩下
>
> 一片触目的废墟……①

宋宝琦、谢惠敏这两个学生诚然有巨大的社会意义，被摧残的青年儿童令人扼腕叹息。倘若从一个更为广阔的社会背景下思考，刘心武《班主任》所塑造的班主任张俊石打破了层层枷锁，更具积极意义。

结合作品不难发现，张俊石是代表教育界的知识分子，是一个光辉的正面形象。但新时期初期，一切工作方兴未艾，很多问题并未得到真正解决，这其中知识分子的性质和立场是最牵动人心的。

可以说，"文化大革命"的影响是非常深远的。其旨在影响改变人的世界观和人生观，是思想意识的"革命"。因此，"文化大革命"斗争的焦点在于纠正和改变人的意识，这就必然涉及知识分子以及教育战线。

自邓小平主持工作以来，他就非常注重教育科技工作。1977年邓小平召开科教工作座谈会。吴文俊、邹承鲁、马大猷、王大

---

① 舒婷. 舒婷的诗［M］. 北京：人民文学出版社，1994：44.

珩、周培源、苏步青等多位科教界专家参与了此次会议。其中大多数专家还未被平反，有的才刚刚从监狱里释放出来。甚至主持会议的邓小平由于"四五"天安门事件尚未得到公正的待遇（直到1978年天安门事件才被平反）。会上邓小平推翻"两个估计"的错误结论，他充分肯定了新中国成立后十七年教育工作的成就，肯定了知识分子是工人阶级的一部分，为日后推翻"两个凡是"奠定了基础。

可以说，科教工作以及对知识分子的历史评价是"文化大革命"以及新时期初期争夺最为激烈的战线，是阵地争夺的主战场，更是最前沿的战场。而刘心武选择科教这一主战线为描写内容其意义不言而喻，他敏锐地把握到了问题关键。这也是今天我们将《班主任》作为新时期文学发轫点的主要原因。

从时间上看，从科教座谈会的召开到《班主任》的发表，这中间仅仅只差三个月，当时时局并不明朗。尽管"四人帮"被打倒，但是关于"文化大革命"的历史定位直到1981年6月中国共产党第十一届六中全会通过《关于建国以来党的若干历史问题的决议》才被明确定位。

1977年如同早春，乍暖还寒，社会各界尚处在犹疑状态。刘心武回忆说："1977年夏天我开始在家里那十平方米的小屋里，偷偷铺开稿纸写《班主任》，写得很顺利，但写完后，夜深人静时自己一读，心里直打鼓——这不是否定'文化大革命'吗？这样的稿子能公开拿出去吗？"①

《班主任》无疑是破冰之作，让知识分子有胆说话，并且给当时的小说界打开了一道感情的宣泄口，其控诉范围迅速扩展到各个领域，成为一股全国性的文学思潮。具有代表性的有王蒙的《最宝贵的》、张洁的《从森林里来的孩子》、王宗汉的《高洁的青松》、

---

① 刘心武.《班主任》发表的前前后后［J］. 天涯，2008（3）.

孔捷生的《在小河那边》、陆文夫的《献身》等作品。

其中，卢新华的小说《伤痕》更具代表意义，并最终为这场文学思潮命名。卢新华的小说更加触目惊心，也更为直接地展示了"文化大革命"带来的无法磨灭的伤痕。《伤痕》讲述了革命女青年王晓华的故事。在"文化大革命"中，王晓华的母亲被打成"叛徒"。为了和母亲撇清关系，她就离开上海到农村参加劳动改造。九年来，虽然早已和母亲脱离了关系，但她始终背负着母亲是"叛徒"的政治身份。相处两年的男友也因其身份问题而被迫分手。数年后，母亲平反昭雪，想见女儿，却已到了弥留之际。在王晓华赶到医院后，母亲不幸离开人世。

尽管小说稍显稚嫩，却感动了全中国的读者。《文汇报》破例整版全篇登出卢新华的《伤痕》。这个 24 岁的大学生阐释《伤痕》的创作初衷时说："'伤痕'一词是'文革'留在我心灵中最深刻的印记。"这种伤痕不仅印在父辈身上，更永久地印在年轻一代的内心深处。

相比于小说，诗歌的抒情性更易表达这种心灵上的创伤，而且诗人敏感和浪漫的秉性往往令这种伤痕气质充满绝望感。对于朦胧诗人而言，"文化大革命"摧毁的正是他们那一代人的青春和信仰。即便会有明天，未来也不属于他们。"你走不出这峡谷，因为被送葬的是你"（北岛《回声》）。"明天从另一个早晨开始，那时我们将沉沉睡去"（北岛《无题·一切都不会过去》）。正如北岛在《一切》中所写的，对他们这一代人而言：

> 一切都是命运
> 一切都是烟云
> 一切都是没有结局的开始
> 一切都是稍纵即逝的追寻
> 一切欢乐都没有微笑

一切苦难都没有泪痕

一切语言都是重复

一切交往都是初逢

一切爱情都在心里

一切往事都在梦中

一切希望都带着注释

一切信仰都带着呻吟

一切爆发都有片刻的宁静

一切死亡都有冗长的回声①

　　显然，控诉和揭露是伤痕文学的主要特点。刚刚从梦魇中醒来的人们迫不及待地想要诉说，情绪激动，大都带有悲情浪漫主义的色彩。但这种悲情浪漫主义却重现了久违的悲剧精神。在伤痕文学之前，铺天盖地的都是廉价乐观主义和颂扬情绪。直到伤痕文学的出现，才改变了当代文学的面貌，使当代文学带上了思考和批判的印记。要知道，反思是从悲伤开始的，欢乐绝不会令人反思。新时期书写了一代人的伤痕，更形成了思考的一代。

　　伤痕文学多数以一种尖锐的方式揭开"文化大革命"给人们造成的伤疤。因此感情过于浓烈，叙述过于急切，艺术上幼稚粗糙，情节上公式化。现今的批评家对伤痕文学的艺术性评价并不高。

　　然而恰如别林斯基所说的："现在一部在艺术上平庸的、但却予社会意识以刺激，提出或解决某些问题的作品，比高度艺术的、除艺术而外不给意识加添任何东西的作品重要得多。"②

　　伤痕文学这种粗糙、幼稚的作品，以其锋利的锐角戳破坚冰，震撼社会和文坛的每一个角落，是当代文学史上一座不可磨灭的丰

①　北岛. 一切 ［M］//北岛. 北岛诗歌集. 海口：南海出版公司，2003：11.
②　别林斯基. 别林斯基论文学 ［M］. 梁真，译. 上海：新文艺出版社，1958：30.

碑，也是新时期思想解放运动的文学先驱。

毋庸讳言，伤痕文学作为新时期的第一个创作思潮还存在着某些缺点。其突出问题是反思的宽度和深度。年轻的作家仅仅将矛头指向"四人帮"，并没有更深远的反思。"文化大革命"的产生有一定的偶然性，但也带有一定的历史必然性。这些是伤痕文学所不曾认真考虑过的。

经过了短暂的伤痕诉说，文学经过了悲情浪漫主义时期，开始从痛苦中逐渐走出。走出了情感的河流后，作家开始真正运用理性思考社会历史问题。"反思文学"延续了"伤痕文学"的思考，在它止步的地方开始反思更为深邃的历史和改革中的中国。

一般认为"反思文学"① 思潮是以茹志鹃 1979 年 2 月发表在《人民文学》上的《剪辑错了的故事》为标志。茹志鹃的反思不局限于"文化大革命"十年，而是将眼光和笔触伸向 1958 年的"大跃进"。小说之所以如此命名是由于作者选取了七个生活场景，采用一种剪辑的形式进行讲述：老寿和老甘原来是老相识。后来老甘却变成了"甘书记"，为了保住他的书记地位，给老寿戴上了"典型的右倾机会主义分子"的帽子。原本在革命战争年代曾经同人民群众骨肉相连、患难与共的好干部老甘，却在"大跃进"中变成不顾群众死活，"变着法儿让领导听着开心"的人，这是人性的异化！

高晓声的短篇小说《李顺大造屋》（1979 年）也是"反思文学"的代表之作，作者写贫苦农民李顺大在 1949 年至 1979 年间"三起二落"的造屋史。尽管篇幅不长，却具有一种历史的纵深感。

---

① 文学史习惯以"伤痕文学""反思文学"来概括和区分新时期前后相继的两个文学思潮，其主要是根据作品发表的年代和作品所涉及的历史范围。也就是如果只反思"文化大革命"历史，就属于"伤痕文学"，而若触及之前更久远的历史，如"十七年"历史，则进入到"反思文学"。尽管这种划分方式学界有不同看法，鉴于叙述的方便，本章沿用以往的划分方式。

这种反思无疑较之"伤痕文学"是进步的。

较之他人，王蒙的反思显然更持久而深入。

王蒙曾乐道于他创作取材的空间广度和时间跨度，自称是"故国八千里，风云三十年"。的确，王蒙的《活动变人形》《布礼》《蝴蝶》《杂色》《相见时难》都可以称得上是反思文学中的力作。勿怪学者评论说："如果需要从文学中解读当代中国的政治文化史，解读当代中国知识分子的精神罹难史，王蒙作品是一个难得的百味兼陈的典型。"①

的确，王蒙善于在中国政治运动中展现知识分子的苦难生活。尤其是中华人民共和国成立后，"反右""文化大革命"等一系列的政治运动给知识分子、党的干部造成了极大的灾难。这是历史的倒退，是国家的损失，更是千千万万家庭、个人的灾难。在这些运动中，曾经的革命干部变成了斗争对象，变成了阶级敌人；知识分子被无休止地批斗。这其中有钟亦成（《布礼》）、曹千里（《杂色》）、钱文（《失态的季节》）等知识分子，真是九死一生，历尽磨难，但他们始终对国家保持忠诚。

王蒙很早就具有明确的写作目的，他说："早在八十年代，我希望有机会能写我们这一代人，写我们所经历的革命和新生活，写我们的心灵史"，"历史从来与我息息相关，痛痒相通，成败相连，得失相与。把这些写出来，是我的历史责任，是我对后人的交代"②。

毋庸置疑，知识分子在新中国成立后的命运最具悲剧性。在一个反常的时代，知识成为罪恶，知识分子是需要被改造的群体。被

---

① 杨义. 王蒙小说的哲学、数学与形式［J］. 山东师范大学学报（人文社会科学版），2013（5）.

② 王蒙. 长图裁制血抽丝［M］// 王蒙. 王蒙文存：你为什么写作. 北京：人民文学出版社，2003：129.

批斗、被改造成为一代知识分子屈辱而悲剧的命运。为何我们刚刚建立起的新中国会出现这种反常态的做法？知识分子是如何走下神坛甚至走下讲坛，从启蒙者变成被改造者的？这些问题不得不深入才能反思。不难想见，在被批斗和改造的岁月里，知识分子对自己命运和身份的反思是最为深刻的。

张贤亮的小说是较有特色的一类，小说之中充满了反思和忏悔意识。他的《绿化树》《灵与肉》《男人的一半是女人》等作品都被称为是解剖自己的灵魂之作。《绿化树》主要叙述了一位名叫章永璘的知识分子在农村接受改造的故事。他在 21 岁时发表了一首自由化的诗歌，因而被错打成右派分子，发配到农村进行劳改。遭受 20 多年非人的虐待，需要忍受饥饿与性的饥渴。作品在叙述人物命运，展现特定年代知识分子的苦难遭遇的同时，注重人物的内心世界，作品中经常可以看到忏悔、内疚、自责、自省等内心活动。比较前卫的是张贤亮对性进行大胆而直接的描写，这在新中国成立后的作品中实属罕见。

章永璘备受迫害，是政治运动中的受害者，但他并没有因此而抱怨。张贤亮谈及苦难生活时曾说：

> 长期在底层生活，给我印象最深刻的，就是种种来自劳动人民的温情、同情和怜悯，以及劳动者粗犷的原始的内心美。这就是我因祸所得之福。……所以，在我又有机会拿起笔来的时候，我就暗暗下定决心，我今后笔下所有的东西都是献给他们的。①

进而，张贤亮在和劳动者一块生活中意识到自身的虚伪和卑劣。他不断地检讨自己，缩小和他人的差距。此外，他还阅读大量的书，努力提高自身的精神境界。张贤亮曾说过一段话：

> 知识分子中一些人拼命想依附于某一个政权，而那个政权却不

---

① 张贤亮. 张贤亮选集：一 [M]. 天津：百花文艺出版社，1985：190.

领情或看不上或不重视他时，他们就会形成阴暗猥琐的心理⋯⋯呼唤"精神贵族"。——知识分子应该把知识化为力量，成为精神上高贵的一族。①

不难发现，章永璘和张贤亮的经历相似。张贤亮曾被当作右派，参加过劳改。在这近 20 年的改造生活中，张贤亮忍受着极度的饥荒，甚至有过和章永璘一样倒在"死人"和"活死人"中的亲身经历。

然而对这段经历张贤亮没有像大多数作家那样进行控诉式的伤痕书写，反倒是用一种积极的态度对待人生中的苦难。他作品中的苦难经历不但没有成为不幸的根源，反倒像是张贤亮珍视的资历。在他眼中，苦难是人生的砥石、生活的学校、成长的必由之路。在他的作品中，苦难崇拜是一种非常明显的写作主题。

几乎是在反思文学的同时，改革文学将思考的方向定位在当下，作家的笔触涉及改革开放的经济领域，体现了对社会现实的反思。

作家蒋子龙于 1979 年在《人民文学》上发表了小说《乔厂长上任记》。小说主要描述了乔厂长在机电厂改革的一系列故事，被看作是改革文学的代表作品。乔光朴已经 56 岁，早前曾在苏联接受专业培训，是有技术的老专家。"文化大革命"期间他受迫害蹲过"牛棚"，但仍然对党和国家充满信心和热情。改革开放兴起之后，乔光朴主动去效益不好的电机厂肩负起厂长的重责，经过一系列调研终于找到了症结所在。他大胆采取"大考核"的方式提高生产效率，并要大家向年轻的德国专家学习科学技术，强调科技的重要性。随后他批评了原厂长冀申搞"大会战"等政治运动提高产量的错误做法。在他的带动下，电机厂出现转机。

---

① 张贤亮. 张贤亮选集：一 [M]. 天津：百花文艺出版社，1985：128.

不难发现，在小说中乔厂长的许多改革方案已经反映了科学技术是第一生产力这一思想。这些改革方案和我国 20 世纪 80 年代的经济体制改革思想相符合。因此乔厂长成了改革者的代名词，而作家蒋子龙也被称为"改革文学之父"。

随后，张洁的《沉重的翅膀》、张锲的《改革者》、焦祖尧的《跋涉者》、水运宪的《祸起萧墙》、柯云路的《三千万》等作品相继出现，出现了一股"改革小说"创作潮流。这类作品关注当下，反映鲜活的现实问题，同样体现了新时期作家的反思精神，也是载道传统和使命意识的集中体现。

第二节　文化反思：在传统中寻根

新时期反思的维度不仅限于社会，文学反思毫不意外地进入文化领域。寻根文学主导了 20 世纪 80 年代中叶的文学思潮。尽管很多人回忆当时的文学现场时说"寻根文学"出现得毫无预兆：

如今回忆起来，"寻根文学"似乎是一夜之间从地平线上冒出来的。不知道什么时候开始，"寻根文学"之称已经不胫而走，一批又一批的作家迅速扣上"寻根"的桂冠，应征入伍似地趋赴于新的旗号之下。①

但从文学史的角度考虑，寻根文学的出现有其偶然性，但更多的是社会发展、文学发展的必然。文学的发展脉络却极为清楚地显示——寻根文学正是新时期文学反思深化发展的产物。

新时期文学必然不会停留在"伤痕"诉说和新中国成立后历史的"反思"中。这是反思深入的必然，表面的伤痛抚慰和近距离的

---

① 南帆. 冲突的文学［M］. 上海：上海社会科学院出版社，1992：108 - 109.

历史归因都不能从根本上探究"文化大革命"这场悲剧的真因，更不能面向未来思考民族的发展。"文化大革命"既然被定性为错误的，那么"文化大革命"所批判的传统文化是否可以继续坚持？还是全然抛弃？"文化大革命"既然将战役规定在文化领域，那么知识分子、作家必然会对民族文化进行反思。"文化大革命"中对民族传统文化和西方文化均予否定，进行毫不留情的批判斗争。而社会主义文化却并未真正得以建构。当时的年轻人处在一种文化真空中，愚昧无知、迷茫无措是那一代年轻人的共同特征。尽快连接被割断的文化脉络，摆脱文化真空的状态，重塑民族文化是 80 年代摆在知识分子面前的紧迫任务。也是新时期作家必然要面对的问题，是文学必须要反映的现状。正如韩少功所说：

作家们写住房问题，写过很多牢骚和激动，目光开始投向更深的层次，希望在立足现实的同时，又对现实进行超越，去揭示一些决定民族发展和人类生存的谜。①

此外，文学本身也面临着困境。新时期伊始的文学紧随政治，诚然文学获得极大的发展，呈现出一个全民阅读的时代，但随着文学的发展，作家逐渐认识到文学不应依附于政治。文学有其自身独立性才能更好地发挥载道传统和使命意识。反映政治、配合政治，单纯作为政治的传声筒已经被历次运动证实是错误的做法。因此文学迫切需要寻求新的增长点。

郑万隆谈道："如若把小说在内涵构成上一般分为三层的话，一层是社会生活的形态，再一层是人物的人生意识和历史意识，更深的一层则是文化背景，或曰文化结构。所以，我想，每一个作家都应该开凿自己脚下的文化岩层。"②

---

① 韩少功. 文学的"根"［J］. 作家，1985（4）.
② 郑万隆. 我的根［J］. 评论选刊，1985（10）.

于是，作家们不约而同地将目光投向遥远的民族文化传统——民族的根性。一方面潜入古老而深邃的民族文化，唤醒沉睡的民族记忆，从而确认民族身份。另一方面，用现代的眼光考察传统文化，对民族文化进行"内省"和"拷问"。

与此同时，改革开放后的中国社会也发生了巨大变化。随着经济的快速发展、物质生活水平的提高，人们的思维方式与价值观念也有所改变，这些观念的冲突背后也是文化的差异。

邓小平时代的改革开放再次打开国门，中国和世界各国建交，取得深入交流。中华民族再次呈现在世界民族之林，文化界可以在更广阔的背景下对社会、历史、现实进行更深入的反思。一批青年作家在现代背景下对民族文化、传统精神进行挖掘和剖析，试图在世界文学的大背景下来确认我们民族的个性。韩少功说："在文学艺术方面，在民族的深厚精神和文化物质方面，我们有民族的自我，我们的责任是释放现代观念的热能，来重铸和镀亮这种自我。"[1] 他们发表大量的文学作品，并撰文表明自己的文化观。

在这一背景下，20 世纪 80 年代中期的这一股文化热潮蜂拥而至，席卷人文社会科学各个领域，学者们几乎都参与了这场文化大讨论。

1984 年杭州会议是"寻根文学"的一个重要触媒。会议主题原本是"新时期文学：回顾与预测"，但大家不约而同地谈到了文化。韩少功在会后发表的《文学的"根"》被人称为"寻根派宣言"。他说："文学有根，文学之根应深植于民族传统文化的土壤里，根不深，则叶难茂。"[2] 此次会议，郑万隆发表了《我的根》，阿城发表了《文化制约着人类》，李杭育发表了《理一理我们的根》，郑义发表了《跨越文化的断裂带》等。此次会议对"寻根文

---

① 韩少功. 文学的"根"［J］. 作家，1985（4）.

② 韩少功. 文学的根［M］. 济南：山东文艺出版社，2001：77.

学"潮流的形成起了积极的作用——这在当代文坛尚属首次由作家们发表宣言、提出明确理论主张的文学运动，因而气质鲜明、观点明确。"寻根文学"使当代文学发生重要转折，使文学由对历史社会的反思转向对文化的反思，是文学向内转的重要标志。

小说《棋王》被视为新时期"寻根文学"的发轫之作，一经发表便引起轰动，阿城那飘逸俊美的文笔和那不疾不徐的叙述都让人眼前一亮。文章颇有古风，内蕴道家风范。尽管小说背景仍是"文化大革命"，但这种说故事的方式已经明显不同于伤痕或反思文学。王蒙说："我久没有见这样的文字、这样的文体、这样的叙述风格了。异于现时流行的各家笔墨，但又不生僻。"①

《棋王》讲述了异于他人的知青下乡。叙述者"我"的态度就与众不同，一般知青下乡，亲友分离，不知何日再见，火车上总弥漫着离愁别绪。但"我"却带有些超然的情绪，甚至有些许的向往和欢欣。列车要出发，"车厢里靠站台一面的窗子已经挤满各校的知青，都探出身去说笑哭泣"，把这一别当成"风萧萧兮易水寒"，而"我"却认为"此去的地方按月有二十几元工资，我便很向往"，甚至想到"每月二十几元，一个人如何用完"。这时候棋呆子王一生却邀请"我"下象棋。在旅途中王一生总是找"我"一起下棋，有时还让"我"给他讲故事。王一生超然物外，对眼前的离愁别绪视而不见。

与以往知青文学突出伤痕的叙述策略不同，《棋王》反其道而行之，处处以一种"局外人"的方式，虽不是完全旁观，但也能做到平淡叙述："文化大革命中惊心动魄的冤案，家破人亡，求生艰难的惨痛，竟被这般'无动于衷'地写出"，对一代人"乱离生活"，如"知青们离别时的伤痛，到农场后清汤寡水清苦的生活，'常常累翻'的劳动，精神生活的贫乏无聊"，也"不作任何渲染、

---

① 王蒙. 且说《棋王》［J］. 文艺报，1984（10）.

夸张和不表露激动与愤激的叙述态度"①。

下车之后"我"和王一生分在不同的农场。农场自然辛苦,然王一生竟能心无旁骛地神游于棋盘之中。他不谙世事,不近流俗,甚至不觉苦难。在象棋世界里驰骋拼杀,却能忘掉现实生活中的斗争和批判。他心如止水自能复归宁静。

一日,王一生搜寻对手,"我"介绍象棋爱好者脚卵与之对弈。脚卵竟未能赢下一盘,因此心悦诚服。他建议王一生去县里比赛。王一生欣然同意,但最终因为单位领导不同意而没有参加成。运动会结束,王一生力战棋赛前三名,继而九个人车轮战法对战王一生,王一生从容应对,大胜八局;第九局因棋手年老求和,王一生不得不以和棋作罢。

《棋王》由于卓异的风格被杭州会议当作文学"当代性"的范本。在稍后的《上海文学》刊载的文章中显示,与会的学者和作家将《棋王》推向一个更高的高度。《棋王》也因此从一个较有文体特色的小说变成了寻根文学的前驱。如发言者提出:

> 作者通过一个底层青年在"大革文化命"那个疯狂年代对中国传统文化的痴迷,表现了作者自己对中国传统文化精华的重新发现与重新认识,而这种发现与认识正是今天我们搞经济改革与对外开放的立足点之一。②

讨论者达成一致,认为"寻根"绝不是对传统文化的简单否定或复古,而是立足于现代,在改革开放时代国人对传统文化探问究竟式的批判,也是拨开历史迷雾,对民族文化精髓的确认。

事实上,对于文化,阿城也有自己的见解,他认为鲁迅、老舍

---

① 李运抟. 饮食后面的心灵:略谈阿城小说中描写人之饮食的意蕴 [J]. 小说评论,1985(6).
② 青年作家与评论家的对话 [J]. 上海文学,1985(2).

的创作之所以称得上伟大，成为"世界文化中人性的这一个"，就是因为鲁迅、老舍写出了"文化形成与其他民族不一样的人性"。而我们当代文学难以真正让世界认可，根源在于"中国文学尚没有建立在一个广泛深厚的文化开掘之中"，"常常只包涵社会学的内容"，"而不能涵盖文化"。①

　　所以，阿城说："文化是一个绝大的命题。文学不认真对待这个高于自己的命题，不会有出息。"②在对五四新文化运动和"文化大革命"的论述中，阿城进一步表明自己的态度。他认为："五四运动在社会变革中有着不容否定的进步意义，但它较全面的对民族文化的虚无主义态度，加上中国社会一直动荡不安，使民族文化断裂，延续至今。'文化大革命'更彻底，把民族文化判给阶级文化，横扫一遍，我们差点连遮羞布也没有了。"③

　　无论是在理论还是文学实践中，韩少功都称得上是寻根文学的代表作家。在《爸爸爸》《女女女》《归去来》等小说中，身为湖南长沙人的韩少功向我们展示了一个神秘怪诞的湘楚文化世界——这里弥漫着蛮荒与怪异、巫术和蒙昧。

　　《爸爸爸》是韩少功于1985年发表在《人民文学》第6期的一篇小说。小说以寓言的形式，描写了蛮荒原始的部落鸡头寨的风俗和历史变迁。小说以白痴丙崽为主人公。丙崽是一个智商停留在儿童时代的小老头，整天只知道说两个词："爸爸爸"和"×妈妈"。但是像他这样一个白痴却被无知的村民尊为"丙仙"，接受所有村民的膜拜。在与鸡尾寨械斗之后，大部分的成年男子都牺牲了，而这个畸形的小老头却在争战中活了下来。其中的隐含的深意不言而喻。

　　韩少功通过《爸爸爸》向读者展示了一个野蛮、封闭而又近乎原始状态的湘西，对传统文化及民族劣根性进行了批判。同为写湘

①②③　阿城. 文化制约着人类［J］. 文艺报，1985（10）.

西，韩少功和沈从文的态度明显不同，以至于我们怀疑他们所描写的不是同一处所在。

作品的特色当然在于延续了鲁迅和五四以来的对民族劣根性的批判，重建了文学传统。《爸爸爸》因此获得了广泛的认可，丙崽甚至被认为是阿"Q"式的文学经典。但最让人印象深刻的却是韩少功对楚湘文化的重现。作品表现出原始部落的神秘性、思维的荒诞以及风俗的诡异。他的语言简洁、粗粝，富有象征性，带有一定原始思维的语言特征。在他以载道传统和使命意识审视湘西原始民族劣根性的同时，却艺术地复活了光怪陆离的楚文化和神秘瑰奇的远古神话，使文本呈现出浪漫奇幻的风格。

韩少功的一系列作品有显见的社会和历史根源，但同样也不可否认拉美魔幻现实主义对其创作的影响。改革开放之后，中西文化交流不断加深。在此时期虽然寻根作家始终致力于对传统文化的发掘，但韩少功等一批作家已怀有开阔的世界意识，对他们来说寻根不仅是内在封闭的，还是面向世界的。这些作家受到魔幻现实主义的浸染较多，这其中的原因几乎不言而喻。

众所周知，20 世纪 80 年代中期，在拉丁美洲发起了一场声势浩大、影响深远的"寻找民族特性"的运动，运动的内容覆盖了多个领域，比如文学、哲学、文化、历史等。在此运动中拉美学界认为要将学术视野注入辽阔的大自然和被人们所淡忘的生活细节和悠久历史之中，反对对西方现代艺术流派倾向的单纯复刻，并强调了对民族文化传统的开掘，例如被欧洲殖民者毁灭过的印第安文化。文学领域，拉美作家们自觉扛起捍卫民族独立、文化独立的使命。用文学的形式表达西方的文化侵略和本民族的独特气息。80 年代一批才华横溢的作家如马尔克斯、略萨等纷纷登场。这场运动迅猛而强烈，西方评论家称之为"文学爆炸"。其中哥伦比亚作家马尔克斯的《百年孤独》这部小说以魔幻现实主义的写作手法将拉美本土的印加文化、玛雅文化和神话传说与社会现实融合在一起，塑造出具有魔幻气息而又真切无比的拉美大陆。这种新奇的手法第一次将独一无二而又孤独古老的拉美大陆呈现于全世界并获得轰动效应，且使马尔克斯荣膺 1982 年的诺贝尔文学奖。

拉丁美洲和中国具有相似性，两者都是古老而神秘的大陆，曾经辉煌无比却又在近现代世界格局巨变中没落，沦为西方列强的殖民地或半殖民地。由此可想而知拉美文学爆炸特别是马尔克斯的《百年孤独》对中国作家的刺激。拉美文学成功唤醒了中国作家的世界梦。此时的中国作家也和改革开放的中国一样，已经不满足于自给自足、孤独封闭地在国内搞创作，也不想止于单纯的学习和模仿西方现代派作家。走向世界，在世界文坛获得认可已经被这一代作家视为己任，而且极度迫切。

目睹拉美文学所获得的巨大成就后，大多数中国作家将拉美文学的成功归结为拉美作家对其地域文化的独特描写，并普遍认可"越是民族的，也就越是世界的"这一观点。更何况拉美文学所走的道路与当时中国寻根作家的创作追求相符合。在内外力的促进下，寻根文学必然成为 20 世纪 80 年代的创作主潮。似乎作家们一夜之间找到了新的创作方向。如季红真所说：

及至 1984 年，人们突然惊讶地发现，中国的人文地理版图，几乎被作家们以各自的风格瓜分了。贾平凹以他的《商州初录》占据了秦汉文化发祥地的陕西；郑义则以晋地为营盘；乌热尔图固守着东北密林中鄂温克人的帐篷篝火；张承志游荡在中亚地区冰峰草原之间；李杭育疏导着属于吴越文化的葛川江……①

尽管我们不能将莫言定位成寻根作家，但他早期的小说无疑具有鲜明的寻根倾向，并使他成为寻根文学思潮中异军突起的作家。事实上，莫言日后能获得诺贝尔文学奖与他这一时期的文学创作密

---

① 季红真. 忧郁的灵魂［M］. 长春：时代文艺出版社，1992：66.

切相关。

1986 年《红高粱》发表，1987 年张艺谋将它拍成电影，1988 年电影获得第 38 届柏林金熊奖——这是中国电影作品首次获此殊荣。因而《红高粱》的轰动效应是其他寻根文学所无法比拟的。

小说《红高粱》通过"我"完成故事的讲述。故事的主角是"我"的爷爷余占鳌和奶奶戴凤莲。叙述者将故事地点设在高密东北乡，这是个"最美丽最丑陋、最超脱最世俗同时最圣洁最龌龊，也是最英雄好汉最王八蛋以及最能喝酒和最能爱的地方"，也是莫言的故乡。这里盛产红高粱，成熟的时节，一望无际而又密密麻麻，"我"的爷爷和"我"的奶奶便是在红高粱地里进行了野合。

爷爷余占鳌无疑是个狂野的英雄。他自称司令，实际上手下只有几十人、几杆破枪，说他是"土匪"反倒更为合适。但在面对装备精良的日军时，余占鳌敢于反抗，毫不犹豫地伏击日军。作者没有赋予余占鳌更多的国家观念和民族意识，他们反抗的根源更多的是为自身的生存。这个充满野性的土匪头子敢爱敢恨，喝着最烈的高粱酒，和最漂亮的女人上床。他任性胡为、语言粗鄙但却令读者气血沸腾。余占鳌和传统的抗日英雄迥然不同，也和以往乡土小说所展示的农民形象大相径庭。其毫无疑问是当时文学中的异质，但谁都不会否认，余占鳌代表了中国农民甚至中国文化的另一类典型，因而真实可信。

莫言笔下的人物角色不仅具有顽强的生命力，还带有浪漫与野性的特征。正因如此，他的创作主题总被人们诠释成追求自由的精神和歌颂积极向上的顽强生命。这同样也揭示着作者通过民间原始野性文化来重新塑造赢弱的民族性格的想法。在人们的印象中，高密东北乡素来被人们称为儒家文化的兴起之地，是最为谦和儒雅的所在。但莫言却在驯良之下发现了齐鲁乃至中国野性的一面。这是被压抑、被遮蔽、被忽视但真实存在的民间文化。野性文化和儒家文化同样也是民族的根基。

寻根文学对传统文化的态度并不一致，有的是侧重对民族劣根性的批判，有的则是重新发现和挖掘民族文化的优良属性。但这些作家都执着于文化领域题材的开掘，并将历史长河中被斩断或是被忽略的民族文化重新呈现在读者面前。如贾平凹的商州系列展示了"兼北部之旷野，融南部之灵秀；五谷杂粮茂生，春夏秋冬分明；人民聪慧而不狡黠，风情纯朴绝无混沌"的商州文化。李杭育通过《最后一个渔佬儿》等作品向读者展示了吴越文化的独特魅力，扎西达娃的《西藏，系在皮绳结上的魂》等作品所写的藏族文化，张承志的《黑骏马》《北方的河》展现的草原戈壁文化等，这些地域风情、民族文化久不见于文学作品，以至于被人们遗忘。

透过寻根文学不难发现，我国幅员辽阔，文化因地域、民族而不尽相同。即便是某些文化古老保守，甚至愚昧，但那毕竟构成了祖国河山，体现了民族文化，至少把中国当代文学从对政治的附庸和对西方文学的模仿中解放了出来。更何况与五四作家相比，寻根作家少了些自卑，多了些豪迈。即便是写过《爸爸爸》，批判过"楚湘文化"的韩少功也喟叹："绚丽的楚文化到哪里去了？"[1] 李杭育曾畅想若中国不是因循儒家规范，而是发展道家的"宏大宇宙观"将会是何等的灿烂辉煌！

寻根作家的努力使文学回归到我们自己的民族，连接了被斩断的文明和根。他们透过民间、乡村再次将中国古老的文明呈现在世人眼前。大多数寻根作家具有知青身份，他们也属于被"文化大革命""毁掉"的一代、迷茫的一代。历史的扭曲和政治转型使寻根作家一度迷茫无措。他们的青春大都远离故土，是在上山下乡中度过，回到城市却又倍感陌生，急速的变革让他们无法适应。作为被放逐的一代迫切需要"家园"感，对"根"的需求远胜他人。幸而他们的知青生涯为其创作思想提供了养料，那丰富的民间文化和

---

[1]　韩少功. 文学的根［M］. 济南：山东文艺出版社，2001：76.

地域色彩让寻根作家记忆犹新。而那沉淀甚至凝固的乡村和久远的民族文化在心理上安抚了作家迷茫而又慌乱的内心。

寻根作家最能理解没有根的生存状态。因而他们立场明确，旗帜鲜明地寻根。文学需要有根，人需要有根，我们的民族需要有根。这个根显然不是西方文化所能替代的。而我们的民族仍然需要通过"启蒙"修复民族的根，完成民族复兴的伟业。可以说，寻根文学不只是一种新的文学形式，更是一场文化启蒙。

第三节　哲学反思："我"与"我们"

马克思认为，哲学是时代精神的精华，是一个文明的活的灵魂。显然，哲学是金字塔尖上的学科，是最深刻的思辨。新时期文学具有明显的反思特质，社会的激变、时代的转型迎来了一个文学的大时代。在这场大反思中，文学理性的一面势必会走向哲学领域，更何况人具有追求形而上学的天性。在经历了短暂而又急促的社会反思、文化反思之后，文学必然进入更为深邃的哲学反思。

哲学被称为文学的根骨，有深度的作家必然会进行形而上的追问。当然，作家不可能一开始就具有系统的哲学思想。新时期文学的哲学体现往往是零碎的、不自觉的，但不可否认，这些充满反思和思辨的作品，不仅向我们展示了单纯的社会和文化，更蕴含了深刻的哲学道理。

从某种程度来说，新时期哲学反思经历了"我们"与"我"的两次飞跃。"我们"和"我"尽管朴素简白，但却能够反映出新时期文学反思的深度和侧重点，并且具有一定的哲学高度。从字面上看，"我们"和"我"的区别在于群体和个体，共性与个性。但在新时期历史文化背景下，"我们"和"我"标志着文学主体性的确立，是从哲学层面对文学做出的规约。作为一组哲学概念，是主体相对于客体而言。长期以来，文学被视为工具，是政治的传声筒，人的地位竟然沦为客体，被视为附庸。新时期，文学首先确立了文学主体是人的观念。同时，"我们"表现为最大范围的人，代表了共同的人性。这和阶级斗争时期人为地划分阶级成分不同，"我们"拥有共同的记忆和伤痕，拥有共同的追求和权利，是社会主义国家的建设者和捍卫者。因而，"我们"代表了共同的人性，体现了人道主义精神，是文学乃至认识基调的一次飞跃和进步，是思想解放的先声。

1980 年《收获》第一期发表张一弓的小说《犯人李铜钟的故事》。作品里既有对"大跃进"的反思，也强调了人的重要性。1959 年"大跃进"虚假浮夸的亩产量让村民缴纳了远超实际产量的粮食。李家寨被强征了 10 万斤过头粮，这导致村民断粮 7 天。百般无奈之下，李铜钟向靠山店粮站私借 5 万斤粮食，挽救了大队490 多口人。但事后李铜钟被认定触犯国法，他被戴上镣铐，成了"犯人"。李铜钟身心交瘁，在法庭上倒下。多年后的李铜钟的平反大会上，当年的县委书记喊出了小说里最发人深省的一句话："活着的人们啊，争取用较少的代价，换取较多的智慧吧！"①

值得一提的是，小说出自真实事件。李铜钟可以说是特殊时代里的殉道者。作品体现了作者的"真正艺术家的勇气"。作品用最朴素的语言揭示了一个最基本的道理：人是最根本的。在饥荒面前，没有资产阶级知识分子、臭老九，没有革命反动派、黑五类、反革命等的不同，每个生命都一样珍贵，活下去是最要紧的。

由于小说带有强烈的反思性色彩，《犯人李铜钟的故事》被归为反思文学。但作品却用李铜钟"犯人"和"好人"身份的极端对照触及一个人们长久不敢提的禁区——人性，共同的人性！

---

① 张一弓. 犯人李铜钟的故事［J］. 收获，1980（1）.

　　马克思说："一切人，作为人来说，都有某些共同点。"① 但是长期以来"以阶级斗争为纲"的理论压制了文学创作中的人性和人道主义精神。早在 20 世纪 30 年代，梁实秋等人的人性写作就遭到左翼作家的批判。包括鲁迅在内，左翼文艺界普遍用阶级论来抵制人性论。"文学是阶级斗争工具"的观点在当时就颇为盛行。新中国成立后"人性论"仍然遭到误解和批判。1960 年，中国文学艺术工作者第三次代表大会上，时任中宣部副部长周扬说：

　　目前修正主义者正在拼命鼓吹资产阶级人性论、资产阶级虚伪的人道主义、"人类之爱"和资产阶级和平主义等等谬论，来调和阶级斗争和革命，散布对帝国主义的幻想，以达到他们保护资本主义旧世界和破坏社会主义新世界的不可告人的目的。人性论是修正主义者的一个主要的思想武器。他们以抽象的共同人性来解释各种历史现象和社会现象，以人性或"人道主义"来作为道德和艺术的标准，反对文艺为无产阶级、劳动人民的解放事业服务。②

　　人性论和人道主义一直被贴着资本主义的标签，进而一再被打倒，成为文学表现的禁区。长期以来共和国文学所谓的"我们"指的是阶级弟兄，作为和敌人区别的所属指称。但《犯人李铜钟的故事》却告诉人们这样一个简单的道理——在饥饿面前，人命是最宝贵的，活下去就是最大的道理。在消灭了阶级敌人的社会主义共和国里，"我们"应该包含最大范围的人。

　　相比于最低需求的吃穿生存，戴厚英的《人啊，人!》更为鲜明地将人性和人道主义的旗帜高举起来。

　　戴厚英是文坛上颇有名气的争议人物，正如她所说：

①　中共中央马克思恩格斯列宁斯大林著作编译局. 马克思恩格斯选集：第 3 卷 [M]. 北京：人民出版社，1995：444.
②　周扬. 我国社会主义文学艺术的道路 [N]. 人民日报，1960 - 09 - 04.

多少年来我一直像一团迷雾中的鬼魂，让人抓不住、看不清。有人把我想象成天使，封我为"伟大"，许我以"不朽"，又有人把我描绘成魔鬼，指我为"逆种"，判我下地狱。①

从她身上隐约可以看到人道主义在当代中国的命运。

新中国成立后，人道主义曾被理论家钱谷融再次提起。他的论文《论"文学是人学"》强调"文学是人学"这个命题，并提出"伟大的人道主义精神"的说法。

现在看来这种观点自然再正常不过，但却触犯了当时文艺的政治属性和工具论而受到批判。在 1960 年上海作家协会召开的大会上，戴厚英是反应较为激烈的一位。钱谷融回忆说：

厚英是我的学生，当时发言批判我的当然不只她一个，她表现得比较突出的一点是，其他人在发言中对我总还是以先生或同志相称，唯有她，却是直呼其名的。②

会后，戴厚英便获得"小钢炮"的称呼。"文化大革命"期间，戴厚英也属于文艺界中激进的一派。但颇具戏剧色彩的是戴厚英认识了被打成"右派"的闻捷，并迅速与之订婚。

闻捷在中国当代文学史上也颇为有名，创作了《天山牧歌》等优秀诗歌，是颇具才气的诗人。后来闻捷因为历史问题接受审查，戴厚英正是其审查的领导。被审判的罪犯和审判者相爱，是浪漫的，也是悲剧的。闻捷的阶级成分使他无法归为"我们"。组织上对他们的结婚申请也不予批准。于是，闻捷不久就自杀了。《诗人之死》便是直接取材于戴厚英的这段经历。可想而知，闻捷之死对戴厚英的打击之大。可以说戴厚英后来的转变以及小说《人啊，人！》创作的直接动因便是闻捷之死。

---

① 戴厚英. 自传·书信［M］. 合肥：安徽文艺出版社，1999：2.

② 钱谷融. 关于戴厚英［J］. 当代作家评论，1997（1）.

《人啊，人!》以 C 城大学为故事背景，通过几个大学同学的坎坷命运控诉了"左"倾路线给人们带来的巨大伤害，小说带有伤痕文学的性质。但不俗之处在于小说塑造何荆夫这样一个人道主义者，并将其设为小说的正面主角。

何荆夫在学生时代就被打成"右派分子"，开除学籍。此后他的人生一直走下坡路。当过"烧炭的老何""盖房的老何""背石头的老何""点炸药的老何""拉车的老何"，还有"说书的老何"，但他却不改知识分子本色，也从没有失去对生活的信心。尤为值得一提的是何荆夫认真研究马克思主义时说：

马克思主义与人道主义并不是水火不相容的。马克思主义包含了人道主义，是最彻底、最革命的人道主义。他们（马克思、恩格斯）的理论，他们的革命实践，都是要实现这个"人"，要消灭一切使人不能成为"人"的现象和原因。①

戴厚英是著名理论家钱谷融的学生，又长期担任文艺理论教研室主任一职，她对马克思主义和人道主义关系的论述具有相当深厚的哲学根底。和一般伤痕文学不同的是，小说明显的思辨的文风和大段的议论都使文章接近于 17 世纪启蒙思想家笔下的哲理小说。

更为鲜明的是戴厚英在《人啊，人!》后记中写道：

一个大写的文字迅速地推移到我的眼前：人! 一支久已被唾弃、被遗忘的歌曲冲出了我的喉咙：人性、人情、人道主义!②

《人啊，人!》曾重印 10 次，总印数不下于百万册；被译成了英、法、德、俄、意、日、韩等许多语种。可见此作的轰动性，人性回归已是大势所趋，不可避免。

人是否有共同性，是否可以在同一地平线上被视作"我们"是

---

① 戴厚英. 人啊，人! [M]. 北京：人民文学出版社，2007：83.
② 戴厚英. 人啊，人! [M]. 北京：人民文学出版社，2007：后记.

新时期文学探索和反思的核心。事实上，伤痕文学已经奠定了"我们"作为历史记忆的基础，"四人帮"对人的伤害是深远的，更是广泛的。无论是死去的老一辈无产阶级革命家、活下去的社会主义接班人、受批斗的知识分子，还是参与整人的"革命小将"都不同程度地受到伤害。因而"我们"作为文学的叙述主体在群体记忆那里获得了合法权。

如果说"我们"标志着文学主体性的回归，是哲学反思的第一次革命，解放了禁锢中的思想。那么"我"的确立则是自我意识和创作个性的凸显，是新时期文学哲学反思的第二次深化。

率先从"集体无意识"的群体诉说中觉醒的是朦胧诗诗人。较之于其他文体作家，诗人无疑是最敏感、最富有个性的一类。在新时期大部分作家表现群体性伤痕的同时，朦胧诗诗人已经表现出"自我"的权利和价值，认为人不再单纯为社会而活。

事实上，朦胧诗诗人一直在"我"和"我们"之间寻找平衡。如江河的《纪念碑》中写道：

> 我想
> 我就是纪念碑
> 我的身体里垒满了石头
> 中华民族的历史有多么沉重
> 我就有多少重量
> 中华民族有多少伤口
> 我就流出多少血液①

正如杨炼说的那样："我永远不会忘记作为民族的一员而歌唱，但我首先记住作为一个人而歌唱。"② 这样的论调带有些许叛逆，

---

① 江河. 纪念碑 [J]. 诗刊, 1980 (10).
② 孙绍振. 新的美学原则在崛起 [J]. 诗刊, 1981 (3).

但却代表了一部分人的真实想法。

他们的这种主张自然受到一部分人的批评。

但朦胧诗诗人却并不如此认为。顾城的看法可以代表一部分诗人的看法："我觉得，这种新诗之所以新，是因为它出现了'自我'，出现了具有现代青年特点的'自我'。""我们过去的文艺、诗，一直在宣传另一种非我的'我'，即自我取消、自我毁灭的'我'。"①

稍后，小说作家也开始了"我"的觉醒，而且这种觉醒带有明显的反叛特征。1983 年，铁凝发表小说《没有纽扣的红衬衫》，小说中主人公的妹妹安然是一个叛逆的女中学生。她敢在老师和同学们面前穿着"不合时宜"的红衬衫，敢于挑战老师的权威，让人想起塞林格的《麦田里的守望者》。她绝不和世俗妥协，不会出卖"自我"，哪怕失去"三好学生"的证书。小说中的点睛之笔是安然的座右铭，源自俄国作家契诃夫："狗有大狗，有小狗，小狗无须因大狗的存在而惶惑。所有的狗都要叫，但都按照上帝给予它的声音去叫。"② 她反对"把所有的狗都创造成一种声音"的行为。安然的魅力恰在于此，她叛逆的个性让人惊叹。

似乎女作家更易从群体束缚和政治运动中走出来。刘索拉的《你别无选择》中描写了一帮个性独特而又张扬的音乐学院学生。刘索拉本人就是音乐家、作曲家，她甚至认为文学和音乐等艺术一样，循规蹈矩的创作是难以震撼人心的。在小说中，李鸣放荡不羁，充满了叛逆思想，甚至想退学；森森整日沉醉在音乐里，在琴房里寻找自己的风格，以至于自己的身上臭了、头发乱了他也不管不顾；孟野才气十足，并略带狂野气质，他天马行空，不按规矩办

① 顾城. 请听听我们的声音 [J]. 诗探索，1980（1）.

② 契诃夫. 契诃夫短篇小说集 [M]. 北京：北京燕山出版社，2015：214 - 215.

事。刘索拉笔下的音乐学院和同时期的"寻根文学"形成鲜明的对比。青年人追求相对自主、个性解放的生活理念与自由、个性等文学追求高度契合。略带荒诞意识的存在主义让小说增添了"现代派"的气质。评论界曾称赞刘索拉为真正的"现代派"作家，并将其视作先锋文学的领军人物。

新时期文学中真正高举自我、标榜个性的是先锋文学。张清华对先锋的描述较为中肯，他说：所谓先锋，"一是思想上的异质性，它表现在对既成的权力叙事和主题话语的某种叛逆性上，二是艺术上的前卫性，它表现在对已有文体规范和表达模式的破坏性和变异性上"①。

一般意义上的"先锋派"是指马原、余华、苏童、孙甘露、格非这批风格怪异的在 1985 年前后登陆文坛的作家。先锋派的反思往往是在哲学层面。作家往往从抽象的观点、理念出发思考社会、历史、人生，然后才用文学去表述。而在先锋文学背后，往往都有存在主义的影子。

事实上，20 世纪 80 年代中期，存在主义成为一种颇为时髦的文化精神进入大众视域。存在主义认为"群众乃是虚妄"，可以看出存在主义不再倾向于大众，而是更关注于个人的存在。洪子诚的《中国当代文学史》中写到先锋派作家兴起的背景时也说："文学与政治的关系不再处于粘着状态，商品经济的发展，使得文学观念开始反省，作家有可能转向大众文艺，也有可能转向文学自身。"这和存在主义的内涵具有同趋性。

而年轻的作家追求个性，强调表现自我的愿望又和"存在主义"的"以个人的范畴标明我的文学作品之始"② 倾向一致。从表

---

① 张清华. 从启蒙主义到存在主义 [J]. 中国社会科学，1997（6）.

② 克尔凯戈尔."那个个人" [M] //考夫曼. 存在主义. 陆鼓应，孟祥森，刘崎，译. 北京：商务印书馆，1987：93.

现方式上看，它更多关注个体的生命体验、个人的内心世界和个体的生存状况，"去尊重每一个人——确确实实的每一个人"①。这是先锋文学的哲学理念和文艺口号。

苏童的小说《1934 年的逃亡》中就流露出他曾经想要"逃离"的情绪。写出了"我"想远离世俗、远离群体的一种情绪。同样，余华的《十八岁出门远行》也可以看出作者对"远离"的渴望。小说用颇具浪漫的笔调写了一个少年，他像个古代的骑士那样，背起行囊，远离家乡，开始寻找理想和神圣之路。无论是"逃亡"还是"远行"都可以看成作家对"我们"群体的叛离，作者孤身一人，独自上路。正如存在主义所标榜的那样，"个人"开始"从群众中回家"。不难看出，在先锋文学那里，"我"逐渐开始取代"我们"，更多的成为一种个性表达。

"我们"这一文学主体地位的确立给当代文学奠定了基础，而"我"则重现了文学期待已久的个性主义和自我表达。新时期文学在哲学反思中完成了文学的两次飞跃。

---

① 克尔凯戈尔. "那个个人"［M］//考夫曼. 存在主义. 陆鼓应，孟祥森，刘崎，译. 北京：商务印书馆，1987：93.

第八章

新世纪文学：在求索中彰显多元

士志于道、文以载道是贯穿中国文化和中国文学几千年的传统。这种经世致用的文学传统在近百年内忧外患的近现代中国继续发扬光大。20世纪的中国文学一直处于救亡和启蒙的迫切需要中。文学为政治服务的教化和宣传作用在新中国成立后的30多年内更是被高度强化。新时期的文学延续了五四文学的启蒙主题，"文学中的理想主义情怀一直占据着文坛的主流"①。20世纪80年代末特别是90年代以后中国当代文学中的消费、娱乐和休闲成为新的市民话语的关键词；关注自我日常实实在在的小日子，"远离"政治，对生活中的不满进行彻底的嘲讽、调侃和反叛。网络也似乎成为"人人都可以过一把文学的瘾"的日常工具。新写实小说、底层写作、大众文学与网络文学的兴起与走红都暗含了中国当代文学的转型。文学的"载道"传统似乎远离了新世纪之交的文学。

文以载道的文学传统是在历史中形成的。作为影响深远的传统文学观念，文以载道的文学传统是不会被轻易反掉的，一反就倒的也不是传统。所以虽然反"载道"看似是我国现代和当代文学变革的重要内容，实则是新文学为了确立新的文学观念，在当时的历史语境下对文以载道观进行的批判性继承。"社会时代对文学的诉求和新文学自身的价值设定，都延续着文学伦理化的思维方式，不同文学流派和审美追求的作家不约而同地回到了新的文以载道"②。无论是新写实主义小说、底层写作、大众文学还是网络文学，他们看似在消解传统文学的价值追求，实则"'文以载道'观念被重新建构，有了一段知识演化和现代建构的历史"③。新世纪之交的文学追求审美的独立又被当时的社会价值所影响，貌似标新立异，实际上传统观念却在作家精神资源深处被承传和发扬。迈入新世纪的新

①　周志雄. 网络空间的文学风景 [M]. 北京：人民文学出版社，2010：5.

②③　王本朝. "文以载道"观的批判与新文学观念的确立 [J]. 文学评论，2010（1）.

文学在"文学的自觉""文以载道""过把瘾就死"等不同观念的喧嚣之下，确立了新写实主义小说、底层写作、大众文学与网络文学的丰富与多元。

第一节　新写实主义与现实主义传统

在20世纪80年代末期，中国文坛中就涌现出了一股新写实主义的潮流，也有人将其称为"现代现实主义""后现实主义"。有人认为新写实主义应该属于现代主义的范畴，也有人认为新写实主义应该属于现实主义的范畴。新写实主义在本质上与现代主义之间存在着较大的差异，从宏观角度出发，新写实主义依然属于现实主义的范畴，是现实主义随着时代的发展而出现的一种新的表现。

新写实主义是当代一个重要文艺理论，从总体上讲，它还是属于现实主义文学的范畴，是20世纪二三十年代写实主义的延续，但相比于传统的现实主义无疑更具有开放性和包容性。特别是在题材的选择和对"现实生活"的处理方式上，其创作特点则显示出鲜明的个性。它以写实为主要形态，真诚直面现实和人生，放逐理想，解构崇高。在题材上新写实主义小说注重对凡俗生活的表现，大量平淡琐碎的生活场景与操劳庸碌的小人物成为作品的中心。小人物的生存本色和喜怒哀乐构成作品的主要内容。新写实主义小说开端于20世纪80年代中后期，直到90年代中期仍有影响，它崛起于小说界相对疲软的转型时期（底层写作和网络文学的端倪虽现，但未形成蔚为大观的繁盛）。它的创作是在现实主义传统的基础上，又在一定程度上受到西方后现代主义思潮的影响而形成的；新写实主义的出现显示了现实主义在当代文坛的开放性和丰富性。

新写实主义在题材的选择和对"现实生活"的处理方式上显示出鲜明的个性。具体来说，其在文学精神上，以写实为主要特征，同时和传统现实主义相比,他们不再追求"本质的真实",而追求一种本色的"体验真实",他们的动机不是改造生活和超越生活,而是认同现实和接受现实。因此,这类小说在精神上往往出现对理想精神的放逐,对崇高的解构,而凸显人生平庸的真相,将过去曾经被装饰与打扮的生活还原成生活的真实本相。在对小人物的处理上,新写实小说往往取消他们的个性特征,不再像传统现实主义小说那样通过情节而呈现人物的独特个性,他们往往面目模糊,性格缺少强烈的自主意识,往往处于生活的边缘,经历着日常生活的琐碎、凡俗,也体现出他们在日常生活中的坚忍与顽强。人物也不再是振臂高呼的英雄,不再是拯救世界的勇士,而是在现实生活中既眷恋、执着,又无奈、挣扎的平凡市民。因此它奉行的是非典型性原则,反对典型化或者高大上的人物形象。

在表现手法上,新写实小说善于吸收、借鉴现代主义流派在艺术上的长处,但褪去伪现实主义的那种直露、急功近利的色彩,追求一种更为具体可感的现实生存境界。它放弃了先锋小说的变形、分割、组合和拼贴手法,不再刻意进行生活的虚构性再创造,而是絮絮叨叨地"还原生活",表现人们生存的日常化和世俗状态。在叙事上采用生活流的叙述方式,不对生活素材做人为的加工、剪辑和修饰。叙述者也尽量隐藏自己的态度,采用所谓"零度视角"的方式"描述"生活。但是,这种原原本本地描写生活的方法,像老太婆拉家长,鸡毛蒜皮,家长里短,说起来没完没了,无头无尾,平淡无奇,和传统现实主义题材作品的描述方式截然不同。

总体来看,新写实主义的基本原则首先是追求现实生活的原生态,其次是追求作家情感的零度介入。它努力地用现实故事迎合读者的需要,又安全地在现实主义的道路上行走。比如,作为新写实主义文学代表的作家池莉,她就有意或无意地与20世纪80年代社会剧烈变革中宏大的家国叙事模式保持距离,与"建国文学"、"文革文学"和传统现实主义文学保持距离。池莉的新写实主义小说在题材选取、思想内容、故事结构、语言风格等方面都与前一时代作者的创作有了截然不同的差异，具有了"平民时代"鲜明的"平民特征"。这源于"90年代以后，市场经济的迅猛发展和作为个体的人对自身个性化理想与价值追求的凸显，迫使'新写实主义'创作出现转向，并最终趋于流散"①。

　　新写实的原生态追求和作家情感的零度介入原则，是传统的现实主义精神的一次"倒退"。新写实主义作家零度情感原则弱化了现实主义作家的现实批判精神和直面生活、勇于担当的人生态度，表现出一种对现实生活的顺从和妥协。人生中的理想主义和"奋勇抗争""奋斗"等关键词销声匿迹。新写实作品中的知识分子等化身为无能的小人物，过着平庸琐屑的人生。五四新文学中知识分子的启蒙和勇于抗争的责任和使命被笔下日常的烦恼欲望及小人物在大社会中生存的艰难、孤绝无奈所代替。作家在这里把这种人生价值简化为"活着"，并当作现实生活的真理。存在的就是合理的。作品中小人物在世俗的日常幸福中对现实的妥协，成为中国人沉默无声甘于现状的一种真实。那种人生的积极进取精神、少年时的理想在新写实那里连一声绝望无奈的叹息都几乎不存在了。它宣扬的仅仅是"活着"的哲学②。这种"活着"与新写实作家的创作理念、生活态度是比较一致的，可以说是同步的。小说中主人公的人生价值实际上是作家对待现实社会的态度。作家的姿态似乎等同于一般民众和小市民。新写实主义用零度情感原则把人生简化为"活着"，把人与社会的复杂性简单化了。人不仅是活着，艰难无奈之下有生命沉痛的挣扎，也有对美好的向往和对逝去年华的回望。活

---

① 姜楠. 时代变迁与"新写实主义"的兴衰：论池莉创作的轨迹 [J]. 东岳论丛，2013，34 (12).

② 雷达. 社会·人本·生活流：读《烦恼人生》所想到的 [N]. 文艺报，1988－08－06 (2).

着是一种姿态，不是生命的全部。零度情感原则把人生简化并指向虚无。零度情感的使用，必然使原生态生活的丰富性和复杂性受到严重削弱。新写实主义加强了故事的叙述，增强了阅读效果，但是和传统现实主义小说相比，它的思想高度大大降低了。

以作品为例，写出《来来往往》《小姐，你早》等作品的池莉无疑是新写实主义的代表作家。池莉的人生三部曲充满厚重感、麻木感。她笔下的新写实小说中的人物，基本上舍弃了传统小说的人物，而多是一些似乎不十分明确生活目标，或说人生追求并不十分远大的、听凭命运驱使的人。弗洛姆在《人的境遇》中说："人是唯一意识到自己生存问题的动物，对他来说，自己的生存是他无法躲避而必须加以解决的大事"。"人们在现代社会中看上去具有适应、竞争的性格品质，却时时被深深的沮丧感、无足轻重感和厌倦感包围，体验不到幸福"。但"新写实"小说似乎在表现"小人物"的卑琐而实则进行了思想上的超越。《烦恼人生》中的印家厚在面对妻子以外的年轻女性时，虽然内心也会涟漪不断，但温暖而惆怅的背后还是不忍心改变现状，也无力做出另一种选择。近似于生活实录的《烦恼人生》表现出日常生活如"网"的生存困惑和人生如"梦"的生命态度。这里一个普通中国人一天的生活就成为无数中国人生存状态的缩影。我们由此品味出浮华世相掩蔽下生命进程的苦涩。在"小林"那里，物质贫困其实只是精神贫困的一种象征，他的日常烦扰，使他在"一地鸡毛"的围困中显得毫无还手之力。印家厚和小林的悲哀似乎不在于对自我迷失的痛苦，而在于他们不敢也不愿正视并力图改变这一切。在这里，作者已对小林，包括他自己在内的一代人从精神上进行了解剖与批判。

相对而言，刘震云笔下的人物更趋近于典型形象。因《单位》《一地鸡毛》以及"官场"系列而出名的作家刘震云对平民日常生活的展示和心理的呈现可谓淋漓尽致，其作品最大可能地贴近了生活的原生态。"小林这样的单位小人物并没有丧失理性，只是抛弃了书本上得来的带有理想色彩的理性，不无痛苦的拣拾起他们所没有经过训练的生活理性。"①《官场》《一地鸡毛》正是从一系列琐屑零碎的日常生活描写中，引起人们对制度的思索。比较而言刘震云更关心大众的主流生活，池莉比较关心生活的日常状态。在池莉和刘震云笔下，常常不免有焦虑之感与怀疑之气，并由怀疑转为暗暗的批判。新写实小说虽不着意于塑造典型环境中的典型人物，然而在人物描写中倾注着深切的生活感受和复杂的情感体验，所以我们常感到小林、印家厚们就生活在我们身边。

方方的《祖父在父亲心中》将视线转移到人物的内心世界，重心是对父亲的解剖。《祖父在父亲心中》并没有描写铺天盖地的"文化大革命"批斗场面，其弥漫的是人来到世上含辛茹苦活着的沉着应对能力，只能信奉"熬"与"混"的理念以求活下去，展现了中国知识分子心灵变迁的历史。可以说，极力表现平常人的忧虑、彷徨、焦躁、苦闷、处心积虑和投机钻营，成功地塑造了一批熟悉的陌生人形象，是新写实小说的重要特点。

许多论者言及新写实小说必夸赞其出色地再现了日常世俗生活的"原生态"。虽然"新写实"极力让人们置身于完全逼真的生活自然流动之中，但它并不同于纯自然主义的描写，作品中所有"原生态"的细节都承担着表达观念的任务，都闪烁着"典型"的光辉，看上去似乎是陷入了自然主义而实质上却触及生活中本质的问题。所以说新写实作家并非认同世俗生活本身，也并非放弃了"文以载道"的文学责任、人生的梦想和浪漫，而是在日常面前流露暂时的喘息和眺望，生活还是在满怀信心中走下去。

新写实小说的结构往往是松散的，同时遵从生活的完整性和统一性，而不是顺乎主观意识的随意流动，并不等同于纯自然描写。

---

① 尹奇岭. 刘震云单位小说和新写实主义［J］. 南京工业职业技术学院学报，2006，6（3）.

作品既用现实主义的技巧，也用现代主义的技巧，并对现阶段的人性、社会性给予恰如其分的真实描写。

新写实主义作为一种潮流和手法，不仅在小说中有体现，在当代美术、影视等多个领域都有体现。美术新写实主义又称美术新达达主义。现代美术流派纷呈，各显神通。一度被否定的写实主义艺术在新的历史条件下又重新登上画坛。但它绝不是回到过去的创作观念、创作方法上。新写实主义画家在创作目的、绘画观念以及表现方法方面都吸收了新的艺术观念进行创作。当今许多新写实主义画家只是用写实的手法来达到现代派探索造型、色彩、线条与画面的关系的目的。新写实主义画家力倡艺术必须回归现实的世界，以表现当下生活的环境或生活的行为为主要任务。新写实主义画家忠实地记录社会的现实（sociological reality），不用表现主义（expressionism）或社会写实主义（social realism）似的腔调叙述，而是毫无个性地把主题呈现出来。

电影新写实主义又叫意大利新写实主义，是在意大利兴起的一个电影运动，其特点在于关怀人类对抗非人社会力的奋斗，以非职业演员在外景拍摄，从头至尾都以尖锐的写实主义来表达。这类电影主题大都围绕在大战前后，主张以冷静的写实手法呈现中下阶层的生活。在形式上，大部分新写实主义电影大量采用实景拍摄与自然光，运用非职业演员表演，讲究自然的生活细节描写。相较于战前的封闭与伪装，新写实主义电影反而比较像纪录片，带有不加粉饰的真实感。

国内电影导演高群书喜欢选取新闻事件作为故事的背景。不过高群书选取的新闻事件却都是非典型的新闻事件。如他拍摄的《金豌豆》《中国大案录》《东京审判》所选的新闻事件虽不是当时的代表性历史事件，但是这些事件、非典型的新闻却蕴含着很深的内涵。高群书从一个并不起眼但很有意思的故事开始，这样的角度最能够贴近生活。高群书认为在新写实主义下我们观察到的事物与生活、与社会是同温的。

新写实主义摄影敢于正视现实，创作题材大都取自于社会生活，艺术风格质朴而不华丽，但具有强烈的社会见证力和社会揭示力。其意义在于它的出现标志着摄影作为一门"独立"艺术的观念的成熟，彻底动摇了绘画派摄影的统治地位。其特点是主张用直率、朴素、清晰的纪实手法来反映自然和现实。他们认为摄影应该真实地反映生活，而不是装饰它。同时，他们又反对像镜子那样冷漠地、纯客观地反映对象，主张创作，提倡在题材上根据自己的意图，选择拍摄地点、拍摄角度和拍摄时间，这样才能更艺术、更真实地反映现实。其代表人物是美国著名摄影大师安塞尔·亚当斯、爱德华·韦斯顿等。

从另外一个角度看，轰轰烈烈的新写实主义是一场虚假的繁荣，因为它缺少大量厚实的作品的支撑。20世纪90年代中后期，新写实主义小说写作潮流在大量评论文章的检视下日渐式微。新写实主义的流行，在很大程度上得益于新写实作品中包含着的双层接受机制：其作品折射和弘扬的"生命意识"以及释放出的强烈的"平民意识"能唤起有共同经历的读者们的共鸣。同时由于新写实小说的主要魅力来自共鸣感和认同感，因而对人们的接受能力丝毫不构成挑战，人们无法在阅读中获得超越自己生活的更高体验，因而雷同感和腻味感来得异乎寻常的快。文学不是现实生活的复制，而是升华。新写实主义写作的困境或许更应该从"文以载道"的文学传统中汲取精神资源和价值取向。几千年的中国文学让我们有理由相信"新写实主义在加强和深化现实主义的同时又在艺术观念和表现手法上力求更加开放和创新，仍将有广阔的发展天地"①。

---

① 尚文. 关于新写实主义［J］. 文艺理论与批评，1992（4）.

第二节　底层写作与左翼文学传统

关注底层、书写底层一直是"文以载道"传统下几千年中国文学的优良品格。《诗经》"饥者歌其食，劳者歌其事"，屈原"哀民生之多艰"，汉乐府"感于哀乐，缘事而发"，白居易"一丈毯，千两丝。地不知寒人要暖，少夺人衣作地衣"里包含着底层民众的心酸；杜甫则发出"安得广厦千万间，大庇天下寒士俱欢颜"的呐喊；五四新文学更是将关注底层、关注民生、改造国民性视为己任。左翼文学书写的是"底层"。左翼文学中一种不容忽视的精神价值传统在21世纪的众多文学作品中得到了再现和延续，并以其"异类"的声音，以其对现实特别是底层民众的关注和犀利的批判而具有独特价值和意义。

作为有着特殊意义和价值的"中国经验"的一部分，底层写作已成为20世纪90年代以来学界长期研究和讨论的话题。深入、认真地总结底层写作的历史经验和不足，探究底层写作和"文以载道"的中国文学传统和左翼文学传统的关系不仅有助于反思、回应当下的现实问题，提供具有创造性与启发性的思想资源，同时在急剧变化的当下重新整合"文以载道"和左翼文学传统的资源，对提升底层写作品质具有重要意义。

由于中国社会的整体转型，90年代以来的当代文学创作与社会现实之间的确出现了一些耐人寻味的变化：一方面，市场经济的逐步实施和利益化原则的日益凸显，使文学开始不断地走向边缘化，作家们不再成为社会核心价值的代言人；另一方面，由于核心代言地位的动摇和消费主义的崛起，越来越多的作家要么回到个人内心，强调个人化写作，要么投向市场，追求文化消费中的经济利益。由此产生的结果，便是急速变化的社会现实、丰富复杂的阶层结构以及其中所蕴含的极为驳杂的精神存在，与作家的创作之间形成了某种空白状态。底层写作以积极主动的介入性姿态，迅速填补了作家与现实之间的这一"真空"地带。这无疑具有重要意义。

一、底层写作的源起与变化

"底层"一直是中国当代人文学者高度关注的研究对象。在1996年，文学评论家蔡翔就在《钟山》第5期上发表了《底层》一文。在此文中，作者深情地回忆了自己当年在上海底层以及下乡时的生活，并进而指出，"底层仍然在贫穷中挣扎，平等和公平仍然是一个无法兑现的承诺"。与此同时，作者亦对20世纪90年代以来底层社会的变化，尤其是纯朴和善良逐渐消失的底层现实发出了真切的喟叹。90年代的中国底层社会，在利益和欲望的现实面前开始裂变。

"在任何时候，我们都不应该忽略底层人民的利益。少数人的财富如果建立在对底层的掠夺之上，那么，这就是犯罪，就是腐败，就是不平等，就是不公正。如果认为社会的进步必须以付出底层人民的利益为代价，那么，这不仅是一种糊涂的观念，而且，在道义上显得非常可耻。"① 从这"编者的话"里读出了对底层写作的高调倡导，其意图显然是借此机会，大力强调作家们必须对底层生存的变化和一些关注民众的价值观的动摇给予高度的关注。

2001年底层写作渐渐地浮出水面。"我们看到，作家们的视角正在下沉之中。'从生活的内里写起'，正成为作家们自觉的创作行为。"② 但是，底层写作作为一种文学思潮并逐渐成为一个重要的文学研究对象，还是从2004年开始的。2004年，随着刘旭的《底层能否摆脱被表述的命运》，蔡翔、刘旭的《底层问题与知识分子的

---

① 燕华君. 应春玉兰 [J]. 上海文学, 1998 (7): 编者的话.
② 李师东. 生活秀 [M]. 北京: 昆仑出版社, 2001: 序言.

使命》，高强的《我们在怎样表述底层?》，罗岗的《"主奴结构"与"底层"发声——从保罗·弗莱雷到鲁迅》，摩罗的《我是农民的儿子》，顾铮的《为底层的视觉代言与社会进步》，吴志峰的《故乡、底层、知识分子及其它》，李云雷的《近期"三农题材"小说述评》，王文初的《新世纪底层写作的三种人文观照》等一大批文章的出笼，底层写作便成为当代文坛的思考焦点。这些文章或依据中国社会发展的基本现状和矛盾，或围绕创作界出现的"打工文学"和底层小说，对 20 世纪 90 年代以来出现的底层群体的生存困境、精神需求以及审美需求进行了积极的思考，强调了底层写作的重要性。

2005 年，有关底层写作的研究获得了进一步的拓展，出现了像丁帆的《"城市异乡者"的梦想与现实——关于文明冲突中乡土描写的转型》、南帆等人的《底层经验的文学表述如何可能?》、张清华的《"底层生存写作"与我们时代的写作伦理》、蒋述卓的《现实关怀、底层意识与新人文精神——关于"打工文学现象"》等文章。这些文章紧密联系当时的创作实际，分别从不同角度对底层写作进行了颇为深入的思考和研究。

底层写作不仅是中国当代作家们倾心表达的热点领域，而且是评论家们热衷的场域。关于底层写作的研究热潮和争鸣之势均如火如荼。认真整理这一发展过程，我们可以看到，随着创作本身的日趋繁荣和作家作品的多元化，尤其是随着研究者们思维的日益开阔及理论资源的丰富，底层写作研究也在逐步走向丰富和多元，并呈现出鲜明的特点。

首先，现实对文学写作的催生作用远大于评论对于文学的训诫。评论界关于底层文学的争论似乎已消歇，但有关底层的写作并未随之终止，甚至在近年来有了新的动向。2005 年 12 月 18 日，由《北京大学研究生学志》发起，举办了"'底层写作'与 20 世纪中国经验中的左翼传统"座谈会，参加人主要有戴海斌、师力斌、张春田、高慧芳等。此时底层文学曾被认为有诸多不足，比如思想贫乏、艺术粗糙、展示苦难、人物塑造扁平化等。不过最近几年新出现的底层文学却不是冲着为已有的底层文学纠偏而来，而是在日益变动的中国现实中应运而生，书写着新的现实，这充分显示现实对文学写作的催生作用远大于评论对于文学的训诫。

其次，与创作的实际情况相比，有关底层写作的研究一直带有前瞻性。这种超前，主要体现在研究者不是仅拘泥于具体的作品分析，而是更多地依托于他们的社会观察、理性思考以及文化分析，他们主要关注的是底层写作中所透射出来的社会学或文化学价值，将它们作为阐释自己思考的有效证据，而不是简单地考察文本本身的审美特质，进行单纯的文学评述。底层写作中评论和研究的热闹程度大于底层写作本身，这一有趣的现象透露出底层写作作品的相对贫瘠。对底层文学创作的批评，主要指向于其模式化、概念化写作，这些批评包括写作内容、艺术性、情感批评术语、作家和人物立场等方面。这些批评和质疑都表明，维护作品的艺术性，促动底层写作作家超越对生存表象的关注，创作出具有丰厚精神意蕴和良好审美质感的佳作是多么重要和不容易。研究者们也始终清醒地站在文学的角度，以理性的方式，要求作家们必须对艺术进行有效的承诺。唯有如此，才能保证底层写作走得更为"高远"。

二、底层写作的困惑与局限

底层写作在多元观念的碰撞与争鸣下呈现出鲜明的特点，并体现了其特有的价值，但是仍然存在着某些局限和困惑。这主要表现在以下几个方面。

第一，底层写作概念含混不清，争鸣难以达成共识。由于"底层"这一社会学概念很难界定，只能泛指一些弱势生存群体，因此，面对底层写作，绝大多数研究者都自觉地绕开了对这一概念的界定，并根据自己所阐释的不同对象，将之置换为"农民工""打工者""下岗人员""城市平民"或"乡村百姓"。由此而带来的问题是，既然"底层"是一个外延不清、较为宽泛的能指，那么所有关于底层平民生活的书写，像王安忆、莫言、韩少功、迟子建、余华、苏童、叶兆言、方方等作家的大量作品都可以属于底层写作。如果是这样，那么这个队伍显然十分庞大，我们甚至还可以追溯到新写实小说。这是一个令人困惑的问题。

第二，几乎所有研究者都承认，"底层群体"自身并不具备话语权，无法发出自己的声音，只能由作家来进行代言性的书写。但是，很多作家其实都带有"中产阶级"的身份特征。对于他们所从事的底层写作，有人就表示了质疑。我们必须对作家的身份地位进行界定：谁是合法的底层写作者？这里面的逻辑界线显然是混乱的。

第三，底层写作中是否存在着道德价值与艺术价值之间的不平衡？有不少学者认为，由于创作主体"中产阶级趣味"的介入，导致了底层写作中道德价值明显高于艺术价值，如南帆的《曲折的突围——关于底层经验的表述》、李运抟的《底层叙事的道德误区》、刘复生的《纯文学的迷思与底层写作的陷阱》等都涉及了这一问题。

第四，底层写作中并非"底层"书写底层的现象使得底层经验的真实性难以厘清。作为一种"他者化"的审美表达，作家在关注底层生活时，将不可避免地带有自己的主观意识和情感体验。底层被"阶层""弱势群体""困难人群"等词语代替。这造成在创作主体与底层写作之间，不仅存在着经验、审美取向、价值认同上的鸿沟，还存在着真正的底层并不认同也不阅读作家书写的"底层"的问题。

当我们深入思考当下的底层写作的困惑与出路时，一定要向历史寻求经验。特别重要的是，我们要看到当下的底层写作在某些方面和历史上的左翼文学传统是一致的。底层写作不能无视"文以载道"的传统文学书写底层的经验，也需要向左翼文学学习在形式探索等方面的成功。只有充分借鉴"载道"的文学传统和左翼文学传统的经验与教训，底层写作才能有更好的发展。

三、左翼文学传统下底层写作的走向和出路

现在的底层写作现象显然不同于现代文学的乡土小说和左翼文学。乡土小说在五四一代现代文学的开拓者眼中，既有建立新文学传统的追求又有本土化文学的追求，也有现实之下的启蒙担当。现代乡土文学在美学追求和现实关怀两个层面都取得了成功。左翼文学是对乡土文学的继承和超越，是文学在时代大潮促发下的裂变，是文学和现实进一步融合的成果。左翼文学跟随大革命失败之后的社会动向，极大地加强了文学反映生活的广度，从而带来美学范式的转换，由乡土文学的伤痛低沉变为激情抗争。左翼文学在创作进程中，文学本身的创新性得以保留，同时文学和现实的联系进一步深化。文学的审美性并没有因为反映现实的深化而削弱。而现在的底层写作我们感受最深的就是作品中反映的赤裸裸的现实，这种现实不是得到了美学意义的升华，而是仍然停留在具体事件的原生态描述。故事的设置和叙述可能连贯自如，但摆脱不了就事论事的干瘪。来自底层的底层写作的作者有很丰富的生活经历，但是没有文学写作经验的作者难以让其作品获得美学意义上的升华，甚至有的作品表现出有生活而没有文学的贫困状态。

当前的底层写作中底层经验的复杂性也有待进一步深究。作家在表达底层群体生存境况时应保持怎样一种叙事姿态？如何警惕道德化和俯视性的书写立场？怎样有效地获取底层经验的丰富性和复杂性，使底层书写具有深邃的审美意蕴？同时，底层写作的文本价值有待进一步评析，底层写作的审美接受有待进一步开拓。有一些底层写作以"崇苦崇恶"的极端方式，迎合市场消费中的猎奇心态；还有的底层写作中隐含某种攀附主流意识形态的冲动。我们并

没有看到有多少底层写作的作品在市场消费中独领风骚，亦未见有哪些底层写作的作家成为主流意识树立的榜样。其中的问题显然值得思考。

当我们走进左翼文学传统时，发现这些问题左翼文学传统已经为当下的底层写作提供了丰富的可资借鉴的经验和教训。

左翼文学的一个重要艺术源头无疑是现实主义，甚至还有批判现实主义。追求社会平等、反抗阶级压迫，以及对人民性的强调和现实批判立场，是其主要特征。左翼文学的一个重要精神源头是"无产阶级革命文学"，或者也可以称为"社会主义文学"和"人民文学"。这个传统最初从苏联传播到中国，在 20 世纪 30 年代渐成气候，到 40 年代以后逐渐成为一种极为强盛的文学思潮。左翼文学到新中国成立后的五六十年代，所谓社会主义现实主义和革命现实主义成为主流之后，基本上就丧失了这种批判的品格，作为一种思潮的左翼文学到这一时期也就消失了。实际上，现实主义不能仅仅当作一种创作方法，还应该具备一种认识世界的态度和立场，既要对现实的黑暗给予毫不留情的揭露和批判，同时也要出示一种诸如社会平等和公正的理想价值和人文情怀。

首先，底层写作可以借鉴左翼文学的政治性写作传统。作家阎连科曾说："文学当然不应该承担过分的责任，这是几十年文学发展的教训，但如果文学到了什么也不再承担时，文学也就不再是文学，而是流行文化。如今劳苦人已经从文学中退了出去。我们从文学中很少能看到对底层人真正、真切的尊重、理解、爱和同情。这个问题在近年的长篇创作中尤为突出，像萧红那样的写作已经几乎绝迹。"① 作家书写底层一直是几千年中国文学的传统。文学书写底层，为底层呐喊和发声，改造国民性，既是文人的担当也是文学政治性的重要体现。但是文学的政治性在 20 世纪改革开放的浪潮

---

① 阎连科. 活着不仅仅是一种本能 [N]. 南方周末，2006 – 03 – 23.

下一度被忽略。"底层写作的出现，是中国文学发生转变的一个重要征兆，标志着文学'政治性'的重新复苏。"① 底层写作与现实间极短的审美距离使底层叙事难免出现概念化和雷同化。从中国的现实主义文学传统出发，借鉴左翼文学传统中书写底层的经验和不足，据此分析底层写作的内在价值就会发现底层写作承接了20世纪二三十年代写实主义的启蒙精神，并对当下社会发出了新的思考。在计划经济和市场经济两种体制相互矛盾、相互碰撞、相互妥协和调整的文化语境下生成的底层写作，需要借鉴左翼文学的"政治性"写作传统。这不仅可以丰富底层写作的精神视野，而且以史为鉴，可以避免当下的底层写作走很多弯路。

其次，底层写作应该继承左翼文学理论"形式探索上的丰富和多元"②。严格地说，底层写作主要体现了创作主体对现实生活的密切跟踪，对弱势群体的体恤和关怀，尤其是对转型后的中国社会结构形态及其精神走向给予了自觉的思考。从其创作实绩来看，仍是一片含混的庞杂局面，艺术水平徘徊不前，鲜有振奋人心的精品力作。同时，在中国当代文学中，"国内文坛对左翼文学的评价并不高，认为它们艺术水准偏低，审美意味不强。这些批评的一个弱点是忽视了左翼文学在形式上的多样性及其文学探索的文学价值，把左翼文学传统狭隘化了。……左翼作家（左翼知识分子）的一个最本质的特征就是鲁迅所说的永远'不满足于现状'，由此而形成了其永远的批判性。……左翼文学的一个本质特征即是它的艺术上的'实验性'"③。为弱者呼吁，关注社会的公平与提高固然是左翼文学的传统，同时，左翼文学在形式上也是多种多样的。国外的左翼文学先不说，国内的左翼文学也是多种类型的组合：上海的左翼文学人量借鉴了意识流、现代主义等西方文学手法。解放区文学则

① ②　刘勇. 现代文学讲演录［M］. 桂林：广西师范大学出版社，2009：243.
③　刘勇. 现代文学讲演录［M］. 桂林：广西师范大学出版社，2009：244.

注重汲取民族传统文化的营养，两者形成了不同的文学形式。"把茅盾的《子夜》、萧红的《生死场》、叶紫的《丰收》与赵树理的《小二黑结婚》等左翼小说放在一起，我们就能看出那种对左翼文学的单一化理解是多么错误"①。积极思考、探索不同的文学形式，丰富写作手法和表达方式是底层写作需要注意的地方。

再次，"底层写作与左翼文学都在时代背景下，在社会学视角上保持紧密的共振关系"③。王晓明就认为："'三农问题'并不仅仅是来自今日中国的经济和政治变化，它也同样是来自最近二十年的文化变化。这些变化互相激励、紧紧地缠绕成一团，共同加剧了农村、农业和农民的艰难。因此，如果不能真正消除'三农问题'的那些文化上的诱因，单是在经济或制度上用力气，恐怕是很难把这个如地基塌陷一般巨大的威胁，真正逐出我们的社会的。"④ 底层小说所刻画的不仅仅是下岗者、农村进城打工者的窘困和无奈，更要展示这一阶层的生存状态、生活方式、价值信念和道德理想。拥有社会学的新视角，底层小说才有可能超越新写实，走进底层文学博大、深远的隧道。左翼作家笔下的人物绝不仅仅是展示命运的悲苦，他们还背负着深刻的社会化根源，让其在庞大的社会学视角下展露"病"和"苦"，探讨"治愈"的"方子"。

最近几年的不少底层文学作品运用的不仅仅是所谓现实主义方法，还糅合了诸多新鲜的艺术因素。比如陈应松的神农架系列小说如《狂犬事件》和近作《太平狗》，就具有浓厚的魔幻现实主义色彩。再如韩少功、李锐这两位新时期文坛重要作家的近期小说，虽然就其蕴藏的现实批判锋芒，也可以划入"底层叙事"之列，同时

---

① 刘勇. 现代文学讲演录 [M]. 桂林：广西师范大学出版社，2009：244.

③ 洪治纲. "底层写作"的来路与归途：对一种文学研究现象的盘点与思考 [J]. 小说评论，2009（4）.

④ 王晓明. 底层与关于底层的表述（续）：L县见闻 [J]. 天涯，2004（6）.

作品又呈现出强烈的形式意味，在情感指向上也不那么剑拔弩张，而是保持了其一贯的冷静和理性特色，没有一般底层小说中常见的夸张和煽情的毛病。这种新左翼文学或底层叙事包含的复杂艺术因素，有 20 世纪 80 年代中后期的先锋派文学和现代主义运动的影子。但是当下新的左翼文学（底层写作）跟 20 世纪二三十年代的左翼文学和现实主义文学相比呈现出更为丰富的面貌和可能性。

应该说，这种艺术变化同当下社会形态的复杂性也是一致的。在当前，我们无论谈论左翼文学，还是底层写作，也许都无法简单地用以前那种非此即彼的阶级方法来进行分析。因为社会冲突虽然继续存在，但阶级成分的构成远比过去复杂、微妙，不同阶级之间的利益博弈既有对立，又有互相重叠和缠绕，人们对同一社会问题和事物的态度也不像过去那样泾渭分明。我们讨论新左翼文学和底层写作，还有必要强调它的独立性。拉开历史的距离来审视左翼文学运动在文学写作和思想表达上的经验教训，否则底层写作的自由表达可能会受到损害。而作家和评论家们，也最好不要为了评论界的地位和作家身份吵闹不休，而应该站在更高一级的层面上，对底层写作给予呵护和关爱，提出种种质询和吁求。唯有如此，底层写作才能走得更为长远。

第三节　大众文学是否意在"消闲"

大众文学，顾名思义，是指由大众作家，包括无名氏作者和已成名的职业作家创作，反映大众生活，抒发大众情感，深受大众喜爱的文学。大众文学是低度抽象化的文学。大众文学也称通俗文学，是比雅文学更具商品化意义的文学种类。大众文学具有娱乐性、时尚性、商业性、世俗性、即时消费等特征。大众文学是现代社会的产物，是一种以现代大众为消费对象，以现代都市为辐射中心，以现代传媒为传播工具，以现代工业为生产方式，以现代市场为产销依托，以现代消闲为时尚的文学。大众文学的审美价值是以大众文化为根基，大众文化的基因里既有历史的沉淀，又与当代整个时代的审美取向有着相当的一致性。平面的、感性的叙事和审美的日常化是大众文学的重要特征。这种特征在叙事策略上主要是通过叙事对象、叙事模式和叙事语言等方面来表现的，具体体现为欲望的书写、模式化的叙事策略以及调侃和游戏的语言等方面。在市场经济条件下，受商业原则的支配，大众传媒扮演着引导潮流和时尚的角色，大众文学作为传媒的重要传播内容，其审美特征与商业性密切相关，这也决定于大众文学独特的叙事方式。大众文学侧重于追求群众趣味，注意消遣性和娱乐性。现代题材小说、传奇小说、武侠小说、冒险小说、侦探小说、政治小说、言情小说、推理小说、科幻小说等，在广义上都可以列为大众文学。

大众文学中具有积极社会意义的创作和"纯文学"往往没有严格的区别，被称为大众文学的作家，可能也是纯文学的作家。纯文学，又称雅文学，有时称精英文学，是高度抽象化的文学。大众文学与精英文学作为不同的价值类型，有划分的界线却没有截然分明的界限。如张爱玲的小说大俗大雅，是大众文学作品还是纯文学作品？总的来说，如《少年维特之烦恼》《钢铁是怎样炼成的》《红楼梦》学界一般公认为经典文学作品，如《白鹿原》《失乐园》《活着》一般认为是大众文学作品。为什么呢？《钢铁是怎样炼成的》中保尔这个形象高度概括了苏联革命青年的形象，冬妮娅则是典型的资产阶级小姐。在中国和苏联，很多人都能从这两个人物身上找到自己的形象。这就是高度抽象化。如《活着》，读者从中看到的是一个故事，可能一些人对其中某些情节感同身受，但范围不广，深度不深。这就是低度抽象化。值得一提的是，村上春树的作品在书店老板看来是大众文学，而在早稻田文学院则被当作纯文学来研究。

　　从表面来说，精英文学或曰雅文学似乎总是引领和规范大众文学，但究其实质，"精英文学的目的始终是维护其话语权，对其他话语往往采取'遏制'和'修正'两种途径。大众文学尽管不以话语权为目的，但在传媒时代下，大众传媒加速了精英权力话语的消解，大众文学的兴盛和发展从体质上颠覆了精英文学的话语权威"①。"大众文学和精英文学具有不同的质。同时，在审美情趣上，大众文学和精英文学也各执一端。精英文学是重理的，而大众文学则是重情的；精英文学是可敬畏的，而大众文学则是可亲近的。所以，大众文学是不同于精英文学的一个独立的品种，而不是一种品位"②。

　　对中国大众文学的历史演变及其未来走向进行系谱学考察可以发现大众文学在中国主要经历了前大众社会的民间文学、大众社会的通俗文学以及后现代主义网络媒介文学三个阶段。

　　上海小报是中国近现代大众文学的先声。上海小报作为市民文化的载体小报，以消闲趣味为主，走趣味化、民间化、平民化的办报路子。"晚清小报文人尚存名士风范；鸳蝴小报文人趋俗附利，眼光已由社会转向个体的日常人生，真正走入了市民阶层；海派小报文人是市民通俗文化的传播者和实践者，是末流的海派作家。他们共同成为了现代文化断层中的'洋场才子'"③。小报文人对主流意识的疏离与趋时共存，文化性格中"新""旧"纠缠。他们身上有落拓文人的放浪形骸和玩世的审美心态，兼具"务实与超脱、才子气质与商业习俗、传统操守与现代境遇、外化的道德标准与内在

①　曾羽霞，童圆. 大众文学与精英文学的话语权探讨 ［J］. 学理论，2013（15）.

②　刘江. 论大众文学不是一种品位而是一个品种 ［J］. 柳州职业技术学院学报，2006（1）.

③　李楠. 晚清、民国时期上海小报研究：一种综合的文化、文学考察 ［D］. 开封：河南大学，2004.

的市民流氓习气这些貌似对峙的品质"①，以奇异的方式混杂，衍生出小报的精神气质。小报的文化定位决定了它所阐释的都市与新文学作品迥异。报纸的内容、版面都呈现平面化的态势，不规避俗语和方言，加强图象化。"小报营造的都市还立足于市民底层的生存体验，释放不断涌动的欲望，以至于放纵"②。"小报文学"是一种通俗的市民大众文学，是一种经过新旧调适的短小的媒体文学。它的总体成就不高，但小报文学的娱乐消遣性、世俗的沟通性和浅显易懂的特征，为纯文学所不能代替。"小报小说"由于贴近市场而造成类型化写作。小报小说擅长展示娱乐场所的都市风俗画，可称为市井众生版的"清明上河图"。

从鸳蝴言情小说到 20 世纪 40 年代海派小说，"消遣"是其主要的价值追求。"小报散文"直接继承中国古代笔记小品的传统，以近代"报章文体"为基础，是一种在商业文化的操纵下，经小报文人玩世品格的调适而形成的游戏文章。其中议论性杂文的"议"和"感"均带有个人性。

《论语》半月刊是 1932 年 9 月 16 日创办于上海的大众文学期刊，先后由林语堂、郁达夫、邵洵美等人担任主编。1949 年 5 月 16 日停刊，共 10 年左右的时间，出版发行了 177 期。作为通俗的文学期刊，其主要追求的文学理想便是消遣娱乐，并准确地把都市里的市民阶层定位为潜在的读者。该刊作者中有成名的作家，也有文学新人。由于将发行、印制、销售诸环节一体相连，该刊物成本低廉，价格便宜，故销售量大，成为当时非常受欢迎的一份文学刊物。新文化运动以来，"幽默小品文"这个被视为不登大雅之堂的消闲文学，曾是新文学极力排除的障碍。到了 20 世纪 30 年代，随着现代市民意识的觉醒和现代传媒技术的迅猛发展，"幽默小品文"

①② 李楠. 晚清、民国时期上海小报研究：一种综合的文化、文学考察
　[D]. 开封：河南大学，2004.

的发展迎来了前所未有的春天，成为现代市民阶层的阅读重点。《论语》半月刊恰在此时创刊，"以宣扬幽默文化为特色，以不谈革命、自由独立为办刊宗旨，在脱离时代主流的境遇下，成为中国现代文学期刊史上不可多得的奇葩"①。该刊的编创主体用丰硕的实绩践行着为小品文正名和促使雅俗文学合流的历史使命，促进了这一"不登大雅之堂"文学期刊的成熟，推动了中国散文的现代化进程。《论语》半月刊作为以市民阶层为主要阅读群体的文学期刊，以其鲜明而独特的生产和传播机制赢得了广大读者的青睐。

自我国20世纪80年代中后期以来，与其时正如火如荼展开的先锋文学不同的大众文学登场了，并在中国内地迅速发展。它并不像精英文学那样热衷于语言的锤炼、叙述视角的转换以及主题的深邃化；相反，大众文学的语言是通俗的，叙述视角单一，主题模式化。这种文学类型给读者提供了不同于精英文学的想象世界的方式。无论是演绎着悲欢离合的爱情世界，还是充满着侠义恩仇的江湖世界，都给读者提供了虚幻的满足，迎合了大众读者的"趣味"。随着我国改革开放、市场经济体制的不断深入和商品经济的发展，大众文学以其强劲的势头，日益震荡和激变着人们的精神生活和行为方式。它尽可能地满足了现代社会生活节奏快的人们的娱乐需求，打破了过去很长一段时间里单一的"载道"的教化模式。大众文学也因适应和满足了不同性别、职业、阶层读者的不同趣味和需要，赢得了其前所未有的发展和繁荣。

20世纪90年代以来职业的快速更迭和丰富化使得新的大众阶层大量出现。新大众阶层需要自己的文化和语言表达方式，于是呈现出新面目的大众文学也就应运而生并蓬勃发展。转型期的大众文学兴起于当代快速发展的城市化进程中，是现代工业社会与市场经济社会的产物。它以城市大众（包括部分进入城市，正在被城市所

---

① 姬绪进.《论语》半月刊研究［D］. 西安：陕西师范大学，2010.

融合的乡村大众）为消费对象和主体，通过大众媒体传播，按照市场进行大批量快餐式的生产和消费，采用时尚化形式，一定程度上反映和满足了受众的世俗精神需要，是对一元政治社会和传统伦理社会进行文化反拨和消解的、自下而上的娱乐性消遣性文学，是现代社会大众进行自我心灵抚慰的一种文学形态。

90年代后，文学从"共名"状态向"无名"状态转变，文学呈现出多元化的价值取向。特别是当大众传播媒介从印刷时代步入电子媒介时代之后，大众文学从内涵到外延都发生了从传统向现代的质性转换，并同时具有了新的特质。为数不少的精英作家纷纷抛弃那种以作者为中心的先锋创作而转向贴近大众，更具世俗情味的大众文学创作，池莉、王朔等都是大众文学的代表作家。

新旧世纪之交的大众文学呈现出新的时代特色，人物书写不仅有日常生活的俗人，更有诸多边缘化的人，生活图景更加日常化，更多的以城市题材为主，"欲望"成为叙事法则，语言风格驳杂，大众文学在注入了新的社会元素后获得了更新的契机。

中国当下大众文学的形态正走向新的规范与创新。随着网络媒介的快速崛起，大众的阅读习惯也悄然改变，传统图书文本的阅读率急剧下降，而浅阅读、功利阅读、时尚阅读盛行，古典文学和严肃文学在阅读市场上式微，以流行文学为代表的新兴大众文学快速发展。主要表现为文学的娱乐化、通俗化，诗歌的小众化、商业化，职场类小说的异军突起以及网络化流行文学的狂欢等多种形态。这种文学消费转向促成了中国大众文学这一文学特质的新常态——从以作者为中心的创作模式转向以消费者为中心的创作模式，从精英文学限量发售的营销模式转向大众文学批发生产的营销模式，从传统的图书文本阅读转向当下便捷的多元媒介的阅读模式。

"市场语境下的中国大众文学凭借其趣味性和娱乐性，赢得了广大受众的青睐。它的走红和商业成功，为高雅文化的生产与流通，提供了有益借鉴。但它也存在明显缺陷，这就是愈演愈烈的鄙俗化倾向。主要表现为：通过'玩文学'，嘲弄、亵渎和消解高尚的文学精神、严肃的社会道德和神圣的人生理想；将人的形而下欲望大面积、高频率地引入文本，迎合受众的低级欣赏趣味，侵害道德伦理，污染社会风气。欲使大众文学走出鄙俗化的泥淖，获得可亲、脱俗、健康的审美品格，需要文化管理部门的严格监管、批评家的批评自律、作家的'积极的写作'、受众高品位的审美选择和对鄙俗文化的坚决抵制"①。抵制大众文学作品媚俗化、鄙俗化的最好方式就是不生产低俗文学作品。

　　文化消费的存在和发展有其合理性、必然性。随着物质生活的提高，文化消费成了普遍的消费现象。社会生活中的商业趋利主义导致了文化消费中精英文学地位的式微。西方后现代的享乐主义原则与中国本土世俗化思潮一拍即合，不断地催生了大众文学中的"玩"与"性"的畸形文本。大众传媒的感性介入方式加速了文学的精神消解，大众文学成为欲望和身体毫无遮掩的展台。

　　无论是精英文学还是大众文学都会兼顾到作品的可读性和趣味性。大众文学追求"消遣"意在追求适合消费者的可读性。中国从古代到晚清，在其几千年的历史长河中特别注重强调文学的言志、教化、抒情功能，同时注重文学的闲情娱乐作用。但是"消遣"不应成为放弃或者不重视作品审美品位的借口。大众文学中的审"丑"现象常成为被诟病的口实。大众文学作品中作家们注重从人的感性层面出发，表达人的世俗性欲望。大众文学中的"丑"可以多方面满足读者的乐感消遣需求。对于大众文学中的"丑"的书写，批评家普遍采取拒斥和否定的态度。文学审"丑"有积极的一面，主要表现为审"丑"是一种否定性的美学评价，一定程度上能够拓展美学研究的领域。但是，大众文学中由于审"丑"的无底线而导致的嗜"丑"趋向以及价值追求的混乱和虚无也是我们要警

① 张治国. 大众文学鄙俗化倾向批判［J］. 学术界，2006（1）.

惕的。

　　大众文学中审"丑"、嗜"丑"的价值追求以及作品的鄙俗化倾向固然应该反思，同时，批评家们仍以传统文学观念来评判当代大众文学创作中新的动向，这也是应该反思的。如何确立大众文学价值的评判尺度是评判大众文学价值的关键。笔者认为评判大众文学作品价值优劣的尺度，首先是适俗的尺度，其次是创新的尺度，最后是理想的尺度。下面以这三个价值维度为标准，简单分析以王朔等人的创作为代表的大众文学作品。

　　王朔小说及"王朔现象"作为大众文学的样本之一是大众文学在新时期的产物，是文学进入 20 世纪八九十年代所无法绕开的文化现象。王朔作为极有商业头脑的作家，其处处显露着追逐市场的才华。他对文学商品化的需求高度重视，并充分享受到了市场经济带给他的经济利益。他率先给自己的作品开价，公开地讨价还价，把"文字"的价格炒了上去。他卖文为生，把写作当作谋生手段，遵循商品市场的流通规律，把握和迎合文化市场的需要，有意识地把文化当作实业来办。王朔写电视剧本或将小说文本改编成电视剧等，为作品赢得更多的读者和观众。作为敢于先吃螃蟹并且"先富起来"的文化个体户，他一改传统文人德性清高、温文尔雅的姿态，一切是为了迎合读者的口味和市场的需要。王朔在创作中不断地摸索着大众文化的脾气，他明确地选择特定的读者和观众群，捉摸不同对象的不同心理和欣赏趣味，投其所好，完全符合了为市场需要而生产的商品生产原则。90 年代初，当他发现老百姓不满于当时人情关系的冷漠，渴望一种稳定、安详、平易、温馨的人伦关系，厌恶那些理想化、英雄主义的作品时，便策划和编写了反映世俗基本伦理关系的电视连续剧《渴望》等作品。当他发现当时大众正不堪承受特定时空下的心灵重压，生活的怨气无处发泄，渴望一种轻松、和谐的生活环境时，又与冯小刚合写《编辑部的故事》等。他在调整转换中不断地寻找着与读者、观众的最佳契合点。

　　此外，王朔的作品充满市民意识。在商品经济日趋发展的社会里，市民文化蓬勃发展，市民阶层如鱼得水，善于应变，务实求实。王朔一开始便以底层市民阶级的代表出现在文坛，并以其独特的方式说出了众多受挫及失意的无权无地位的市民阶层的心里话。王朔作品描绘出了巨大的失落感，表达了"文化大革命"结束后整整一代人的总体精神特征，他们对理想与文化的厌弃和对未来的惆怅已成为一种时代病。王朔作品中的思想情感相当平民化，一副与"下层"的人贴得很近的样子。他写的只是大众和都市平民的生活，那些在社会底层生活着的小人物。他笔下的"痞子"形象就是大众文化意志的外化。王朔笔下的各种各样的小人物，他们抛弃一切政治羁绊、传统重负，调侃一切，从而达到潜意识的快意的释放。在王朔那里，一切虚妄的价值、观念都被嘲笑，一切假仁假义的理想主义都被讽刺，反映出了在市场经济大潮初期市民阶层反叛传统、反文化、追求个人主义和实用主义等大众意识的精神内核，表现出大众文化边缘性和反叛性的特征。其作品表现出对传统作家意识的拒绝，对英雄主义的拒绝，对信仰的拒绝，对主流意识形态的崇高、理想、理性、伦理、道德的拒绝；表现为一种无节制的情绪放纵。其塑造的"痞子""顽主"等形象基本上都是市民社会中最底层的人物，没有社会地位，没受过很好的教育，没有固定的职业，有的甚至还有种种犯罪前科。他们玩世不恭，无所事事，蔑视工作、学习、婚姻、家庭、道德等一切规范和秩序，放浪形骸，及时行乐，沉溺酒色，整天出入客厅、餐厅、舞厅、情场和赌场，一点正经没有，是肆无忌惮地玩金钱和性这类本能欲望的"顽主"。大众极端的情绪在消费的快感中得到了化解。王朔通过知识分子的平民化来解构精英文化，表现出一种"反智主义"情绪。在幽默、诙谐、调侃的氛围中完成对人性的弱点的批判，表现出一种豁达、潇洒、无奈的人生观。

　　从《烦恼人生》开始，池莉一反传统知识分子由上而下的姿态，她不仅说出了大众的状态，而且以大众身份说故事。在题材上，以中国社会变迁中的普通人的生活品格为展示对象。在叙述上，消解宏大叙事，始终保持着大众化的叙事策略。一方面是对生活本身的自然叙写；一方面又有对故事情节的追求，加强了悬念、巧合、神秘等因素的展现。池莉以看似矛盾的修辞语言统率其文，基本上不提供任何倾向性的判断标准，把大众趣味作为自己文学创作的表现内容，制造了一个以往知识分子眼光所不具备的张力空间。作为消费者的读者地位的重要性逐渐凸显。另外，在"池莉热"现象中，大众传媒保持着既相互竞争又相互依赖的关系。畅销书模式、准肥皂剧模式、都市报系列连载以及文艺记者的访谈间达成有意或无心的共谋，加之池莉本人并不完全被动的参与，这些都构成了文人介入大众文化传媒过程的重要标志。大众传媒不仅借助文人获取了文化快餐所匮乏的文化资本，在更深的层面上，它甚至有力地影响了作家的创作，使作家真正进入大众文化的写作状态。

池莉现象作为 20 世纪 90 年代以来转型期知识分子分化的重要个案，是精英知识分子调整状态之后坦然面对文化市场的一个比较成功的范例，体现了艺术创作在接受大众文化的渗透与挑战中的升沉离合。对大众趣味的独立表现及进入文化市场后的行动方式使池莉自觉不自觉地成为当代大众文学的重要生产者，大众文学与传统纯文学不同的诸多特质亦表露其中。在本章第一节中已经论述过，虽然池莉的小说大众化、写实化，但是在作家笔下依然暗含着作为作家的思考和精神担当；文学的载道传统作为一股暗流流动在作品中。

王蒙的文学消闲观是以满足闲暇时间消费需求向大众提供以娱乐为主的文学观，它体现了由政治意识形态消费向大众娱乐文化消费转型的时代特点，具有娱乐性和雅俗共赏的美学特征与多重的现代文化意义。

随着人们知识水平的提高，文学市场化进程的加快，大众文学与纯文学两者之间相互靠拢，界线越来越模糊，其结果必会走向"中间文学"。中间文学指既深具娱乐性与趣味性，又有严肃性与艺术性，兼具纯文学和大众文学的双重特点的小说。比如日本作家渡边淳一的作品即是如此。新时期以来的大众文学尽管有其负面影响，但从总体上讲，大众文学是与现代社会相适应的文化形态。它的叙事策略体现了大众文学所固有的快乐原则和商品交换的消费逻辑，也在有力地改变着文学的样态和运作方式，是文学发展的新阶段所出现的新形式。它在现代都市中发掘并丰富了新的文学表现领域，为文学创造了新的表现方式。在美学观念上它们呈现出与前辈作家完全不同的艺术倾向，从而也为读者提供了一种新的审美经验。大众文学解构了宏大叙事传统，直白、平面地书写现实物质社会的各种人性欲望和本质特征。从文学自身的规律和文艺生产长远发展看，市场化运作是文艺生产长期繁荣的可靠保证和必然选择。如何在商品市场社会中提供高品质的文学作品是大众文学作家应该思考的。

　　精英文学、大众文学、网络文学构成了电子传媒时代文学的三大具有实力的文学种类，势均力敌的三者大有三足鼎立之势。文学的存在方式不是一个超语境的理论，而是在当下社会文化语境中具体存在着。在市场经济条件下，文学产品成为商品，文学的效益决定其命运。在当前特定社会历史时期，生产和消费高雅文学产品的成本高，收益小；生产和消费大众文学产品的成本低，收益大。高雅文学的衰落和大众文学的兴起是历史的必然。但商品性与文化价值并不构成悖论。相信随着人类文明程度的不断提高，高雅文学将充分实现其效益而逐渐兴盛。另外，在中国大众文学的现实发展过程中，政治、启蒙、商业这三种观念所发挥的影响作用不同，其表现形态也各有不同。总体来看，直到今天中国大众文学仍然在按照政治、启蒙、商业的价值逻辑演绎发展着。这三者间虽有交集但也存在相当剧烈的内在价值立场的冲突。如何将三者调和融会、发展出更新形态的中国大众文学或许是很久以后的事情。

"消闲"是大众文学的特征，但不是大众文学的唯一特征。大众文学作家也在试图将大量的新思想、新技巧、新形式融入大众文学作品中。抗日战争爆发后，张恨水也积极投身到抗战宣传中，并且同时期的作品也基本与抗战有关。《论语》半月刊的林语堂、郁达夫、邵洵美等人也都是五四新文学的旗手。其实，大众文学和通俗文学的"雅化"从来就没有停止过。大众文学作家的思考和精神担当掩藏在"消闲"的肌理背后，文学的载道传统作为一种精神资源，常常使作品呈现出很强的现实意义。

研究 20 世纪 80 年代以来中国大众文学形态及其发展趋向，是引导大众文学发展，促成雅俗文学共生共荣的重要路径。未来的大众文学又会走向何方？随着社会转型和大众艺术欣赏水准的提升、民主化进程的加快，"先锋性"和"大众化"① 会进一步融合，"新、旧文学的坚冰会进一步打破"②。大众文学在载道传统的精神助推下会有更大的发展，且会带来许多新的现象和新的问题。

第四节　网络文学是否无关"载道"

信息社会催生出以网络化为基础的社会交往方式。计算机和网络技术的发展，使电脑写作、上网写作成为互联网时代新的写作方式，网络文学是伴随着这种新的写作方式而出现的一种新型的文学样式。网络作者利用计算机网络写作，作品首发于互联网并借助网络媒体传播，读者主要通过网络阅读文学作品。随着网络技术的进

---

① 陈思和. "五四"文学：在先锋性与大众化之间［N］. 中华读书报，2006 - 03 - 08.
② 吴福辉. 当新旧文学界限的坚冰被打破［N］. 中华读书报，2006 - 03 - 15.

步与发展，网络文学写作蜂起。由于数字化媒介技术与网络的发展，网络文学消解了传统文学文本信息单一、单向传播的局限，使其自身呈现出双向交流以及多媒体化传播的新特质。网络文学自20世纪90年代诞生以来，在促进文学回归、文学大众化和文学反馈机制形成等方面做出了积极贡献。

如今网络文学的大量客观存在已是不争的事实。经历近20年从发轫、萌芽、破网而出，到受到网络界、学术界和网民的质疑，再到被各方面逐步接受进而风生水起，"快餐型"的网络文学以雷霆万钧之势席卷整个网络，并立刻将其带来的影响和冲击，通过商业化的推动迅速延伸到传统文学领域。网络文学的审美特性，包括审美意识的公共性、审美态度的娱乐化、审美趣味的通俗性等方面。网络文学具有创作主体的网民化、创作动机的娱乐化、文本特征的立体化、作者读者的互动化、文本传播的快捷化、文本价值的多元化等特征。网络文学的最大特征是自由和开放。网络写手大多是生活在城市中的年轻白领阶层和大学生，从事与网络、金融、法律、编辑、广告、艺术设计等相关的工作，网络技术异常娴熟。网络文学自诞生之日起就带有游戏的味道，不少网络写手就曾坦言，自己的创作就是为了自娱娱人。在创作主题和思想内容上，网络文学回避崇高，消解载道，拒绝代言，推卸责任，追求愉悦。在创作手段上，网络写手广泛运用"拼贴""意识流""蒙太奇"等艺术表现手法，使网络作品呈现出独特魅力和意蕴。网民的点击、评说以及网站的排行榜极大地激发了网络写手的创作热情。网民的参与不仅表现在阅读的选择和评点上，有时更直接地表现在参与创作上，即网民的回帖和评论有时也成为作品的一部分。网络作品面世快、读者反馈快、文本更新快，创作、阅读、评论几乎同时展开，同步进行和完成，所以它比以往任何传媒对文学的推动力、冲击力都大。据网友统计，网络文学每年有三四万部网络小说作品签约。唐家三少、天蚕土豆、萧鼎、烽火戏诸侯、我吃西红柿、安妮宝贝、南派三叔、韩寒、关月、当年明月等网络作家纵横网坛。现如今网络文学已成为出版、文学、大众传播等多领域交织的产业，在经济体量、发展势头上都不可小觑。据不完全统计，网络作品总量已逾 1 400 万种。近年来中国网络文学出现的"出海热"，正以一种自然发酵、自下而上的成功，证明中国式故事在全球市场的接受度。网络文学有望成为中国文化海外传播的重要助推力。

在网络文学繁荣发展、高歌猛进的同时，充斥着诸如网络文学质量参差不齐、网络作者一味迎合市场、网络文学版权混乱等不和谐因素，这些问题也成为网络文学被广大学者、专家等诟病的重要原因。

网络文学是文学的发展还是审美的退化？网络文学带来的是自由、宽容、公平的理念还是色情、低俗的自由市场？网络文学产生于当今的网络时代，其具有与传统文学相区别的本质特征。网络文学的精神实质是建立了一种全新的大众文化观和文学观。网络文学的意义在于其对文学存在方式、创作模式和价值理念的大众化革新。

当代文学发展史上网络文学的出现绝对是划时代的重要文学现象。作为一种生成于技术革新的文学样式，网络文学从诞生开始就受到技术因素与传统文学的双重制约。网络文学凭借与网络结合形成的传媒优势，秉承全民参与、娱乐至上、崇尚消费等全新的文学理念，积极地向大众文化市场迈进。网络文学的出现，不仅改变着文学的旧有面貌，也冲击着传统固有的文学观念。世纪之交网络文学的发展呈现出一番新的景象：在创作的旨趣上与 20 世纪八九十年代的网络文学大不相同并波澜不惊地进驻到大众文化市场，赢得大量人气，更以极高的姿态与传统文学分庭抗礼，颇有"江山代有才人出，各领风骚数百年"的意味。

网络让文学从"纸上"跃到"网上"，从而使其表现出一些与传统文学完全不同的新特质。借助网络，文学从写作方式、写作心态、写作文本到阅读方式、批评方式以及作者与读者之间的互动等方面都与传统文学截然不同。"网络文学改变了传统文学一贯重视的表现内容，颠覆了读者与作者之间的主从关系，解构了传统文学的形式结构"①，似乎忽略了文学"载道"的社会功能，丧失了对人类整体命运的终极关怀，毫无节制地宣扬了性与身体写作。网络文学的作者、网络文学创作的出发点与意义、网络文学的内容与形式与传统文学形态也大相径庭。新兴的网络文学对传统文学是继承和发展，也是颠覆和重创。毫无疑问，"网络文学与传统文学之所以会产生如此大的差异，其根本原因就是二者所依托的媒介完全不同"②。传统文学理论在不能完全解释网络文学中所出现的新特质的情况下也面临着变革和重构的任务。

无论是中国古典文学还是五四新文学都注重对"无名"和"大众"的文学关怀。网络文学作为大众文化中最为前沿的时尚文化，它开启了文学大众化繁荣的景象，让"无名"和"大众"参与到文学的狂欢中。但也暴露出许多问题。网络文学对文学大众化既有推动作用又有负面影响。网络文学由于创作泛滥、审美弱化、文学意义缺失等特征，一定程度上不利于文学大众化的发展。同时，由于网络文学在创作、阅读和评论上都具有广泛的自由性，它又积极地推动着文学的大众化。开放互动的网络文学极大地增强了读者与作者之间的交流，从这个意义上说，网络文学推动文学大众化，打开了文学大众化发展的新局面，是实现文学大众化的重要途径。网络文学时代文学大众化的发展，表现为创作主体和接受主体的交流程度空前提高，创作空间无限放大，更注重对个性追求的满足，等等。

网络文学虽然以迥异于传统文学的崭新面貌出现，却与悠久的

①② 刘祥. 网络文学对传统文学的颠覆性研究［D］. 北京：北京语言大学，2007.

中国文学传统有着深厚的渊源。而对中国文学传统的追寻，为进一步提升网络文学品质指明了方向的同时，事实上也为网络文学与传统文学的融合找到了更为坚实的依据。网络文学相对于传统文学有自己的优势和不足，但是却并非真的不关注传统文学中的"载道"传统。随着社会文化认知和精神消费水平的提高，未来的网络文学势必走向雅化。网络文学将不再仅仅是低俗文学、情绪宣泄等的代名词，它将更多地回归文学属性。

网络文学和传统文学是如此的不同。第一，网络文学因其独有的存在方式具有更大的创作开放性和随意性。网络写手自由表达喜怒哀乐，任凭流露一己情感。而传统文学在写作时，常常出于各方面的考虑而显得拘谨、压抑、沉重。第二，网络文学具有娱乐性较强的特征。它是以大众所喜欢的作品内容和艺术形式为重点，重视是否能给网民们带来愉悦。网络文学在思想内容方面所体现出的平民化、世俗化特色，正好迎合了大多数人的心理需求。而传统文学在思想内容方面都是以表现重大现实题材为主要内容，内容较为严肃。这类"高雅""经典"的纯文学在上班族高强度快节奏的生活中略显枯燥乏味。第三，与传统文学语言表达上追求语言的新颖性、准确性、形象性，注重词语的锤炼、语言的修饰、句式的选择不同，网络文学不太讲求文句的修饰，结构较简单、形式较短小、表达较直接，具有口语化、大众化的特点。此外，网络文学打破了原有的语言表达模式，一些独特的辅助性符号冲破禁忌被广泛使用在网络作品中，用来表达相对固定的思想内容或情绪，给网络作品带来了独特的阅读感觉。这些俏皮幽默、生动形象的语言彻底颠覆了传统文学追求审美、追求高雅的语言模式，具有很强的时代网络气息。第四，网络文学为了满足大众的需求，追求作品的通俗易懂，因此其表现形式多以章回小说形式连载于网络上，作者可根据网友的评论随时调整写作计划；传统文学主要是在书本、报纸、杂志上发表，因书册、杂志容量大，它一般不采用连载形式。网络文学注重的是点击率，面对的是大众，它以通俗易懂和喜闻乐见为价值取向和评价标准，更贴近生活；而传统文学的价值取向和评价标准倾向于思想深刻和艺术精湛。传统文学是走精英路线，网络是开放的、自由的，因此网络文学的创作对创作主体无论在年龄、性别、创作水平等方面都没有任何限制，文学创作不再是由少数作家垄断的职业行为，它已走进民间大众。第五，与传统文学文本无法参与和改变相比，网络文学具有文本的开放性，即读者能参与创作。传统文本一经创作出来就具有了"特权"，读者面对作品，只能是静观阅读再加以想象。网络文学能够实现创作者与读者间的双向互动。在网络小说连载过程中，读者可以跟帖对文本进行点评或回应，发表自己的看法、建议、见解等，作者可参考读者的跟帖留言，去构思小说的情节、塑造人物等。

网络文学一方面和传统文学有着血肉相连的关系，它扩张了文学的话语权，丰富了文学的表现手法，创新了文学的题材体裁，客观上扩大了文学创作的多元共享空间，为文学的发展提供了更加广阔的天地；另一方面，其特立独行的"非主流"的创作状态、日常生活审美化的创作追求，又是对传统文学手法的无意的逆反和消解。网络文学创作实践的发展，冲击和影响着传统的文学写作理论，使其不得不面临变革与重构，变革旧有的文学写作理论，以适应网络文学创作实践的发展。

当横空出世的网络文学面对源远流长的传统文学积淀时，该如何守候传统又跨越传统文学的桎梏？与传统文学相比，网络文学更加平易近人，能够满足不同读者的阅读口味，从而给传统文学的发展带来巨大挑战，同时也给传统文学创作提供了更多借鉴。网络文学平民化、游戏化的特点和网络文学的数字式传播方式解构了传统文学的纸质存在方式和生产传播方式。网络文学的自由写作状态和作者、读者的界限消融，解构了作者中心地位，并且在这个解构的过程中，以特有的方式重构了网络文学独有的审美体系。其实，网络文学与传统文学在本质上是共通共融的，网络文学对于传统文学更多的是补充和发展。网络文学在表现方式、语言形态、创作手段、审美元素、评论手段等方面，极大地丰富和发展了传统文学原有的范式和元素，对传统文学的发展产生了巨大的推动作用。网络文学的强势发展，给传统文学带来了冲击，也带来了机遇。一方面，阅读网络文学所带来的愉悦和轻松，刺激一部分读者进一步远离艰涩难懂的传统文学。另一方面，网络文学的广受欢迎，培养了一批读者，这在客观上增加了人们阅读文学的时间，给文学及传统文学的整体复苏带来宝贵的缓冲时间。传统文学具有历史悠久、内容丰富、思想深刻、写作技巧成熟等特点，其正统的文学地位是毋庸置疑的。从创作的灵感以及来源上讲，网络文学与重视"载道"传统的传统文学也没有实质性的区别，他们都是文学，都源于生活，都是作者通过文学的形式对自己情感的一种抒发与宣泄。网络文学与传统文学二者的融合发展对我国未来文学的发展将有所裨益。

及至晚清，在几千年的历史长河中，中国文学特别注重"载道"传统，强调其言志、教化、抒情等作用。统治者视文学的主要功能为教化百姓、维护封建统治。曹丕《典论·论文》里"盖文章，经国之大业，不朽之盛事"的论述，把文学的政治功用发挥到极致。晚清由于受西方现代传播媒介（报纸）、出版机制、科举制度废除和现代文人出现等因素的影响，文学的传播方式、发表方式、阅读方式发生了巨大的变化。文艺生产进入资本化运作阶段。现代稿酬制度在中国的出现和广泛应用，激发了一批报纸、杂志的产生，一大批文人围绕着这些报纸、杂志组成现代社团，在发表自己的文艺主张的同时通过稿酬养家糊口。比较稳定的经济来源和便捷的文艺传播媒体大大刺激了近现代文学的发展。从以诗文、文言文为核心的中国古代精英文学转变到以小说、白话文为主的大众文学，小说成为人们娱乐休闲、启迪智慧、革新政治、舆论宣传的工具。历史上，通俗文学和严肃文学的互通互融、相互影响一直进行着。网络文学作为通俗文学，关心当下个体的生存现状，用调侃和反讽的方式书写人生的无奈和沉重，这是传统文学中载道传统的另类表现，和李白笔下"花间一壶酒，对影成三人"的自嘲和郁达夫笔下的"零余者"是多么相似的人生心境。

传统文学的主流化和经典化是历史沉淀的结果，是在"文以载道"的文学追求下作家呕心沥血创造文学精品的结果。据预计，到2020年中国网络文学市场规模将增长至134亿元，文学改编市场规模也将增长至8 361亿元。网络文学主流化的声音愈加喧嚣，同时网络文学所需要承担的社会责任也越来越大。网络文学的主流化、经典化，需要内外力的共同作用。外力方面的监管与引导固然重要，但更重要的是网络文学作家在主观上要力争多创作精品。网络文学创作精品化应是网络文学的不二选择。要以传统文学的载道传统为价值取向，引导网络作家树立高远的文学理想，承担起自己的时代责任、社会责任和文学责任；引导网络作家提升思想认识境界，树立正确的历史观、民族观、国家观、文化观。引导网络作家创作现实题材的网络文学作品，讲述中国故事，增强精品意识和创新能力；参照传统文学"文以载道"的评价体系和有效的推介机制，激浊扬清、褒优贬劣。

"叛逆"不是网络文学的好归宿。一部分网络写手以调侃冲刷生存的严肃性，化责任为笑料，对"神圣"和"崇高"进行反讽；有些作品用媚俗的情欲消解精神的空虚，文学的精神净化和人文升华功能在网络文学这里似乎遭到异化和断裂。"宏大叙事、精品意识、艺术独创性，在消解情绪的支配下似乎荡然无存。写作中诸如题材重复、文本结构简单、叙述技法粗糙等，也使读者降低了阅读期待，人气骤降，导致有一定文学鉴赏力的读者对其失望。"① 逗

---

① 马季. 在网络中成长，与网络共生［N］. 出版商务周报，2008－05－04.

一时之快盲目地与传统对抗，让网络文学迅速尝到了苦果，这也成了网络文学被诟病的原因。所以说，传统文学中的载道传统是轻易反不掉的，一"反"就倒的也不是传统。因为"虽然以迥异于传统文学的崭新面貌出现，网络文学却与悠久的中国文学传统有着深厚的渊源。而对中国文学传统的追寻，为进一步提升网络文学品质指明了方向的同时，事实上也为网络文学与传统文学的融合找到了更为坚实的依据"①。年轻的网络文学就像叛逆期的孩子，用反叛的姿态标榜自我。其实我们身上都有着传统文化的基因密码，网络文学作者无论是用"叛逆"还是用"消解"的方式表达情绪，都是传统精神的一部分，是载道精神的异样表述。

网络文学被批评是极其正常的，因为传统文学也同样存在诸多问题，需要新的力量来激活。网络文学的有些问题是阶段性的，会随着时间的推移而自我调整和修复，毕竟网络文学才经历20余年时间，其"载道"之路还很漫长。应对网络文学多些理解和关怀，培育一个良好的氛围，提升它的水准，让它更加美好与强大。喧嚣过后，文学仍是文学。

网络文学与传统文学分别代表着现在与过去、新潮与主流，两者之间有距离，有冲突，更有割舍不下的联系。网络文学与传统文学就像马车的两个轮子驰骋在当今快速发展的大道上。学者马季曾说："当代中国文学大家必然出现在'网络文学'与'传统文学'互补之后的一代人当中。他们将推动中国文学产生一个新的高峰。"② 这就是说，未来的中国文学既不是现在的传统文学，也不是现有的网络文学，而是经过交叉、渗透、融合、发展之后的新型

---

① 傅小平. 网络文学才是真正意义上的传统文学？［N］. 文学报，2014 - 05 - 29.

② 潘天翠. 网络文学10年：传统与融合［EB/OL］.（2009 - 06 - 12）. http：//www.media.people.com.cn/GB/9463887.html.

文学。其实即使在当下，网络文学与传统文学二者也正在走向融合。具体体现在表现形式和写作技巧方面，网络文学和传统文学相互参考、借鉴。在写作方式方面，受网络文学创作的影响，如今的传统文学创作也变成了轻松自由的"电脑＋网络"的写作方式，随时随地用电脑进行文学创作与修改，并通过网络在线发表。快速、高效、安全的传递方式取代了以往纸质信件传递的缓慢和不安全。取长补短是网络文学与传统文学作家共同期望达到的目标。传统作家在遵循以往将作品通过书册、报纸、杂志进行发表的同时，也积极创新，建立自己的网络交流平台，并与读者在网络上进行即时的思想交流。网络作家除了将作品在网上进行发布外，也开始将作品出版成书或在报刊上进行连载，借用传统文学评价标准来提升作品的水平，以期获得传统文学界的认可。实际上，网络文学吸纳传统文学，出版社出版网络作品一直都没间断过。在读者群方面，传统文学的读者群可能也是网络文学的阅读者。网络文学读者也可能像传统文学读者那样，去阅读主流文学作品。在作家层面，一方面，网络作家思维活跃、富有想象力，这是值得传统作家学习的；另一方面，网络作家也应学习传统作家严谨的创作态度，尤其在人物塑造和关注现实等方面的优长。传统文学不再一味地追求精英路线，其早已认识到，只有面向大众，才能更好地达到普及文学的目的。因此，网络文学与传统文学在自身不断发展的同时也要相互填补缺陷，逐渐融合。我们期待网络文学与传统文学在载道传统的精神指引下建立互学互补、共存共荣的和谐关系。

新写实小说、底层写作、大众文学、网络文学与传统文学的相互补充与改进，必然促成当今文学的繁荣。当下中国文学的繁荣发展，必然需要紧跟时代潮流，锐意进取，努力在题材、体裁、形式上进行突破，在文学观念、内容、风格上汲取传统文学的精神担当，形成自己的特色。需要独立思考，突出艺术个性；需要目光深远，兼收并蓄传统文化和外来有益文化，同时将全球化与本土化融会贯通。从而使当下的文学形态更丰富多元，不断迸发创新活力，不断涌现精品佳作，让文学之树长青。以此期待中国文学的美好未来。

第九章

中国梦：文学发展的新动能

梦想是人类特有的情感机制，是文学的原初动力，也是其内在的精神特质，是夸父追逐太阳的驱动力，是普罗米修斯拯救人类的火种。从古至今，人类以文学之笔描绘梦想在不同历史条件下的各色形状，并贯穿于不同流派、不同风格的文学创作之中。① 新历史语境下提出的"中国梦"为当代文学发展和前进指明了方向，成为文学发展创新的新动能。同时，文学以其特有的形式助力"中国梦"，弘扬社会主义核心价值观，这是中国当代文学繁荣发展的历史使命。

第一节 确立中国梦——中国当代文学的挑战和机遇

当代文学的历史叙述在发展与流变中，背后通常以重大政治事件作为标注，这意味着当代文学的话语书写有其独特的表达和呈现方式。相较于风潮涌起、巨星璀璨的现代文学，当代文学之路在曲折中前进，在起伏中发展。改革开放后，西方自由主义和消费思潮全面冲击了中国内地的经济、文化和思想，东方文明的话语权和影响力再一次在本土受到波及。即便如此，当代文学群体仍能顶风前行，承前启后渐次走向历史舞台，表现出不同的时代特色。中国当代文学具有即时性的特点，此时、此地，人们活在当下，书写当下的文学，对于过去的既定事实学界可以分析、表态、定性，但是对于即时性的当代文学生态圈来说，这种动态的不稳定性以及外来文化对本土文化的冲击意味着时下所处的环境对中国当代文学来说，既有挑战，又有机遇。

---

① 张江，於可训，柳建伟，等. 文学书写中国梦［N］. 人民日报，2014 - 11 - 28.

一、信息化浪潮对严肃文学的冲击

21 世纪是信息的世纪、科技的世纪、全球化的世纪。经济锁链打破了意识形态的壁垒，跨过国家与民族的界线，将地球上的绝大部分人紧密相连。托夫勒将 21 世纪描述成一个知识急剧膨胀与信息传播呈几何级增长的时代，印刷出版物作为 20 世纪最伟大的传播介质却被新兴媒体以前所未有的速度赶超，甚至取代。以印刷出版物为主要物质载体的严肃文学也面临着载体萎缩、受众减少的局面。作为正在经历时代转变的当代文学主要面临以下三个问题。

从文学传播角度看，杂志、报纸等传统纸媒市场受到电子书和互联网的挑战，纯文学杂志面临转型问题。抛开《人民文学》《收获》等国内顶尖纯文学杂志，市面上相当部分的文学杂志仍然面临生存困境。2014 年 2 月，纯文学杂志《天南》因经营压力宣布停刊；2013 年 7 月，台湾老牌杂志《文讯》遇经营困境，台湾文学界 170 位文人捐物义拍，拍卖所得全部用于扶助《文讯》的经营。除此之外，《译文》《大家》《万象》等杂志都面临停刊的问题。纯文学杂志在新媒体发展和网络文化的双重夹击下，不得不寻求新的生存之道。文学的多元化离不开繁荣的出版传播环境，而网络媒体由于其信息传播快、内容多和成本低等优势，在用户市场上极大挤占了纸质媒介的利润空间。文学杂志想要寻求可持续发展还应把握时代变化，寻求正确的转型方向。

从文学受众角度看，日益丰富的娱乐方式和碎片化的信息输出逐渐削弱大众对严肃文学的审美感知力和阅读兴趣。中国新闻出版研究院公布的《第十五次全国国民阅读调查报告》反映了全民阅读的新变化：2017 年，中国成年人人均纸质图书阅读量为 4.66 本，与 2016 年的 4.65 本相比，略有增长；数字化阅读方式的接触率为 73.0%，较 2016 年的 68.2% 上升了 4.8 个百分点；日均手机阅读时长为 80. 43 分钟。① 总结亚马逊等网站近五年的畅销书排行榜，会发现青春、悬疑、玄幻、历史等类型小说是目前的主流小说，且主要消费者集中在年轻人身上。另一方面，书籍销量和作家收入水平等排名都说明了一个问题：纯文学距离大众视野越来越远，越来越往小众圈子发展，这对于当代文学持久而稳健的发展提出考验。

从文学生产角度看，自 20 世纪八九十年代先锋作家群掀起实验性和人文性的最后一波高潮后，严肃文学在大众视野下逐渐边缘化。与 20 世纪一波波涌现的作家各领风骚相比，21 世纪的严肃文学作家呈现青黄不接的状态。尤其是年轻一代作者们的价值观趋向娱乐化、商业化。我国自 20 世纪 80 年代打开国门以来，汹涌而入的西方思想文化极大地影响了人们的思想。后来，随着市场经济的活跃，人们的传统观念又遭到利益价值观的冲击，整个社会盛行着享乐主义、个人主义、拜金主义思潮。新兴的文学作家往往出现起点给力、后劲不足的现象。今天的中国文学，已进入了一个惯以代际来进行命名的时代。50 后、60 后、70 后、80 后，作家队伍纷纷被冠以这样的代际划分。这样的划分虽不尽科学，却并非全无道理，至少这样的代际谱系确实能比较清楚地让人看清某种文学史脉络，这其中包括 50 后、60 后的龙盘虎踞，70 后、80 后的不彰不显。如果文学的代际更替不能按文学自身的内在逻辑进行，而只能将其全然交付给时间的自然规律，那就意味着我们的文学已经面临巨大的危机。

二、文化战略给当代文学带来新机遇

从文学本身的层面能够看到它在代际发展时面临青黄不接、传播小众的问题，但也能够看到国家近年来对文学的扶持力度逐渐加大，这与国家宏观的"文化自信"战略密切相关。

---

① 第十五次全国国民阅读调查报告［N］. 人民日报，2018 – 04 – 19.

　　党的十九大召开以后，习近平总书记强调了要坚定文化自信，推动社会主义文化繁荣兴盛，用文化自信为中国梦积蓄持久动力。文化是国家软实力的重要部分，是提升国家综合国力与竞争力的重要因素。一个国家的强大，不仅仅体现在政治、经济、军事这样的硬实力方面，还体现在文化软实力方面。从某种意义上来说，在当今国际社会中"谁占据了文化发展的制高点，谁拥有了强大的文化软实力，谁就能够在激烈的国际竞争中赢得主动、占得先机"①。中国在国际政治角逐中国家形象的建立和话语权的争夺与中国当代文学发展的繁荣程度是有密切联系的。

　　国家层面需要建立文化自信，并对此进行全方位、深层次的战略性设计，从最高层次上寻求解决问题的途径，即所谓的"顶层文化设计"。国家对社会主义文化的建设为当代文学的发展提供了更为广阔的空间和舞台。

　　随着新中国的成立和中国国际地位的确立，中国与世界接轨的意愿越来越强烈。新中国文学肩负塑造新中国形象、向世界读者介绍中国社会主义建设成就的历史使命，因此，文学的对外交流成为社会主义文学重要的一部分。中国愿意以开放胸怀接纳外来文化与文学，中国当代文学重新恢复与世界文学的联系。中国的新时期文学成为世界文学的多元化格局的一部分，中国与世界各国的交流机会日渐增多，加之互联网、新媒体等传播媒介的多样化，国外各种流派的文学、哲学、社会学、美学、电影、电视剧等源源不断地输入，促进了中外文化的多元交流。国门的打开也为中国作家及其作品走向世界创造了条件。随着中国作家个人或作家代表团外出访问、讲学和参加各种"国际写作计划"活动的增加，世界各地的读者开始了解中国现当代文学作品。不少作家陆续获得一些外国文学

---

① 沈壮海. 软文化·真实力：为什么要提高国家文化软实力 [M]. 北京：人民出版社，2008：15.

奖，作品被翻译成多国文字，有巴金、沈从文、老舍、杨沫等老一辈作家，而更多的是新时期文坛上的中青年作家。

20世纪八九十年代中外文学交流仍以"请进来"为主，直到进入21世纪，这种现状才得以改变。新时期以来，莫言、余华、毕飞宇、苏童、王安忆、池莉、韩少功、残雪、贾平凹、王蒙、张洁等作家的作品被译成多种文字远播海外，其中有不少作品还受到海外读者的喜爱与业内人士的好评，但是与当代文学创作实绩相比还有相当大的差距。当代中国文学作品要走向世界，除了作品本身要凸显本土性、世界性之外，翻译出版在中外文学交流中起到极为关键的作用。2013年"一带一路"倡议的提出，为中国的文化发展指明道路，也为中外文学交流互动和建设提供了条件与平台。作为中华文化"走出去"战略的重要组成部分，中国当代文学走出去，如果单靠个人或民间的力量则过于单薄，为有力推动中国文化的对外交流，中国政府做出了积极努力并采取了相应举措。

从国家层面来看，近数年来，习近平总书记出访他国时在一些重要场合的讲话或演讲中，经常引用中国传统诗歌名句或讲述文学轶事，或谈论中外名家名作，有意识地推动文学交流。2009年他出访德国，在国际书展开幕式上的致辞中说到，因为彼此之间的文化交流，人们对孔子、歌德、莎士比亚等文学巨匠有了更深的认识。2014年习近平在柏林的演讲中又再次提到了歌德、席勒、海涅等作家。同年9月18日，习近平在印度世界事务委员会的演讲中，讲述自己读泰戈尔作品的故事，并引用其中"如果你因为失去了太阳而流泪，那么你也失去了群星"，"生如夏花之灿烂，死如秋叶之静美"等名句，拉近了中印两国人民心灵的距离。2015年9月22日，在华盛顿州当地政府和美国友好团体联合欢迎宴会上的演讲中，习近平在谈及美国人民的进取和创造精神时，提到了自己青年时期阅读过的梭罗、惠特曼、马克·吐温、杰克·伦敦等人的作品。他尤其强调，海明威的《老人与海》给他留下深刻的印象，认为"不同的文化和文明，需要去深入了解"。2015 年 10 月 21日，在伦敦金融城市晚宴上的演讲中，习近平提到自己青春时代阅读莎士比亚的《哈姆雷特》《李尔王》《仲夏夜之梦》《罗密欧与朱丽叶》《威尼斯商人》《麦克白》等剧本，引发自己对人生的思考，并提到同一时代的中国明代剧作家汤显祖，建议中英两国可以共同纪念这两位文学巨匠，以推动两国人民的文化交流。2016 年 11 月22 日发表在智利媒体上的文章《共同开创中国和智利关系更加美好的未来》，习近平在文章中回顾了中智两国兄弟般的情谊，并且提到智利当代著名诗人聂鲁达多次访华写下《中国大地之歌》《亚细亚之风》等祝福、歌颂中国的诗篇，这些作品在中国大地广为传诵，并影响许多中国诗人。2016 年发表在捷克媒体的署名文章《奏响中捷关系的时代强音》，习近平谈起捷克著名画家斯克莱纳尔与吴作人、齐白石等大师结下的友谊。在这些外事场合中，习近平总书记有针对性地提起彼此间的文学交流历史、交往故事，消除了文化隔膜，最重要的是"为中国文学的海外传播牵线搭桥、推波助澜，对于构建中国文学海外传播的良好格局，发挥了不可忽视的作用"①。

季羡林先生曾指出："它（文学交流）能提高世界人民的精神境界，能促进世界文学创造的繁荣，更重要的是能促进世界上不同民族的相互了解，增强他们之间的友谊和感情。"② 因此，从长远的世界格局来看，我们不能满足于中国以"经济巨人"的形象立于世界之林，还要用文化与文学的交往去树立一个开放多元、富有人性深度、作风踏实的当代中国形象。

---

① 姚建彬. 国家层面交往推动中外文学交流［N］. 人民日报（海外版），2017 – 01 – 11.

② 季羡林.《20 世纪中外文学交流史》序［J］. 南通师范学院学报（哲学社会科学版），2000，16（1）：1 – 2.

三、"文化强国"战略给当代文学的发展提供长久滋养

随着中国社会经济的快速发展，文化体现出来的地位越来越重要。从新中国成立时毛泽东提出的"科学文化现代化"，到邓小平提出的"精神文明建设"，再到党的十五大提出"文化是综合国力的重要标志"，党的十六大指出"文化的力量，深深熔铸在民族的生命力、创造力和凝聚力之中"，到十七届六中全会提出"建设社会主义文化强国"的战略目标，党中央对于文化的作用和地位的认识不断深化，直至党的十八大将推进社会主义文化强国建设列为"五位一体"总体布局的有机组成部分，中国文化建设的顶层设计蓝图基本形成。这是以习近平为核心的党中央结合当前的时代特点和世界文化发展趋势以及我国的国情，对文化建设做出的明确定位。

五千年的中华文明孕育了博大精深的中华文化，其中有许多文化精髓仍散发着永恒的魅力。比如"先天下之忧而忧，后天下之乐而乐"的抱负，"鞠躬尽瘁，死而后已"的献身精神，"天行健，君子以自强不息"的刚健精神，"己所不欲，勿施于人"的人本精神，"富贵不能淫，贫贱不能移，威武不能屈"的高尚气节，"天人合一"的道法自然思想等，以及古代社会形成的"仁、义、礼、智、信、孝、忠、勇、廉"等核心价值观，都是文化强国建设的文化资源，对当下社会的发展具有重要的参考价值。2014 年习近平总书记在纪念孔子 2 565 周年诞辰会上再次强调中华传统文化的作用，肯定"中国优秀传统文化的丰富哲学思想、人文精神、教化思想、道德理念等，可以为人们认识和改造世界提供有益启迪，可以为治国理政提供有益启示，也可以为道德建设提供有益启发"①。

---

① 习近平. 在纪念孔子诞辰 2565 周年国际学术研讨会暨国际儒学联合会第五届会员大会开幕会上的讲话［N］. 人民日报，2014 – 09 – 25.

罗素也曾高度评价中国优秀的传统文化，认为"中国至高无上的伦理品质中的一些东西，现代世界极为需要"，"若能够被全世界采纳，地球上肯定比现在有更多的欢乐祥和"①。优秀的传统文化是可以超越国度、跨越时空的。源自文化本身的优越性使我们有了坚定的文化自信。在进行文化建设的过程中，应该去粗取精，去伪存真，充分挖掘和发扬传统文化，从而给予当代作品思想构建最丰富的养料和精华。

一个国家文化软实力强大与否，很大程度上体现于国家核心价值体系的生命力和凝聚力。如果一个民族没有这种赖以维系的精神纽带，这个民族的文化是强大不起来的。习近平在五四青年节与北京大学师生座谈时，指出："人类社会发展的历史表明，对一个民族、一个国家来说，最持久、最深层的力量是全社会共同认可的核心价值观。"② 所以，文化建设的核心是要培育社会主义核心价值观。特别是在互联网迅速发展的时代，庞大、复杂的信息量渗透在日常生活、学习和工作中，容易影响人们的判断，更有必要确立全民族认同的核心价值观。因此，十八届三中全会特别强调，建设社会主义文化强国，必须培育和践行社会主义核心价值观。如果每一个中华儿女都将核心价值观内化于心，外化为自觉行动，必能形成全社会积极向上的正能量。

2014 年 10 月 15 日，习近平主席在文艺工作座谈会的讲话中首先结合目前的新态势论说文艺和文艺工作者的作用与功能，指出："文艺是时代前进的号角，最能代表一个时代的风貌，最能引领一

① 转引自：云杉. 文化自觉 文化自信 文化自强：对繁荣发展中国特色社会主义文化的思考（中）[J]. 红旗文稿，2010（16）：6-10.
② 习近平. 青年要自觉践行社会主义核心价值观：在北京大学师生座谈会上的讲话 [EB/OL].（2014-05-05）. http://www.gov.cn/xinwen/2014-05/05/content_ 2671258. htm.

个时代的风气。"① 然后就文艺的重心提出要求——以人民为中心，弘扬社会主义核心价值观，创作无愧于时代的优秀作品。最后就党和文艺的关系问题明确指出，党的领导是社会主义文艺发展的根本保证，并强调这种关系的正确处理应该把握两条：一是要紧紧依靠广大文艺工作者，二是要尊重和遵循文艺规律。为了贯彻落实习近平总书记的讲话精神，2015 年 10 月 3 日中共中央又下发了《中共中央关于繁荣发展社会主义文艺的意见》，从六个方面对当前文艺工作做出全面部署，并提出新的要求。这份文件"以顶层设计、整体谋划的方式，提供了有力的政策保证与制度保障，使新世纪的文艺事业有了强大的思想引领与精神动能，为新世纪的文艺工作制定了新的发展路线与行动指南"②。

回顾中国现当代文学发展历程，从延安文艺座谈会到北京文艺座谈会，从第一次文代会到中国文联第十次代表大会，文艺思想、路线、方针、政策既显现出传承性，又凸显新时代特点。比如，随着互联网技术的日渐成熟和新媒体的发展，一大批新的文艺类型应运而生，文艺观念和文学实践随之发生深刻的变化。对于文艺领域里的这些新现象、新变化，习近平总书记在讲话中特别提醒文艺工作者要加以关注，"要适应形势发展，抓好网络文艺创作生产，加强正面引导力度"，不排拒、不回避，正视其存在的合理性。《中共中央关于繁荣发展社会主义文艺的意见》还强调，要坚持"建设和发展、管理、引导并重"的方针，"推动网络文学、网络音乐、网络剧、微电影、网络演出、网络动漫等新兴文艺类型繁荣有序发

---

① 习近平：文艺是时代前进号角 最能引领一个时代风气［EB/OL］.（2014 – 10 – 15）. http://www. chinanews. com/gn/2014/10 – 15/6682531. shtrnl.

② 白烨. 新世纪文艺工作的行动指南［EB/OL］.（2015 – 10 – 21）. http:// www. chinawriter. com. cn/bk/2015 – 10 – 21/83380. html.

展，促进传统文艺与网络文艺创新性融合"①。再比如，面对国际化大趋势，为增强中国与世界各国的相互了解，加大"走出去"步伐，党中央在文化交流方面改变战略，由原来"引进来"为主，转变为"走出去"为主，形成宽领域、全方位的开放格局。近年来，中国已与多个国家建立人文交流机制，搭建平台积极发声，如孔子学院的建立，"一带一路"倡议的实施，等等。其中，文学作品"走出去"是提升国家文化软实力的战略任务。文艺工作者要用文艺形式讲好中国故事，传播中国声音，展示中国独特魅力，充分利用多种交流渠道和平台走向世界。同时，我们应该鼓励民众广泛参与，调动广大文化工作者的积极性，将文化发展与教育结合起来，利用新型传播媒介，拓展精神文化生活的新阵地、新平台，为社会主义文化发展注入新的养分与活力。

总的来看，价值观的培育、传统文化的传承、意识形态和文艺工作建设等路径和方法，都有助于国家文化软实力的提升。习近平总书记指出，提高国家文化软实力，关系我国在世界文化格局中的定位，关系我国国际地位和国际影响力，关系"两个一百年"奋斗目标和中华民族伟大复兴的中国梦的实现。② 自党的十八大以来，党中央已开始贯彻、落实文化顶层设计，在推进文化强国建设中迈出了坚实的步伐，但是"文化任务的完成不可能像政治任务和军事任务那样迅速"③，我们既要看到紧迫感，更要看到长期性。在这个过程中，只要能发扬坚忍不拔、不屈不挠的精神，中国的文化建设必然会跃上一个新台阶。

---

① 新华社. 中共中央关于繁荣发展社会主义文艺的意见[EB/OL]. (2015 – 10 – 19). http://www.xinhuanet.com//politics/2015 – 10/19/c_1116871619. htm.

② 中共中央宣传部. 习近平总书记系列重要讲话读本 [M]. 北京：人民出版社，2016：207.

③ 中共中央马克思恩格斯列宁斯大林著作编译局. 列宁全集：第42卷 [M]. 北京：人民出版社，1987：197.

第二节　追寻中国梦——中国当代文学的态度和精神

2017 年 10 月 18 日，习近平同志在党的十九大报告中指出，实现中华民族伟大复兴是近代以来中华民族最伟大的梦想。实现伟大梦想，必须进行伟大斗争，必须建设伟大工程，必须推进伟大事业。中国当代文学是具有中国独特气质的文学，它所映射出的时代精神与传统的载道精神在内部具有密切关联；实现民族伟大复兴的中国梦离不开经济的发展、工程的建设、事业的奋斗，同样也离不开中国特色社会主义的文学创作，它是中国当代文学创作载道精神的集中体现。

一、现实主义精神的批判与反思

现实主义要真实地反映社会生活，人类的社会生活有繁荣，有贫苦，有团结，有矛盾。面对矛盾的态度成为试探真假现实主义的试金石。当代文学的现实主义批判精神有一条起伏曲折但缓慢发展的脉络。

1956 年下半年至 1957 年上半年，国家提出了"百花齐放、百家争鸣"的方针政策，"提倡在艺术工作和科学研究工作中有独立思考的自由，有辩论的自由，有创作和批评的自由，有发表自己意见的自由"①。经过一番宣传推动，当代文学创作的现实主义批判精神掀起一个短暂高潮，涌现一批反映生活问题的作品，例如王蒙的《组织部新来了个年轻人》、刘宾雁的《在桥梁工地上》、李国文的《改选》等。发表最早的是《在桥梁工地上》，影响最大的是《组织部新来了个年轻人》。王蒙将叙事视角放到来组织部工作的新

---

① 文艺报社论. 百花齐放、百家争鸣 [J]. 文艺报，1956（5）.

青年身上，揭露了中国官场上的不作为和官僚主义作风，成功塑造了副部长刘世吾的"懒官不管事儿"形象。譬如他的口头禅"就那么回事"能够解决指导一切事件，对工作失去热情，对人民失去尊重，遇到问题时能拖就拖，一旦被上级过问又倒打一耙。刘世吾形象的深刻之处在于他代表了广泛的官僚主义行为模式，将自己的麻木和冷漠包裹在口号和原则之下，像腐烂的食物埋在泥里，溢出呕吐的臭味却摸不着它。这种微粒式的官僚主义者遍布于干部群体之中，污染风气，带坏群众。这个形象的存在达成了王蒙的讽刺艺术，成为当代文学中的典型。

20世纪50年代的现实主义批判风气如潮水般朝涌夕退，"文化大革命"给了它重重一击，当时的文坛充斥了瞒与骗的文学，随后压抑的火山在岩石尚未封顶之时便悄然崩裂。1976年春天，新时期文学的现实主义批判精神在"文化大革命"尚未终结时便拉开序幕。天安门诗歌一夜爆现，成千上万的人涌向天安门广场，以诗歌形式悼念去世的周总理，痛斥"四人帮"给国家和社会带来的灾难。历史终于掀开了沉重的一页，伤痕文学成为新时期文学的第一个浪潮。刘心武的《班主任》成为伤痕文学的开篇之作，循规蹈矩但思想僵化的谢慧敏是刘心武贡献给文坛的经典形象。"伤痕文学"一词源自卢新华小说《伤痕》，以革命小将与母亲划清界限，在经年后对母亲去世的悔恨口吻来表达受害者的理性觉醒和感性控诉。"伤痕"一词紧紧贴合时代命题特征。

伤痕文学时期的现实主义批判方式和视角偶尔会局限在政治的囹圄里，20世纪80年代中期，韩少功在《作家》第4期发表了纲领性论作《文学的根》，提出"寻根"的口号，扛起了"寻根文学"的大旗，并以自己的创作实践了这一主张，《爸爸爸》《女女女》《归去来》等中短篇小说在海内外引起了强烈的轰动和反响。韩少功将批判的笔触从政治的反思转向文化的反思，《爸爸爸》里凝滞的时间、痴傻的丙崽成为原初文化的象征。鸡头寨的村民们和鲁迅的农民形象拥有相同的愚昧而麻木的血脉，同鲁迅国民劣根性的批评相仿，《爸爸爸》是韩少功对于传统文化劣根性的批判。

新写实主义在 20 世纪 80 年代后期兴起，作家们把观察社会的眼睛放到了人生百态和日常生活中。与以往辛辣无情的批判力度相比，作家们的笔锋渐渐平和。然而平和背后却同样讲述着深沉的无奈和命运的负累。池莉的小说被称为"过日子小说"，她的《烦恼人生》《不谈爱情》《太阳出世》讲述的都是人生最普遍的日常琐事，凡人的求生的疲惫、拮据的经济、压抑的情感，这种仿佛带了锈迹的铁钉般的悲剧感从每一天的鸡毛蒜皮中透露出来。刘震云的《一地鸡毛》和《单位》是姊妹篇，主人公小林在其生存环境中遭受人为挤压，加上事业单位上下级关系的复杂，同事交友的注意，家人家长里短的照应，生活无时无刻不张开它的獠牙吞噬年轻人的生命力。新写实作家们反思了环境与人的关系，在 90 年代逐渐落潮，但现实主义书写依然关照着社会的每一个侧面。

然而到了 21 世纪，作家们的现实主义创作遭到质疑，思想界的学者认为中国主流文学界对当下公共领域的事物缺少关怀，"在这块土地上，吃五谷杂粮长大的小说家中，还有没有人愿意与这块土地共命运，还有没有人愿意关注当下，并承担一个作家应该承担的那一部分"①。批评的另一面实质上是人们对于文学功能理想化的期待，对此谢冕先生在《世纪末：中国知识分子的思索》中的说法能很好地说明这种矛盾："中国文学的创作和研究受制于百年的危亡时世太重也太深，为此文学曾自愿地（某些时期也曾被迫地）放弃自身而为文学之外的全体奔突呼号。近代以来的文学改革几乎无一不受到这种意识的约定。人们在现实中看不到希望时，宁肯相信文学制造的幻象；人们发现教育、实业或国防未能救国时，宁肯

---

① 思想界炮轰文学界：当代中国文学脱离现实［N］. 南都周刊，2006 - 05 - 20.

相信文学能救民于水火。文学家的激情使全社会都相信了这个神话。而事实却未必如此。文学对社会的贡献是缓进的、久远的，它的影响是潜默的浸润。它通过愉悦的感化最后作用于世道人心。"①

当代文学的作家们继承了前辈们关照现实的笔法和力度，并钻研出新的适应时代社会需要的作品；继承了五四以来现代作家们文学创作的现实主义精神，为书写社会、揭露矛盾积极呐喊，勇敢发声；继承了千百年来中国文人"文以载道"的创作传统，以笔为剑，直抒民间疾苦、社会公道。在中华民族向复兴目标辛勤奋斗的时段，在中国梦激励人民奋力拼搏的时段，文学创作的方式和内容或许常变常新，但作品所反映的现实主义批判与反思精神的内核却如同亘古的恒星，与悠远的载道精神在历史的时空上遥相辉映。

二、人道主义精神的抒怀与探索

文学是人学，是人的审美结晶。在当代文学的发展历史中，人性与人道主义精神因为"左"倾思潮被削弱乃至沉寂过，但也有它的觉醒、复苏和张扬，如何表现人性、张扬人道主义精神成为文学研究与创作的重要课题。

习近平总书记在党的十九大报告中提出我国社会的主要矛盾已从"人民日益增长的物质文化需要同落后的社会生产之间的矛盾"转化为"人民日益增长的美好生活需要和不平衡不充分的发展之间的矛盾"。这个历史表述的转变，除了反映时代变化的需要，也从另一方面体现了以"人"为核心的理念，是人性的需要。因此文学作品理应体现出人性的需要和人道主义精神。

20世纪80年代后，作家们把笔锋伸向社会生活的方方面面，伸向人的精神领域，多方位多角度深层次地探讨人性与人道主义。

---

① 谢冕. 世纪末：中国知识分子的思索［M］//二十世纪中国文学丛书. 长春：时代文艺出版社，1993：总序.

其中女性作家以女性独特的敏锐力发出先声：人有生存、爱美、憧憬富裕的权利，有自身全面发展的权利。铁凝小说《没有纽扣的红衬衫》塑造了一个中学生安然的女性形象，她爱美，独立自主，自尊自爱，那件没有纽扣的红衬衫是她健康活泼、个性独立的象征和体现。张辛欣的《在同一地平线上》为女性争取自身的发展和权利振臂高呼，想要实现男女平权，不仅要跨越社会和历史的局限，还要跨越传统思想的束缚，让女性对自我产生真正的理性认知。对此王绯评价称："对于人性的全面表现，只有深入到人的本性、人的潜意识层次才能真正完成。这篇小说反映了作者在人性深度的开掘上所作的努力。"①

改革开放解放了人们的思想，打开了人们精神的枷锁。张炜在《秋天的愤怒》里抒发一种怒不可遏的情绪，表现在农民李芒与其岳父之间的对立中。李芒不愿意再受岳父掣肘，他们合作的破裂实质上是李芒人格破除人身依附后人格的独立和自我的觉醒。这种不畏强权的反抗，打破固有观念的束缚，是新时期文学逐渐成熟的思想体系，是追求人性本质和挖掘人道主义精神的体现。

20世纪90年代曾发生过几次规模较大的文化论争，其中之一为发生在1993年至1995年间关于"人文精神"的讨论，主要涉及知识分子启蒙理想挫败、失落之后的精神危机和对于大众文化入侵的处理，核心仍然是知识分子在社会领域的定位和功用，以及其精神价值如何展开。现实中各国的文化差异包括"国家意识形态文化"（官方文化）、"精英知识分子文化"（高雅文化）和"大众文化"（通俗、流行文化）。人是社会化的高级动物，人有社会属性，人创立文明和规则用来约束自己的原始动物性。因此，人同样有自然属性，和所有动物一样，人是伟大的生命的存在，"人文精神"

---

① 王绯. 张辛欣小说的内心视境与外在视界：兼论当代女性文学的两个世界[J]. 文学评论，1986（3）.

论证的核心点便是在这些文化的对立和渗透中，如何书写人。文学写人不仅应该写社会属性，也要写自然属性，包括人的生命本能和生命体验。

1993 年，贾平凹发表小说《废都》，被当时的媒体称为"当代《金瓶梅》"。书里大量的情色描写刺激着读者的阅读心理，主人公庄之蝶本身身份是作家，然而文学创作力却在庸碌无为的生活中逐渐消退，庄之蝶选择自我放逐，纵情声色。贾平凹把性爱当作现实生活中唯一骚动的生命意识，以人性肉体的纵欲来哀悼人性灵魂的丧失。

21 世纪以后，随着市场商品经济的发展，文学创作中的人性和人道主义的书写虽然打破了传统礼教的束缚，却走向另一个极端，纵欲和物欲的过度放大反而压抑了真正的人性和人道主义。人们本身为了更好的生活而赚取金钱，最后却成为金钱控制的奴隶，丧失自我的人性。作家们敏锐地发现了资本和金钱对人性的侵染，徐坤的《遭遇爱情》把商业原则推向极致，将爱情这一人类母题彻底功利化，最终塑造出一个没有爱的社会。邱华栋的城市小说也反映了现代都市化的问题，一方面描绘城市日新月异的大发展；另一方面也表现了城市生活对人的诱惑，以及由此产生的压力和恐惧。这些作品竟然不约而同地与现代文学海派作家的作品产生相似的精神内核。这种对物欲横流挤压人性、挤压人格精神的批判，是人道主义精神的另一种书写。

三、爱国主义精神的弘扬与发展

中华民族历来就有爱国主义的优良传统，爱国主义精神是中华民族生存、发展与文化繁荣的精神支柱。列宁认为爱国主义就是千百年来供起来的对自己的祖国的一种最深厚的感情。在不同的历史条件下，文学创作中的爱国主义书写具有不同的内容特点和表现方式。

　　新时期文学的爱国主义精神体现在保卫祖国、建设祖国的斗争生活中，例如李存葆的《高山下的花环》以深情的口吻书写了一批当代爱国军人的群像，这些军人响应祖国召唤，"位卑未敢忘忧国"，"先天下之忧而忧，后天下之乐而乐"。改革开放后的长篇小说题材对爱国主义多有涉及，农村改革题材《彩虹坪》讲述了毕业大学生自愿为青山绿水投身建设的故事，与当下国家提出的"金山银山不如绿水青山"的口号遥相呼应。城市改革中《沉重的翅膀》讲了两位改革者一生正气，带领百姓创造新生活。20世纪90年代弘扬主旋律的改革文学进一步得到深化，作家们创造了一系列不为小我、成全大家的改革者形象，他们大多具有广阔的视野和清醒的头脑，同时对时代发展有敏锐的感知。能够结合国内外科学知识，尊重事实，追求真理，锐意进取。对于改革执行力度极高极强，如同李克强总理在答记者问时说的，要深化改革，必须有"壮士断腕"的决心。除了改革者形象的塑造外，知识分子的良心也是爱国主义题材偏爱书写的内容。以马瑞芳的"新儒林长篇系列"为代表，将高等院校知识分子的心路历程刻画得入木三分，作者的创作初衷是"如果不把中国人身上，尤其是中国知识分子身上最可贵的道德观、价值观、崇高理想和高尚人格写下来，让人们知道国家、民族、炎黄文化在知识分子心中占什么地位，那就是犯罪"①。这种知识分子形象的整体性塑造，保存并弘扬了中国文学中源远流长的爱国主义精神。

　　党的十九大报告提出要广泛开展理想信念教育，深化中国特色社会主义和中国梦宣传教育，弘扬民族精神和时代精神，加强爱国主义、集体主义、社会主义教育，引导人们树立正确的历史观、民族观、国家观、文化观。发展繁荣社会主义文艺，不断推出讴歌党、讴歌祖国、讴歌人民、讴歌英雄的精品力作。这是党对当代文

---

① 马瑞芳. 致荒煤老师的一封信［N］. 作家报，1994 - 01 - 22.

学创作弘扬爱国主义精神的期许和要求，说明了当代文学的爱国主义创作和国家的文化繁荣发展相互需求，密切相连。

第三节　实现中国梦——中国当代文学的使命与担当

梦想，多么美好的一个词语。小到个人，大到民族、国家，皆有对生活、未来的憧憬和追求。它是推动人类前进和进步的一种精神力量，决定未来的发展格局。而 13 亿中国人共同的梦想，就是中国梦。文学追逐中国梦，这是当代中国作家肩负的责任和新使命。

一、中国梦：百年中国文学理想

习近平总书记 2012 年首次提出建设强大的社会主义现代化新中国的"中国梦"。这一概念的本质内涵指向国家富强、民族振兴、人民幸福，集国家、民族、个人于一体，而非单一强调国家政治层面。正如习总书记所强调的，"中国梦是国家的梦、民族的梦，也是每个中国人的梦"。作为国家战略层面的术语，"中国梦"迅速在全世界传播开来，成为各领域、各行业的高频词。与此同时，为实现这一伟大梦想，国内各领域展开了如火如荼的讨论，就具体实施途径建言献策。文艺界自然也不例外。在"汇聚正能量，抒写中国梦——文艺创作塑造中国梦"座谈会上，莫言认为："写出或者创作出具有鲜明的中国特色，深刻表现了中国人民的心灵，丰富地表现了中国人民的历史和当代生活，这样创作出的艺术作品，本身就是中国梦的一个重要内容。文学艺术不是在中国梦之外，文学艺术本身就是中国梦的一个重要的构成部分，而且完整地编织和实现中国梦，缺了文学和艺术之梦，这个梦也是不完整的。"① 从这个角度来看，在新的历史条件下，文学的使命又有了新的时代内容。

实现中华民族伟大复兴是中国人民一直以来的梦想和追求。从康有为等对救亡图存的思考、孙中山的振兴中华思想、梁启超的少年中国说，到李大钊的青春中华说、鲁迅的"立人"思想、郭沫若的"涅槃重生"等，都是一代志士仁人追求国家独立、民族解放、人民当家做主的梦想。这种梦想成了在很长一段时间里文学书写的社会理想和文学中人物为之抗争、奋斗前行的精神动力。近现代中国文学的发展进程与中华民族的命运有密切的关系。因而，诉诸文本的"中国梦"内涵侧重于民族意识、国家观念，并逐渐成为文学思潮、文学发展的新动向，如 20 世纪 20 年代兴起的国家主义思潮、30 年代的民族主义运动、40 年代关于"民族形式"的探讨等等。从清末民初文学、五四文学、左翼文学到延安文学，不管其外在形态如何，新一代知识分子除旧布新、改造中国的梦想始终呈现在救亡与启蒙的主题中。

中国现代民族国家观念形成于清末民初。由于西方列强的入侵，亡国灭种的民族危机激发了中国民众的国家意识，原先追求"大一统"的"大同梦"发生改变。家贫国弱的社会现实刺激一批新式知识分子寻求救国良方，"文学（尤其是小说）开始被整合成为民族国家建设的方案，并成为与现代性追求密切相关的'国家想象'的载体"②。在"小说界革命"的号召下，梁启超、蔡元培、陆士谔等小说家们寓现实于想象，将民族国家困境和新中国梦想用文学形式表达出来。这些作家出于政治改良的目的，对民族国家的

---

① 韦科."汇聚正能量　抒写中国梦——文艺创作塑造中国梦"座谈会综述[J]. 文艺理论与批评，2014（2）：6-9.

② 杨霞. 清末民初的"中国意识"与文学中的"国家想象"[D]. 南京：南京师范大学，2006.

建构演变为以民族主义为特征的"救亡图存"梦，产生一大批以"未来""新"为标题或以其他形式命名的表达理想的政治小说。它们以三种方式展开"中国梦"叙事：一是以"故事新编"形式改造传统名著，探索中国富强民主之路，如陆士谔的《新三国志》《新野叟曝言》《新水浒》，吴趼人的《新石头记》等；二是以幻想的方式展示中国现代化的种种可能，表达希望国富民强的愿望，如梁启超的《新中国未来记》、蔡元培的《新年梦》、陆士谔的《新中国》等；三是用反讽、隐喻的手法批中国社会现状，提出现代中国道路的设想，如《马屁世界》《文明小史》《老残游记》《黄绣球》《二十年目睹之怪现状》等。这些围绕"国族话语"展开的叙事"反映了清末内心焦虑的文人与政治改革家共同抵御民族国家重构与独立过程中呈现的困境，实现了文学家与政治家的同声共振"①。

　　这种新中国梦想延续到五四以后的文学创作中。有论者指出："现代文学的发展与中国进入现代民族国家的进程刚好齐步，二者之间有着密切的互动关系。"② 面对中国积弱积贫的现状，陈独秀、胡适、李大钊、鲁迅、郭沫若等知识分子为国之独立、民族解放奔走呼号，建言献策。五四新文学运动掀起的是一场轰轰烈烈的探求民族复兴和解放的文艺运动。五四知识分子依靠文学的力量来实现他们的诉求，正如论者所言："五四新文学运动和新文学革命的基本动因是觉世维新和振兴国运，是由社会政治、思想变革的需要转向文学讨取药方。"③ 他们认为唯有唤醒民众的意识，改变国民精

---

① 郭建鹏. 清末乌托邦小说中的"中国梦"叙事［J］. 黄河科技大学学报，2014（1）.

② 刘禾. 文本批评与民族国家文学［M］//唐小兵. 再解读：大众文艺与意识形态. 北京：北京大学出版社，2007.

③ 谢冕. 论二十世纪中国文学［M］. 北京：中国人民大学出版社，2009：11.

神，国家才有强大的可能。所以，重塑国家形象、强化民族共同体、启蒙国民性成为中国现代作家文学创作的基本使命。鲁迅提出"中国要立国，关键要立人"的思想，强调个人的精神层面，其作品具体关注中国人的生命存在困境以及由此产生的精神问题。以鲁迅为代表的乡土文学对旧社会的批判，对新社会的追求，对民族振兴、国家独立的渴望其实与中国梦的内核是相通的。郭沫若、茅盾、巴金、老舍、曹禺、沈从文等作家，他们的作品或追求个性解放，或关怀平民和小人物的生存境遇，或批判黑暗旧社会，或描述20世纪30年代中国城市的经济状况和阶级斗争状况，或揭示城乡矛盾，其精神资源都来自一种社会责任，一种对新社会的美好期待，对富强、民主、稳定的向往，这正是他们对新中国梦想的追求。中国梦强调民族共同体，强调共同富裕，同时也强调个人价值和集体价值的共同实现，这和延安精神是一脉相承的①。具体到文艺上就是毛泽东在《在延安文艺座谈会上的讲话》中强调的中国作风和中国气派。赵树理的文艺创作以此为导向力求作品民族化、大众化，以老百姓喜闻乐见的形式表达农民对新生活的追求。孙犁、周立波、丁玲、李季等作家的作品反映解放区军民在抗日战争和解放战争时期所表现出的对新生活的热情、信心和奋不顾身的自我牺牲精神，塑造了一系列有强烈民族意识和阶级觉悟、平凡而富于英雄色彩的工农兵人物形象，作为民族解放与阶级解放的一翼，出色地呼应了中国革命的历史要求。

当最开始追求国家独立的梦想实现之后，新的历史阶段必然要追求更美好的生活理想，那就是"国家富强、民族振兴、人民幸福"。所以新中国成立后的十七年文学以新的思想、新的主题、新的形象、新的风貌开创工农兵文学新局面。"三红一创""青山保

---

① 杨娟. 延安文艺精神与中国梦：纪念《讲话》发表71周年座谈会综述 [J]. 文艺理论与批评，2013（4）.

林"等诸多"红色经典"反映社会主义革命和建设的历史，颂扬民族新生、国家独立，其中的革命乐观主义精神、民族大众化追求与中国梦的核心是一致的。改革开放之后，中国在政治、经济、文化等各方面迎来了新的发展机遇。重塑"民族精神"成为新时期文学发展不可忽略的重要主题，文化复兴梦在伤痕文学、反思文学、改革文学、寻根文学、新写实文学等不同文学形态中展露出了痕迹。刘心武、古华、蒋子龙、张洁、高晓声、韩少功、余华、刘震云等作家用优秀的作品来反映中国新时期改革开放的实践、城乡可喜的变化以及人们的思想动态。在多元共生的新世纪语境中，新老知识分子对中国梦的书写、表达、理解更多地体现了时代精神，关注民族国家大视野下的个人梦想追求、民生幸福梦。

如今，随着中国日渐强大，当代中国文学的主题不再是"救亡"与"启蒙"，而是着力书写国家、民族、个人在新时代寻梦的理想和为使之实现的奋斗，致力于向全世界各族人民讲述新的中国故事。以莫言、曹文轩、刘慈欣、毕飞宇、苏童等为代表的当代作家实现了"中国故事"的世界意义，越来越多的作家也都朝着这方面努力。中国作家正在以自己的创作，促使"中国梦"融入世界。

二、讲好中国故事

讲好中国故事，习近平总书记是首倡者，也是践行者。在出访他国的外事活动和国家外宣工作的讲话中，习近平总书记多次强调中国对外宣传工作要"讲好中国故事"，传播好中国声音。党的十八大以来，在中国外交活动的公开演讲中总能听到习总书记讲述的那些温暖动人的故事。这些故事不仅传递了中国价值、中国态度，而且拉近了中外民众的心理距离，促进了中国与世界各国人民的友谊。虽然讲故事理念的提出是针对宣传工作，但其对文艺工作同样富有启示意义。文艺创作怎样抒写中国梦，"讲好中国故事"是一条可尝试的途径。讲好中国故事，是中国梦以文学表达出来的一种方式，是文化自信的体现。

第一，讲好中国故事，要树立文化自信。

习近平总书记强调："我们有本事做好中国的事情，还没本事讲好中国的故事？我们应该有这个信心！"① 在这方面，习近平为我们树立了讲好故事的榜样。无论是会议上的发言、调研时的谈话，还是出访时的演讲、报刊上的文章，他都喜欢且擅于用故事来传达深意，感染他人。文学创作其实就是作家以讲故事的方式回望历史或反映现实，故事的内容、讲述的好坏很大程度上取决于讲故事的人对本民族文化认同的程度。也就是说，要创作富有中国特色的文学作品，作家的文化自信至关重要。文化自信关乎文学自强。只有以一种自信的态度来看待本民族文化，作家才有可能更加敏锐地感知新的中国故事，准确地书写中国经验。比如，孙颙的小说《漂移者》讲述的是美国人马克怀揣几千美金和爷爷的嘱托来上海发展。为了生存和发展，他改变自己的文化优越感去适应崛起后的中国的新的文化环境。作者以后殖民文化的身份去写殖民文化的迁移，但是故事讲述中表现出来的是一种文化自信心，其笔下的中国形象也随之发生了变化，不再是弱者、落后者，而是崛起的大国形象。

中华民族在劳动与实践中创造了世代流传的多彩的中国故事，以文学的形式书写这些故事，传承中华优秀传统文化，这是中国作家的责任与使命。我们现在的社会并非到处歌舞升平，某些地方仍有丑恶现象，如何清醒地认知现实把握当下生活，作家们需要有高度的文化自觉、强烈的文化自信去拨云见日，去反映现实，积极地传播正能量。对此，有学者指出："书写当代中国故事，重在为时代立言、书人民心声，呈现当代中国人筑梦与追梦的精彩，体现新

---

① 中共中央宣传部. 习近平总书记系列重要讲话读本［M］. 北京：人民出版社，2016：209.

的时代里中国人民的独特气质和独特思考。"①

第二，讲好中国故事，要表达中国经验。

"全球化带来的西方强势文化和世界当代艺术潮流的冲击，使我们原本笃信的艺术观念、信仰甚至理想和价值判断体系受到质疑……同时有关本土、传统、当代、全球等问题也使艺术家面临民族文化精神的转换。"② 全球化为世界各国都带来了翻天覆地的变化。那么，在这样一个新的历史阶段，文学如何立足本土，认识中国和表达中国？这是文艺界当前面临的新问题。有论者指出："我们应在新的国际语境中重新发掘与认识中国经验。"③ 的确，中国作家曾经有一段时间向西方学习和借鉴，依赖他者的眼光来看待自己的生活经验，造成当代文学的"中国经验"缺失，导致中国文学失去主体性，民族文化精神缺失与文化身份迷失等问题也日渐突出。所以，要讲好中国故事，文学应该表达丰富、生动、具体、独特的"中国经验"。

"中国经验是当代文学最生动、最新鲜的写作资源，作家们也在以文学的方式书写中国经验，揭示中国经验的普遍意义。"④ 近40年来，中国当代文学尤其是小说，致力于将独特的"中国经验"化为生动的艺术形象，展示中国现代化历程。路遥的《平凡的世界》、霍达的《穆斯林的葬礼》、陈忠实的《白鹿原》、阿来的《尘埃落定》、宗璞的《东藏记》、王安忆的《长恨歌》、周大新的《湖光山色》、韩少功的《马桥词典》、毕飞宇的《推拿》、刘震云的《一句顶一万句》、迟子建的《额尔古纳河右岸》、王蒙的《这边风景》、李佩甫的《生命册》等，无论是精神还是艺术层面，都堪称

---

① 梁鸿鹰. 当代文学的中国故事书写 [N]. 人民日报, 2014 – 04 – 15.
② 吴晓蓉. 寻找自我的文化身份 [J]. 文艺研究, 2004 (5).
③ 李云雷. 中国文学：世界视野与中国梦——中国文学博鳌论坛 2015 侧记 [N]. 文艺报, 2015 – 11 – 16.
④ 张江, 刘跃进. 文化自信与文学发展 [N]. 人民日报, 2016 – 10 – 04.

当代文学中的精品。从这些年的创作实践来看，越来越多的作家注重"中国经验"的自觉表达，并努力使其具有世界意义。刘醒龙的《凤凰琴》《天行者》以满怀的敬意为中国民办学校教师立传，揭示这一群体的历史价值。苏童的《黄雀记》以三个"受侮辱与被损害"的人物形象传达一个关于普通人"罪与罚"的文学主题。迟子建的《群山之巅》写出东北山村龙盏镇上形形色色的小人物身上的喜怒哀乐，以及生命的尊严。贾平凹的《极花》以一位被拐卖女子胡蝶的遭遇为切入点，展现"中国最后的农村"里"最后的光棍们"的生存境况。金宇澄的《繁花》重拾城市书写，还原上海城市生活"城与人"的本相。在挖掘和处理中国经验方面，这些作品是比较成功的。

当代中国经验比任何一个时期都要复杂。以乡村经验来说，这是中国新文学擅长表达的中国经验，并且长期以来一直占据文坛主导地位。从20世纪20年代鲁迅开启乡土文学传统以来，经赵树理、周立波再到高晓声，其作品对中国乡村的变迁及农民生活、精神面貌进行了全方位的展示。而今，由于城镇化的发展、土地制度的变化、人口流动，当下中国乡村已发生巨大变化。空壳的村庄、留守的老人和儿童、减少的耕地、日益恶化的生态环境等，乡村经验已变得复杂多样。贾平凹、莫言、刘震云、周大新、迟子建等作家直面当下现实生活，用高质量的作品展现当下复杂多变的中国经验。与此同时，城市也在发生日新月异的变化，早已不是当年老舍、张爱玲、新感觉派笔下的那般情状。大城市向国际化大都市发展，小城市向现代化大城市迈进，城市特色日渐消失，趋于模式化、同质化。城市生活在市场经济、现代化的推动下，更方便、快捷、时尚、前卫，但各色人等在追求物欲的满足中难安一颗躁动的心。无论是官员、商人还是教师、白领，抑或是进城务工人员、其他底层人物，他们对城市生活的矛盾、困惑、焦虑、恐惧等心理，以及城市中凸显的住房、医疗、教育、就业等问题，都在徐则臣、方方、六六、阎真、李佩甫等诸多作家笔下一一呈现。而且越来越多的年轻人喜欢、向往城市生活，他们对城市的感触更敏感，带有某种狂欢化色彩，因而更多80后、90后作家更倾向于捕捉这一类城市经验。当然，整个当代中国发生的故事远非乡村叙事与城市叙事所能概括。无论哪种题材与体裁，越来越多的作家在讲述中国故事时，都注重表达中国人的情感与经验，强调中国经验的本土性与民族性。

近些年中国的繁荣发展及取得的成就有目共睹，而这一路遇到的挑战、经历的艰辛、获得的喜悦，也丰富了中国故事的内容。毋庸置疑，这些中国经验成为当下文学写作最具现实性的文学资源，也使作家们讲述的中国故事具有更强的现实感，以及更独特的精神价值。

第三，中国故事的世界性意义。

中国故事从来就不是孤立于世界的故事。中国以极大的热情拥抱世界，为全球经济发展助力，世界各国也以各自的方式参与中国故事，分享机遇。在如此紧密的互动、交流中，中国故事的空间已延伸到世界各地，成为世界故事的一部分。以往人们只注意到中国故事的神秘与新奇，现在人们更期待新的中国故事能赋予世界故事更多鲜活因子，带给世界更多精彩。在当前"一带一路"倡议实施的契机下，更要讲述"一带一路"上的故事，它是中国的，更是世界的。所以，中国故事必须"走出去"。

有学者认为"讲好中国故事的世界意义，文学大有可为"，而且"只有以非常文学的方式讲述中国故事，才会让中国故事行走得很远很远"[1]。如何把中国故事讲成世界的，并成为世界文学的一部分，这是中国作家长期以来努力在做的事情。2012年莫言获诺

---

① 贺绍俊. 长篇小说：讲出中国故事的世界意义［N］. 文艺报，2016-09-14.

贝尔文学奖，2015 年刘慈欣获得雨果奖，2016 年曹文轩获得国际安徒生奖，中国作家用自身实力证明中国文学已成为世界文学越来越重要的创造性力量。三位作家的获奖大大地鼓舞了人心，更重要的是为当代文学创作走向世界提供了有益启示。

对于中国文学界来说，2012 年具有重要的历史意义。莫言的获奖使中国文学受到全球瞩目，填补了长期以来中国文坛在世界级文学奖项方面的空缺。诺贝尔文学奖评委在授奖词中揭示出莫言小说与世界文学对话的能力。尽管他们是站在"西方中心主义"文化立场进行解读与评论，但莫言小说在世界文学视域中的魅力不容小觑。莫言是一个喜欢且擅于讲故事的人，他笔下的人和物都出自他的故乡高密东北乡——"那邮票般大小的故土"。他用大量作品建构起自己的文学王国，正如福克纳的"约克纳帕塔法县"、托马斯·哈代的"威塞克斯"、马尔克斯的南美乡镇马孔多。《红高粱家族》《檀香刑》《生死疲劳》《丰乳肥臀》《蛙》等小说在对故乡生活的描绘中传达了某种普遍性的人性内容和人类生存境况。正是这些典型的中国故事、中国风格获得了国外翻译家、文学家和读者的广泛认可和喜爱。莫言的创作"通过幻觉现实主义将民间故事、历史与当代社会融合在一起"，成功地把高密东北乡安放在世界文学的版图上。莫言的成功印证了"越是民族的越是世界的"这样一个定理，对中国作家实现写作的世界性意义起到很大的鼓舞作用。

在莫言获得诺贝尔奖的两年后，刘慈欣凭借科幻小说《三体》获得素有"科幻文学界诺贝尔奖"之称的雨果奖，成为首个斩获这个世界科幻文坛最高奖项的亚洲人。《三体》故事开启于中国"文化大革命"时期，并以此历史事件为导火线讲述地球人类文明与"三体"文明的信息交流、生死博杀以及两种文明在宇宙中的兴衰历程。读者在大量"烧脑"的物理术语中穿梭于孔子、墨子、秦始皇、伽利略、牛顿、爱因斯坦之间，激起奇妙的阅读快感。可以说刘慈欣的成功就在于将中国人物、中国文化融入科幻故事中，以此发出中国声音，传递中国价值。①

2016 年，曹文轩成为首位获得国际安徒生奖的中国作家。授奖词称赞"曹文轩的作品，书写了关于悲伤和苦痛的童年生活，树立了孩子们面对艰难生活的挑战的榜样，能够赢得广泛的儿童读者的喜爱"②。曹文轩在接受采访时谈到获奖的重要原因，他说："我的背景是中国"。"这个经受了无数苦难与灾难的国家，一直源源不断地向我提供独特的写作资源。""我的作品是独特的，只能发生在中国，但它涉及的主题寓意全人类。"③ 曹文轩就是从自己在苏北农村的童年生活经历出发，用诗意的文字书写关于爱、苦难与成长的故事。《草房子》《根鸟》《青铜葵花》等关于中国孩子的故事都发生在中国的城市与乡土。由此可见，中国故事要保持自己的"民族性"才能为世界文学提供与众不同的文学经验。

不可否认，中国文学走向世界，还要具备世界性。莫言小说的世界性因素就在于他"合理有效地借鉴运用西方现代主义艺术表现方式，进而达到透视表现中国当下社会存在的根本目标"④。这种借鉴不是简单地对拉美魔幻现实主义的横向移植，而是将其与中国民间文化、文学资源相融合，体现了一种创新。这种幻觉现实主义手法获得了国际文坛的赞誉。曹文轩笔下的故事虽然发生在中国苏北农村，但是关于互爱、责任、成长、悲悯等主题以及对诗意与唯美的追求却是全人类共通的，可以为世界各国读者所理解。由此可见，中国故事的讲述不仅要立足本民族文化，自信地书写中国经验，传达中国精神，还应该合理地汲取世界各民族艺术的经验。当

---

① 李朝全. 文学"走出去"有门道［N］. 文艺报，2017 – 07 – 03.

② 陈晓晨，张焱. 中国作家曹文轩摘得 2016 年国际安徒生奖［N］. 光明日报，2016 – 04 – 05.

③ 周飞亚，葛亮亮，等. 曹文轩：我的背景就是中国［N］. 人民日报，2016 – 04 – 06.

④ 王春林. 莫言小说的世界性［J］. 名作欣赏，2013（1）.

然，三位作家能成功地实现文学写作的世界性意义，翻译者和出版商的大力推动亦功不可没，比如葛浩文、陈安娜对莫言小说的译介，刘宇昆对《三体》的翻译，等等。随着当代作家作品的各种外文译本量的越来越多，中国文学在世界范围的影响力也越来越大。在这样一个大变革的时代，如何面向世界讲述好中国故事，对当代作家来说既是机遇又是挑战。

关于"文学何为"的问题，历来都有不同的认识。在文艺工作座谈会上，习近平总书记强调，实现"两个一百年"奋斗目标，实现民族复兴梦，文艺和文艺工作者的作用不可替代。中国文学自五四文学革命以来，深入地参与到社会变革中，积极探索民族道路复兴，由此产生了许多优秀、经典的作品。而今，当代中国文学又有了新的时代使命。当下文学面临着该如何反映中国梦的实践历程，如何塑造中国新形象，如何写中国人的故事，如何传达中国精神等问题，这些问题虽然的确是亟待解决的问题，但也是机遇所在。它们丰富了当代文学的题材和创作空间，也为文学的发展创新带来了新的生机。生动、独特的中国经验为中华文化注入了新的活力，也必将为中国文学的进一步繁荣发展提供强大动力。

后　记

　　在经过将近一年的努力，《载道传统与文学的使命意识》这本书从有初步的设想，到精心讨论拟定框架，再到撰写和再三修改，现在终于完成了。

　　载道传统是贯穿于中国文学几千年发展中的一个重要话题，尤其是在改革开放 40 周年的今天，去反观我们当下的文学发展与载道传统的精神联系，有着重要的现实意义。鉴于篇幅的关系，本书更多呈现的是载道传统在现当代文学中的新面貌和新形态，有一些内容没有充分展开，还有不少问题有待深入讨论。我们深切希望本书的完成，能够促进相关研究的继续深入和探讨。本书能够顺利完成，离不开一批作者的倾力投入，现将参加本书撰写的人员及其所承担的部分分列如下：

　　绪　论　刘　勇

　　第一章　张　悦　谭　望

　　第二章　付　平　赵希杰

　　第三章　姬学友

　　第四章　尚　烨

　　第五章　杨汤琛

　　第六章　王龙洋

　　第七章　石小寒

　　第八章　胡利平

　　第九章　曾　娟　孟学珂

　　全书内容经过刘勇教授统稿、审读和多次修订，才有了我们今天看到的最终面貌。特别要说明的是，没有广东高等教育出版社的领导和编辑的诚挚关心与大力支持，这本书的出版是不可能如此地顺利完成的。在此，我向他们表示最诚挚的谢意！

一本书的出版，总是期待听到反馈的声音，我们真诚地期待着各位读者的批评和建议。

作 者
2018 年 10 月